Éxtasis

Éxtasis

Maya Banks

Traducción de Yuliss M. Priego

TERCIOPELO

Título original: *Rush*

© Maya Banks, 2013

Primera edición en este formato: mayo de 2014

© de la traducción: Yuliss M. Priego
© de esta edición: Roca Editorial de Libros, S. L.
Av. Marquès de l'Argentera 17, pral.
08003 Barcelona
info@rocaeditorial.com
www.rocaeditorial.com

© de la imagen de portada: Irina Tischenko

Impreso por LIBERDÚPLEX, S.L.U.
Crta. BV-2249, km 7,4, Pol. Ind. Torrentfondo
Sant Llorenç d'Hortons (Barcelona)

ISBN: 978-84-15729-48-8
Depósito legal: B. 6.877-2014
Código IBIC: FP

A mi familia, que en vacaciones fue paciente conmigo cuando mamá tuvo una idea que no quería írsele de la cabeza. Y a Kim, por escuchar cuando le dije que había algo que tenía que hacer lo antes posible y por hacerlo realidad. A Lillie, por estar conmigo de principio a fin en este viaje. Y, por último, a Cindy, que dio la cara por mí de forma desmesurada.

Prólogo

—*M*ia, el portero acaba de tocar el timbre y dice que el coche ya está abajo esperándote —anunció Caroline a voces desde la otra habitación.

Mia respiró con dificultad y cogió el contrato que había a su lado sobre la cama, donde permanecía sentada. Estaba ligeramente arrugado y mostraba signos de deterioro de tantas veces como lo había leído.

Había memorizado cada una de las palabras, y estas se le repetían una y otra vez en su mente. Junto a ellas también imágenes que su imaginación se había encargado de enviarle… Imágenes de ella y Gabe juntos. Controlándola y poseyéndola. Haciéndola suya.

Lo metió en el bolso mientras se levantaba y se precipitaba hacia el vestidor para mirarse en el espejo una última vez. Su rostro mostraba signos de fatiga. Dos manchas oscuras, que el maquillaje no había podido disimular, rodeaban los párpados inferiores. Además, tampoco tenía buen color de cara. Incluso el cabello se había negado a hacerle caso y estaba más bien revuelto.

Poco podía hacer ya más que irse.

Tras respirar hondo una vez más, salió del dormitorio y caminó a través del salón hasta llegar a la puerta.

—¡Mia, espera! —dijo Caroline mientras corría hacia donde estaba ella.

Caroline la abrazó fuerte y luego retrocedió. Alzó la mano y le colocó el mechón detrás de la oreja.

—Buena suerte, ¿de acuerdo? Has estado rara durante todo el fin de semana. Si te está estresando tanto, no lo hagas.

Mia sonrió.

—Gracias, Caro. Te quiero.

Caroline imitó exageradamente el sonido de un beso con los labios a la vez que Mia se daba la vuelta y se iba.

Cuando dejó el edificio, el portero le abrió la puerta del coche y la escoltó hasta dentro. Mia se acomodó en el asiento de piel y cerró los ojos mientras el coche se desplazaba desde el Upper West Side, el noreste de Nueva York, en dirección al centro de la ciudad, donde se encontraba el edificio HCM.

Su hermano, Jace, la había llamado el día anterior y ella se había sentido terriblemente mal por estar ocultándole la situación. Él se había disculpado por haberse perdido la gran inauguración y le dijo que si hubiera sabido que ella iba a estar ahí, habría acudido sin falta.

Hablaron durante media hora. Jace le preguntó cómo le iban las cosas y Mia le dijo que iba a estar los próximos días con Ash en California. Habían planeado pasar una tarde juntos cuando regresara y luego ella había colgado. La melancolía la había atrapado por completo porque ella y Jace estaban muy unidos. Mia nunca había dudado en compartirlo todo con él. Él siempre había estado ahí, dispuesto a escuchar y a reconfortarla incluso en sus días de crisis adolescente. No podría desear un hermano mayor mejor, y ahora le estaba ocultando secretos. Enormes secretos.

Mia, más allá del tráfico algo denso pero fluido, no le prestó apenas atención al trayecto hasta que el coche se detuvo un rato más tarde.

—Hemos llegado, señorita Crestwell.

Abrió los ojos y seguidamente los entornó debido a la brillante luz del sol de otoño. Estaban justo a las puertas del edificio HCM. El conductor ya había salido del coche para dar la vuelta y abrirle la puerta. Mia se frotó el rostro con las manos en un intento de reanimar sus embotados sentidos y después salió, dejando que la fría brisa le alborotara la melena.

Una vez más se encontró entrando en el edificio y subiendo en el ascensor hasta el piso cuarenta y dos. La sensación de *déjà vu* era muy intensa. Tenía las mismas mariposas, las manos igual de sudorosas y el mismo ataque de nervios, solo que esta vez sentía mucho más pánico porque ya sabía lo que él quería. Y ella sabía exactamente en lo que se estaría metiendo si aceptaba.

Cuando accedió a la zona de recepción, Eleanor alzó la mirada y sonrió. Luego dijo:

—El señor Hamilton dice que vayas directamente a su despacho.

—Gracias, Eleanor —murmuró Mia mientras continuaba, dejando atrás la mesa de Eleanor.

La puerta del despacho de Gabe estaba abierta cuando llegó. Vaciló en la entrada y clavó la mirada justo donde él se encontraba, de pie y con las manos en los bolsillos, observando Manhattan a través del ventanal.

Era guapísimo, de un atractivo evidente. Incluso relajado, una fuerza salvaje emanaba de él. De repente, Mia se quedó pensando en todos los motivos por los que se sentía tan atraída hacia él, y especialmente en uno de ellos. Se sentía segura a su lado. El simple hecho de estar cerca de él la confortaba. Se sentía segura y… protegida.

Básicamente, la relación que Gabe le había propuesto le daría todas esas cosas. Seguridad. Confort. Protección. Él le había asegurado todas esas cosas. Lo único que tenía que hacer era aceptar cederle el máximo poder.

Toda reticencia se esfumó, dejándola más ligera y casi eufórica. De ninguna de las maneras iba a meterse en ese acuerdo tal y como estaba, asustada hasta las cejas. Esa no era forma de comenzar una relación. Actuaría segura de sí misma y acogería con agrado todo lo que Gabe le había prometido. A cambio, ella se lo daría todo y tendría fe en que él valorara el regalo que significaba su sumisión.

Gabe se dio la vuelta al verla de pie en la puerta y Mia se sorprendió al percibir cierto alivio en sus ojos. ¿Había temido que no volviera?

Se acercó a ella y la arrastró al interior de la oficina para cerrar la puerta con firmeza a su espalda. Antes de que Mia pudiera decir ni una palabra, él la atrajo a sus brazos y estampó su boca contra la de ella.

Mia soltó un ligero gemido cuando las manos de Gabe recorrieron sus brazos posesivamente hasta apoyarlas en sus hombros. Luego siguió subiendo hasta llegar al cuello y finalmente acunó su rostro. La besó como si estuviera hambriento de ella, como si lo hubieran mantenido separado de ella y, por fin, se hubiera liberado. Era la clase de beso que ocurría solo en sus fantasías. Nadie le había hecho sentirse tan... devorada.

No era simplemente una muestra de dominación. Era una súplica para que se rindiera. Él la quería, y le estaba demostrando exactamente cuánto. Si antes cabía alguna duda respecto a si realmente la deseaba o si solamente estaba aburrido y por eso buscaba nuevos retos, ahora no. Ahora estaba plenamente convencida.

Una mano se apartó de su rostro y su brazo se enroscó a ella, la envolvió con determinación y la estrechó con fuerza contra él. Su brazo parecía una banda de acero adherida a su espalda.

Mia podía sentir su erección contra su vientre. Estaba rígido y duro como una roca, presionando contra los caros pantalones que llevaba puestos. La respiración de Gabe le golpeó en la cara cuando este rompió el contacto con sus labios y ambos jadearon en busca de aire.

Sus ojos brillaban mientras la miraba fijamente.

—No pensé que fueras a venir.

Capítulo uno

Cuatro días antes…

Gabe Hamilton iba a arder en el infierno y no le importaba una mierda. Desde el momento en que Mia Crestwell entró en el gran salón del hotel Bentley, donde HCM Global Resorts y Hoteles estaba celebrando su gran inauguración, no había podido dejar de mirarla.

Al ser la hermana pequeña de su mejor amigo se encontraba en terreno prohibido. Pero ya no era tan pequeña y él claramente se había percatado de ello. Se había convertido en una perversa obsesión contra la que había intentado luchar, pero que había terminado haciéndole ver que era incapaz de resistir su poderoso atractivo.

Y ya no iba a combatirlo más.

El hecho de que ella estuviera aquí esta noche y Jace no se encontrara cerca solo le puso las cosas más fáciles a Gabe para tomar la decisión de que ya era hora de que empezara a mover ficha.

Le dio un sorbo a la copa de vino que tenía en la mano y escuchó educadamente al grupo de personas con las que estaba conversando. O mejor dicho, con las que se estaba mezclando, ya que él raramente se paraba a hablar de nada que no fuera casual y cortés mientras caminaba entre toda la multitud.

No tenía ni idea de que ella fuera a estar allí. Jace no le había dicho ni una palabra. Aunque, ¿acaso lo sabía él? Gabe pensó que lo más seguro era que no, ya que no habían pasado ni cinco minutos desde que Jace y Ash habían escoltado a una morena alta, de piernas largas, hacia una de las lujosas suites de la última planta.

Jace no se hubiera marchado —ni siquiera por una mujer—

de haber sabido que Mia iba a estar aquí. Pero el que Jace no estuviera solo hacía las cosas mucho más fáciles.

Gabe observó a Mia mientras la joven recorría la sala con la mirada. Tenía el ceño fruncido y se la veía concentrada, como si estuviera buscando a alguien entre el gentío. Un camarero se detuvo a su lado y le ofreció una copa de vino, y, aunque cogió una de las elegantes y largas copas de cristal, no se la llevó a los labios.

Llevaba puesto un vestido arrebatador que realzaba su figura justo en los lugares que hacían falta y unos zapatos que gritaban que la hicieran suya en cualquier momento. Además, para completar el modelito, llevaba un peinado alto que prácticamente estaba pidiendo en voz alta que le desataran el recogido de un tirón. Unos rizos oscuros caían suavemente por encima de sus hombros y guiaban la atención de todo hombre hasta ese fino cuello que estaba suplicando que lo besaran. Gabe se sentía bastante tentado de atravesar el salón y de ponerle su abrigo sobre los hombros para que nadie pudiera ver lo que él ya consideraba como suyo. Dios, que lo colgaran si eso no hacía que toda la situación fuera mucho más descabellada. Ella no era nada de él; aunque, bueno, eso también iba a cambiar pronto.

Su vestido de noche dejaba los hombros al descubierto y estaba atrayendo la atención de todo el mundo hacia sus pechos. Para entonces Gabe ya sabía con toda seguridad que no quería a nadie más mirándola. Pero nada podía hacer para evitar las miradas. Mia era el centro de atención de todo un salón repleto de hombres que se la estaban comiendo, tal y como él lo hacía, con ojos depredadores.

Llevaba una delicada gargantilla de un solo diamante y, a juego, unos pendientes también de diamantes. Se los había regalado la Navidad del año anterior. Por eso le llenaba de satisfacción verla lucir las joyas que él mismo había comprado especialmente para ella, ya que, para Gabe, eso solo significaba estar un paso más cerca del inevitable destino que la haría suya.

Ella aún no lo sabía, pero Gabe ya había esperado más que suficiente. Había soportado durante mucho tiempo sentirse como si fuera un delincuente de la peor calaña por haber deseado a la hermanita pequeña de su mejor amigo. Cuando Mia cumplió los veinte, la forma en que Gabe la miraba cambió considerablemente. Pero aun así, él tenía treinta y cuatro años y sabía perfectamente que ella todavía seguía siendo demasiado joven para lo que él esperaba de ella.

Así que había esperado.

Mia era su obsesión, y, pese a que le incomodaba reconocerlo, también era una droga que corría por sus venas y de la que no quería desintoxicarse. Ahora que ella tenía veinticuatro, la diferencia de edad no parecía ser tan infranqueable. O eso se decía a sí mismo. Jace se pondría hecho un basilisco igualmente —al fin y al cabo, Mia siempre sería su hermanita pequeña—, pero Gabe estaba dispuesto a correr el riesgo. Por fin probaría un pedacito de su fruta prohibida.

Oh, sí. Gabe tenía planes para ella, ahora solo tenía que ponerlos en práctica.

Mia le dio un cauto sorbo a su copa de vino —la cual había cogido con el único fin de no sentirse tan fuera de lugar entre la inmensa marea de gente rica y atractiva— y recorrió la habitación con la mirada en busca de Jace. Le dijo que estaría en la fiesta y al final había decidido darle una sorpresa presentándose en la gran inauguración del nuevo hotel de la cadena HCM.

El moderno y exuberante edificio estaba situado en Union Square y estaba destinado a albergar a una clientela de lo más exclusiva. Jace y sus dos mejores amigos se relacionaban y vivían en ese mundo. Habían trabajado muy, muy duro para llegar a donde estaban; habían tenido más éxito de lo que nadie se podía imaginar y lo habían conseguido cuando llegaron a los treinta.

Con treinta y ocho años eran conocidos como los hoteleros con más éxito del mundo. Aun así, seguían siendo su hermano mayor y sus mejores amigos. Bueno, menos Gabe. Aunque quizá ya iba siendo hora de que superara las bochornosas fantasías de adolescente en lo que a él se refería. A los dieciséis era comprensible; con veinticuatro, solo la hacía parecer desesperada e ingenua.

Ash y Gabe habían nacido rodeados de riqueza. Ella y Jace, no. Y ella aún seguía sin sentirse completamente cómoda en los círculos en los que su hermano se movía. Aun así, estaba extremadamente orgullosa de Jace por haber conseguido tanto éxito en la vida, especialmente al haberse visto de repente con una hermana pequeña a la que cuidar tras la inesperada muerte de sus padres.

Gabe tenía buena relación con sus padres, o al menos así era mientras estaban casados. Pero sin que nadie lo esperase, su padre se divorció de su madre justo después de su trigésimo noveno aniversario. Con respecto a Ash, su situación, en el mejor de los casos, podía considerarse como interesante, diplomáticamente hablando. Ash no se llevaba bien con su familia… con ninguno de ellos. Se independizó cuando era muy joven y de este modo rechazó el negocio de la familia, y, por tanto, también su dinero. Probablemente su éxito era de lo más irritante para su familia porque lo había conseguido él solo y no gracias a ellos.

Mia sabía que Ash nunca pasaba tiempo con ninguno de ellos. Pasaba la mayor parte de su tiempo con Jace y Gabe, aunque más precisamente con Jace. Este le había dejado claro a Mia que los miembros de la familia de Ash eran, según sus palabras, unos gilipollas, y ella lo había dejado ahí… No es que hubiera tenido la oportunidad de conocerlos tampoco. Ellos hacían como que HCM no existía.

Mia quería darse la vuelta y desaparecer cuando dos hombres comenzaron a acercársele sonriendo como si fueran a llevarse el premio de la noche. Pero todavía no había encontrado a Jace y no se iba a ir tan rápidamente cuando se había tirado tanto tiempo arreglándose para la inauguración. Especialmente, por si daba la casualidad de que se encontraba con Gabe.

Patético, sí. Pero qué se le iba a hacer…

Sonrió y se preparó para enfrentarse a ellos. Estaba determinada a no avergonzar a su hermano actuando como una imbécil en su gran noche.

Pero entonces, para su sorpresa, Gabe apareció caminando entre la multitud con el ceño fruncido y una mala cara que estropeaba sus perfectas facciones. Adelantó a los dos hombres que se le estaban acercando y la sujetó del brazo para llevársela de allí eficazmente antes de que los tipos llegaran hasta ella.

—Hola a ti también, Gabe —dijo con voz temblorosa.

Había algo en él que la volvía estúpida. No podía hablar, no podía pensar, no podía formar ni un solo pensamiento coherente. Gabe seguramente creería que era un milagro que hubiera acabado la carrera universitaria y se hubiera graduado con matrícula de honor. Incluso aunque tanto él como Jace pensaran que era una carrera completamente inútil. Jace hubiera preferido que Mia hubiera estudiado Empresariales y que se hubiera involucrado en el «negocio familiar». Pero ella no sabía todavía qué era lo que quería hacer, y esa era otra fuente de exasperación para su hermano.

Esa situación le hacía sentirse culpable porque se había podido permitir el lujo de tardar en tomar decisiones. Jace siempre le había proporcionado todo tipo de cosas… un apartamento, todo lo que necesitaba, aunque después de graduarse Mia había intentado no depender de él.

Toda la gente con la que se había graduado ya había encontrado trabajo, se estaba labrando un futuro. Ella aún estaba trabajando a tiempo parcial en una pastelería y seguía dándole vueltas a qué era lo que quería hacer con su vida.

Y esas dudas tenían mucho que ver con las ingenuas fantasías referentes al hombre que la tenía cogida del brazo. Realmente tenía que superar esa fijación que tenía con él y pasar página. No podía pasarse la vida entera con la ridícula idea de que algún día se fijaría en ella y decidiría que tenía que hacerla suya.

Se embebió en su imagen con ansia, como una adicta a la espera de su siguiente dosis o como si hubiera pasado demasiado tiempo sin tomarla. Él era el hombre cuya presencia llenaba cualquier habitación en la que se encontrara. Su pelo negro y corto estaba arreglado con los mínimos productos, solo los justos para darle ese aspecto caro y sofisticado.

Tenía esa presencia de chico malo que volvía locas a todas las mujeres, además de esa actitud de «todo me importa una mierda». Todo lo que Gabe quería lo conseguía. La seguridad en sí mismo y su arrogancia eran dos cosas que le atraían de él. Bueno, que siempre le habían atraído de él. Era incapaz de luchar contra la atracción que sentía y Dios sabía que lo había intentado durante años, pero su obsesión parecía no mostrar ningún signo de rendición.

—Mia —dijo con voz grave—. No sabía que vendrías. Jace no me dijo nada.

—No lo sabe —contestó ella con una sonrisa—. Decidí darle una sorpresa. Por cierto, ¿dónde está que no lo veo?

Un ligero desasosiego se instaló en los ojos de Gabe.

—Se tuvo que ir. No estoy seguro de si volverá.

Su sonrisa desapareció.

—Oh —bajó la mirada tímidamente—. Supongo que he desperdiciado un precioso vestido para nada.

Gabe deslizó la mirada vagamente por todo su cuerpo. Ella se sintió como si la hubiera desnudado sin apenas esfuerzo.

—Es un vestido precioso.

—Probablemente debería irme. No tiene mucho sentido que me quede si Jace no está.

—Te puedes quedar conmigo —soltó él de repente.

Los ojos de Mia se abrieron como platos. Gabe nunca había hecho nada por pasar tiempo con ella. De hecho, parecía como que intentaba evitarla, y eso era más que suficiente para acomplejarla. Aunque también había sido atento con ella. Le enviaba regalos en ocasiones especiales y se aseguraba de que tuviera todo lo que necesitaba —que no era porque Jace la hubiera descuidado alguna vez—, pero nunca había intentado pasar más de unos pocos momentos en su presencia.

—¿Quieres bailar? —le preguntó él.

Ella se le quedó mirando perpleja mientras se preguntaba dónde estaba el verdadero Gabe Hamilton. Gabe no bailaba. Bueno, sabía bailar, pero raramente lo hacía.

La pista de baile estaba abarrotada de parejas. Algunas eran mayores y otras de la edad de Gabe. No vio a nadie de su misma edad, aunque si lo pensaba fríamente la mayoría de los invitados eran de una clase superrica y muy elegante a la que la mayoría de los jóvenes de veinticuatro años ni siquiera pertenecía.

—Eh, claro —dijo ella. ¿Por qué no? Se hallaba en la fiesta tras haberse pasado dos horas arreglándose. ¿Por qué desperdiciar un vestido maravilloso y unos zapatos increíbles?

Él colocó la mano en su espalda, gesto que para Mia fue como si la hubiera marcado. Apenas pudo reprimir un escalofrío mientras la guiaba hasta el área reservada para bailar. Bailar con él era una muy mala idea lo mirara como lo mirase. ¿Cómo se suponía que iba a superar su encaprichamiento si continuaba buscando su compañía? Pero vamos, ni soñando iba a desperdiciar la oportunidad de estar entre sus brazos aunque solo fuera por unos pocos minutos. Unos pocos minutos que serían impresionantes y gloriosos.

La sensual melodía del saxofón mezclado con la vibración del piano y los graves sonidos de un contrabajo conformaban la música que invadía las venas de Mia cuando Gabe la deslizó entre sus brazos. Era embriagadora y cautivadora, y la hacía sentir como si estuviera en medio de un sueño de lo más vívido.

La mano de Gabe se deslizó por su espalda hasta colocarla justo en la parte que no cubría la tela del vestido por su corte escotado. El tejido desaparecía justo encima de sus nalgas, lo que ella consideraba una provocación seductora que no había estado muy segura de llevar. Ahora se alegraba considerablemente de haberlo hecho.

—Es una maldita suerte que Jace no esté aquí —dijo Gabe.

Ella ladeó la cabeza y alzó la mirada confusa.

—¿Por qué lo dices?

—Porque le daría un ataque al corazón si te viera con ese vestido. Que no es que tenga tela suficiente como para llamarlo vestido, de todos modos.

Ella sonrió y el hoyuelo se le marcó mucho más en la mejilla.

—Bueno, pero como Jace no está aquí, no puede decirme nada, ¿verdad?

—No, pero yo sí —soltó inopinadamente.

Su sonrisa entonces desapareció.

—No necesito tener dos hermanos mayores, Gabe. Te aseguro que con uno tengo más que suficiente.

Él entrecerró los ojos y sus labios quedaron sin expresión.

—No tengo ninguna intención de ser tu maldito hermano mayor.

Ella le lanzó entonces una mirada herida. Si pasar tiempo con ella era tanta lata, ¿por qué se le había acercado? ¿Por qué no había continuado con lo que había estado haciendo durante todo ese maldito tiempo y la había ignorado?

Mia retrocedió y provocó que el cálido hormigueo que sentía en la piel por haber estado tan cerca de él, por haber tenido sus brazos rodeándola y por haber sentido sus manos encima de su cuerpo lentamente se fuera disipando. No tendría que haber ido a la inauguración. Había sido estúpido y poco inteligente. Lo único que tendría que haber hecho era llamar a Jace y ahora no se encontraría de pie, en el centro de la pista de baile, avergonzada por culpa del rechazo de Gabe.

Los ojos de Gabe se entrecerraron de nuevo mientras asimilaba su reacción. Luego suspiró, se giró de repente y casi se la llevó a rastras hasta la terraza. Las puertas estaban abiertas, por lo que el aire fresco de la noche entraba en la estancia. Entonces Gabe salió y la arropó bajo su brazo de forma protectora.

Estaba de nuevo entre sus brazos, envuelta en su calor. Mia podía hasta olerlo, y, dios, olía increíblemente bien.

Él no dejó de andar hasta que estuvieron bien alejados de la puerta y entre las sombras que proporcionaba el saliente. Las luces de la ciudad titilaban y deslumbraban el cielo, y los sonidos del tráfico en la distancia rompían el silencio y la calma.

Durante un largo momento se dedicó simplemente a mirarla fijamente, y ella se preguntó qué era lo que había hecho que lo había ofendido tanto.

Su olor, un toque a especias pero sin ser muy fuerte, la provocaba. La colonia que llevaba armonizaba con su personalidad, complementaba su olor natural a la vez que le daba ese toque tentador a hombre, a fuerza, a bosque, a aire libre y a... sofisticación.

—A la mierda —murmuró Gabe. Era un sonido de resignación, como si estuviera rindiéndose a alguna fuerza desconocida.

Antes de que ella pudiera responder, él la atrajo hasta atraparla contra su duro pecho. La boca de Mia se entreabrió de la sorpresa y soltó un pequeño suspiro. Sus labios estaban tan cerca de los de él que era más bien un tormento. Podía sentir su respiración y advertir el latido que se le había formado en la sien. Tenía la mandíbula fuertemente apretada como si se estuviera conteniendo a sí mismo. Pero entonces pareció perder la batalla.

Estampó su boca en la de ella de forma firme y acalorada...

realmente exigente. Y, oh, Dios, a ella le encantaba. La lengua de Gabe presionó contra sus labios de forma sensual y ardiente y se deslizó sobre la de ella al mismo tiempo que le acariciaba el paladar juguetonamente y se arremolinaba alrededor de su lengua en un delicado baile a dos. Él no solo la besó, sino que la devoró. La poseyó con solo un beso. En ese pequeño período de tiempo, ella pertenecía por completo a Gabe Hamilton. Cualquier otro hombre que la hubiera besado se había quedado inevitablemente entre las sombras.

Mia suspiró y se permitió derretirse por entero entre sus brazos. De repente no sentía ninguna estructura ósea en su cuerpo, solo buscaba más. Más. Más de él. Más de su calor, de sus caricias y de su boca pecaminosa. Era todo lo que ella había podido soñar y más. Sus fantasías e imaginación no eran nada en comparación con la realidad.

Gabe le rozó los labios con los dientes y los mordió con ganas. La punzada de dolor que sintió era suficiente como para decirle quién era el que estaba a cargo de la situación. Pero entonces él suavizó sus movimientos y reemplazó sensualmente los dientes por la lengua, a lo que le siguieron pequeños y suaves besos sobre todo el arco de su boca.

—Que me cuelguen, pero he querido hacer esto desde hace muchísimo tiempo —dijo con voz rasposa.

Mia estaba estupefacta. Sus piernas le temblaban y rezó para que no se desplomara contra el suelo por culpa de los tacones que llevaba. Nada la podía haber preparado para lo que acababa de pasar. Gabe Hamilton la había besado. Bueno, no solo la había besado, sino que la había arrastrado literalmente hasta la terraza y la había arrollado allí mismo.

Los labios aún le hormigueaban debido a la sensual invasión. Estaba mareada. Completamente borracha. Era como estar totalmente intoxicada. Colocada. Y ella no había bebido tanto, por lo que supo perfectamente bien que no estaba reaccionando al alcohol. Era a él, simple y llanamente. Gabe era letal para sus sentidos.

—Deja de mirarme así, como si esto te fuera a meter en serios problemas —gruñó Gabe.

Si se refería a la clase de problemas excitantes que ella sospechaba, no le importaría lo más mínimo.

—¿Cómo te estoy mirando? —le preguntó ella con voz ronca.

—Como si quisieras que te arrancara del cuerpo ese vestido que llevas por excusa, y te follara aquí mismo en la terraza.

Mia tragó saliva con fuerza. Probablemente era mejor no decir nada, aún no estaba completamente segura de lo que acababa de pasar. Sus sentidos se tambaleaban y no terminaba de hacerse a la idea de que Gabe Hamilton la acababa de besar y había hablado de tirársela allí mismo en la terraza del hotel.

Él se acercó de nuevo a Mia hasta que su calor la consumió y la engulló. El latir de su corazón en el cuello era inusual y su respiración, irregular y tensa.

—Ven a verme mañana, Mia. A mi oficina. A las diez.

—¿P-por qué? —tartamudeó Mia.

Su expresión era dura y sus ojos brillaban con una fiereza que ella no supo interpretar.

—Porque te he dicho que lo hagas.

Los ojos se le abrieron como platos, pero él, a continuación, la cogió de la mano y la guio hasta la entrada del salón. No se paró ni una vez, sino que continuó andando hasta que llegaron al vestíbulo del hotel. Mia hizo esfuerzos sobrehumanos por mantener el ritmo de sus decididos pasos mientras sus tacones repiqueteaban contra el pulido suelo de mármol.

Su mente era un completo frenesí.

—Gabe, ¿adónde vamos?

Salieron y él hizo un gesto a su portero, que se precipitó hacia donde ellos se encontraban nada más ver a Gabe. Unos segundos más tarde, un coche negro y elegante se detuvo justo en la entrada y Gabe la metió dentro.

Él se quedó de pie, inclinado hacia delante de manera que pudiera ver el interior del coche mientras agarraba la puerta con fuerza.

—Te vas a ir a casa y te vas a quitar ese maldito vestido —le dijo—. Y mañana vas a venir a mi oficina a las diez. —Gabe comenzó a cerrar la puerta pero entonces cambió de parecer y volvió a inclinarse para mirarla fijamente otra vez—. Y, Mia, espero por tu bien que estés allí.

Capítulo dos

—*D*éjame ver si lo he pillado bien. Nos dejaste tiradas a mí y a las chicas en la discoteca para poder ir a esa aburrida gran inauguración del hotel de tu hermano, y, mientras estabas allí, Gabe Hamilton te arrastró hasta la terraza, te besó, y luego te envió derechita a casa con explícitas instrucciones de que estuvieras en su oficina esta mañana a las diez.

Mia se repantigó en el sofá que estaba enfrente de su compañera de piso y mejor amiga, Caroline, y se restregó los ojos en un intento de deshacerse de esa niebla que la acechaba. No había dormido nada en toda la noche. ¿Cómo podía? Gabe le había dado la vuelta a todo su mundo y, ahora, las diez de la mañana se le estaban echando encima y no tenía ni idea de qué era lo que se suponía que debía hacer.

—Sí. Básicamente, eso fue —respondió Mia.

Caroline hizo una mueca exagerada con los labios y se dio aire con una mano.

—Y yo que pensaba que no podía ser posible que te lo pasaras tan bien como nosotras. Pero vamos, yo te puedo asegurar que a mí no me ha besado ningún multimillonario buenorro.

—Pero ¿por qué? —preguntó Mia con voz inquieta debido a la frustración. Era una pregunta que se había hecho a sí misma repetidas veces durante su vigilia. ¿Por qué la había besado? ¿Por qué la quería ver ahora cuando parecía haber pasado tanto tiempo evitándola?

No había sido una petición. Aunque, bueno, había que tener en cuenta que Gabe Hamilton nunca pedía nada. Él daba órdenes y esperaba resultados. Mia no sabía qué decía eso de ella pero encontraba ese rasgo de su personalidad excitante. La estremecía y la ponía muy caliente por dentro.

Caroline puso los ojos en blanco.

—Te desea, nena. ¿Y por qué no iba a hacerlo? Eres joven y estás buenísima. Me apuesto lo que quieras a que has estado en sus fantasías una o dos veces a lo largo de todos estos años.

Mia arrugó la nariz.

—Haces que suene muy mal.

—Oh, por el amor de Dios. ¿Acaso no lo has deseado desde que eras una adolescente? Y es cierto que él nunca se dejó llevar por sus deseos. Pero tienes veinticuatro años ahora, no dieciséis. Hay una gran diferencia.

—Ojalá supiera lo que quiere —dijo Mia con la preocupación haciéndose evidente en su voz.

—Si todavía te estás preguntando eso después de que te amenazara con follarte en la terraza, es que no hay esperanza para ti —dijo Caroline con exasperación.

Miró entonces su reloj de manera exagerada y luego levantó la vista en dirección a Mia para dedicarle a su amiga una mirada mordaz.

—Cariño, tienes menos de una hora para arreglarte antes de que te tengas que ir. Te sugiero que te levantes del sofá y vayas a ponerte estupenda.

—No sé ni siquiera qué ponerme —murmuró Mia.

Caroline sonrió.

—Yo sí. Vamos, que tienes a un hombre al que deslumbrar.

¿Deslumbrar? Mia se quería reír. Si alguien estaba deslumbrada, era ella. Estaba tan confundida por los hechos de la noche anterior que iba a ser un completo desastre andante cuando entrara, o si lograba entrar, en la oficina de Gabe.

Gabe manoseó con los dedos el contrato que había sacado y se quedó con la mirada fija en la primera página mientras contemplaba mentalmente en silencio el camino exacto que quería tomar con Mia. Era nuevo para él pasar tiempo reflexionando sobre cómo iba a hacerse cargo de la situación. Gabe solo hacía las cosas de una manera: iba directo al grano. Trataba todas sus relaciones personales de la misma manera que dirigía su negocio. No había espacio para las emociones, ni siquiera en una relación. Ya lo habían pillado con los pantalones bajados una vez —completamente por sorpresa, si quería ser cruelmente honesto consigo mismo— y se había jurado que ya no volvería a pasar ni una vez más.

No había nada como volverse un completo idiota por una mujer cuando se había confiado en ella para asegurarse de que nunca más volvería a tropezar en la misma piedra. Eso no significaba que se hubiera propuesto no volver a acercarse a una mujer; le gustaban demasiado. Le encantaba tener a una mujer sumisa entre sus manos y bajo su tutelaje. Pero su estrategia había cambiado. La forma en que lidiaba con ellas había cambiado. No había tenido elección.

Pero Mia…

No podía pretender que no era diferente a cualquier otra mujer que hubiera tenido antes, porque lo era. No era otra cara femenina a la que podía mirar con afecto en la distancia y sin implicarse demasiado. Las mujeres con las que él elegía estar sabían bien de qué iba el tema. Sabían qué era lo que se esperaba de ellas y lo que podían esperar a cambio.

Mia era la hermana pequeña de Jace. Y yendo mucho más allá, era la muchacha a la que había visto crecer. Joder, había asistido a su graduación del instituto. Recordaba cómo le había gruñido a su pareja para el baile cuando el capullo fue a recogerla a casa. También recordaba lo mucho que había disfrutado al ver cómo el chico se asustó cuando él, Jace y Ash le habían dicho claramente lo que podría pasar si no la respetaba en todo momento.

La había visto cuando había visitado a Jace en vacaciones y cuando terminó el instituto. Había ido incluso a su graduación de la universidad.

Esa vez había sido un infierno para él ya que Mia se había convertido en una mujer deslumbrante. Ya no tenía ese aspecto de niña joven e inocente y no se quería ni imaginar cuántos amantes había tenido, eso solo conseguiría cabrearlo. Pero bueno, no es que estuviera preocupado por ellos de todas formas, porque estaban en su pasado y ahí es donde se iban a quedar.

Mia no lo sabía todavía pero iba a ser suya. Él aún no tenía muy claro en su mente lo directo que debería comunicarle su proposición. Ella era… diferente. Más joven, sí, pero también más callada, y quizás hasta más cándida. O a lo mejor solo era su percepción. ¿Quién sabía realmente lo que hacía cuando no estaba bajo el ojo controlador de Jace?

Sin importar cómo decidiera dirigirse a ella, tenía que ser con finura y de manera que no la agobiara por completo ni la asustara sin que pudiera siquiera explicárselo todo bien. Porque ni por asomo iba a rendirse o a aceptar un «no» por respuesta cuando por fin había decidido mover ficha.

Y luego también estaba el maldito problema llamado Jace. Ese era un factor que aún no había solucionado pero en el que no tenía sentido preocuparse ahora cuando todavía no había captado la atención de Mia. Tendría que lidiar con Jace más tarde.

Un golpe en la puerta hizo que Gabe levantara la mirada furiosamente. Sus instrucciones para la recepcionista de HCM habían sido claras: no quería que nadie lo molestara. Y aún quedaba todavía más de una hora para que Mia llegara.

Jace y Ash entraron tranquilamente por la puerta y el enfado de Gabe solo aumentó. ¿Qué narices estaban haciendo hoy en la oficina? Se suponía que tenían que estar subidos en un avión en dirección a California para reunirse con un contratista y discutir los planes para un nuevo *resort*.

Los tres hombres viajaban mucho, y a menudo se repartían las tareas de supervisión de proyectos nacionales e internacionales. Tenían varios en diferentes fases de trabajo en este momento, incluido el hotel del que iban a hablar en California, otro que aún estaba en fase de planificación en París y un posible lugar en el Caribe para un *resort* de lujo. Sin embargo, últimamente, Gabe se había quedado en Nueva York supervisando los últimos detalles del Bentley, su nuevo hotel de lujo en Union Square. Él era el que cerraba las ventas. Era demasiado obsesivo como para confiarles siquiera a sus mejores amigos esa tarea.

Jace y Ash eran los intermediarios, como Gabe los llamaba. Y aunque los tres trabajaban conjuntamente en la sociedad anónima, Gabe se encargaba de iniciar los proyectos, de sacarlos a licitación y de obtener hasta el último detalle a su gusto. Luego Jace y Ash supervisaban y se aseguraban de que la construcción comenzara y de que las cosas funcionaran bien sin problemas. Y entonces Gabe volvía de nuevo para darle los últimos retoques.

Era un acuerdo que los beneficiaba a los tres bastante bien. Además, todos lidiaban con las operaciones diarias y la gerencia de los hoteles y *resorts*.

Los tres habían sido amigos desde la universidad. Si lo pensaba bien, no estaba siquiera seguro de qué fue lo que los unió además del alcohol, las fiestas de fraternidad y la cantidad de chicas que los perseguían. Simplemente habían congeniado bien desde el principio e hicieron buenas migas.

Las cosas se le habían complicado a Jace cuando sus padres murieron en un accidente de coche y había tenido que asumir la responsabilidad de una hermana mucho más pequeña que él, pero Gabe y Ash se unieron a él y le ofrecieron su apoyo. Nunca hubieran permitido que lo hiciera solo.

Un tiempo después, fueron Ash y Jace los que lo apoyaron a él durante su público y conflictivo divorcio.

Quizá, de alguna manera, Mia era bastante responsable del fuerte vínculo que había entre los tres. Lo cual era irónico puesto que también podría ser el fin de la relación si Gabe no sabía lidiar bien con la situación.

—¿Qué es lo que te ha puesto de mala leche esta mañana? —dijo Ash arrastrando las palabras mientras se dejaba caer en una de las sillas ante la mesa de Gabe.

Jace se sentó en la otra, más callado y ligeramente menos irreverente que Ash.

Sí, Jace y Ash eran las dos únicas personas que consideraba amigas en el verdadero sentido de la palabra. Confiaba en ellos —las únicas personas en las que confiaba— y tenían su lealtad, que era algo que no ofrecía tan ciegamente a nadie.

Jace era el más callado de los dos, mientras que Ash era el guaperas encantador que atraía a las mujeres como moscas. Gabe estaba convencido de que era la combinación de los dos la que hacía que las mujeres se volvieran un poco locas. Desde luego había una larga cola de mujeres que se mostraban dispuestas para hacer un trío con los dos.

Ash siempre estaba en la vanguardia. Al ser abierto y el rey del flirteo, hacía que las mujeres se quedaran sin aliento y revoloteando a su alrededor. Gabe sabía de primera mano cómo funcionaba el encanto de Ash y cómo las afectaba. Jace, no obstante, simplemente se quedaba detrás, observándolas con esos ojos oscuros y ese comportamiento retraído. Las mujeres lo encontraban un reto y quizá porque consideraban a Ash una conquista medianamente fácil, siempre iban tras Jace con determinación solo para descubrir que era inalcanzable.

Los tres hombres tenían sus perversiones y no sentían remordimientos por ello, lo cual fue otro de sus descubrimientos durante sus años de universidad. Habían conseguido el suficiente dinero y habían llegado a tal nivel de éxito que habían ido más allá de lo que ninguno de ellos se podía haber llegado a imaginar nunca. No tenían ningún problema en encontrar compañeras de sexo dispuestas, o incluso para una relación más larga, siempre y cuando las mujeres supieran de qué iba el asunto.

Era un acuerdo sobreentendido entre los tres. Ellos jugaban duro pero vivían libres, especialmente tras la debacle del matrimonio de Gabe.

De la misma forma que Gabe y Ash habían apoyado a Jace cuando este tuvo que hacerse cargo de Mia, Ash y Jace habían sido una ilimitada fuente de ayuda y sostén para Gabe cuando Lisa se divorció de él. También habían sido sus acérrimos defensores cuando Lisa había lanzado acusaciones sin fundamento contra él, que habían dañado su reputación tanto personal como profesional para siempre. Hasta el día de hoy, Gabe aún no entendía qué era lo que había hecho que Lisa se volviera contra él, pero siempre les estaría agradecido a Jace y a Ash por su apoyo incondicional durante los peores meses de su vida.

¿Había sido el mejor marido? A lo mejor no, pero sí que le había dado a Lisa todo lo que él pensó que quería y deseaba. Sus perversiones sexuales eran consensuadas, él nunca la había forzado a hacer nada que ella no deseara hacer también, así que el simple hecho de recordar las acusaciones de Lisa aún lo ponía furioso.

Lo habían crucificado en los medios de comunicación y en el juicio por su divorcio, mientras que Lisa había salido de todo el asunto como la víctima de un cabrón manipulador y abusador.

Desde entonces, no había entrado en ninguna otra relación sin tener documentos legales y de completa privacidad firmados por ambas partes. Era posible que algunos lo vieran un tanto extremo, o incluso ridículo, pero tenía demasiado que perder como para volver a arriesgarse a tener otra Lisa yendo detrás de él.

—Se suponía que vosotros dos teníais que estar en un avión de camino a California —dijo Gabe con impaciencia.

Jace entrecerró los ojos.

—Nos vamos dentro de media hora. El piloto nos llamó diciendo que había un problema mecánico con el avión. Lo más temprano que podemos despegar es a las once, cuando el hombre pueda conseguir otro avión con combustible y haya presentado los planes de vuelo.

Gabe hizo un cálculo mental. Los dos se habrían ido mucho antes de que Mia llegara. Solo esperaba que ella no fuera del tipo de mujer superpuntual que llegaba temprano a todas partes. Por mucho que él fuera un maniático del tiempo y odiara a la gente que no era puntual, esta era una excepción que estaba dispuesto a pasar por alto.

Bajo el escritorio, los puñoss de Gabe se abrían y cerraban en puños una y otra vez. Mia había sido lo único que había ocupado su mente desde que había entrado en el gran salón del hotel la noche anterior. Ahora que se estaba permitiendo pensar en ella como algo más que la hermana pequeña de su mejor amigo, una crispación que desafiaba a la lógica lo consumía.

Gabe solo podía describir lo que sentía como… impaciencia. Expectación. La adrenalina recorría sus venas; Mia había revuelto su mundo perfectamente ordenado y le estaba dando la vuelta sin parar. Apenas podía esperar a tenerla bajo su mano y dirección; la sangre se le calentaba solo de pensar en ello.

Dios, se ponía duro solo de pensar en ella y estaba sentado justo enfrente de sus dos mejores amigos. El concepto de peligroso no empezaba siquiera a describirlo. Solo esperaba que los dos se quedaran justo donde estaban y no se dieran cuenta.

Y sabiendo que, si no sacaba el tema, Jace le haría muchas

más preguntas sobre por qué no lo había mencionado antes, lo miró directamente a los ojos y dijo:

—Te perdiste a Mia anoche en la inauguración.

Jace se enderezó en la silla con el ceño fruncido.

—¿Estuvo allí?

Gabe asintió.

—Te quería dar una sorpresa. Llegó un poco más tarde de que desaparecierais con la morena.

Jace soltó una maldición y suspiró exageradamente con disgusto.

—Mierda. No tenía ni idea de que tuviera planeado ir. Ojalá me lo hubiera dicho. Me habría asegurado de estar allí. ¿Qué pasó? ¿Hablaste con ella? ¿Se quedó mucho tiempo?

—Me hice cargo de ella —dijo Gabe de forma casual—. Le dije que te tuviste que ir. Bailé una pieza con ella y luego la mandé a casa en coche. Habrías tenido un ataque al corazón de haberla visto con lo que llevaba puesto.

Las comisuras de los labios de Ash se arquearon en una sonrisa.

—Nuestra pequeña Mia está creciendo.

Jace le gruñó.

—Cierra la puta boca, tío. —Entonces volvió a mirar a Gabe—. Gracias por cuidar de Mia. No es el mejor sitio para ella, especialmente si tienes razón sobre lo que llevaba puesto. Entre toda la panda de viejos verdes que están buscando alejarse de sus mujeres, Mia habría sido como el Santo Grial. Ni de coña van a apuntarse otro tanto con ella.

Gabe debería haberse sentido culpable, pero él ya sabía que iba a ir al infierno por todo lo que tenía planeado hacerle a Mia y por lo que había pensado para ella. Ella no iba a ser otra más en su vida, así que podía dejar de lado toda inquietud que el comentario enfadado de Jace le hubiera provocado.

El interfono de Gabe sonó.

—Señor Hamilton, una tal señorita Houston acaba de llegar y pregunta por el señor Crestwell y el señor McIntyre.

Gabe arqueó las cejas.

—¿Os lleváis a la morena a California?

Ash sonrió.

—Joder, claro. Hará que el viaje se haga mucho más corto.

Gabe sacudió la cabeza.

—Déjala entrar, Eleanor.

Un momento después, la preciosa morena con la que Gabe había visto a Jace y a Ash la noche anterior entró en la oficina. Los altos tacones que llevaba repiqueteaban en el suelo de mármol hasta que se silenciaron una vez hubo pisado la alfombra.

Ash estiró uno de sus brazos y la mujer se sentó cómodamente en su regazo con las piernas rozando a Jace. Jace posó una mano en su pantorrilla y la deslizó posesivamente en dirección norte hasta llegar a su rodilla sin mirarla en ningún momento. Era como si solo le estuviera recordando que, al menos por el momento, ella era suya.

Gabe no pudo evitar hacer comparaciones entre la mujer que estaba sentada en el regazo de Ash y Mia, lo cual era estúpido dado que una no estaba a la misma altura de la otra. Esta mujer era mayor, tenía más experiencia y sabía muy bien cuál era el tema que tenía con Jace y Ash. Mia no tenía ni idea de lo que Gabe estaba pensando para ella, y tendría suerte si no salía corriendo y gritando de su oficina.

En el pasado, a Gabe no le habría importado lo más mínimo la escena que tenía ahora mismo frente a él. No era nada raro que Jace y Ash trajeran a una mujer a sus oficinas. Pero hoy estaba desesperado por que se fueran. No quería que Mia estuviera más incómoda de lo necesario y estaba más que claro que no quería a Jace al tanto de lo que tenía en mente para su hermana pequeña.

Gabe deslizó la mirada exageradamente a su reloj y luego volvió a alzarla para mirar a Ash, que tenía el brazo alrededor de la voluptuosa mujer. Joder, ni siquiera se habían molestado en presentársela, lo cual era señal de que no tenían previsto tenerla con ellos durante mucho tiempo.

—¿El coche os recoge aquí? —preguntó Gabe.

—¿Te estamos molestando? —inquirió Jace.

Gabe se reclinó hacia su silla y se obligó a poner cara de aburrimiento.

—Solo tengo muchos correos electrónicos y mensajes que debo atender y me gustaría ponerme al día. Ayer no pude terminar de hacer absolutamente nada con todos los detalles de última hora de los que me tuve que hacer cargo para la inauguración.

Ash resopló.

—Haces que suene como si nos estuvieras intentando echar en cara que Jace y yo estuviéramos notablemente ausentes y no tuvieras más remedio que hacerte cargo de todo tú solo. Pero ya sabemos lo controlador que eres, así que no tenía mucho sentido que Jace o yo intentáramos ayudarte cuando el universo se desmorona si no lo tienes todo organizado como tú quieres.

—Cabrón obsesivo —dijo Jace mostrándose de acuerdo con Ash.

La morena se rio tontamente y el sonido molestó a Gabe. Ella podría ser mayor que Mia, y podría tener más experiencia, pero él no recordaba que Mia se hubiera reído nunca como una estúpida adolescente.

—Salid de mi despacho de una puta vez —dijo Gabe con el ceño fruncido—. A diferencia de vosotros dos, yo tengo trabajo que hacer. Llevad vuestros culos hasta California y planificarlo todo con el contratista. Tenemos que estar seguros de que empezamos a construir a tiempo. No quiero tener una bandada de inversores enfadados detrás de mí cuando me he pasado los últimos meses lamiéndoles el culo para traerlos a nuestro terreno.

—¿He fallado alguna vez? —le preguntó Ash en tono burlón.

Gabe movió su mano en un gesto despectivo. No, Ash nunca había fallado, y Gabe no estaba preocupado por eso. Los tres formaban un buen equipo. Sus puntos fuertes y débiles se los complementaban unos a otros muy bien.

HCM no era solamente un negocio. Era una sociedad anónima que había nacido de la amistad de los tres hombres y de una increíble lealtad. Justo lo que Gabe iba a poner a prueba porque estaba obsesionado con la hermana pequeña de Jace. Que lo ahorcaran si eso no estaba mal.

Por suerte, Jace se levantó y deslizó la mano por la pierna de la mujer. La levantó del regazo de Ash y la colocó cómodamente entre los dos mientras caminaban a la vez hasta la puerta del despacho de Gabe.

Jace se detuvo y se dio la vuelta un momento. Tenía el ceño fruncido.

—Intentaré llamar a Mia antes de irme, ¿pero puedes echarle un ojo mientras estoy fuera? Asegúrate de que esté bien y de que no necesita nada. Siento mucho no haber estado anoche allí con ella.

Gabe asintió ligeramente con cuidado de mantener controlada la expresión de su rostro.

—Me ocuparé de ello.

—Gracias, tío. Ya hablaremos cuando estemos en la otra costa.

—Mantenme informado de cómo van yendo las cosas —dijo Gabe.

Ash sonrió.

—Loco controlador.

Gabe le enseñó el dedo corazón y, a continuación, él y Jace salieron de la oficina con su última conquista situada entre ambos. Gabe se reclinó de nuevo en su silla y volvió a bajar la mirada hacia su reloj. El alivio tomó posesión de su cuerpo cuando vio que aún tenía media hora más antes de que Mia llegara.

Y Jace y Ash ya estarían bien lejos para entonces.

Capítulo tres

$\mathcal{M}$ia se bajó del taxi en la Quinta Avenida, ya que solo tendría que dar un pequeño paseo hasta el edificio que albergaba las oficinas de HCM, y suspiró por el buen tiempo que hacía. El viento le alborotaba el pelo y daba indicios del fresco que para la fecha en la que estaban era poco más que inevitable. Los días se estaban volviendo más fríos mientras el otoño se iba y dejaba paso al invierno.

Gabe vivía muy cerquita, en el número 400 de la Quinta Avenida, en una moderna urbanización residencial de lujo, mientras que Jace vivía en el Upper West Side, mucho más cerca de Mia. Sin embargo, ella estaba segura de ser la razón por la que Jace nunca se había mudado más cerca de su oficina. Y luego estaba Ash, que vivía en el número 1 de Morton Square, con vistas al río Hudson.

Se precipitó hasta el rascacielos que albergaba el HCM y sacó rápidamente el pase de seguridad para poder dirigirse hacia el torno que llevaba a los ascensores. Jace le había dado el pase cuando le hizo una visita guiada por las oficinas de HCM unos cuantos años atrás, pero apenas lo había usado ya que siempre que venía estaba con él. Por lo que ella sabía, esa cosa podría haber dejado de funcionar, y entonces tendría que identificarse con los de seguridad para que la dejaran pasar. Solo que, antes de perder todo ese tiempo, a lo mejor se acobardaba, daba media vuelta y se iba.

Afortunadamente, no tuvo ningún problema.

Bajó la mirada hacia su reloj cuando el abarrotado ascensor llegó, accedió a él y se colocó como pudo al fondo ya que mucha más gente empujaba para entrar. Eran las diez menos cinco y odiaba llegar tarde. Y no es que ahora llegara tarde —al menos no todavía—, pero Mia era una de esas personas a las que siempre les gustaba llegar temprano. Se ponía nerviosa si no lo hacía, y llegar con tan poco tiempo de antelación la había puesto ansiosa.

No tenía nada que ver con que estuviera tan empeñada en obedecer la orden de Gabe, tampoco es que él fuera a querer su cabeza si llegaba tarde. Pero había habido algo en su voz que la hacía mostrarse recelosa de llevarle la contraria. Y si era honesta consigo misma, estaba loca por saber por qué le había dicho que acudiera a la cita de forma tan imperiosa.

Caroline la había precipitado hacia la ducha y la había vestido después como si Mia fuera una niña que no tuviera ni idea de qué llevar ni de cómo vestirse. Tras elegir unos vaqueros que se le ceñían en cada curva, cogió un top y una camiseta ancha que se le caía por un hombro, le llegaba por la cintura y dejaba a la vista una diminuta parte de su vientre si se movía bien.

Le secó el largo cabello dándole volumen y ondeándole algunos mechones para darle una apariencia más alocada. Caroline juraba que melenas como la de Mia volvían locos a los hombres, pero esta última no tenía muy claro que quisiera volver loco a Gabe. Sí, había estado más de una vez en sus fantasías adolescentes —y adultas—, pero, ahora que se había acercado a ella de forma más personal, sentía un inmenso poder que radiaba de él.

La había intimidado y le había hecho pensárselo dos veces antes de decidir si podría algún día manejar a un hombre como él.

Mia apenas se había puesto maquillaje; no era que no llevara, sino que de alguna forma arreglarse demasiado para esta reunión misteriosa con Gabe parecía… desesperado, como si llevara una señal de neón en la cara que dejara claro cuáles eran sus intenciones y sus deseos. ¿Y si se trataba de un encuentro completamente mundano? ¿No se sentiría como una completa idiota si iba vestida para seducirlo y luego se daba cuenta de que solo quería saber cómo estaba? De todas formas, ¿quién narices sabía lo que él estaba pensando? Gabe no era de los que iban contando sus pensamientos y sentimientos al mundo.

Justo cuando quedaba un minuto para las diez, Mia salió del ascensor y se apresuró hacia la recepción de HCM. Eleanor, la recepcionista, le sonrió y saludó a Mia mientras se acercaba. Mia no tuvo tiempo de decidir si estaba loca por haber aceptado acudir a la cita, ni de serenarse y calmarse antes de lanzarse a los lobos. Apenas tenía un minuto para entrar en la oficina de Gabe.

—Había quedado con Gabe a las diez —dijo Mia sin aliento.

—Le haré saber que has llegado —dijo Eleanor mientras cogía el teléfono.

Mia se dio la vuelta, no muy segura de si él saldría a recepción a buscarla o de si era ella la que tendría que acudir a su despacho. Siempre que había venido a ver a Jace, había ido directamente hasta allí, no había tenido que esperar como si tuviera una cita.

—Puedes ir a su despacho —le informó Eleanor.

Mia se volvió rápidamente y asintió a la vez que respiraba hondo y se dirigía hacia el pasillo donde se encontraban los despachos. Pasó por delante de la de Jace y se encontró al final del pasillo, donde se encontraba el espacioso despacho de Gabe. Se detuvo un momento justo detrás de la puerta y bajó la mirada hacia los dedos del pie, con las uñas pintadas que sobresalían de los seductores zapatos de tacón alto que Caroline le había sugerido.

De repente se sintió como la idiota más grande del universo. Fuera lo que fuere que hubiera poseído a Gabe en la fiesta de la noche anterior, seguro que lo había malinterpretado por completo y ahora venía vestida con la única intención de seducirlo.

Estaba a puntito de darse media vuelta y volver al ascensor tan rápido como los tacones le permitieran, cuando la puerta se abrió y Gabe Hamilton apareció detrás y se la quedó mirando con atención.

—Me preguntaba si habías cambiado de idea —le dijo.

Ella se sonrojó llena de culpabilidad y rezó por lo que más quería para que él no le pudiera leer los pensamientos. Lo más seguro era que la culpabilidad estuviera plasmada en todo su rostro.

—Estoy aquí —dijo valientemente a la vez que levantaba la barbilla y le devolvía la mirada.

Gabe retrocedió un paso y extendió el brazo.

—Pasa.

Ella volvió a coger aire y se adentró en la guarida del león.

Mia ya había visto la oficina de Gabe una vez, años antes cuando Jace la había llevado de visita por toda la planta que HCM ocupaba, pero había estado tan emocionada que todo permanecía borroso en su mente. Ahora sí que se detuvo a estudiar el interior de la oficina con agudo interés.

La estancia gritaba «elegancia» y «dinero» por los cuatro costados. El suelo estaba revestido de una sofisticada madera caoba y cubierto parcialmente por una elegante alfombra oriental. Los muebles eran oscuros como el cuero y tenían una apariencia antigua y pintoresca. Algunos cuadros decoraban tres de las paredes mientras que la cuarta estaba cubierta por una amplia biblioteca llena de una mezcla ecléctica de libros.

A Gabe le encantaba leer. Jace y Ash siempre se metían con él y lo llamaban «rata de biblioteca», pero esa era una pasión que Mia y él compartían. Cuando Gabe le regaló las pasadas Navidades los pendientes y la gargantilla que había llevado puestos la noche anterior, ella le había regalado a su vez una primera edición de una novela de Cormac McCarthy.

—Pareces nerviosa —dijo Gabe, adentrándose en sus pensamientos—. No te voy a morder, Mia. Al menos no todavía.

Ella levantó las cejas y Gabe le indicó con la mano que tomara asiento frente a su mesa. Movió la silla y le puso la mano en la espalda al mismo tiempo que se sentaba. Mantuvo la mano en su espalda por un rato más, logrando que a Mia le entrara un escalofrío por el contraste del calor de su contacto con el ambiente.

Dejó que los dedos de la mano se deslizaran por su hombro antes de rodear su mesa y sentarse justo enfrente de ella. Durante un largo rato, él la miró fijamente hasta que el calor ascendió por el cuello de Mia hasta llegar a sus mejillas. Gabe no solo la miraba; la estaba devorando con los ojos.

—Querías verme —dijo ella en voz baja.

Una de las comisuras de los labios de Gabe se arqueó hacia arriba.

—Quiero hacer más que verte, Mia. Si solo quisiera verte, habría pasado más tiempo contigo anoche.

La respiración de Mia salió de forma irregular por sus labios, y por un breve lapso de tiempo simplemente se olvidó de cómo respirar. Se relamió los labios y recorrió su labio inferior con la lengua, inquieta.

—Por el amor de Dios, Mia.

Sus ojos se agrandaron.

—¿Qué?

Las fosas nasales de Gabe se ensancharon y sus puños se cerraron encima de la mesa.

—Quiero que trabajes para mí.

De todas las cosas que Mia había pensado que pudiera decir, esa precisamente no había sido una de ellas. Le devolvió la mirada, sorprendida, e intentó procesar el hecho de que Gabe acababa de ofrecerle un trabajo. Dios, había estado a punto de cagarla enormemente. Sus mejillas se tensaron por la humillación que sentía.

—Ya tengo trabajo —le dijo ella—. Lo sabes.

Gabe le hizo un gesto despectivo con la mano y un ruido de impaciencia salió de sus cuerdas vocales.

—Sabes perfectamente que no es un trabajo que esté a la altura de tus capacidades y de tu formación.

—No es que pretenda tenerlo para siempre —se defendió ella—. Los propietarios han sido muy buenos conmigo y están necesitados de personal, así que les prometí que me quedaría con ellos hasta que puedan contratar a otra persona.

Gabe le dedicó una mirada de impaciencia.

—¿Cuánto tiempo llevan diciéndote eso, Mia?

Ella se sonrojó y bajó la mirada ligeramente.

—Estás hecha para ser más que una simple dependienta en una confitería. Jace no ha gastado todo ese dinero y tú no te has pasado todo ese tiempo en la universidad para servir dónuts.

—¡Yo nunca tuve la intención de que fuera algo permanente!

—Me alegro de escuchar eso. Preséntales tu dimisión y ven a trabajar para mí.

Gabe se recostó en su silla, mirándola con atención mientras esperaba su respuesta.

—¿Qué trabajo me estás ofreciendo exactamente?

—Serías mi asistente personal.

Solo por la forma en que había pronunciado las palabras, un escalofrío le recorrió todo el cuerpo. El énfasis que había puesto en «personal» no podía ser obviado.

—Tú no quieres asistentes personales —lo acusó—. Nunca has querido. Las odias.

—Es cierto que tú serás la primera en bastante tiempo. Confío en que demostrarás ser una empleada muy competente.

Ahora era el turno de Mia para estudiarlo. Entrecerró los ojos y observó su intensa y taciturna expresión.

—¿Por qué? —le preguntó de forma abrupta—. ¿Qué es lo que quieres, Gabe? Y ya que estás, explícame lo que pasó anoche. Porque estoy completamente perdida.

La sonrisa que se formó en los labios de Gabe fue lenta y deliciosamente arrogante.

—Así que mi gatita tiene garras.

¿«Su» gatita? A Mia no le pasó desapercibido el significado que tenía esa pequeña palabra.

—No juegues conmigo. Hay algo más. ¿Por qué quieres que trabaje para ti?

Su labio superior se frunció y sus fosas nasales se ensancharon mientras la miraba fijamente desde el otro lado de la mesa.

—Porque te deseo, Mia.

De repente un silencio abrumador se instaló en la habitación, ahogando todo sonido excepto por el pulso errático que latía en sus oídos.

—No… entiendo.

Entonces, Gabe puso una sonrisa depredadora en sus labios que se deslizó sobre ella como la más suave de las sedas.

—Oh, yo creo que sí.

Se le hizo un nudo en la garganta y sintió mariposas revolotear dentro de su estómago. Esto no estaba ocurriendo, tenía que ser un sueño.

—Lo que sugieres no puede ser —dijo—. Si trabajo para ti… no podemos…

—¿No? —preguntó Gabe con sorna. Se echó incluso más hacia atrás en su silla, indolente y seguro de sí mismo, a la vez que se giraba a un lado para poder estirar sus largas piernas.

»El propósito de que trabajes para mí es que de esa manera estarías conmigo a todas horas y yo podría tenerte cuando quisiera y como quisiera.

El cuerpo entero de Mia se llenó entonces de calor mientras se movía inquieta en la silla y jugueteaba con las manos en su regazo.

—Esto es demasiado —confesó. Era pobre, completamente pobre como respuesta, pero ¿qué era lo que se suponía que tenía que decir? Estaba totalmente boquiabierta.

El corazón se le iba a salir del pecho. Ella sabía que había mucho más que sus palabras. Había una riqueza de significados en esos oscuros ojos que la hacía sentirse perseguida... acosada.

—Ven aquí, Mia.

La firme, pero gentil, orden disipó toda neblina de confusión. Los ojos de Mia se agrandaron al mismo tiempo que se encontraban con los de él, y entonces se dio cuenta de que Gabe estaba esperando a que ella se le acercara.

Se levantó con las piernas débiles y se restregó las manos en los vaqueros en un intento de serenarse. A continuación, Mia dio ese primer paso y caminó alrededor de la mesa hasta llegar a la silla de ejecutivo donde él permanecía sentado.

Gabe alzó la mano y, una vez tuvo sus dedos entrelazados con los de ella, tiró de Mia para que se sentara en su regazo. Esta aterrizó de forma incómoda, pero Gabe se estiró y la acomodó bien para que estuviera acurrucada contra su pecho y pegada justo contra su costado. Con la mano que le quedaba libre hundió los dedos en su cabello y entrelazó los nudillos con sus mechones mientras seguía sosteniéndole la mano con la otra.

—Esta relación que te estoy proponiendo no es tradicional —dijo—. No voy a hacer que te metas de lleno en el tema a ciegas y sin saber exactamente a lo que te estás enfrentando y lo que puedes esperar de ello.

—Muy considerado por tu parte —replicó ella con un tono seco.

Gabe le dio un ligero tirón de pelo.

—Pequeña atrevida. —Entrecerró los ojos mientras miraba directamente a los suyos. Separó los dedos de los de ella y los llevó hasta sus labios para perfilar la boca de Mia con la punta del dedo índice—. Te quiero, Mia. Y te voy a advertir ahora. Estoy muy acostumbrado a conseguir lo que quiero.

—Así que quieres que trabaje para ti y me quieres… a mí. Físicamente, me refiero.

—Oh, sí —murmuró—. Está claro.

—Y esa relación que propones… ¿Qué quieres decir exactamente con que no es tradicional?

Gabe dudó por un instante.

—Te poseeré —dijo—, en cuerpo y alma. Me pertenecerás.

Oh, guau. Sonaba muy… fuerte. Mia no podía siquiera concebir la idea. La boca se le secó e intentó lamerse los labios, pero se lo pensó mejor al recordar la reacción de Gabe cuando lo había hecho momentos antes.

—Te guiaré en todo esto —dijo en un tono mucho más delicado—. No te voy a lanzar a los lobos. Seré paciente mientras aprendes la clase de relación que espero.

—No sé siquiera qué decir ahora —soltó Mia.

Gabe deslizó su mano sobre el mentón de Mia hasta llegar a su mejilla. Estaban a la misma altura mientras se miraban a los ojos, sus bocas se encontraban a pocos centímetros de distancia.

—Creo que ahora es cuando me dices las oportunidades que tengo —la animó Gabe—. ¿Me deseas tanto como yo te deseo a ti?

Oh, Dios. ¿Esto estaba ocurriendo de verdad? ¿Se atrevería a decir las palabras en voz alta? Era como estar de pie en la cornisa de un rascacielos mirando hacia abajo, dándole el viento en toda la cara y sabiendo que, si daba un paso en falso, se caería en picado.

La boca de Gabe se le acercó, aunque no se detuvo en sus labios, sino que continuó rozándole la piel del mentón. Al llegar a la oreja, la mordió, y logró que a Mia le entrara un escalofrío que le recorrió todo el cuerpo.

—Dime lo que quiero saber —le ordenó en un susurro ronco sobre la oreja.

—S… sí —contestó Mia también con voz ronca.

—Sí, ¿qué?

—Sí, yo también te deseo.

La confesión salió como un suspiro, sus labios rehusaban admitirlo. No podía ni siquiera mirarlo a los ojos.

—Mia, mírame.

Había algo en su tranquila voz autoritaria que la hacía obedecer y estar muy al tanto de su presencia, de él como hombre. Le hacía desearlo incluso más.

Mia desvió su mirada hasta la de él y vio el fuego que reflejaban sus ojos. Gabe agarró su pelo de nuevo y tironeó de él ligeramente mientras jugaba con los rizos.

—Tengo un contrato —dijo—. Cubre cada detalle de la relación que propongo. Quiero que lo leas con detenimiento durante el fin de semana y que me des tu decisión este lunes.

Mia parpadeó rápidamente, tan sorprendida que no podía encontrar las palabras. Cuando lo hizo, la lengua la sentía demasiado grande y difícil de manejar.

—¿Un contrato? ¿Quieres que tengamos un contrato?

—No hace falta que te muestres tan horrorizada —dijo Gabe con un tono de voz neutro—. Es para tu protección… y la mía.

Mia sacudió la cabeza, confusa.

—No lo entiendo.

—Mis gustos son extremos, Mia. Lee el contrato y, como he dicho, préstale mucha atención. Después considera si puedes acceder a la clase de relación que pido.

—Vas en serio.

Las cejas de Gabe se elevaron y sus labios perdieron toda expresión. Entonces se inclinó hacia delante a la vez que reforzaba su brazo alrededor de la cintura de Mia para evitar que se cayera de su regazo. Alargó la mano hasta el cajón de la mesa y sacó un documento extenso que tenía un clip en una de las esquinas. A continuación, lo dejó sobre su regazo.

—Tómate todo el fin de semana. Léelo con atención. Asegúrate de que lo entiendes y me gustaría tener tu respuesta el próximo lunes por la mañana. Si hay cosas que necesitas que te las aclare, podemos discutirlas entonces también.

—Así que eso es todo —dijo Mia, aún perpleja por todo el

asunto—. ¿Me voy a casa, leo tu contrato y entonces nos vemos el lunes para finalizar los términos de nuestra relación?

Gabe apretó los labios otra vez pero asintió.

—En pocas palabras, sí. Pero tú haces que suene mucho más impersonal de lo que es.

—No estoy segura de que pueda ser mucho más impersonal —dijo—. Haces que suene como una negociación, como si fuera uno de tus hoteles o *resorts.*

—No hay ninguna negociación —replicó Gabe suavemente—. Recuérdalo bien, Mia. Lees mi contrato y lo firmas o no. Pero si lo haces, te adhieres a esos términos.

Mia pasó la mano por encima de las páginas escritas a ordenador y lo levantó de su regazo. Tras respirar hondo, se incorporó y se apoyó en la mesa con la mano que tenía libre para estabilizarse mientras caminaba hasta el otro lado de la mesa. Ojalá las piernas quisieran cooperar con ella.

—¿Cómo has venido hasta aquí? —le preguntó Gabe.

—En taxi —respondió esta débilmente.

Entonces Gabe cogió el teléfono.

—Le diré a mi chófer que te lleve de vuelta a tu apartamento y haré los arreglos necesarios para el lunes por la mañana.

—Suenas muy seguro de ti mismo —murmuró—. De mí.

Se apartó el auricular mientras la miraba directamente a los ojos.

—Lo único de lo que estoy seguro es de que he esperado demasiado tiempo para tenerte.

Capítulo cuatro

*E*n vez de pedir al chófer que la llevara de vuelta al apartamento, donde sabía que Caroline la estaría esperando para bombardearla con preguntas, Mia le indicó que la dejara en la calle 81 Oeste, justo a solo dos manzanas de donde trabajaba en la 83 Oeste. Había un pequeño parque al que no solía ir mucha gente a esa hora de la mañana; lo habitual era encontrarse solo carritos, niñeras y niños de preescolar jugando.

El contrato estaba dentro del bolso, así que se lo pegó más al costado mientras se dirigía a un banco vacío lo más lejos posible del parquecito donde los niños estaban jugando, para poder así tener algo de privacidad.

Tenía que estar en el trabajo a las doce del mediodía, pero iba a necesitar tiempo para procesar lo que estaba a punto de leer. La orden de Gabe de que dejara su trabajo y fuera a trabajar para él aún le resonaba en la cabeza.

No, Mia nunca se había planteado que su trabajo en la confitería fuera permanente, pero le gustaba la pareja que la llevaba; habían sido buenos con ella. Además, era un lugar al que ella había ido a menudo y desde el principio se había entendido muy bien con ellos. Y no, no era un trabajo a la altura de todo el dinero que Jace había invertido en su educación. Se había dejado llevar por un impulso al preguntar a los dueños si necesitaban ayuda extra. Pero ello le permitiría disponer de tiempo para averiguar cuál iba a ser su siguiente paso y la hacía sentirse bien saber que no era completamente dependiente de Jace para vivir. Él ya había hecho por ella más que suficiente a lo largo de los años, y no quería que se preocupara más por ella.

Cuando se sentó en el banco, se aseguró de que no hubiera

nadie lo bastante cerca como para poder ver lo que estaba leyendo, y luego sacó el contrato del bolso. Pasó la primera página del documento y comenzó a leer los contenidos.

Los ojos se le agrandaban conforme iba leyendo más y más. Pasaba las páginas automáticamente mientras se debatía entre la incredulidad y una extraña curiosidad.

Gabe no había mentido cuando le había dicho que la poseería, que efectivamente le pertenecería. Si firmaba este contrato y se metía en una relación con él, le estaría cediendo todo el poder.

Había algunos requisitos exigentes que decían que tenía que estar disponible para él a todas horas, tenía que viajar con él y estar a su disposición. Sus horas de trabajo serían las que él dijera y su tiempo le pertenecía exclusivamente a él en esas horas de trabajo.

¡Dios santo, había incluso requisitos precisos para el sexo!

Las mejillas se le encendieron mientras alzaba la mirada rápidamente, asustada de que alguien pudiera verla y supiera exactamente lo que estaba leyendo. Y por su bien mejor que nadie estuviera cerca para ojear lo que estaba escrito en esas páginas.

Si firmaba estaría accediendo a cederle poder no solo en el dormitorio sino también en todos los aspectos de su relación. Las decisiones las tomaba él y ella tenía que obedecer.

Quizá lo más inquietante era que, a pesar de lo detallado que era el contrato, la descripción de lo que ella tendría que hacer era más bien vaga; todo estaba cubierto bajo el hecho de que tenía que darle a él todo lo que él quisiera, cuándo y cómo él lo quisiera.

A cambio, él le garantizaba que todas las necesidades que ella pudiera tener se le cubrirían, física y económicamente. No decía nada sobre las necesidades emocionales, no era el estilo de Gabe. Ella conocía lo suficiente como para saber que se había bajado del tren de la confianza en lo que a mujeres se refería. Tendrían sexo, y tendrían una cuasi relación tal y como se definía en el contrato, pero la relación de intimidad no entraría en juego, ni tampoco las emociones.

Se había reservado el derecho de cancelar el contrato cuando él quisiera y si se diera el caso de que ella incumpliera algunos de los términos a los que había accedido. Era muy frío, como un contrato laboral con cláusula de finalización por incumplimiento. Y suponía también que era más bien una doble oferta de trabajo: una como su asistente personal y otra como su amante. Un juguete, una posesión.

El trabajo como asistente personal era solo una tapadera para poder tener pleno acceso a ella. La quería a su entera disposición en la oficina y en cualquier viaje de negocios que hicieran. Pero él incluso iba más allá, porque su tiempo fuera de la oficina también era suyo.

Mia frunció el ceño mientras accedía a la última página. Estaba bien que le hubiera dicho que leyera el contrato y volviera el lunes con una decisión, pero el contrato no le decía nada más que el hecho de que rescindiría todos sus derechos y de que él se adueñaría de cada aspecto de su vida. ¡No especificaba nada! ¿Qué significaba todo eso? ¿Qué esperaba de ella?

¿Iba a atarla a la mesa y a follársela en intervalos de treinta minutos? ¿Esperaba que le hiciera una mamada cuando estuviera en una conferencia telefónica? La única referencia que había descubierto era una cláusula bajo el apartado dedicado al sexo donde especificaba que incluía prácticas de *bondage,* juegos de dominación y de sumisión, siempre como a él se le antojara.

Mia no podía siquiera concebir todo lo que eso significaba.

No era tonta en lo que se refería al sexo; no era virgen y había tenido novios estables en su vida. Fueron relaciones convencionales, pero a ella no le importaba. Nunca se le habría ocurrido meterse en esas perversiones.

Todo le sonaba como muy pornográfico, y el hecho de que era un contrato donde firmaría para perder todos los derechos que tenía sobre su propio cuerpo lo hacía todo mucho más absurdo.

Cuanto más lo leía allí sentada, más nerviosa se ponía.

Ojeó otro párrafo que resaltaba precisamente la importancia de que fuera plenamente consciente de en qué se estaría metiendo, y que si firmaba el contrato estaría accediendo a no contar nada de su relación con Gabe a ninguna fuente exterior, incluyendo medios de comunicación.

Dios santo, ¿los medios? ¿Qué pensaba que iba a hacer, ir al programa *Buenos días, América* y contarle al mundo que había sido el juguete sexual de Gabe Hamilton?

Cuando llegó al siguiente párrafo, los ojos se le agrandaron incluso más.

El médico personal de Gabe le haría entrega de un examen médico completo, y ella tendría que darle un documento similar para que ambas partes demostrasen que estaban limpios y libres de enfermedades. Y, además, tendría que estar bajo tratamiento anticonceptivo para evitar embarazos, ya que solo se proporcionarían condones en el caso de interacción con otra persona que no fuera Gabe.

Mia dejó caer el contrato sobre su regazo, boquiabierta. ¿Qué narices significaba eso? ¿Tendría que entretener a quienquiera que él eligiera?

La cabeza le dio vueltas de solo pensar en las implicaciones que eso conllevaría.

Había acertado al haberse preguntado si sería capaz de manejar a un hombre como Gabe. Estaba tan fuera de su alcance que daba asco; Mia no había oído hablar ni de la mitad de las cosas que se detallaban en este contrato.

El comentario que Gabe le hizo sobre que sería paciente y la guiaría según sus expectativas le volvió a venir a la cabeza. Se quería reír. Dios, a ese ritmo iba a necesitar un guía a tiempo completo. Investigaría en Google más tarde, porque iba a tener que buscar información sobre la mayoría de las cosas que se nombraban ahí.

Las manos le temblaban cuando cogió el contrato de nuevo y leyó la última página. Esto era una locura, pero peor era que ella aún no lo hubiera roto en pedacitos y le hubiera dicho a Gabe exactamente dónde podía metérselo.

¿Estaba de verdad contemplando la idea de firmar?

Sus emociones eran una mezcla entre «maldita sea» y «Dios mío». Parte de ella quería averiguar lo pervertido que era Gabe, y, a juzgar por el contrato, se alejaba bastante de cualquier cosa que pareciera convencional.

Apenas recordaba los efectos colaterales que había tenido su divorcio de Lisa, pero había sido apenas unos años atrás y ella era todavía muy joven. Lo único que sabía era que no había sido bonito y que había afectado a sus relaciones con las mujeres desde entonces. Pero ¿habían tenido ellos esta clase de relación? ¿Había salido escaldado por ello? La gente normal no entraría en tanto detalle para cubrir cada mínima particularidad de una relación.

Ahora Mia se preguntaba sobre todas las mujeres con las que Gabe había estado; no es que le hubieran presentado a ninguna, pero había escuchado hablar a Jace y a Ash. Si tenía un contrato preparado en todo momento, básicamente le estaba diciendo que era el mismo que entregaba a todas sus mujeres.

Eso le dejó un sabor amargo en la boca. No, no esperaba que la tratara de diferente manera que a todas las mujeres que había tenido con anterioridad, pero le gustaba pensar que era especial o al menos original, no que la había metido en el mismo saco que a todas las demás con las que se había acostado.

Pero bueno, prefería que fuera claro con ella y no le hiciera malinterpretar la situación. Al menos sabía precisamente dónde se encontraba. Gabe había sido muy claro en que quería que ella se metiera en esto con los ojos bien abiertos. Y tras haber leído el contrato se le iban a quedar abiertos por tiempo indefinido.

Miró el reloj y se dio cuenta de que aún tenía tiempo de llegar a la confitería si se marchaba ya. Dobló el contrato y lo volvió a meter en el bolso, luego se puso en marcha en dirección a La Pâtisserie.

Sacó el móvil mientras andaba, y, como era de esperar, ya tenía media docena de mensajes de su mejor amiga. En todos ellos quería saber cómo le había ido con Gabe y la amenazaba con que, si no soltaba prenda pronto, Caroline la iba a matar.

¿Qué se suponía que podía decirle? No sabía por qué, pero escribir «Gabe quiere que sea su juguete personal» no sonaba bien; probablemente, haría que Caroline se desmayara.

Y Dios, si Jace se enterara…

Mia inspiró hondo. Jace era un problema gordo. Se volvería loco si se enteraba de todo esto, pero seguro que Gabe ya lo había considerado, ¿no?

No podía dejar de ninguna manera que Jace se enterara; arruinaría su amistad con Gabe y muy posiblemente su negocio también. Eso sin mencionar que nunca lo comprendería y abriría un enorme abismo entre ella y Jace.

Estaba contemplando la idea de aceptar. Debía de estar haciéndolo si estaba pensando en todos los posibles obstáculos, ¿verdad? ¿Había perdido la cabeza o qué?

Debería estar corriendo lo más rápido que pudiera en la dirección contraria y aun así...

Todavía le sobraban diez minutos cuando abrió la puerta de La Pâtisserie. La campana tintineó, con ese sonido familiar que hacía la puerta al cerrarse, y al entrar Mia sonrió a Greg y Louisa, los dueños de la tienda.

—¡Hola, Mia! —dijo Louisa desde detrás del mostrador.

Mia la saludó con la mano y se fue corriendo hasta la trastienda para coger su delantal y su gorro. Era una ridícula boina francesa con la que siempre se había sentido estúpida al llevarla, pero Greg y Louisa insistieron en que todos los empleados tenían que ponérsela.

Cuando volvió a la parte delantera de la tienda, Louisa le hizo un gesto con la mano para que se acercara.

—Yo estaré en el mostrador hoy. Greg estará detrás horneando; tenemos un pedido grande para esta noche. ¿Te quedas tú atendiendo las mesas?

—Claro —dijo Mia.

Había solo cinco mesas en la diminuta cafetería. Era un local pequeño que servía café, cruasanes y deliciosos dulces para llevar, pero a algunos clientes habituales les gustaba tomarse el café y los dulces dentro, en el descanso de sus trabajos. Había otras cuatro mesas adicionales en la calle, pero eran de autoservicio así que no tenía que preocuparse por ellas.

—¿Has comido? —le preguntó Louisa.

Mia sonrió. A Louisa siempre le preocupaba que Mia no comiera lo suficiente o que se saltara comidas, y, como resultado, siempre intentaba que comiera allí.

—He desayunado bien esta mañana. Cogeré algo antes de irme.

—Está bien. Asegúrate de probar el nuevo sándwich de Greg, querrá saber tu opinión. Se lo está dando a probar a algunos clientes hoy para que le digan qué tal. Quiere añadirlo al menú.

Mia asintió y entonces se dirigió a una mesa donde una pareja acababa de sentarse.

Durante la siguiente hora, Mia estuvo atendiendo las mesas sin parar ya que era la hora del descanso para almorzar. Estuvo tan ocupada que ni siquiera pudo prestarle mucha atención al tema Gabe. Obviamente ocupaba una enorme parte de su mente; estaba menos atenta de lo usual y se había confundido con dos pedidos, algo que raramente ocurría.

Louisa la miraba con preocupación pero Mia se mantuvo ocupada; no quería que la mujer mayor se preocupara, o, peor, que le preguntara si algo iba mal.

A las dos, la clientela empezó a disminuir y la tienda se comenzó a vaciar. Mia estaba a punto de tomarse un descanso por un segundo, quizá sentarse y beber algo, cuando levantó la mirada y vio a Gabe entrando por la puerta.

Se tropezó a mitad de camino y casi terminó despatarrada en el suelo. Gabe se precipitó hacia ella y la cogió antes de que se cayera. Sus manos la siguieron sujetando firmemente por los brazos, incluso tras haberse estabilizado. Las mejillas las tenía encendidas de la vergüenza y rápidamente recorrió la estancia con la mirada para ver si alguien más había sido testigo de su torpeza.

—¿Estás bien? —preguntó Gabe en voz baja.

—Sí —dijo como pudo—. ¿Qué estás haciendo aquí?

Las comisuras de los labios de Gabriel se arquearon en una sonrisa mientras la miraba despreocupadamente.

—He venido a verte. ¿Por qué otro motivo podría estar aquí?

—¿Porque tienen buen café?

Gabe se encaminó entonces hacia la mesa situada en la esquina más alejada de la tienda mientras todavía la tenía cogida por el brazo.

—Gabe, tengo que trabajar —le susurró con fiereza.

—Puedes atenderme a mí —le dijo mientras se sentaba.

Mia, exasperada, se enfadó.

—Tú no comes aquí y lo sabes. No te puedo imaginar comiendo en un sitio como este.

Él levantó una ceja.

—¿Me estás llamando esnob?

—Simplemente he hecho una observación.

Gabe cogió el menú y lo leyó durante un momento antes de dejarlo otra vez en la mesa.

—Un café y un cruasán.

Mia sacudió la cabeza y se dirigió hacia el mostrador para coger el cruasán y servirle la taza de café. Gracias a dios, Louisa se había ido a la trastienda con Greg y no la había visto caerse. No tenía ningunas ganas de responder preguntas sobre quién era Gabe.

Tuvo que esperar a que las manos le dejaran de temblar antes de coger la taza de café y de que pudiera llevársela, con el cruasán, a la mesa donde estaba sentado. Cuando estuvo a punto de alejarse de nuevo, Gabe levantó la mano y sujetó la de Mia.

—Tómate un momento y siéntate, Mia. No hay nadie en la tienda.

—No puedo sentarme así como así. Estoy trabajando, Gabe.

—¿Y no puedes descansar nunca?

Mia no iba a decirle que había estado a punto de hacer justo eso cuando él había entrado. Dios, Gabe era capaz de haber estado esperando a que la tienda estuviera vacía y supiera que no estaría ocupada solo para entrar.

Con un suspiro de resignación se sentó en la silla que había enfrente de él y lo miró a los ojos.

—¿Por qué estás aquí, Gabe? Dijiste que tenía hasta el lunes.

—Quería ver cuál era mi rival —dijo abruptamente.

Echó una ojeada a toda la tienda y entonces la volvió a contemplar confundido.

—¿Esto es lo que de verdad quieres, Mia? ¿Donde quieres estar?

Mia echó un vistazo por encima del hombro para asegurarse de que Greg y Louisa no estaban a la vista y entonces volvió a girarse hacia él, las rodillas le temblaban bajo la mesa.

—Hay muchas cosas en ese… contrato. —Mia apenas pudo pronunciar la palabra, y, a continuación, bajó la mirada porque no podía mantenérsela ni un momento más—. Mucho que considerar.

Cuando ella volvió a mirarlo, los ojos de Gabe estaban llenos de satisfacción.

—Así que ya lo has leído.

—Por encima —mintió. Intentó parecer informal y al menos un poco sofisticada, como si tuviera esa clase de ofertas todo el tiempo—. Tengo intención de dedicarle más tiempo esta noche.

—Bien. Quiero que estés segura.

Gabe movió una de las manos por encima de la mesa y deslizó los dedos sobre la muñeca de Mia. El pulso de la joven se aceleró como reacción al simple contacto con Gabe y oleadas de frío le recorrieron el brazo entero.

—Deja el trabajo, Mia —dijo con una voz tranquila que no se oía más allá de la mesa—. Sabes que no necesitas estar aquí. Yo te puedo dar muchas mejores oportunidades.

—¿Para ti o para mí? —lo retó.

Gabe sonrió de nuevo. Era tan seductor que ella casi se derritió en el sitio.

—Será un acuerdo beneficioso para ambos.

—Pero no puedo dejarlos tirados sin haber encontrado aún a alguien que me sustituya. No estaría bien, Gabe.

—Me aseguraré de que consiguen a un empleado temporal hasta que ellos contraten a alguien para cubrir tu puesto. Hay mucha gente que necesita trabajo, Mia. Los Miller no te quieren dejar ir. No están buscando a nadie porque están perfectamente felices teniéndote tanto tiempo como puedan.

Mia vaciló y con una mano se apartó el pelo de la cara, nerviosa.

—Lo consideraré.

Gabe sonrió una vez más, los ojos le brillaban con calidez. Antes de que ella pudiera reaccionar, él tiró de ella hacia delante y le levantó el mentón con un dedo hasta que su boca se fundió con la de ella con pasión y fervor. Mia no se movió ni se apartó, su cuerpo se derritió contra el suyo buscando su abrazo mientras Gabe profundizaba en el beso.

Su lengua acariciaba la de ella, provocándola ligeramente antes de separarse. Le lamió el labio inferior y se lo mordió con suavidad para tirar de él con los dientes.

—Piensa en ello, Mia —le susurró—. Estaré esperando tu decisión.

Entonces se apartó y salió de la tienda para meterse en el coche que le estaba esperando fuera.

Mia se quedó allí con la mirada puesta en la calle durante bastante tiempo después de que Gabe se hubiera ido. Se llevó la mano a los labios, que le hormigueaban por el beso. Aún podía olerlo… aún sentía su cuerpo pegado al de ella.

Se despertó de su estupor cuando la campanita de encima de la puerta tintineó y un cliente entró. Louisa volvió de la trastienda y atendió al cliente mientras Mia retiraba el café medio lleno de Gabe y su cruasán de la mesa.

Todavía afectada por la agitación interior, caminó lentamente hasta la parte trasera para quitarse el delantal y la boina. Greg seguía horneando y Louisa se le había acercado para echarle una mano. Mia se quedó de pie en la puerta durante un buen rato antes de que Greg alzara la mirada y la viera.

—¿Va todo bien, Mia? —le preguntó.

Ella respiró hondo y lentamente soltó:

—Hay algo que necesito deciros, a ti y a Louisa.

Capítulo cinco

—¿Cómo? ¿Lo has dejado? —le preguntó Caroline.

Mia asintió lentamente y luego volvió la atención a la olla con agua a punto de hervir que tenía al fuego. Le echó sal y, a continuación, metió los espaguetis.

—Vamos. Tienes que contarme más. ¿Qué te ha llevado a tomar esa decisión? Estaba empezando a pensar que te ibas a labrar una carrera como confitera o algo así.

—Hablas como Gabe —murmuró Mia.

Los ojos de Caroline se entrecerraron.

—¿Has dejado el trabajo por él? Suelta prenda, muchacha. Me estás ocultando cosas sobre la reunión de esta mañana, ¡y me está volviendo loca!

Mia vaciló y luego cerró la boca. No podía contarle a Caroline lo del contrato, ni nada referente al encuentro con Gabe. Si iba a acceder —y aparentemente lo estaba considerando seriamente— no quería que los detalles de su vida privada —con Gabe— se supieran, ni siquiera por su mejor amiga.

Pero tenía que decirle algo, así que se decidió por lo más inofensivo de las dos cosas.

—Me ofreció un trabajo —dijo Mia.

Los ojos de Caroline se agrandaron.

—Espera. Te besó, te amenazó con follarte en la terraza, ¿y todo porque quería que trabajaras para él?

Sí, a Mia también le pareció una triste excusa, pero no le iba a decir ni una maldita palabra sobre el contrato.

—Bueno, podría haber más, pero por ahora solo quiere que sea su asistente personal. Cree que estoy malgastando mi talento trabajando en La Pâtisserie.

Caroline sirvió dos copas de vino y le ofreció una a su

amiga. Removió la salsa para los espaguetis y, brevemente, también la pasta.

—Pues en eso sí que estoy de acuerdo con él. No has estudiado un posgrado para servir café y ofrecer cruasanes a la gente —dijo Caroline secamente—. ¿Pero su asistente personal? Creo que le da todo un nuevo significado a la palabra «personal».

Mia se quedó en silencio sin morder el anzuelo.

—Entonces si has dejado el trabajo en la cafetería es porque has aceptado el puesto que te ofrece Gabe, ¿no es así?

Mia suspiró.

—No he decidido nada todavía. Tengo hasta el lunes para pensarlo.

Caroline se encogió de hombros.

—Yo creo que está claro. Es rico, está buenísimo y te desea. ¿Cómo puedes dudar con algo así?

—Eres incorregible —replicó Mia con exasperación—. El dinero no lo es todo, ¿sabes?

—Y eso lo dice la que está mimada por su hermano mayor, quien parece tener más dinero que Dios.

No podía negar que Jace era tan rico como Gabe, ni que había hecho muchísimo por ella. Le había comprado el apartamento, aunque no le gustaba que caminara veinte manzanas hasta el trabajo sola con bastante frecuencia. Mia no necesitaba una compañera de piso, pero Caroline necesitaba un sitio donde quedarse y a ella le gustaba la compañía. Pero con todo y con eso, no le gustaba depender solo de Jace. Mia no era extravagante, y, de hecho, había aprendido a ser bastante frugal con sus escasas ganancias.

—Creo que estoy más intrigada que otra cosa —admitió—. Gabe siempre me ha fascinado, he estado pillada por él desde que tengo uso de razón.

—Estar intrigada es una razón válida por la que empezar a salir con un tío —dijo Caroline—. ¿Cómo vas a saber si sois compatibles si no te lanzas?

Lanzarse sonaba apropiado, solo que no iba a ser un simple saltito hacia delante, no. Iba a ser una inmensa caída libre desde lo alto de un precipicio. Mia se moría de ganas de sacar otra vez el maldito contrato para poder leerlo una vez más, pero no podía hacerlo delante de Caroline, así que tendría que esperar hasta más tarde para revisarlo.

Partió la pasta con el tenedor y le dio un mordisco.

—Ya están listos. Cógete un plato mientras escurro el agua de los espaguetis.

—Iré a por más vino —se ofreció Caroline—. Eres una cocinera excelente, Mia. Ojalá yo tuviera tus conocimientos y tus habilidades; a los hombres les encantan esas cosas.

Mia se rio.

—Como si tú tuvieras problemas para encontrar hombres.

Y era verdad. Caroline era muy guapa, un poco más alta que Mia pero con muchas más curvas que le realzaban la figura y que atraían a los hombres como moscas. Tenía un pelo pelirrojo precioso con reflejos rojos y dorados de varias tonalidades, además de unos ojos marrón intenso llenos de calidez. Era una mujer guapísima con una personalidad alegre que se hacía querer por todo el mundo que la conocía.

—El problema es encontrar al chico adecuado —dijo Caroline con melancolía.

Mia se encogió, arrepentida de haber pronunciado esas palabras tan descuidadas. No, Caroline no tenía problemas para encontrar hombres, pero el último al que atrajo no había sido precisamente lo mejor que le había ocurrido en la vida.

Mia levantó su copa de vino en un esfuerzo por suavizar su desliz y dijo:

—Brindo por eso.

El teléfono de la oficina de Gabe sonó pero no contestó y siguió escribiendo el memorándum en el que estaba inmerso. Ya era tarde, así que nadie debería estar llamando a su oficina.

El despacho se quedó en silencio, pero entonces, unos segundos más tarde, su teléfono móvil comenzó a sonar. Le echó un rápido vistazo para ver quién le llamaba y por un momento contempló la posibilidad de dejar que saltara el contestador. Con un suspiro lo cogió y descolgó. No podía ignorar a su madre aunque ya supiera por qué lo estaba llamando.

—¿Sí? —dijo.

—Gabe, por fin. Pensé que aún estabas en la oficina. Has

estado trabajando tanto estos días… ¿no vas a tomarte nunca unas vacaciones?

Gabe tenía que admitir que la idea tenía su atractivo, pero más atractiva era la de llevarse a Mia con él. ¿Estar unos cuantos días desconectados del mundo para iniciarla en el suyo? Eso, sin duda, sí que era algo que podía considerar.

—Hola, mamá. ¿Cómo estás?

Pregunta que sabía que era mejor si no la formulaba, pero que siempre hacía. El problema con preguntarle a su madre que qué tal estaba era que ella nunca la respondía cortésmente con un «bien, gracias» como todo el mundo hacía, independientemente de estarlo o no.

—No me puedo creer lo que está haciendo —dijo con clara agitación—. Nos está haciendo quedar mal a mí y a sí mismo.

Gabe suspiró. Tras casi cuarenta años de matrimonio, su padre se había ido, le había dado a su madre los papeles del divorcio y parecía estar completamente decidido a estar con tantas modelos jóvenes y desconocidas como pudiera y tan rápido como estas le dejaran. Su madre no lo estaba llevando bien, como era de esperar, y, desafortunadamente, Gabe era su consejero.

Él quería a su padre, pero se estaba comportando como un completo imbécil. No lo entendía. ¿Cómo se podía estar con alguien durante tanto tiempo y, de repente, levantarse una mañana y decidir dejarla?

Gabe no estaba seguro de que hubiera sido capaz de llegar a pedirle el divorcio a Lisa. De hecho, fue ella la que lo dejó. Quizás el permanecer en una relación en la que ya no había amor ni un afecto real no había sido lo mejor, pero él le habría evitado todo el dolor y la humillación que trae consigo un divorcio. Sin embargo, Lisa no había sentido lo mismo, y no es que se lo estuviera echando en cara; a lo mejor él tendría que haber hecho algo más antes de permitir que la situación llegara a donde había llegado. No se había dado cuenta de que Lisa era tan infeliz, y lo único que le echaba en cara era la forma en la que se había divorciado de él.

—Es vergonzoso, Gabe. ¿Has visto los periódicos esta mañana? ¡Tenía una mujer a cada brazo! ¿Qué es lo que iba a hacer con dos mujeres?

Ni de coña iba Gabe a responder a esa pregunta. Le entraban escalofríos de solo pensar en su padre... No, no iba a entrar ahí.

—Mamá, deja de leer la sección de sociedad —dijo Gabe con paciencia—. Sabes que solo te va a hacer daño.

—Lo está haciendo a propósito para castigarme —siguió despotricando.

—¿Por qué te iba a castigar? ¿Qué le has podido hacer tú?

—Me está enseñando que, mientras yo me quedo en casa llorando la muerte de mi matrimonio, él está ahí fuera viviendo los mejores días de su vida. Me está diciendo con más que palabras que ha pasado página y que ya no ocupo ningún lugar en su corazón.

—Lo siento, mamá —dijo Gabe con delicadeza—. Sé que esto te duele, pero ojalá salieras e hicieras algo. Tienes amigos y muchísimas causas a las que donas importantes sumas de dinero y a las que dedicas tu tiempo. Aún eres joven y guapa, cualquier hombre se sentiría afortunado de llamar tu atención.

—No estoy lista para pasar página —dijo con cabezonería—. No sería respetuoso que fuera detrás de un hombre tan pronto tras el divorcio. Solo porque tu padre esté actuando como un cabrón sin clase no significa que yo vaya a actuar con tan poco decoro.

—Tienes que preocuparte menos por lo que la gente piense y más en lo que te hace feliz —dijo Gabe bruscamente.

Hubo un largo silencio y luego su madre suspiró. Gabe odiaba verla tan triste, le dolía verla con tanto dolor dentro. Él intentaba quedarse fuera de los problemas de sus padres, pero últimamente había sido más bien imposible. Su madre lo llamaba día sí y día también para criticar lo que su padre hacía, mientras que este estaba demasiado ocupado intentando presentarle a su nueva novia. El problema era que iba con una mujer diferente cada vez que Gabe lo veía; estaba muy empeñado en llenar ese hueco que existía entre ambos para buscar lo único que le estaba intentando sacar por la fuerza: aceptación. Quería que Gabe lo perdonara y lo aceptara, y aunque este pudiera perdonarlo —después de todo no podía echarle en cara sus decisiones, era su vida y su felicidad— no podría aceptar a otra mujer en el puesto que su madre había ocupado durante la mayor parte de su vida.

—Lo siento, Gabe —dijo su madre en voz baja—. Sé que debes odiarme cuando te llamo, porque lo único que hago es quejarme de tu padre. No debería hacerlo, sin importar lo que haya hecho, ya que él sigue siendo tu padre y sé que te quiere.

—Cenemos juntos este fin de semana —dijo Gabe en un intento de subirle el ánimo—. Te llevaré al Tribeca Grill.

—Seguro que estarás muy ocupado.

—Nunca estoy demasiado ocupado para ti —dijo—. Siempre tendré un hueco para cenar con mi madre, así que ¿qué dices?

Gabe casi pudo oír la sonrisa en su voz.

—Me encantaría. Ha pasado bastante tiempo desde la última vez que salimos.

—Bien. Cogeré el coche y te recogeré.

—¡Oh, no tienes por qué! —exclamó—. Puedo coger un taxi hasta la ciudad.

—He dicho que voy a ir a recogerte —insistió Gabe—. Podemos hablar en el camino de vuelta y le diré a mi chófer que te lleve a casa después de cenar.

—Estoy deseando que llegue —dijo con genuino entusiasmo en la voz.

Había pasado bastante tiempo desde que Gabe la hubiera visto tan emocionada por algo. En ese momento se alegraba de haber hecho el esfuerzo de sacarla de su exilio autoimpuesto. Necesitaba salir, enfrentarse al mundo y descubrir que este no se había acabado solo porque su matrimonio hubiera terminado. Ya le había dado el tiempo suficiente para llorar y esconderse en la casa de la que su padre se había ido, ya estaba bien. Incluso a lo mejor podía convencerla para que vendiera la casa en Westchester y se mudara a la ciudad. Ya no tenía sentido que se quedara allí, tenía demasiados recuerdos dolorosos. Lo que ella necesitaba era empezar de cero.

Y Gabe sabía bastante sobre el tema. Tras su divorcio, había estado sumido en un estado parecido al de su madre en el que quería que todos lo dejaran en paz. Lo entendía, pero también sabía que cuanto antes saliera y empezara a vivir, antes iba a estar preparada para pasar página.

—Te quiero, hijo —le dijo con la voz llena de emoción.

—Yo también te quiero, mamá. Nos vemos el sábado por la noche. Cuídate.

Colgó y, a continuación, miró la foto que aún adornaba su mesa: sus padres en su trigésimo noveno aniversario. Se los veía tan felices… pero era todo una mentira. Dos semanas después de haberles hecho esa fotografía, su padre se había largado y se había ido a vivir inmediatamente después con otra mujer.

Gabe sacudió la cabeza. Cada vez estaba más convencido de que no casarse era lo más seguro. Un divorcio le podía ocurrir a cualquiera. Pero sin lugar a dudas, nadie estaba preparado para el trastorno emocional que acarreaba una separación. Además de la pérdida financiera que una ruptura implicaba. De hecho, un divorcio salía muchísimo más caro que un matrimonio.

Gabe estaba completamente contento con la forma en que llevaba ahora sus relaciones personales: sin involucrar riesgos financieros ni emocionales, sin egos dañados ni sentimientos heridos… sin traiciones.

Bajó la mirada hacia su teléfono y abrió la foto que le había hecho a Mia hacía tan solo unas semanas antes. Ella no sabía siquiera que se la había hecho, no lo había visto y tampoco sabía que había estado ahí.

Ella salía de una tienda en la avenida Madison justo enfrente de donde él se encontraba y se había quedado prendado ante la imagen que veían sus ojos: Mia de pie en la acera con el pelo revoloteando a su alrededor por culpa del viento mientras llamaba a un taxi.

Se había quedado paralizado y lleno de lujuria, y no es que no lo hubiera sabido entonces, pero en ese momento se dio cuenta de que tenía que hacerla suya. Había algo en ella que Gabe encontraba completamente irresistible; su fascinación por ella rayaba ya en la obsesión. Le estaba haciendo una fotografía sin que ella fuera consciente por el simple motivo de poder mirarla cuando quisiera y verla siempre como la había visto ese día.

Joven y vibrante, guapísima. Y esa sonrisa… cuando sonreía el mundo se levantaba a su alrededor; no sabía cómo alguien podía mirar más allá de Mia cuando ella se encontraba presente.

Era… cautivadora.

No sabía qué la hacía tan especial, y quizá no era más que la naturaleza prohibida de su relación, ya que era la hermana pequeña de su mejor amigo. Tenía catorce años menos que él y debería dejarla en paz. Pero lo que debería hacer y lo que iba a hacer eran dos cosas completamente diferentes.

Él quería a Mia, y haría lo que fuera por poseerla.

Capítulo seis

$\mathcal{M}$ia se quedó allí en la puerta mirando fijamente a Gabe. No estaba tan seguro como había aparentado en un principio, pues aún se podía ver alivio en esos ojos azul oscuro.

Abrió la boca para decirle que aún no le había dado una respuesta, pero no pensó que fuera una buena idea provocarlo de esa manera. Parecía estar tan nervioso que lo último que Mia quería era empezar las cosas enfadándolo.

—Estoy aquí —le dijo con voz ronca.

Gabe alargó el brazo y la cogió de la mano para conducirla hasta la sala de estar, que se encontraba en el otro extremo del despacho.

—¿Quieres algo para beber? —le preguntó.

Ella negó con la cabeza.

—Estoy bien así. Estoy demasiado nerviosa como para beber nada.

Gabe le hizo un gesto para que se sentara en el sofá de piel y entonces se acomodó a su lado, y colocó las manos sobre su regazo.

—No quiero que estés nerviosa ni que me tengas miedo, Mia. Esa no es para nada mi intención. Te di una descripción bastante detallada de lo que sería nuestra relación para evitar cualquier temor o confusión. Yo solo quiero que sepas exactamente lo que conllevará nuestro acuerdo, pero nunca tuve intención de que te sintieras asustada o intimidada.

Ella le devolvió la mirada, decidida a mostrarse segura de sí misma y a ser clara.

—Confío en ti, Gabe. Siempre lo he hecho. Y esa es la razón por la que he decidido aceptar tu proposición.

Algo tan primitivo se apoderó de sus ojos que la hizo sentirse extremadamente vulnerable, pero la sensación a su vez era pecaminosamente deliciosa y le provocó un escalofrío.

—Pero tengo algunas condiciones —dijo con cautela.

Gabe alzó una de sus cejas y, divertido, arqueó los labios en una sonrisa.

—¿Ah, sí?

Si Mia no actuaba firme ni se mantenía en sus trece, no tendría ninguna posibilidad en esta relación. Pese a que le estaba cediendo el poder a él, ella no iba a comportarse como una imbécil sin cerebro que prefería acobardarse a decir lo que de verdad pensaba.

—Hay una cláusula que… me… ha molestado.

—¿Cuál es?

Mia intentó controlar el rubor de sus mejillas porque incluso decirlo en voz alta le daba muchísima vergüenza.

—La del tratamiento anticonceptivo y los condones.

Gabe entonces frunció el ceño.

—¿No puedes tomar pastillas anticonceptivas? Eso no es ningún problema, Mia. Yo nunca te forzaría a hacer algo que no puedes por razones de salud. Aunque prefiero no ponerme condones, lo haré si eso significa protegerte cuando otros recursos no están disponibles para nosotros.

Mia sacudió la cabeza.

—Déjame acabar. Había una parte que decía que los condones solo se usarían con… otros. No entiendo lo que eso quiere decir. Pero si es lo que creo que es, entonces me quiero reservar el derecho a negarme. Darme a otro como capricho no me hace la más mínima gracia. Me asusta —se sinceró.

La expresión de Gabe se suavizó y alargó la mano hasta su cara para deslizarla hasta su mentón.

—Mia, escúchame. El contrato es un poco engañoso en lo que a darme todo el poder sobre ti se refiere. Hasta cierto punto sí que es verdad, pero te puedo asegurar que nunca te voy a hacer algo que vea que realmente no quieres hacer. Mi trabajo es estar pendiente de tus necesidades y deseos. No valdría mucho como hombre si no puedo hacer eso por la mujer que tengo bajo mis cuidados. El máximo poder reside sobre ti, porque tú controlas mis acciones y porque quiero complacerte. Es muy importante para mí el que te complazca. Quiero que estés satisfecha y quiero mimarte, consentirte y cuidarte para que no quieras estar con nadie más que conmigo todo el tiempo.

Mia tragó saliva en un intento de contener el suspiro de alivio que amenazaba con liberársele de la garganta.

—¿Hay más cosas que te preocupen? —le preguntó.

Ella asintió y Gabe apartó la mano de su rostro.

—Te escucho.

—No hay palabra de seguridad —soltó—. Sé lo suficiente sobre este tipo de… relaciones… y la mayoría usa una palabra de seguridad, pero no se especifica nada de eso en el contrato.

—Me pregunto qué es lo que te imaginas que te voy a hacer —murmuró.

—Se especificaban ciertas prácticas como *bondage* y sumisión —le señaló Mia—. Es un miedo razonable.

—Estoy de acuerdo —le concedió—, pero no se menciona ninguna palabra de seguridad porque para mí es tan simple como que digas que no.

Ella frunció el entrecejo.

—El contrato dejaba muy claro que no tengo esa posibilidad; que, si firmaba, estaría rechazando mi derecho a decir «no».

Gabe suspiró.

—No soy un monstruo empecinado en abusar de ti, Mia. Tienes razón en que no me gusta mucho la palabra «no», pero tengo esperanza en que no necesites usarla a menudo. Preferiría reservar esa palabra para ocasiones raras cuando de verdad te sientas asustada o incómoda. No quiero que empieces a soltarla solo porque no estés segura y tengas una idea equivocada de las cosas antes de que le des una oportunidad siquiera. Pero si de verdad te encuentras en una situación en la que no quieres estar, decir «no» será suficiente para parar. Puede que no me guste, pero no ignoraré esa palabra. Nunca. Tienes mi palabra. Y si llegaras a pronunciarla, discutiremos qué es lo que te hizo sentirte incómoda y o bien lo solucionamos y suavizamos tus miedos, o bien pasamos página y lo dejamos en el pasado.

—Entonces mejor no dar falsas alarmas —dijo.

—Exactamente.

Mia estaba empezando a sentirse mucho más ligera al evaporarse parte de sus preocupaciones. Un deje de emoción se instaló en su ser al contemplar la idea de estar tan cerca de algo que había deseado desde que era una adolescente a punto de convertirse en mujer.

—¿Hay algo más? —le preguntó mientras la miraba con expectación.

Ella asintió y, a continuación, tomó aire. Cabía la posibilidad de que Gabe no se tomara bien la siguiente condición, pero era algo a lo que se negaba a ceder.

—Hay un párrafo entero dedicado al tema de mi fidelidad. Sin embargo, no hay nada que diga que tú me vas a ser fiel a mí.

Los ojos de Gabe brillaron con diversión.

—Es importante para ti.

—Claro que sí —dijo con más fuerza de la que tenía intención de mostrar—. Si ese contrato dice que soy tuya, entonces por narices va a decir que tú también me perteneces.

Él lanzó la cabeza hacia atrás y soltó una carcajada.

—De acuerdo. No tengo ningún problema en añadir esa cláusula. ¿Hemos terminado?

Lentamente, Mia negó con la cabeza.

—Hay otra cosa y es bastante importante. La parte más importante de cualquier acuerdo que discutamos.

Gabe se echó un poco hacia atrás mientras alzaba las cejas y la contemplaba detenidamente.

—Suena como un posible ultimátum.

Ella asintió.

—Lo es.

—Te escucho.

—Si hacemos esto… Jace no se puede enterar nunca. No puede saber la verdad, quiero decir.

Mia se apresuró a continuar ya que no le gustó nada la mirada en el rostro de Gabe.

—No es lo que piensas. No me avergüenzo de ti ni de nada, pero, si Jace supiera todo esto, nunca lo aceptaría. Supongo que lo habrás considerado, Gabe. No puedes hacerme esta clase de proposiciones sin pensar qué podría suponer no solo para vuestra relación de amistad, sino también para vuestros negocios. Jace no lo entendería jamás. Para él sigo siendo su hermanita pequeña y es increíblemente sobreprotector conmigo. Es más, aún sigue investigando a cualquiera que sale conmigo.

—No esperaba menos —refunfuñó.

—¿Te imaginas la reacción que tendría si averiguara la clase de relación que tenemos?

—No tengo intención de que conozca los detalles privados de nuestro asunto —dijo Gabe con voz calmada—. Todo lo que tiene que saber es que estás trabajando para mí. Soy discreto como nadie, y no tengo ningunas ganas de que mi vida privada se divulgue por los medios de comunicación como pasó con el divorcio de Lisa. La gente podrá especular todo lo que quiera, pero me niego a darles ningún tipo de información.

—Jace no se va a tomar bien las especulaciones —murmuró—. Y yo no quiero mentirle.

—Solo mentirás por omisión. Y si somos discretos, la única especulación que oirá será que estamos teniendo un *affaire*. Jace entiende de cotilleos. Sabrá que estás trabajando para mí y eso alimentará los rumores. Mientras no le demos razones a él para que sospeche, solo se enfadará porque haya rumores y se encargará bastante rápido de desmentirlos.

—Lo entiendo. Es solo que, si tengo que pasar todo mi tiempo contigo, eso va a ser complicado. Yo tengo mi apartamento, mis amigos…

La voz se le fue apagando al darse cuenta de que se estaba poniendo a la defensiva incluso antes de que se embarcaran en su *affaire*. Odiaba esa palabra, y deseaba que Gabe no la hubiera empleado. Sonaba tan… sórdida. Como si estuviera casado y ella fuera su amante a escondidas. Como si fuera su pequeño secreto, aunque en realidad suponía que era más bien al contrario. Él era su pequeño y sucio secreto.

—Tienes que decidir, Mia —dijo con mucha más agudeza en la voz—. No te estoy forzando a aceptar. Pero si lo haces, espero docilidad. Esquivaremos los obstáculos; no estoy diciendo que no vayas a tener tiempo para tus otros intereses, solo que los míos tendrán prioridad.

La arrogancia que estaba demostrando debería hacerla desistir e irse por donde había venido. Debería sentirse enfadada, pero en cambio lo encontraba tan atractivo e irresistible que le hacía sentir mariposas hasta en la boca del estómago.

—¿No esperas que me mude contigo…?

—No. Entiendo que tengas que aparentar que sigues en tu

apartamento si Jace no puede enterarse de que somos amantes. Pero pasarás bastante tiempo conmigo en el lugar que yo elija. Seguro que Caroline puede cubrirte con Jace.

Los ojos de Mia se entrecerraron.

—¿Cómo conoces a Caroline?

Entonces él sonrió y los ojos le brillaron con una luz de ansiedad.

—No hay mucho que no sepa de ti, Mia.

Mia se mordió el interior de la boca con consternación, nunca se habría imaginado que Gabe le hubiera prestado tanta atención. De acuerdo, le hacía regalos en ocasiones especiales y había asistido a sus dos graduaciones, pero nunca se hubiera imaginado que conociera algún detalle personal de su vida. ¿Por qué molestarse? Ella solo era la hermana pequeña de su mejor amigo, una conocida y que venía en el mismo lote que Jace.

Estaba empezando a darse cuenta de que Gabe le había prestado mucha más atención de lo que ella pensaba y desde mucho antes de lo que se pudiera haber imaginado. No sabía si alarmarse o sentirse triunfante ante tal hecho.

—Así que… ¿cuál es tu respuesta? —la animó—. ¿Tenemos un acuerdo? ¿He aplacado tus miedos o tienes más cosas que discutir?

Mia podía sentir la impaciencia en su voz, tenía la misma expresión que cuando cerraba algún acuerdo comercial importante. Dura, firme e inflexible. Solo que en este caso sí que había cedido. Había hecho concesiones que ella no había pensado que haría, y eso la reconfortaba. Le hacía sentir que la balanza de poder estaba más a su favor de lo que creía.

No había duda alguna de que habría una distinguida desigualdad y que la balanza se inclinaría más hacia él que hacia ella, pero seguía teniendo voz. El hecho de que le hubiera mostrado que no era tan inflexible le daba la confianza necesaria para seguir adelante.

—Tenemos un acuerdo —dijo en voz baja.

Mia estiró el brazo hasta su bolso y sacó el contrato, que ya había firmado. Se lo tendió aunque odiaba el incómodo hecho de que su vida sexual no se había vuelto más que una negociación comercial.

—No estaba segura de qué hacer con los cambios. Me refiero a las cosas que quería que se cambiaran y también la parte sobre Jace. Pensé que era mejor que todo estuviera escrito, así que repasé todas las cláusulas, reelaboré algunas y lo firmé.

Gabe se quedó atónito pero luego se rio, era un sonido tan grave y tan ronco que vibró por su interior al mismo tiempo que enviaba olas de placer por todo su cuerpo.

—¿Estabas dispuesta a marcharte si no te gustaban mis respuestas? —le preguntó.

Ella alzó la mirada y la cruzó con la de él, se la mantuvo por un momento y luego asintió. Él sonrió a la vez que cogía el contrato.

—Bien. En los negocios, el mayor poder que puedes tener es el de estar dispuesto a renunciar a un acuerdo. No eres el ratoncito que Jace se piensa que eres, así que creo que vas a hacerlo muy bien como mi asistente.

Gabe se levantó y entonces le extendió la mano para ayudarla a ponerse de pie. Ella deslizó su mano contra la suya y saboreó la calidez y la fuerza de su agarre. El simple hecho de que Gabe tuviera las manos sobre ella ahora que la dinámica de su relación había cambiado la llenaba de expectación. El contacto entre ellos no sería casual nunca más, ahora tendría un significado más profundo. Ella era suya, su posesión. Le pertenecía.

—Ven hasta la mesa y añadiré tus cambios para poder firmarlo correctamente. Le diré a mi abogado que lo finalice y que te envíe una copia.

Mia arrugó la nariz y Gabe se detuvo a mitad de camino hacia su mesa. Levantó simplemente una ceja de forma inquisidora, y ella suspiró.

—Es que suena tan… no sé siquiera la palabra. Sé que estoy siendo estúpida, nunca he estado en una relación con abogados involucrados de antemano. Suena muy… frío.

Gabe le rozó la mejilla, un simple gesto de consuelo para conseguir reconfortarla.

—Hago esto para protegernos tanto tú como yo. Pero, Mia, puedo garantizarte una cosa. Nuestra relación nunca será fría. Será muchas cosas, pero fría no es una de ellas.

Apartó la mano y dejó que contemplara el calor de su mirada y la sensualidad de su tacto. La promesa en su voz. No,

Mia no se imaginaba que la relación que tendrían sería fría para nada. Otras palabras como «ardiente», «tórrida», «apasionante» e «intensa» sí que se las podía imaginar perfectamente, pero «fría» ni en lo más mínimo.

Gabe se fue hasta su mesa y, de forma apresurada, garabateó su nombre antes de añadir su firma a la última página junto a la de ella. A continuación, se dio la vuelta y deslizó el contrato por encima de la mesa para dejarlo más cerca de todos los papeles.

—Hay mucho que hacer. Te concertaré una cita con mi médico personal para tener las pruebas necesarias listas y el tema del tratamiento anticonceptivo, si es que no estás haciendo alguno ya. Te daré una copia de mi último examen médico y también una copia de todos mis análisis de sangre. Pero antes tienes que ir con el director de recursos humanos para acordar los términos del trabajo y, por supuesto, los beneficios y el salario.

—De acuerdo —dijo sin mucho entusiasmo, agobiada de repente por lo rápido que su vida estaba cambiando. ¿Estaba preparada?

—Todo va a salir bien, Mia —le dijo en voz baja—. Confía en que voy a cuidar de ti.

La tranquilidad se le instaló en el cuerpo y el júbilo tomó el relevo. Mia se sentía como en una montaña rusa, subía hasta la cima solo para caer al minuto siguiente en picado con todo el viento dándole en la cara y el corazón latiéndole a mil.

—Confío en ti, Gabe. No estaría aquí si no lo hiciera.

Y tal vez eso no había sido del todo cierto hasta ahora. Se estaría mintiendo si dijera que no había temido mínimamente estar metiéndose en algo más grande de lo que podía soportar. Pero al estar aquí, tras escuchar lo que tenía que decir y sentir la intensidad y la sinceridad de sus palabras… sí que confiaba en él, y, quisiera o no, tenía que hacerlo, porque si no sería la estúpida más grande del planeta por haber accedido a semejante acuerdo sin confiar implícitamente en el hombre al que le había regalado su vida con una firma.

Mia solo esperaba que no tuviera que arrepentirse de la decisión tomada.

Capítulo siete

*E*l resto del día para Mia fue como una imagen borrosa. Se pasó una hora entera en recursos humanos rellenando papeles y tratando el tema de los beneficios y el salario. La cantidad de dinero que le ofrecían como asistente personal de Gabe hizo que los ojos se le salieran de las órbitas; nunca se había imaginado que le pagaría tanto teniendo en cuenta que ambos sabían que era una tapadera para la relación que compartían. No estaba siquiera segura de lo mucho que podría trabajar, pero a lo mejor Gabe la sorprendía.

Aun así, la tranquilizaba saber que no iba a depender totalmente de él —o de Jace— para comprarse lo que necesitara o quisiera. Ya hasta tenía en mente ahorrar ahora todo lo que pudiera para el día en que Gabe no la quisiera más. No era tan ilusa —ni tan estúpida— como para creer que la relación entre ambos iba a durar más que las otras que él había tenido.

Y aunque no conocía los detalles exactos de sus anteriores relaciones, había oído a Jace y a Ash lo suficiente como para saber que un año era el período máximo para Gabe en lo que a mujeres se refería, y normalmente solo duraban la mitad.

De lo único que se alegraba era de que Gabe le hubiera hecho ver que necesitaba hacer algo más que simplemente trabajar en La Pâtisserie. La educación que Jace le había dado se estaba echando a perder porque era demasiado débil como para dejar de trabajar para Greg y Louisa. Y era posible que hubiera una parte de ella que tuviera miedo de enfrentarse al mundo de los negocios.

Pero ¿qué mejor manera había de iniciarse en el mundillo que trabajar para Gabe? Como mínimo, le daría experiencia y quedaría muy bien en el currículum. Además, le facilitaría la vida para encontrar otro trabajo cuando él rompiera con ella, fuera el que fuere…

Mia se recordaba a menudo que su relación con Gabe no iba a ser larga, y lo hacía solo para concienciarse de lo inevitable y para poder aceptarlo más fácilmente cuando llegara el momento.

Ya no era una adolescente, aunque él le inspirara reacciones demasiado juveniles. Ya era hora de crecer de una vez y de comportarse como una adulta dentro de una relación adulta.

Justo después de salir de recursos humanos, la metieron rápidamente en un coche y la llevaron a una clínica que había a varias manzanas de distancia, donde la atendieron como a una paciente VIP. Sin esperas ni papeleos, algo que Mia encontró extraño. Le tomaron una muestra de orina, le sacaron sangre y respondió a un montón de preguntas que le hizo el médico, incluida la de cuál era su método anticonceptivo preferido y si necesitaba que se ocupara de ello.

Aun cuando todo el mundo a su alrededor estaba al día de los nuevos métodos anticonceptivos y usaba alternativas a la píldora, Mia no había tenido tanta suerte con algunos métodos, además de que le asustaban otros, así que siguió tomándose la píldora fielmente todos los días.

Cuando terminó con la visita del médico estaba agotada física y mentalmente debido al estrés de todo el día. Sorprendentemente, Gabe no le había dicho que empezara a trabajar al día siguiente, sino que le había ordenado que se lo tomara libre y descansara, casi como si hubiera sabido lo exhausta que iba a estar tras el día tan ajetreado que había tenido.

Sintiéndose agradecida de tener al menos un día para analizar el acuerdo que había aceptado, Mia volvió a casa en el coche que Gabe le había asignado. El chófer tenía instrucciones específicas de recogerla dentro de dos días para llevarla al trabajo, y, a su vez, este le dejó su tarjeta personal y le dijo que, si alguna vez necesitaba transporte, era su obligación llamarlo. Tras esa, en cierta medida, cortante presentación ya no le volvió a dirigir más la palabra durante todo el camino.

Ya sentía como si Gabe estuviera tomando las riendas de su vida y se deslizara entre cada resquicio o rincón que encontrara. Ya ocupaba todos sus pensamientos, y dentro de poco poseería su cuerpo.

Un leve escalofrío se le instaló en el cuerpo mientras subía en el ascensor hasta su apartamento. Miró la hora y deseó que Caroline no estuviera en casa. Necesitaba tiempo para pensar. Necesitaba un momento a solas para digerir todo lo que había pasado durante el día y para ponderar lo mucho que su vida iba a cambiar.

Se sentía entusiasmada y asustada a partes iguales.

Cuando entró en su apartamento, se quedó consternada al ver que no solo estaba Caroline repantingada en el salón, sino que también lo estaban tres de sus otras amigas, Chessy, Trish y Gina. Cuando vieron a Mia se irguieron apresuradamente y comenzaron a silbar y a darle la enhorabuena.

Mia se las quedó mirando con perplejidad. Caroline se levantó con una sonrisa y se acercó hasta ella para pasarle un brazo por los hombros.

—Las he puesto al día sobre tu nueva «oferta de trabajo» con el dios del sexo, Gabe Hamilton.

—Por el amor de Dios, Caro —murmuró Mia.

Y a continuación la rodearon todas sus amigas, por lo que fue imposible mantener cierta irritación en su presencia. La acosaron a preguntas y Mia se sintió bastante tentada de confiar en ellas y contarles a lo que verdaderamente había accedido, pero no se arriesgaría, ni siquiera con sus mejores amigas.

—¿Y está bien dotado? Ya sabes, ¿la tiene grande o qué? —preguntó Chessy alargando las palabras.

—¿Te crees que se la sacó durante la entrevista de trabajo? —le cuestionó Mia con incredulidad.

Las otras comenzaron a reírse y soltaron una ronda de bromas viciosas mientras especulaban sobre Gabe y su gran pene.

—Me apuesto a que sabe perfectamente cómo usarla —dijo Trish con tristeza—, no como mi último novio. Quizá Gabe le pueda dar algunas indicaciones.

Gina resopló.

—No sabemos si es bueno en la cama. O quizás hasta sea gay. Ya sabéis que todos los tíos buenos son siempre los que no están disponibles. Aunque, si me dieran la oportunidad, intentaría claramente traerlo de vuelta a esta acera.

Mia soltó un quejido.

—No es gay.

—¿Y tú eso cómo lo sabes? —le preguntó Chessy arqueando una ceja.

—Es el mejor amigo de Jace —dijo Mia con exasperación—. He crecido prácticamente con él. Estuvo casado y no le han faltado mujeres en toda su vida.

Gina se encogió de hombros.

—Quizá no haya encontrado a su hombre ideal todavía.

—Yo podría ser su mujer ideal —se ofreció Trish—. Y está más claro que el agua que yo también firmaría para ser su asistente personal. Qué suerte tienes, Mia.

—Yo sería feliz quedándome con Jace —dijo Chessy—. Trabajaría hasta horas extra por ese hombre.

Mia se tapó los oídos y soltó un quejido con un tono de voz mucho más alto.

—Para, que me voy a quedar sorda. No quiero tener imágenes mentales sobre ti y Jace. ¡Es mi hermano! Es asqueroso, Chessy. ¡Asqueroso!

—Creo que deberíamos salir y celebrarlo —anunció Caroline.

Mia le dedicó una mirada llena de sorpresa. Chessy y las otras pusieron cara de interés y esperaron a tener más información.

—Deberíamos ir de discoteca —volvió a decir Caroline—. Si Mia va a estar liada con el trabajo de nueve a cinco, nuestras noches hasta tarde con ella se han acabado. Al menos durante la semana. Yo conozco a un segurata de Vibe, y me ha prometido que nos dejará entrar a mí y a mis chicas si vamos.

—Mierda, yo trabajo mañana temprano —dijo Trish con una mueca de disgusto.

—Oh, vamos, vive un poco —le urgió Chessy—. Si hasta podrías hacer tu trabajo mientras duermes. Además, puedes recuperar el sueño mañana cuando salgas. Esta noche saldremos a pasárnoslo bien, ha pasado demasiado tiempo desde que salimos juntas la última vez.

Trish parecía indecisa, pero luego asintió.

—Está bien. Me apunto.

—¿Mia? —le preguntó Caroline.

Todos los ojos se volvieron hacia ella y la miraron con expectación. La verdad era que Mia quería recluirse y quedarse a solas para procesar todo lo que había pasado. Gabe, y todo lo que implicaba. Pero quería a sus amigas y en el fondo sabía que el tiempo que iba a tener para ellas a partir de ahora iba a ser limitado, al menos hasta que la relación entre Gabe y ella no acabase.

—Yo también me apunto —dijo Mia con una sonrisa—. Aunque necesito ir a cambiarme. Llevo puesta la ropa de trabajo, y, si vamos a salir, no quiero parecer una secretaria.

—Genial —se jactó Chessy.

—Espera un segundo. ¡Yo tampoco voy bien vestida! —exclamó Trish—. Tengo que ir rápidamente a casa si es que vamos a salir.

—Sí, yo también —coincidió Gina.

Caroline levantó las manos.

—De acuerdo, entonces este es el plan. Nos arreglamos lo más rápido posible y quedamos en la puerta de la discoteca dentro de una hora y media. ¿Hecho?

Las otras ya estaban levantándose del sofá y dirigiéndose hacia la puerta principal del apartamento. Se despidieron con la mano y, tras varios «adiós», desaparecieron.

Mia empezó a ponerse de pie para cambiarse en su cuarto cuando Caroline la paró a medio camino.

—¿Va todo bien, Mia? Pareces… callada. O al menos diferente.

Mia sonrió.

—Estoy bien, Caro. Un poco cansada, ha sido un día extraño.

—¿Preferirías no salir? —le preguntó Caroline ansiosamente—. Puedo llamar y cancelarlo.

Mia sacudió la cabeza.

—No, salgamos. Es muy posible que no pueda volver a repetirlo pronto, o al menos hasta que sepa cómo van a ser las cosas con Gabe. No tengo ni idea de cuál va a ser mi horario. Él espera que trabaje cuando él lo haga.

Mia comenzó a irse hacia su cuarto una vez más, pero cuando llegó a la puerta Caroline la llamó de nuevo.

—¿Estás segura de que esto es lo que quieres? Trabajar para Gabe, me refiero.

Miró a Caroline a los ojos y notó cómo la inquietud que sintió en un principio se desvanecía.

—Sí, esto es lo que quiero.

Gabe era lo que quería. El trabajo era solo un medio para lograr un fin, y, si le daba experiencia en otra cosa que no fuera servir café, eso que se llevaba de más.

Mientras se precipitaba a arreglarse el pelo y a maquillarse de nuevo, su móvil vibró, señal de que le había llegado un mensaje de texto. Lo sacó del bolso, que había dejado en el suelo frente al lavabo, y vio que era de un número de Nueva York que no reconoció.

DESCANSA MAÑANA, PERO ESTATE EN MI APARTAMENTO
A LAS 19 H. NO LLEGUES TARDE.
GABE

Mia inspiró profundamente a la vez que seguía mirando la pantalla del móvil con manos temblorosas.

Así que ya había comenzado.

Capítulo ocho

*E*l coche pasaría a recoger a Mia a las seis y media, así que, siguiendo la orden de Gabe de no llegar tarde, se aseguró de estar abajo esperando antes de que el coche apareciera. Pudo sentir como un bostezo se hacía paso a través de su garganta y Mia pegó los labios para reprimirlo. Ella y las chicas se habían quedado de fiesta hasta bastante tarde la noche anterior, pero esa no era excusa cuando había tenido el día entero para descansar y recuperarse de la resaca. El problema era que no había podido pegar ojo al estar preocupada por la inminente cita con Gabe en su apartamento.

Era ridículo. Mia esperaba que llegado a cierto punto se le pasara ese nerviosismo que le entraba cada vez que tenía que estar en su presencia. Tenía que tener sexo con él, por el amor de Dios, y no podía siquiera pensar en verlo sin tener un colapso emocional. Vaya intento de sofisticación, cualquiera que la viera pensaría que era una virgen tímida que no había visto nunca a un hombre desnudo. Aunque Mia estaba bastante segura de que nunca había visto a un hombre como Gabe desnudo. Al menos no en persona.

Los hombres con los que ella había estado eran… niños, a falta de un término mejor. Chavales tan inexpertos como ella, en su mayoría. Su último lío —se negaba a llamarlo rollo de una noche ya que habían quedado más de una vez— había sido la única mayor experiencia sexual que había tenido, y estaba completamente convencida de que era porque David era mayor que sus citas habituales. Y con más experiencia, también.

Fue el responsable de que Mia pasara de los chicos de su edad y se sintiera mejor por su fijación con Gabe. David había sido genial en la cama, pero lo malo era que no había sido tan bueno en otras áreas.

Sin estar muy segura de cómo, Mia sabía que Gabe iba a ser muy superior a cualquier otro hombre y que tras estar con él David empalidecería en comparación, lo cual ya era decir mucho teniendo en cuenta que David podía considerarse el mejor de todos los hombres —o mejor dicho, chavales— con los que había estado.

El chófer la dejó delante del apartamento de Gabe justo cinco minutos antes de que dieran las siete. Bueno, no la dejó literalmente, pero el hombre nunca hablaba. Simplemente aparecía, conducía, y luego desaparecía otra vez para reaparecer más tarde cuando ya era hora de volver a casa. Era un poco inquietante, la verdad, casi como si le hubieran ordenado que nunca hablara en su presencia.

A la entrada del edificio había un guardia de seguridad, aunque, claro, este no era un bloque de apartamentos cualquiera, sino que era uno de esos de los que se parecían a un hotel. La diferencia era que aquí tenían un apartamento entero en vez de una sola habitación o suite.

Tras enseñarle el carné de identidad, el guardia llamó al apartamento de Gabe para comprobar si podía subir. Con suerte no tendría que pasar por todo este proceso cada vez que Gabe requiriera su presencia en su apartamento.

Un momento más tarde, el hombre la escoltó hasta el ascensor e insertó la tarjeta requerida para ir a la planta del apartamento de Gabe, que, por supuesto, era el ático. A continuación, le hizo un gesto de cortesía con la cabeza y salió del ascensor.

Las puertas se abrieron en la quincuagésima planta y justo frente a la entrada del apartamento de Gabe. Él estaba de pie, esperándola con la mirada fija en ella mientras Mia salía del ascensor. Las puertas se cerraron detrás de la joven y entonces se quedaron los dos solos.

Ella lo devoró con la mirada. En muy raras ocasiones lo había visto vestido con vaqueros, pero le quedaban de muerte. Estaban descoloridos y bastante usados, como si fuera su par favorito y no quisiera deshacerse de ellos. Además, llevaba puesta una camiseta de los Yankees que le moldeaba el pecho, musculoso, y que se le ceñía perfectamente alrededor de los prominentes bíceps.

Estaba claro que se entrenaba, no había otra explicación. No era posible que un hombre que pasaba tanto tiempo en una oficina pudiera estar tan bueno y tan cuadrado.

De repente Mia sintió que se había vestido demasiado formal. Se había puesto un simple vestido azul marino que le llegaba hasta la rodilla y que le dejaba al aire la parte inferior de las piernas. Los tacones que había elegido le daban la altura necesaria como para estar al mismo nivel que Gabe, pero incluso así se sentía pequeña estando frente a él.

Gabe era imponente incluso vestido con vaqueros desgastados y camiseta. Su presencia llenaba toda la habitación; era indomable. La forma con que la miraba la hacía incluso sentirse marcada.

La recorrió con la mirada con tanta intensidad que la piel le ardía como si la hubiera tocado de verdad. Cuando llegó a los ojos, sonrió y seguidamente le tendió la mano.

Mia se acercó a él y deslizó una de sus manos sobre la de él. Gabe entrelazó los dedos y le dio un apretón antes de tirar de ella hacia delante para plantarle un beso en toda la boca que los dejaría a ambos sin aliento. Bebió de sus labios y se los mordió lo bastante fuerte como para que estos le hormiguearan. Le lamió las comisuras de los labios hasta lograr persuadirla para que volviera a abrir la boca y le dejara entrar.

—He pedido la cena para los dos, espero que tengas hambre —le dijo con voz ronca.

—Mucha —admitió.

Gabe frunció el ceño.

—¿No has comido hoy?

—Me he tomado un vaso de zumo de naranja. No tenía muchas ganas de comer.

Mia no mencionó el hecho de que estaba resacosa, de que no había dormido apenas y de que, hasta ahora, solo de pensar en comida le daban ganas de vomitar.

Gabe la condujo hasta la elegante mesa del salón comedor situada justo frente al enorme ventanal, que ofrecía unas impresionantes vistas sobre Manhattan. Desde allí se podía distinguir una deslumbrante variedad de luces provenientes de edificios cercanos, que en contraste con el crepúsculo de la noche no eran más que siluetas negras en el cielo.

—Ya no estás nerviosa, ¿verdad? —le preguntó mientras la ayudaba a sentarse.

Ella se rio.

—Estoy adentrándome en aguas desconocidas, Gabe. Tienes que saberlo.

Entonces la sorprendió y le dio un beso en la coronilla antes de desaparecer. Un momento más tarde reapareció de nuevo con un plato en cada mano y le puso delante un delicioso bistec que olía estupendamente bien. Tenía tan buena pinta que el estómago le rugió al instante.

Gabe volvió a fruncir el ceño.

—No te saltes más comidas, Mia.

Ella asintió con la cabeza y esperó a que volviera de la cocina de nuevo, en esta ocasión con una botella de vino; luego se sentó y, a continuación, lo sirvió.

—No estaba seguro de lo que te gustaba o no con respecto a la comida. Ya tendremos tiempo para hablar de ello y para conocer cuáles son tus preferencias, pero me imaginé que no podía equivocarme con un filete.

—No, para nada —dijo—. Un buen bistec lo cura casi todo.

—No podría estar más de acuerdo.

Mia engullía su plato con avidez mientras observaba a Gabe por debajo de las pestañas. Había un millón de preguntas revoloteándole por la cabeza, pero no quería agobiarlo. Como había dicho, tenían muchísimo tiempo para aprender cosas del otro. La mayoría de la gente esperaba más tiempo a entrar en ese proceso de conocerse mutuamente antes de lanzarse a una relación sexual, pero se imaginaba que Gabe estaba bastante acostumbrado a hacer las cosas a su manera, y vaya maneras. Además, no eran completos extraños… Gabe había sido una persona habitual —aunque lejana— en su vida durante años.

El silencio se extendió entre ellos. Mia podía sentir sus ojos sobre ella, sabía que él la observaba tanto como ella lo miraba a él. Casi como si fueran dos enemigos precavidos que se estudiaban antes de entrar en batalla. La única diferencia era que Gabe no parecía estar tan inseguro e incómodo como ella, sino que se le veía confiado, como un depredador acechando a su presa.

Las mariposas le empezaron a revolotear dentro del estómago, y mucho más abajo, hasta que Mia no pudo soportarlo más y tuvo que pegar los muslos en un esfuerzo de suavizar el dolor que sentía entre las piernas.

—No estás comiendo —señaló Gabe.

Ella bajó la mirada hacia su plato y se dio cuenta de que había dejado de comer aún con el tenedor en la mano y el filete a medias. Lo dejó en la mesa y con calma se lo quedó mirando fijamente.

—Esto es desesperante, Gabe. Todo esto es nuevo para mí, yo nunca he estado en una situación como esta. No estoy segura de cómo actuar, de lo que decir, de lo que no decir, ¡o de decir algo siquiera! Y luego tú te sientas ahí enfrente mirándome como si fuera el postre, y yo no tengo ni idea de si solamente estamos cenando o de si intentas que me sienta más cómoda. Échame una mano porque me estoy volviendo loca.

Una media sonrisa apareció en los labios de Gabe y la diversión se le hizo evidente también en los ojos.

—Mia, cariño, es que sí que eres el postre.

La respiración se le entrecortó al advertir en los ojos de Gabe un hambre que no tenía nada que ver con el filete que tenía delante.

—Come —le dijo con una voz baja que no admitía discusión. Era una orden. Una que él no quería que ignorara—. No voy a lanzarme sobre ti en la mesa. La expectación hace que la recompensa final sea mucho más dulce.

Mia volvió a coger el tenedor y el cuchillo y continuó comiendo sin ser capaz de saborear nada. Comía como si fuera una máquina, y, además, todo el cuerpo le hormigueaba al ser consciente de la atención que estaba atrayendo. Estaba claro que Gabe no tenía intención alguna de suavizar las cosas en esta relación, aunque también era cierto que eso no iba mucho con él. Gabe iba a por todas; era su estilo y lo que le hacía tener tanto éxito en los negocios. Iba tras lo que quería con una determinación extrema, y ahora la quería a ella.

Le dio un sorbo a su copa de vino solo para que algo rellenara ese momento de incomodidad. Mia no sabía si quería ir más lenta y tomarse su tiempo con la comida, o si quería seguir adelante y terminar en un santiamén para que al fin pudieran pasar a los… postres.

Él terminó antes que ella y se recostó en la silla. Permanecía sin inmutarse mientras bebía de su copa de vino. Los ojos no la dejaron de observar en ningún momento y seguían cada movimiento que realizaba. Parecía indiferente y distante hasta el momento en que ella le devolvió la mirada. Para entonces la historia ya era completamente distinta. Ahora los ojos le ardían de impaciencia y le hervían de pasión.

Con una pequeña cantidad de comida aún en el plato, lo retiró un poco y se echó hacia atrás con cuidado en su propia silla. Aunque no habló, el «y ahora qué» casi se podía palpar entre ambos. Él la observó perezosamente y a continuación dijo:

—Vete al centro del salón y quédate de pie, Mia.

La joven tragó saliva y respiró hondo antes de levantarse con tanta gracia como podía, decidida a estar serena y tranquila. Y segura de sí misma. Este hombre la deseaba a ella, no a otra, y ya era hora de que actuara como si de verdad perteneciera a este lugar.

Anduvo con los tacones repiqueteando en el suelo de madera, lo que contrastaba con el silencio que reinaba en el apartamento. Cuando llegó al centro de la habitación, se giró lentamente y vio que Gabe estaba dirigiéndose hacia el sillón situado al lado del sofá de piel.

Se hundió en el asiento y cruzó las piernas en una pose informal que indicaba lo relajado que se encontraba. Mia deseó poder decir lo mismo de ella, pero se sentía como si estuviera en una audición y se hubiera quedado en blanco ahí de pie frente a él mientras la devoraba con la mirada.

—Desvístete para mí —dijo con una voz que hizo vibrar todo el cuerpo de Mia.

Ella le devolvió la mirada con los ojos abiertos como platos mientras procesaba la orden que le había dado.

Gabe arqueó una ceja.

—¿Mia?

Ella empezó a quitarse los zapatos pero él la detuvo.

—Déjate los zapatos puestos. Solo los zapatos.

Entonces se llevó las manos a los tres botones de delante del vestido y lentamente los desabrochó. A continuación, lo deslizó por los hombros y dejó que la prenda se resbalara por el cuerpo hasta caer al suelo, quedándose únicamente en bragas y sujetador.

A Gabe se le dilataron las pupilas; un hambre primitiva prendió fuego en su interior y las facciones se le volvieron toscas. Un escalofrío incontrolable recorrió el cuerpo de Mia y se le endurecieron los pezones, que ahora presionaban la sedosa tela del sujetador. El hombre era devastador y aún no la había tocado siquiera. Aunque esa mirada… era como estar siendo acariciada con fuego mientras se la comía con los ojos.

—¿Las bragas o el sujetador primero? —le preguntó con voz ronca.

Gabe sonrió.

—Vaya, Mia. Te gusta provocar, ¿verdad? Las bragas primero.

Mia metió los pulgares por debajo de la cinturilla de encaje y lentamente se fue bajando las bragas. Intentar cubrirse con las manos para conservar el poco pudor que le quedaba era casi instintivo, pero se obligó a dejar que el pequeño trozo de tela cayera hasta el suelo; entonces dio un paso hacia el lado y las retiró con la punta del zapato.

A continuación volvió a levantar las manos y se colocó el pelo sobre un solo hombro de manera que pudiera llegar al cierre del sujetador. Se lo desabrochó y las copas se aflojaron, dejando que los senos quedaran casi a la vista.

—Vuelve a echarte el pelo hacia atrás —murmuró Gabe.

Mia obedeció con una mano, mientras aguantaba el sujetador sobre los pechos con la otra. Después se lo bajó con cuidado y dejó que los tirantes se deslizaran por sus brazos hasta que finalmente cayó al suelo junto a las demás prendas.

—Preciosa —dijo Gabe con aprecio, su voz baja sonó más como un gruñido.

Ella se quedó ahí, de pie y vulnerable mientras esperaba la siguiente orden. Estaba claro que él no tenía ninguna prisa y que gozaba con la intención de saborear el momento de verla desnuda por primera vez.

Mia se llevó los brazos hasta la cintura y de ahí hasta los pechos.

—No, no te escondas de mí —le dijo Gabe con suavidad—. Ven aquí, Mia.

Ella dio un paso torpe hacia delante, y luego otro, y otro hasta que estuvo apenas a unos pocos centímetros delante de él.

Gabe bajó la pierna que tenía cruzada y abrió las rodillas para dejar un espacio vacío entre ambos. El bulto que tenía entre las piernas y que le oprimía la cremallera de los vaqueros era bastante evidente. No obstante, alargó su mano hacia ella y la animó a acercarse.

Mia avanzó entre sus muslos y le cogió la mano, así que Gabe tiró de ella hacia delante y le hizo señas para que se subiera a su regazo. Ella hincó las rodillas a ambos lados de su cuerpo encajándolas perfectamente entre él y los reposabrazos del sillón, se sentó sobre los talones y esperó. Sentía que no podía respirar y que tenía todos los músculos tensos y agarrotados mientras intentaba anticipar cuál sería su siguiente movimiento.

No mucho más tarde, Gabe la sujetó por la nuca, la atrajo hacia él y le estampó la boca en la de ella. Mia sentía cómo la ardiente y acelerada respiración masculina le acariciaba el rostro, y cómo su mano se enredaba en su cabello para tenerla sujeta contra él con mucha más fuerza.

Y entonces Gabe la separó de él tan rápido como antes. La mano aún la seguía teniendo hundida en su cabello, el pecho le subía y le bajaba en un intento vano de recuperar el aliento y, además, los ojos le ardían y le brillaban llenos de lujuria. Esto último era más que suficiente como para hacer que Mia temblara al sentir un calor primitivo emanando de él.

—Me pregunto si te haces una idea de lo mucho que te deseo ahora mismo —murmuró Gabe.

—Yo también te deseo —susurró Mia.

—Me tendrás, Mia. De todas las maneras imaginables.

La promesa que denotaban sus palabras, roncas y tan pecaminosamente sugerentes, la poseyó de forma sensual y seductora.

Gabe le soltó el pelo y posó las manos en su vientre para poder acariciarle el cuerpo antes de llegar a los pechos. Con los senos en las manos, se inclinó hacia delante y se metió un pezón en la boca.

Mia gimió y se estremeció de placer bajo sus caricias. Se sujetó a los reposabrazos del sillón y echó la cabeza hacia atrás mientras Gabe le pasaba la lengua por la rugosa aureola.

Alternándose entre los dos montículos que tenía aún en las manos, Gabe la provocó y jugueteó con ella. Le chupó y le succionó los pezones a la vez que se los mordía con suavidad hasta conseguir que estuvieran completamente enhiestos y pidiendo más de sus caricias.

Liberó uno de los pechos que tenía agarrados y, pasándole las puntas de los dedos por las costillas y el vientre, se desplazó hacia abajo hasta llegar finalmente a la zona entre sus piernas. Sus manos se movían con delicadeza mientras ahondaba entre los rizos de su entrepierna y llegaba a la sensible carne de su sexo. Le rozó el clítoris con uno de los dedos y el cuerpo entero de Mia se tensó a modo de respuesta.

Jugueteó con la húmeda entrada de su vagina con un dedo mientras le acariciaba con el pulgar todas las pequeñas terminaciones nerviosas concentradas en el clítoris. Mia se sentía desfallecer.

—Gabe —susurró. El nombre sonó más como un gemido.

Ella bajó la cabeza lo suficiente para poder mirarlo con los ojos entrecerrados. La imagen de su boca pegada a su pecho y succionándole el pezón era excitante y erótica a la vez, y solo consiguió alimentar su ya descontrolado deseo.

El dedo se deslizó dentro de ella y Mia soltó otro gemido. Gabe presionó el pulgar con mucha más fuerza a la vez que lo movía en círculos y hundía más profundamente el otro en su interior. Y a continuación, la mordió de nuevo en el pezón.

Mia lanzó las manos hacia los hombros de Gabe y se agarró a él con mucha más firmeza a la vez que hincaba los dedos en su piel. No paraba de revolverse mientras el orgasmo comenzaba a formársele bajo la piel. Era imposible quedarse quieta, el cuerpo entero lo sentía tenso y la presión se le estaba concentrando en el bajo vientre.

—Córrete para mí, Mia —dijo Gabe—. Quiero sentir cómo te corres en mi mano.

Deslizó el dedo mucho más adentro en su cuerpo, presionando justo su punto G. Ella respiró entrecortadamente mientras Gabe seguía acariciándole el clítoris y volvía a chuparle el pezón con la boca una vez más. Cerró los ojos y gritó su nombre cuando la primera oleada de placer la atravesó de forma tumultuosa y abrumadora.

—Eso es. Mi nombre, Mia. Dilo otra vez. Quiero escucharlo.

—Gabe —dijo en un suspiro.

Mia se arqueó con frenesí mientras él empujaba el dedo dentro de ella sin descanso, llevándola mucho más al límite. Se revolvió entre sus brazos y un momento después se desplomó sobre sus hombros y, agarrándose con fuerza, intentó recuperar el aliento.

Lentamente Gabe retiró los dedos, la atrajo hasta la calidez de su cuerpo y la rodeó con los brazos. Ella posó la frente en su hombro y cerró los ojos, agotada por la intensidad del orgasmo.

Él le pasó la mano suavemente por su espalda desnuda varias veces en un intento de tranquilizarla y relajarla. A continuación hundió la mano en su pelo y tiró de él lo suficiente como para que levantara la cabeza y sus ojos se encontraran.

—Agárrate a mí —le dijo.

A Mia apenas le había dado tiempo a rodearle el cuello con los brazos cuando Gabe se puso de pie y la levantó en brazos.

—Rodéame la cintura con las piernas.

Él la aupó con las manos bajo su trasero para sujetarla mejor mientras ella clavaba los talones en su cintura y salió al pasillo para llegar por último hasta su dormitorio.

Se echó hacia delante y la depositó suavemente en la cama antes de retroceder y quitarse la ropa con rapidez. Mia se quedó allí tumbada, mareada de regocijo y con el cuerpo aún vibrándole como secuela de la liberación sexual que había experimentado momentos antes. Su sexo le dolía y le palpitaba. Quería más. Lo quería a él.

Levantó la cabeza mientras Gabe se desabrochaba los vaqueros y se los bajaba hasta las caderas. Estaba impresionante ahí de pie con su erección forcejeando por salir de su prisión y abrasándola con la mirada. El deseo que sentía por ella se percibía claramente en cada centímetro de su firme y tenso

85

cuerpo. Mia podía quedárselo mirando durante horas. Era guapísimo y tenía un aire taciturno. Cuando fue a por ella con la actitud propia de un macho alfa, los músculos se le abultaron de la tensión que ambos estaban sintiendo.

La agarró de las piernas y tiró de ella con brusquedad para traerla hasta el borde de la cama. Entonces se las abrió y se posicionó entre ellas.

—No puedo ir más lento, Mia —le dijo con una voz forzada e inquieta—. Quiero estar en tu interior más de lo que necesito respirar ahora mismo. Tengo que poseerte. Ahora mismo.

—Me parece bien —pronunció en una exhalación. La voz le sonó como un susurro ronco mientras miraba fijamente a esos intensos ojos azules.

Gabe volvió a tirar de ella para eliminar la distancia que quedaba entre ellos y entonces Mia sintió cómo la punta de su pene se abría paso entre su carne hinchada. Se detuvo durante un breve instante antes de embestirla y hundirse dentro de su cuerpo por completo.

El grito ahogado que Mia soltó se mezcló con el de él. La impresión de su invasión casi la llevó al límite. ¿Cómo era posible que pudiera tener otro orgasmo tan rápido?

La sensación de tenerlo a él en su interior la estaba abrumando. Se sentía completamente llena, tan apretada a su alrededor que se preguntaba cómo podía siquiera moverse. O cómo se las había ingeniado para meterse tan adentro de su ser.

Los dedos de Gabe se clavaron en sus caderas, pero un momento después sintió cómo su agarre se suavizaba, casi como si Gabe se estuviera recordando a sí mismo que tenía que tener cuidado. La tocó y la acarició mientras llevaba las manos desde su vientre hasta los pechos, que palmeó con ambas manos. Luego le pellizcó los pezones.

—¿Te he hecho daño? —rugió.

Incluso tan descontrolado como parecía y tan desesperado como estaba por poseerla, se podía notar preocupación en su voz. Mia sabía sin ninguna duda que si ella quisiera que parara, lo haría sin importar lo loco que estuviera por ella en ese momento.

Y dios, cómo le gustaba que estuviera así de loco. Por ella. Por tenerla a ella.

Mia sacudió la cabeza.

—No. Para nada. Por favor, no pares.

Sí, le estaba suplicando. Si Gabe paraba ahora, se moriría.

Llevó las manos hasta sus muñecas, donde Gabe tenía aprisionados sus senos, y las deslizó por sus brazos mientras se deleitaba en toda esa fuerza que tenía. Podría estar tocándolo toda la vida.

Las manos de Gabe se posaron sobre las de ella durante un breve instante, y, a continuación, le colocó los brazos por encima de la cabeza. Mia abrió los ojos como platos al observar la fiereza que estaba dibujada en su rostro, al ver cómo los ojos se le entrecerraron cuando un gruñido le retumbó en la garganta.

Mia pegó las manos contra el colchón mientras Gabe se inclinaba hacia delante con las palmas de las manos sujetando las de ella y la aprisionó contra su cuerpo para que no se pudiera mover. Para que no se pudiera resistir.

La posición le envió olas de emoción directas a su vientre que luego se expandieron por todo su cuerpo casi como si una droga hubiera invadido todo su ser. Estaba colocada y él era la causa. El poder y el control que tenía sobre ella. Su dominancia.

Esto era lo que Mia deseaba. Tener a Gabe encima de ella, hundido en lo más profundo de su cuerpo y teniendo poder absoluto sobre ella. Mia no podía siquiera respirar, estaba mareada de la excitación.

Gabe se retiró y volvió a penetrarla de nuevo con tanta fuerza que le sacudió el cuerpo entero.

La mirada de Gabe se cruzó con la de ella con tanta intensidad que hasta logró hacerla estremecer. Su voz sonó tan gutural y tan terriblemente atractiva al pronunciar con ronquedad las siguientes palabras:

—Joder, no. No voy a parar. No cuando he esperado tanto para tenerte.

«Tanto para tenerte.» Dios, escuchar eso casi había hecho que se corriera en ese instante. La idea de que este hombre, que estaba tan fuera de su alcance, la hubiera deseado siquiera era una locura. Nunca se podría haber imaginado que la fijación que tenía por él fuera correspondida.

Bueno, se estaba adelantando un poco. La palabra «fijación» era demasiado fuerte como para atribuírsela a Gabe. La verdad era que no tenía ni idea de cuáles eran sus sentimientos o su fijación con ella, solo sabía que ella sí que se había pasado muchísimo tiempo fantaseando con estar justo donde estaba ahora: inmóvil debajo de Gabe y con su miembro tan hundido en su cuerpo que no sabía siquiera cómo apañárselas para acomodarlo bien en su interior.

No iba a decir que Gabe estuviera monstruosamente dotado, pero, si bien no la tenía gigantesca, sí que era mucho más grande que la de cualquiera de sus antiguos amantes. Y, además, sabía exactamente qué hacer con lo que tenía. Mia daba fe.

Gabe le soltó las manos, pero cuando Mia fue a moverlas, este le echó una mirada llena de fiereza, se las volvió a poner donde estaban y la soltó una vez más. Era una orden que no necesitaba palabras. Mia obedeció y las dejó donde él se las había colocado al mismo tiempo que lo miraba fijamente y esperaba sin aliento a su siguiente movimiento.

Gabe bajó las manos hasta sus piernas y se las subió para colocárselas alrededor de su cintura. Entonces le dirigió otra vez esa mirada tan seductora y estremecedora que le indicaba que tenía que dejar las piernas justo donde él se las había puesto. Le deslizó las manos por debajo del culo y empezó a penetrarla con fuerza y a un ritmo firme que no hacía más que enviarle oleadas de placer a través de su cuerpo.

Le salía casi instintivamente llevarse las manos hacia sus hombros. Mia necesitaba algo a lo que sujetarse mientras la poseía, pero Gabe apretó la mandíbula y la miró con fiereza una vez más. Ella las volvió a dejar donde habían estado.

—Te las ataré la próxima vez —le dijo—. No me presiones, Mia. Yo estoy al mando. Te poseo. Eres mía. No muevas las putas manos hasta que te lo diga, ¿entiendes?

—Sí —susurró con el cuerpo tan tenso y tan a punto de estallar que era lo único que podía decir para respirar siquiera.

El pulso se le disparó al verle aquella mirada tan fascinante de chico malo en el rostro. Los ojos estaban llenos de promesa, de todas las cosas que le haría. De todas las cosas que él le haría hacer. Y que Dios la ayudara pero no podía apenas esperar.

Gabe se volvió a hundir en ella con tanta fuerza que hizo

que su cuerpo se sacudiera de nuevo. Mia cerró los ojos y apretó los dientes para reprimir el grito que amenazaba con salir de su garganta.

—Los ojos —le dijo con brusquedad—, hacia mí, Mia. Siempre mirándome a mí. No te corras con los ojos cerrados. Quiero ver todo lo que tienes dentro. No me anules.

Ella entonces abrió los ojos rápidamente y encontró los de Gabe casi al instante, la respiración le salía por la boca de forma violenta e irregular.

Gabe se salió de ella y volvió a enterrarse en su interior con las manos agarrándose con más fuerza a su culo. Mia estaba segura de que se le quedaría la marca de sus dedos estampada en la piel. Él continuó moviéndose e introduciéndose dentro de ella mientras la sujetaba. Mia no podría durar mucho más… de hecho no iba a durar mucho más. Era demasiado abrumador, demasiado… todo.

—Di mi nombre, Mia. ¿Quién es tu dueño? ¿A quién perteneces?

—A ti —dijo ahogadamente—. Gabe. A ti. Solo a ti.

Sus ojos brillaron de satisfacción. La expresión en su rostro era posesiva y fiera, y la mandíbula la tenía claramente apretada.

—Eso es, cariño. Mia. Di mi nombre cuando te corras.

Gabe deslizó una mano entre ambos para acariciar su clítoris mientras seguía penetrándola.

—Córrete —le ordenó—. Uno más. Dámelo, Mia. Quiero sentir cómo te vuelves loca con mi polla en tu interior. Eres tan suave y sedosa… tan ceñida a mí. Es el paraíso.

Ella soltó un grito agudo, se sentía desfallecer en un estado de excitación extrema. Y entonces el orgasmo la atravesó de forma explosiva e intensa, e incluso con más fuerza que el anterior. Estaba hincado en lo más profundo de su cuerpo, parecía imposible. Estaba tan adentro que Mia no sentía nada más que su palpitante miembro mientras este se abría paso entre su carne caliente.

Los muslos de Gabe golpeaban contra su culo y la sacudían debido a la intensidad de sus movimientos. Mia arqueó la espalda, quería más… necesitaba más. Y así Gabe siguió hundiéndose en ella con el rostro contraído por la tensión.

—Mi nombre —dijo con los dientes apretados—. Di mi nombre cuando te corras, Mia.

—¡Gabe!

Los ojos le brillaron de triunfo mientras ella se retorcía debajo de él. El orgasmo la seguía atravesando con una intensidad que Mia no pudo imaginar siquiera posible.

Y entonces Mia se quedó sin fuerzas en la cama, echa miel, exhausta y saciada mientras él seguía moviéndose dentro de ella. Gabe ralentizó sus embestidas pero quiso saborear cada momento, así que cerró los ojos, continuó enterrándose bien adentro en su interior y luego solo a medias. Apretó los labios y a continuación comenzó a moverse con fuerzas renovadas. Sus movimientos eran profundos y estaban llenos de intensidad.

Su cuerpo se volvió a tensar contra el de ella; cada músculo de sus brazos y de su pecho estaba apretado y agarrotado. Apartó las manos de su trasero, las juntó con las de ella y las apretó con fuerza al colchón mientras se inclinaba hacia delante hasta estar casi al mismo nivel que ella.

—Mía —dijo entre dientes—. Eres mía, Mia.

Estaba muy mojada con él en su interior mientras él seguía penetrándola e hincándose profundamente en su interior. Su liberación parecía no tener fin. Mia podía sentir la humedad que había entre sus cuerpos, y podía escuchar claramente los húmedos sonidos cuando él se hundía en ella una y otra vez.

A continuación se enterró en ella profundamente y se quedó ahí mientras poco a poco terminaba de tumbarse encima de Mia y cubría su cuerpo por completo. El pecho le subía y bajaba y la respiración la sentía caliente contra su cuello. Gabe aún estaba bien metido en su interior, duro como una roca incluso después de haberse corrido con tanta fuerza y durante tanto tiempo. Pero Dios… lo sentía tan bien ahí…

—¿Puedo tocarte? —le susurró Mia. Necesitaba tocarlo, no podía contenerse más… Era una necesidad tan apabullante que no podía controlar.

Él no respondió, pero separó sus manos de las de ella y las liberó. Mia se tomó el silencio como un gesto de consentimiento.

Posó sus manos sobre los hombros de Gabe con vacilación, pero cuando vio que no puso objeción alguna comenzó a sentirse mucho más valiente. Dejó que sus manos vagaran por su cuerpo y se deleitó en el fulgor poscoital. Las deslizó hasta su espalda tanto como sus brazos le permitían y luego volvió a subir otra vez para ofrecerle las mismas caricias que él le había regalado a ella.

Él hizo un sonido de satisfacción con la garganta que logró que todo su cuerpo se contrajera. Gabe gimió en respuesta y seguidamente le dio un beso en el cuello justo bajo la oreja.

—Preciosa —le susurró—, y mía.

El placer la consumió al escuchar que la había llamado «preciosa», pero más especialmente al saber que la había reclamado para él. Durante tanto tiempo como su acuerdo durara, ella era suya. Suya de verdad. Suya de una forma en la que la mayoría de las mujeres no pertenecían a un hombre.

No había parte del cuerpo donde no sintiera la huella de su posesión. Estaba cansada, dolorida y completamente satisfecha. Moverse no era una opción, así que esperó, contenta de estar ahí tumbada con Gabe rodeándola y aún bien clavado en su interior.

Capítulo nueve

*G*abe estaba tumbado junto a Mia mientras escuchaba los suaves sonidos de su respiración. La sentía cálida y suave contra él, y además notaba que estaba colmado de una extraña… felicidad. La cabeza la tenía apoyada sobre su brazo como si de una almohada se tratara y, aunque se le estuviera quedando dormido, Gabe rehusaba moverse porque le gustaba sentirla acurrucada a su lado.

Él no era un tipo al que le gustara estar abrazado a nadie en la cama. Tras su matrimonio, nunca le había dedicado tiempo a esas partes más íntimas de hacer el amor. No es que no hubiera permitido que algunas mujeres se hubieran quedado a dormir en su casa, pero siempre había una clara separación, casi como si hubiera una barrera invisible entre ellas y él.

Mia no le había dado mucha más opción en el asunto. Justo después de que Gabe saliera de su interior y de que se hubieran relajado, Mia se había acurrucado a su lado y se había quedado dormida. Y él tampoco había hecho nada para cambiar ese hecho, sino que se había quedado ahí tumbado reflexionando sobre la volatilidad de su relación.

La culpabilidad lo atormentaba. Le había prometido que sería paciente y que la introduciría lentamente en los aspectos físicos de su relación, y no lo había hecho. Debería haber ido más lento y haber sido mucho más suave. Debería haberse asegurado de que tenía mucho más control sobre sí mismo.

Pero la pura verdad era que, desde el momento en que Mia había entrado en su apartamento, la urgencia primitiva de tenerla se había apoderado de él al instante. Nada de su encuentro sexual había sido lento o suave. Se la había follado con fuerza y con una urgencia que no podía siquiera explicar.

Le echó un vistazo a sus ojos cerrados, a su cabello enmarañado y a su redondeado pecho, que se hallaba firmemente pegado contra su costado. Gabe se había imaginado que, tras haber saciado su inicial deseo sexual por ella, recuperaría el control sobre la aparente obsesión que tenía con la joven, que sería capaz de serenarse y de comportarse en esta relación de la misma forma que se comportaba en cualquier otra. Pero, si acaso, lo único que había logrado con el primer encuentro era aumentar la magnitud de su deseo. Tenía hambre de más. Ni mucho menos había disminuido su ardiente necesidad de ella tras haber hecho el amor. Gabe la quería tener otra vez. Y, maldito fuera, pero la quería ahora.

Olvidadas se quedaban todas las promesas de introducirla lentamente en su forma de vida y de tomárselo con calma con sus exigencias. La quería atar y se la quería follar hasta que ambos se desmayaran. Quería hacer un millón de cosas con ella, y ninguna de ellas incluía el ir despacio o el introducirla con suavidad en nada. Lo único que quería era introducirse él en su interior, pero no iba a ser tan sencillo. Él se la quería follar con fuerza y bien profundo durante todo el tiempo que quisiera hasta que a ella no le quedara duda alguna de que era suya.

Mia se movió a su lado e hizo un sonido adormilado mientras deslizaba el brazo por encima del pecho de Gabe. Este bajó su propia mano y le acarició el brazo. La simple necesidad de tocarla lo estaba arrollando. Ella abrió los ojos con varios parpadeos y alzó la mirada hacia él. La visión aún la tenía medio borrosa.

—¿Cuánto tiempo he estado dormida?

—No mucho. Una hora quizá.

Mia comenzó a incorporarse en la cama con cierta inseguridad acechando en sus ojos.

—Lo siento. No tenía intención de quedarme dormida. Probablemente sea mejor que me vaya.

Gabe soltó un gruñido y volvió a tumbarla bruscamente junto a él. Su mano viajó por todas las curvas de su cuerpo y finalmente se posó sobre uno de sus pechos. No se iba a ir a ninguna parte. ¿Qué era lo que no había entendido sobre el hecho de que ella era suya? Ser suya no incluía que se fuera de la cama un minuto después de que el orgasmo se hubiera terminado.

—Llama a tu compañera de piso y dile que te prepare una bolsa para pasar la noche. Enviaré un coche para que la recoja y mañana podemos ir al trabajo juntos.

La expresión de Mia se llenó de preocupación.

—¿Qué es lo que va a parecer si entramos juntos en la oficina?

Él frunció el ceño.

—No va a parecer nada. Solo que hemos quedado para desayunar y discutir el asunto de tu contratación y hemos entrado juntos al trabajo.

Ella se calló pero asintió con la cabeza.

—Usa el teléfono que hay cerca de la cama y llama a Caroline.

Aflojó los brazos que tenía a su alrededor para que pudiera rodar sobre la cama y se detuvo a observarla durante un largo rato. Se la comía con los ojos ante la imagen de su espalda desnuda y de su culo tan redondito. Dios, era preciosa.

Obligándose a apartar la mirada, él también se giró para coger su teléfono móvil. Mientras ella hablaba en voz baja con su compañera de piso, él llamó rápidamente a su chófer y le dio instrucciones para que fuera a recoger las cosas de Mia a su apartamento.

Cuando se giró de nuevo, Mia estaba sentada en la cama con una expresión en el rostro aún de inseguridad e incomodidad.

Lo que él quería hacer era colocarla bajo su cuerpo y hundirse en ella. Estaba duro como una roca, pero al menos las sábanas estaban amontonadas alrededor de su cintura y Mia no podía ver lo excitado que estaba. Aunque no es que no se fuera a enterar muy pronto... pero, aun así, no quería ponerla debajo de su cuerpo en este preciso instante. Y ni podía siquiera explicar de dónde había salido ese pensamiento tan particular ya que la necesidad arrolladora que tenía era de volver a estar en su interior tan pronto como pudiera extender esos muslos tan preciosos y dejar a la vista esa carne tan bonita que tenía entre las piernas.

Si fuera cualquier otra mujer Gabe se lanzaría a satisfacer su necesidad o sugeriría que ambos durmieran. En el segundo caso Gabe se daría media vuelta y se aislaría de cualquier intimidad personal con la mujer, pero con Mia se estaba dando cuenta de que tenía otras… necesidades. Necesidades que ni siquiera entendía, ni tampoco era que particularmente quisiera analizarlas o investigar mucho sobre ellas. No estaba seguro de gustarle lo que podría descubrir.

—Ven aquí —le dijo mientras le ofrecía el brazo para que se tumbara como lo había hecho antes.

Mia atrajo la colcha hacia sí y se acurrucó a su lado mientras descansaba la cabeza en el hombro de Gabe.

Durante un largo momento ambos se quedaron en silencio, pero luego Mia se movió y giró la cabeza para poder mirarlo a los ojos.

—No vas a hacer que te llame «amo» ni nada parecido, ¿verdad?

Él arqueó una ceja y bajó la mirada para ver cómo sus ojos parpadeaban con un aire travieso. Él sacudió la cabeza. Mia le divertía y sentía que tenía ganas de reír.

—No. Suena ridículo, ¿verdad? No soy mucho de seguir el estereotipo ni las apariencias de una cierta forma de vida.

—Entonces, ¿no tendré que responderte ni con «sí, señor» ni «no, señor»?

Gabe se rindió ante la charla juguetona que ambos estaban compartiendo y le dio un cachete en el culo. Se sentía cómodo estando con ella, y descubrió que sí que estaba disfrutando de este… momento. O lo que sea que fuera. Debería estar follándosela otra vez, y, en cambio, ahí estaba, saboreando el simple hecho de estar tumbado en la cama y de estar viéndola sonreír y flirtear con él. Dios bendito… como Mia le sonriera de esa manera tan inocente y coqueta a cualquier otro hombre, Gabe no sería responsable de sus actos.

—Ya eres una pequeña bruja irrespetuosa. Y no, no me llames «señor». Me hace sentir como si fuera tu padre y ya tengo demasiadas reservas en lo que respecta a nuestra diferencia de edad como para darle más atención a ese hecho.

Mia se enderezó y dejó que el pelo le cayera en cascada sobre su pecho mientras lo miraba a los ojos. Dios, qué guapa estaba con todo el pelo cayendo sobre él. De repente, Gabe sintió que se estaba alejando de la zona de flirteo y se vio asolado una vez más por la necesidad de atraparla bajo su cuerpo y de penetrarla durante cuatro horas más.

—¿Te molesta mucho mi edad? Si es así, por qué querías tener… esto. Quiero decir, que nosotros…

Gabe suspiró y se resignó a controlarse durante al menos unos minutos más. Su miembro le estaba gritando, pero Mia tenía ganas de hablar y por ahora Gabe se adaptaría a ella.

—Me molestaba antes. No me molesta tanto ahora, pero aun así hay catorce años de diferencia entre nosotros. Eres mucho más joven que yo, todavía te hallas muy lejos de estar donde yo estoy en mi vida.

Ella frunció el ceño ligeramente y se quedó con ojos pensativos.

—¿En qué piensas? —le preguntó, curioso ante su vacilación.

Mia se llenó los pulmones de aire con fuerza.

—Has dejado caer que me habías deseado durante… mucho tiempo. ¿Cuánto, Gabe?

Él se quedó en silencio por un momento mientras le daba vueltas y buscaba la mejor manera de expresar las palabras. El giro que había tomado la conversación lo ponía incómodo, pero él solito se lo había buscado. No podía negarse a darle una respuesta cuando él había sido el que la había animado a hablar.

—Creo que fue cuando volviste de Europa, cuando te tomaste un descanso en los estudios para irte fuera. No te había visto mucho en esa época, solo cuando estabas con Jace de vacaciones. Luego te graduaste, y ya no te podía mirar como si fueras una niña, como si fueras la hermanita pequeña de Jace, sino como a una mujer deseable. Una a la que quería poseer. Me cogió completamente por sorpresa.

—¿Por qué ahora? —le preguntó con suavidad—. Si no te decidiste entonces, ¿por qué ahora sí?

Gabe no tenía respuesta para eso, solo que la había visto en la calle el día en que le había tomado la foto. La imagen le había llegado a las entrañas. Todo el deseo y la necesidad que había reprimido con los años habían vuelto a salir a la luz. Mia era como un picor bajo la piel del que no podía deshacerse. Incluso ahora que la tenía, ese picor no se había aliviado, sino que lo sentía más intenso que nunca.

—Había llegado el momento —le respondió simplemente—. ¿Y tú, Mia? ¿Cuándo decidiste que me deseabas?

Ella se ruborizó y desvió la mirada. El color inundó sus mejillas e hizo que se pusieran de un encantador tono rosado.

—Fuiste mi amor platónico en la adolescencia. He fantaseado contigo durante años pero siempre has estado bastante fuera de mi alcance.

Algo en el tono de su voz lo alertó. Lo afectó. Y se dio cuenta de lo desastroso que podría terminar siendo todo si ella no era capaz de separar sus emociones de la relación carnal que compartían. A lo mejor esa era la razón por la que se había contenido tanto como lo había hecho. Además de la diferencia de edad también estaba el hecho de que era una muchacha. Una mujer joven que no había tenido la experiencia emocional de otras mujeres con las que él sí que se relacionaba.

—No te enamores de mí —le advirtió—. No te tomes esto como algo más de lo que en realidad es. No quiero hacerte daño.

Ella hizo una mueca de desdén con los labios y entrecerró los ojos además de echarse hacia atrás para poner más distancia entre ambos. Eso a él no le gustó. Gabe la quería cerca de él, que lo tocara; quería sentir la suavidad y el calor de su piel contra la suya.

Entonces se levantó ligeramente para rodearla con un brazo y tirar de ella hasta hacerla caer sobre su pecho. Si a ella no le gustaba no era su problema, podía decirle todo lo que quisiera mientras él la seguía tocando.

Ella entonces arrugó los labios. Estaba tan graciosa y adorable... pero, claro, se enfadaría si se lo decía. Gabe torció la boca en un intento de reprimir la sonrisa que amenazaba con instalarse en sus labios y se la quedó mirando mientras esperaba a escuchar lo que tenía que decir.

—Eso ha sido increíblemente descarado por tu parte, Gabe. Además de arrogante y de hacerte quedar como un cabrón. Has sido muy claro con las expectativas de nuestro acuerdo. No soy idiota. ¿Te crees que todas las mujeres que conoces están enamoradas locamente de ti y que no pueden vivir sin ti?

Gabe no pudo aguantarse más y sonrió. El problema fue que Mia no pareció estar muy contenta con su reacción, sino que parecía una gatita enfadada que acababa de sacar las garras. Sin embargo, el alivio se asentó en su pecho. Sí, se había desvivido por asegurarse de que conociera los términos de su acuerdo, pero aun así no le gustaba la idea de hacerle daño. Su amistad con Jace podría no recuperarse si le rompía el corazón a Mia. Pero realmente no quería rompérselo. Ella era más de lo que ninguna mujer con la que había tenido sexo hubiera sido nunca.

—Tienes razón —admitió—. No volveré a sacar el tema.

Ella volvió a fruncir el ceño y metió las manos entre ambos para poner un poco de espacio entre los dos. Oh, de ninguna manera. Él la volvió a empujar para que cayera directamente sobre su pecho y se quedaron con las bocas separadas a pocos centímetros de distancia.

Gabe la besó y seguidamente soltó un gruñido al encontrarse con sus labios firmes e inamovibles. Deslizó una de sus manos por su vientre y llegó hasta la suave y delicada carne de entre sus muslos. Le acarició el clítoris hasta que ella no tuvo más remedio que jadear y abrir la boca para poder darle acceso a su lengua.

—Eso está mejor —le dijo contra su boca antes de devorar esos dulces labios una vez más.

—¿Qué pasa con el chófer? —dijo jadeando entre beso y beso.

—Tenemos tiempo.

Él alargó la mano para colocarla sobre su cadera y la levantó para ponerla a horcajadas sobre él. A continuación, arrancó las sábanas de la cama y las quitó de en medio. La necesidad que sentía por ella era feroz. Dolorosa.

—Apóyate en mis hombros e impúlsate —le dijo con un gruñido.

Cuando ella obedeció, él se agarró el pene con una mano y le colocó la otra en la cadera para ayudarla a bajar y a acoger su dura erección en su interior.

—Cabálgame, Mia.

Ella parecía estar tan insegura que Gabe movió las manos hasta su cintura y entonces se arqueó para embestirla hasta bien adentro. Mientras la mantenía agarrada por la cintura, Gabe estableció el ritmo de sus movimientos y la ayudó a encontrar el suyo propio. Sabía que sería rápido, caliente y descontrolado. Gabe no parecía tener ningún control en lo que a ella se refería.

—Eso es, cariño —dijo en voz baja—. Perfecto.

Él la fue soltando conforme cogía más confianza en sí misma y empezaba a tomar las riendas de la situación. Gabe la sentía caliente, mojada y suave en torno a él. Tan apretada que dolía. Estaba más que preparado para correrse y sabía que ella no lo estaba ni de cerca.

Como si le leyera la mente, ella se echó hacia delante y lo besó en los labios. Era la primera vez que tomaba la iniciativa, y, Dios, fue tan dulce… Podía sentir su sabor en la lengua, sus deliciosos y suaves labios pegados a los suyos. Ella era suya, claro que sí. De eso no cabía duda alguna y Gabe no tenía pensado dejarla ir hasta que no estuviera completa y totalmente saciado de ella.

—No me esperes —le susurró.

Él le tocó la cara con una mano y la mantuvo en su sitio mientras sus bocas se fundían con vehemencia. Arqueó las caderas en busca de más, queriendo más, a la vez que ella se elevaba y se volvía a deslizar sobre su miembro. Gabe apartó las manos de su cara y las llevó hasta las caderas. Sabía que iba a llevar las marcas de su posesión al día siguiente, pero la idea solo hacía que su deseo aumentara incluso más. Era un infierno tan intenso que lo quemaba desde adentro hacia fuera.

Gabe estalló dentro de ella con una intensidad que dolía. Apenas pudo contener un grito de satisfacción y de triunfo, como si hubiera conquistado por fin a su presa. La tenía ahí, entre sus brazos, con la polla bien hundida en su interior. Suya. Sin tener que esperar más, sin esa obsesión primitiva. Gabe se había hecho con ella por completo y ahora estaba a su merced, a su disposición para hacer lo que él quisiera.

Un montón de pensamientos que sonaban a locura comenzaron a invadir y a inundar su mente. Imágenes de Mia atada de manos y piernas mientras él saciaba su lujuria, de él penetrándola por detrás, hundiéndose en su boca, devorándola hasta que ella no pudiera pensar en nada más que en el hecho de que le pertenecía.

Gabe la rodeó con sus brazos y la atrajo de nuevo hasta su torso. Ella se elevó y cayó con la fuerza de su respiración al mismo tiempo que el pelo se le enredaba en el rostro de Gabe. Él deslizó una mano hasta su trasero y entonces arqueó las caderas una vez más hasta hincarse mucho más en su interior, dejándolos a ambos unidos de la forma más íntima posible.

Dios, no tenía defensa alguna contra ese deseo tan poderoso. Él nunca había experimentado nada que se le comparara y no estaba seguro de que realmente le gustara. Se sentía inquieto e inseguro de sí mismo por el hecho de tener que adivinar todas sus intenciones.

Era un cabrón egoísta, no cabía ninguna duda. Buscaba su placer y se apropiaba de lo que le daba la gana. Siempre. Pero Mia hacía que quisiera ser… mejor. No quería ser ese monstruo salvaje que tomaba sin dar nada a cambio. Quería ser suave con ella y asegurarse de que su placer estaba por encima del suyo. No estaba seguro de cómo, pero quería intentarlo.

Si Mia no huía de su cama tras esta noche, no se podría explicar por qué. La había asolado no una, sino dos veces; se la había follado brutalmente y sin consideración alguna, y la segunda vez no había encontrado ni su propia satisfacción.

Gabe cerró los ojos e intentó recomponerse mientras seguía ahí tumbado con Mia encima de él, y con los brazos rodeando su dulce y suave cuerpo de mujer.

Cuando finalmente lo consiguió, rodó por la cama llevándosela a ella con él y se salió de la caliente abertura de su sexo. La besó torpemente en la frente, no muy seguro de qué decir, y entonces se bajó de la cama, aún en silencio.

Ella lo siguió con la mirada hasta que se quedó de pie, desnudo, junto a la cama. Gabe no pudo percibir nada en sus ojos; no lo estaba juzgando ni condenando, pero tampoco mostraba aceptación alguna. Ella simplemente lo estaba observando, y esa mirada pensativa estaba haciendo que la piel le hormigueara.

—Quédate aquí. Yo iré a recoger tus cosas cuando las traigan —le dijo mientras se daba la vuelta y se agachaba para recoger su ropa.

—De acuerdo —le respondió Mia con suavidad.

Él se puso los pantalones sabiendo que debía parecer una completa ruina, lejos de la persona distante e intocable que siempre le dejaba entrever a todo el mundo. No quería que nadie lo viera en ese estado. Y especialmente no quería que lo viera Mia.

Capítulo diez

Antes de darse cuenta, Mia se había quedado dormida. Se sentía tan saciada y cálida entre las sábanas que todo con lo que pudo soñar fueron imágenes vívidas de Gabe. No mucho después, el Gabe de verdad la despertó al quitarle de encima las sábanas que la tenían arropada hasta la barbilla.

En el rostro tenía dibujada una mirada completamente excitante que hizo que el corazón le diera un vuelco. La inmediata reacción que Mia tuvo a esos penetrantes ojos azules fue pegar los muslos para intentar aliviar el dolor instantáneo que había aparecido entre sus piernas.

—De rodillas.

Dios santo, la forma en que había pronunciado la orden la había convertido en gelatina.

No estaba completamente segura de lo que quería decir. ¿La quería literalmente de rodillas, casi vertical? ¿O se refería a estar sobre las manos y rodillas? Porque si era esto último… a Mia le entró un escalofrío de tan solo considerar la opción de manos y rodillas.

Cuando Gabe entrecerró los ojos de impaciencia, Mia se apresuró a darse la vuelta hasta que estuvo boca abajo. Antes de siquiera poder ponerse de rodillas, este le plantó la mano en el centro de la espalda y la mantuvo ahí pegada contra el colchón con firmeza.

—Quédate ahí un momento. Será más fácil si lo hago ahora.

«¿Hacer qué ahora?»

El corazón de Mia latía contra el colchón mientras permanecía con los ojos cerrados con fuerza. Se imaginaba que si no la estaba mirando directamente no habría ningún problema con que los cerrara.

Con suavidad, Gabe agarró y tiró primero de una muñeca y luego de la otra hasta que las colocó pegadas una encima de la otra sobre el coxis. Ella de inmediato abrió los ojos cuando se percató de que estaba enrollando… una cuerda… alrededor de sus muñecas para amarrarlas juntas.

«Joder, joder, joder.» ¡No bromeaba con lo de los juegos con cuerdas y la sumisión que había leído en el contrato!

Mia no se había dado cuenta de lo tensa que se había puesto hasta que Gabe se inclinó hacia abajo y le rozó la oreja con los labios.

—Relájate, Mia. No te haré daño, ya lo sabes.

Esa promesa susurrada logró que sus músculos se distendieran de nuevo y que ella misma se derritiera en la cama con una sobrecarga mental. Estaba excitada, nerviosa y asustada, pero principalmente muy, muy excitada. Sus sentidos estaban hiperalerta, sus pezones duros y pegados contra el colchón, y su sexo tan contraído que temblaba de expectación.

Entonces, él le subió el trasero de manera que sus rodillas quedaran bajo su cuerpo, y la colocó con la cara pegada contra el colchón, el culo en pompa y las manos firmemente atadas a la espalda.

Gabe comenzó a acariciar y a masajear sus cachetes y luego pasó uno de los dedos por la hendidura de su culo hasta que se detuvo justo en el ano. Su voz salió grave y ronca al hablar.

—Me muero por follarme este culito, Mia. Y lo haré. Aún no estás preparada, pero lo estarás, y yo disfrutaré de cada segundo que esté bien dentro de tu precioso culo.

Mia se estremeció sin control alguno, una sensación de frío le estaba recorriendo toda la piel desnuda.

—Por ahora, solo te follaré el coño mientras me imagino que es tu culo.

Se mordió el labio inferior cuando una ola de lujuria la atravesó entera dejándola acalorada, excitada y desesperada por sus caricias y su posesión.

Entonces la cama se hundió cuando Gabe pegó su cuerpo al de ella. Deslizó las manos por su espalda y luego las volvió a bajar hasta quedarse sobre sus muñecas atadas. Le acarició los constreñidos dedos y seguidamente tiró de la cuerda para comprobar si de verdad estaba bien amarrada.

Mia no podía ni respirar. No podía procesar todo ese bombardeo de emociones, estaba completamente indefensa y, aun así, sabía que estaba segura con Gabe. Sabía que él no le haría daño, no la llevaría demasiado lejos.

Con una mano aún bien sujeta a sus muñecas, deslizó la otra entre sus piernas hasta llegar a su sexo. Luego la apartó para guiar su verga hasta la entrada de su cuerpo. La punta de su miembro la provocaba y la abría antes de que Gabe se introdujera en ella apenas unos pocos centímetros.

—Estás tan preciosa —le dijo con voz ronca—. En mi cama, de rodillas y con las manos atadas a tu espalda sin más elección que aceptar lo que sea que te quiera dar.

Mia estaba más que lista para gritar de la frustración. Estaba casi a punto y él no había hecho más que quedarse quieto dentro de su vagina con el glande bien enclavado en la entrada de su cuerpo. Ella intentó moverse contra él para obligarlo a hundirse más en su interior; sin embargo, solo consiguió abrir la boca contra las sábanas cuando Gabe le dio un fuerte cachete en el culo. Entonces Gabe se rio entre dientes. ¡Se rio!

—Tan impaciente —le dijo con diversión en la voz—. Vamos a hacerlo a mi manera, Mia. Te olvidas muy rápido. Yo también quiero estar dentro de ti tanto como tú, pero estoy disfrutando de cada segundo que te tengo atada y en mi cama. En el mismo momento que hunda mi polla en tu interior, no voy a durar mucho así que voy a saborear cada segundo que pueda ahora.

Mia cerró los ojos y gimió.

Él se rio de nuevo entre dientes y entonces se introdujo en ella otros pocos centímetros, abriéndola mucho más conforme avanzaba. Mia suspiró, tensa y expectante, con todo el cuerpo temblándole y contrayéndosele, y su sexo succionando su miembro y queriéndolo más adentro. Mia lo quería todo. Lo quería a él.

—¿Me quieres entero, Mia? —le preguntó Gabe con una voz ronca que viajó a través de su piel.

«Dios, sí.»

—Sí —respondió ella con el mismo tono de voz que él.

—No te escucho.

—¡Dios, sí!

—Pídemelo bien —le dijo con voz sedosa—. Pídeme lo que quieres, nena.

—Te quiero a ti —le dijo—. Por favor, Gabe.

—¿Me quieres a mí o quieres a mi polla?

—Los dos —dijo con una voz estrangulada.

—Buena respuesta —murmuró Gabe justo antes de inclinarse y depositar un beso sobre su columna vertebral.

Afianzó su agarre contra las muñecas atadas y entonces la embistió. Mia jadeó, abrió los ojos como platos y dejó la boca abierta mientras un grito sordo hacía eco dentro de su cabeza.

—Muy buena respuesta —le susurró Gabe mucho más cerca de su oído esta vez.

Su cuerpo cubrió el de ella, cobijándola y oprimiéndole las manos atadas. Ella se retorció y se pegó contra él incapaz de reprimir por más tiempo su desesperación.

Mia nunca se hubiera imaginado que podría tener tantos orgasmos en una sola noche. Peor, ¡en unas pocas horas! Era exagerado a más no poder. La situación se encontraba incluso tan por encima de las fantasías más salvajes que había tenido con Gabe que su mente estaba totalmente emborrachada.

Entonces Gabe se retiró de entre las hinchadas y resbaladizas paredes vaginales hasta dejar solo la punta de su erección en su interior justo en la abertura de su cuerpo.

—¡Gabe, por favor!

Le estaba suplicando. La voz le sonaba ronca y desesperada, pero a Mia no le importaba. No le importaba que estuviera rompiendo las reglas, ni tampoco le importaba si por ello se llevaba una reprimenda. Dios, incluso deseaba que le volviera a dar un cachete en el culo, porque a estas alturas de la situación cualquier cosa la haría llegar al límite y olvidarse hasta de cómo se llamaba.

—Shhh, cariño —la intentó calmar Gabe con esa voz dulce y ronca que podría hacer que una mujer se corriera de solo escucharla—. Voy a hacerme cargo de ti. Confía en mí para eso.

—Confío en ti, Gabe —le susurró.

Entonces, en ese momento giró lo suficiente la cabeza como para ver una salvaje satisfacción reflejada en los ojos de Gabe. Era como si esas simples palabras le hubieran llegado al alma y le gustaran.

Puso las dos manos sobre las atadas muñecas de Mia, suje-tándolas aunque ella no tuviera forma alguna de moverlas igualmente, y comenzó a embestirla mientras usaba sus manos como asidero. Las embestidas eran profundas, lentas, y estaban llenas de fuerza.

Su cuerpo entero empezó a sacudirse. Las piernas se le de-bilitaron del esfuerzo por mantenerse elevada, las rodillas se le hincaron en el colchón, e hizo que Mia pudiera sentir cómo se hundía en la cama, y los músculos se le hicieron gelatina mien-tras estos se contraían en espera del orgasmo que estaba a punto de estallar en su interior.

Unas mariposas comenzaron a revolotear dentro de su vientre hasta extendérsele por todo el cuerpo e invadir sus ve-nas. Gabe era una droga dura para ella. Se deslizaba en su inte-rior lentamente y con suavidad y la intoxicaba con un placer embriagador y maravilloso.

Pudo oír el sonido suave de varios gemidos en el ambiente, pero luego se dio cuenta de que venían de ella. No podía hacer-los callar; provenían de lo más hondo de su ser, una parte de ella que había estado encerrada hasta ahora.

Entonces una de las manos de Gabe soltó sus muñecas y la enredó en el cabello tan largo que tenía. Se envolvió los dedos con sus mechones como si de verdad disfrutara del tacto de su pelo y luego se agarró a él con más fuerza, con más fiereza. Le dio pequeños tirones y luego lo soltó solo para poder hundirse más en su cuero cabelludo.

Con la mano formando un puño entre su pelo, Gabe tiró de su cabeza hasta que esta le dejó ver su rostro.

—Los ojos, Mia.

La orden fue tajante, una que Mia no iba a desobedecer. Esta abrió los ojos y pudo verlo por el rabillo del ojo; su expre-sión la dejó completamente sin aliento.

Había algo salvaje en sus rasgos faciales. Sus ojos le brilla-ban mientras el cuerpo de Mia se sacudía entero por la fuerza de sus embistes. Cada vez que se salía de su cuerpo, la cabeza se doblaba ligeramente más hacia atrás debido a lo fuerte que la tenía agarrada por el pelo.

No le dolía, o a lo mejor sí que lo hacía, pero estaba dema-siado borracha de placer como para siquiera notarlo. Estaba excitada por la forma en que su mano estaba enredada en su cabello, por cómo le tiraba de la cabeza para poder verla cuando se corriera.

Gabe quería mirarla a los ojos.

Y solo por eso ella torció más el cuello, decidida a dejarle ver lo que quería. Se embebió en su precioso rostro, anguloso, tan masculino y desfigurado de inmensa satisfacción. De placer. Ella le estaba provocando todo eso.

Sus miradas se encontraron y ambos las mantuvieron. Había algo en sus ojos que le llegó a Mia muy adentro. Como un disparo en el alma. Ese lugar donde ella tenía que estar, a donde ella pertenecía. Justo aquí, en la cama de Gabe Hamilton, a su merced y a sus órdenes. Esto era lo que ella ansiaba.

Y era todo para ella.

—¿Estás cerca? —le dijo Gabe con la voz forzada y tensa.

Ella lo miró confusa.

Gabe entonces suavizó su tono.

—¿Cuánto te queda para correrte, nena?

—Oh, dios. Estoy a punto… —dijo con un jadeo.

—Entonces córrete para mí, preciosa. Déjame verlo en tus ojos. Me encanta cómo se derriten y se dilatan. Tienes unos ojos muy expresivos, Mia. Son como un reflejo de tu alma, y yo soy el único hombre que los mirará cuando te corres. ¿Entendido?

Ella simplemente asintió, el nudo que tenía en la garganta era demasiado grande como para dejarla hablar.

—Dímelo —le dijo con un tono más bajo—. Dime que esos ojos son míos.

—Son tuyos —le susurró—. Solo tuyos, Gabe.

Él aflojó la mano que tenía agarrado su pelo y poco a poco la sacó dejando que los mechones se deslizaran por sus dedos hasta que estos llegaran a las puntas. Le recorrió toda la columna vertebral de forma cariñosa y tranquilizadora, y luego le rodeó la cintura con el brazo para llevar los dedos hasta la unión de sus piernas.

Le acarició el clítoris y Mia gritó cuando una descarga eléctrica le atravesó todo el cuerpo.

—Eso es, nena. Déjate ir. Déjame tenerte. Lo quiero todo, Mia. Todo lo que tengas. Es mío. Dámelo, ahora.

Gabe empezó a moverse en su interior de nuevo con las caderas golpeando contra su trasero mientras le seguía acariciando ligeramente con los dedos el clítoris erecto.

—Oh, dios —dijo en voz baja—. ¡Gabe!

—Aprendes rápido, nena. Mi nombre y tus ojos cuando te corras.

Mia casi rompió el contacto visual con él. La visión se le volvió toda borrosa. Gritó su nombre sin reconocer siquiera su propia voz. Era ronca, alta, como nada que hubiera escuchado antes. Estaba llena de anhelo y de desesperada necesidad. Era una súplica para que le diera lo que necesitaba.

Y lo hizo.

Gabe se ocupó de ella. Le dio lo que quería, lo que necesitaba.

Él mismo.

Mia se sentía caliente y resbaladiza en su interior mientras él la bañaba en su semen. Sin poder mantener más el contacto visual, se quedó flácida encima de la cama y descansó la mejilla en el colchón. No tenía fuerzas para mantener el cuello torcido ni siquiera lo poco que lo había tenido. Cerró los ojos y apenas supo si estaba plenamente consciente, ya que le pareció estar en algún otro lugar diferente. Como si estuviera borracha como una cuba, pero en uno de los lugares más bonitos del mundo.

Se sentía flotando en el aire, eufórica, totalmente saciada.

Y completamente feliz.

Consumadamente contenta.

Y no hubo reprimenda alguna, solo pequeños besos que iban por toda la columna vertebral y luego hasta la oreja. Gabe le murmuró palabras en el oído que ella ni siquiera entendió, y luego se retiró de su cuerpo provocando que la protesta de Mia fuera inmediata. La arrancó con brusquedad de su cálido abotargamiento y entonces solo sintió frío y la falta de Gabe en su interior.

—Shhh, cariño —le susurró—. Tengo que desatarte y cuidar de ti.

—Mmmm… —fue todo lo que ella pudo lograr decir.

Sonaba muy bien, eso de que la cuidaría. Le parecía bien.

Un momento más tarde sus manos se liberaron y Gabe, cogiéndolas por turnos, las masajeó y le bajó los brazos hasta la cama para que no estuviera incómoda. Entonces la giró y la estrechó entre sus brazos.

Se bajó de la cama y luego la cogió en brazos pegándola a su pecho. Mia estaba hecha una bola bien moldeada contra su cuerpo y con las manos por detrás de su cuello como si nunca lo quisiera soltar.

Dios… Gabe la sentía tan vulnerable. Tan… expuesta. Completamente asustada por lo que había ocurrido esta noche. Mia habría esperado sexo, por supuesto. ¿Pero esto? Eso no era simplemente sexo. ¿Cómo podría describir una simple palabra de cuatro letras, que estaba atribuida mayormente al coito, el infierno explosivo, primitivo y fiero que acababa de tener lugar?

Fue impactante. Mia había tenido buen sexo en otras ocasiones, pero nunca nada tan… impactante.

Gabe la llevó al cuarto de baño y abrió la ducha hasta que el vapor comenzó a salir y cubrir toda la habitación. Entonces la metió bajo el agua aún sujetándola contra sí y la dejó que se deslizara por su cuerpo mientras el agua los mojaba a ambos.

Cuando estuvo seguro de que Mia tenía el equilibrio suficiente como para quedarse de pie, se separó de ella lo bastante como para coger el gel y luego procedió a cubrir cada centímetro de su cuerpo con las manos. No dejó ninguna parte de su piel desamparada, sin tocar o sin acariciar.

Para cuando terminó, Mia apenas podía mantener el equilibrio. Cuando Gabe se alejó para salir de la ducha, ella casi se cayó redonda al suelo. Él se lanzó a por ella soltando una maldición que hizo eco en los oídos de Mia. La cogió de nuevo y la colocó en el taburete que había junto al lavabo mientras se estiraba para poder coger una de las toallas dobladas que se encontraban en el estante junto a la ducha.

La envolvió en su calidez y Mia respondió con un suspiro y posando su frente contra el pecho mojado de Gabe.

—Estoy bien —le murmuró—. Sécate. Yo me quedaré aquí sentada.

Cuando Mia levantó la mirada, la boca de Gabe estaba torcida hacia arriba a modo de sonrisa y sus ojos brillaban de diversión. De todos modos, le siguió echando un ojo mientras alargaba la mano para cogerse él otra toalla.

Se secó bastante rápido, y Mia disfrutó de todos y cada uno de los segundos que duró el espectáculo. El tío estaba bueno. Era guapo con mayúsculas. Y ese culo… Mia nunca había prestado demasiada atención a su culo porque siempre había estado mucho más centrada en la parte delantera de esa particular zona de su anatomía. Porque, sí, el hombre tenía un miembro bonito.

Y, de acuerdo, era raro llamar bonito a un pene teniendo en cuenta que en realidad eran bastante feos. ¿Pero el de Gabe? Todo él estaba perfecta y maravillosamente formado, incluso su pene. Ya estaba teniendo fantasías bastante vívidas sobre poder tenerlo en su boca, saboreándolo, haciéndole perder la cabeza tanto como ella la perdía con él.

—¿En qué demonios estás pensando justo ahora? —murmuró Gabe.

Ella parpadeó y se percató de que Gabe estaba dentro de su espacio personal otra vez. Se había colocado entre sus piernas y la estaba mirando directamente al rostro con ojos inquisidores y escrutadores. El calor bañó sus mejillas, lo cual era bastante estúpido teniendo en cuenta el hecho de que acababa de tener sexo tórrido y perverso durante las últimas horas. ¿Y ahora se estaba sonrojando porque la habían pillado pensando en hacerle una mamada?

Desde luego no tenía ningún arreglo.

—¿Tengo que responder a eso de verdad? —espetó.

Gabe alzó una ceja y la diversión le volvió a brillar dentro de los ojos.

—Sí, de verdad de la buena. Especialmente ahora que te acabas de poner tan roja como un tomate.

Ella suspiró y pegó la frente contra su pecho.

—Te estaba dando un repaso.

Él la agarró por los hombros y la separó para poder mirarla a los ojos otra vez.

—¿Y ya está? ¿Me estabas dando un repaso y eso te ha dado vergüenza?

Mia vaciló y luego suspiró.

—Tienes un miembro espléndido, ¿entendido? Lo estaba admirando.

Gabe contuvo la risa. Bueno, casi. Un sonido estrangulado se le escapó de la garganta y ella gimió.

Antes de que pudiera perder la poca valentía que le quedaba, soltó abruptamente el resto.

—Y estaba fantaseando con...

Mia pudo sentir cómo las mejillas le ardían incluso más que antes.

Y entonces Gabe se pegó más contra ella al mismo tiempo que le abría las piernas mucho más. Le levantó el mentón con los dedos y su fiera mirada la penetró.

—¿Fantaseando con qué?

—Con tenerte en mi boca —le susurró—. Con saborearte y con hacerte perder la cabeza tanto como tú me la has hecho perder a mí.

Todo su cuerpo se tensó contra el de ella y la lujuria se reflejó en sus ojos como si de un infierno se tratase.

—Tendrás tu oportunidad, cariño. Te lo puedo asegurar.

Una vez más, imágenes de todo tipo se adueñaron de su cabeza. Imágenes verdaderamente vívidas donde sus labios rodeaban su gran verga y lamían cada centímetro de su piel.

Gabe llevó su boca hasta los labios de Mia para darle un pequeño beso en la comisura.

—Tenemos que dormir —murmuró—. No tenía intención... no tenía intención de llevar las cosas tan lejos esta noche. Estarás cansada mañana en el trabajo.

Pronunció eso último casi con arrepentimiento. Le acarició la barbilla y la mejilla con el dorso de los dedos, y luego le dio otro beso. Un beso dulce y tierno que parecía la completa antítesis del otro que le había dado antes, tan lleno de descontrol y de un furor intenso.

—Vamos, cielo —le dijo con voz ronca—. Te llevaré a la cama para que puedas dormir unas horas.

Capítulo once

$\mathcal{M}$ia abrió los ojos y se encontró a Gabe inclinado sobre ella intentando despertarla.

—Arriba. Hora de levantarse e ir al trabajo —le dijo.

Ella se restregó los ojos en un intento de recuperar su nítida visión.

—¿Qué hora es?

—Las seis. Dúchate y vístete, cogeremos algo para desayunar de camino a la oficina.

Cuando estuvo más despierta se percató de que Gabe ya estaba vestido. No se había enterado siquiera de cuándo se había levantado de la cama, pero pudo advertir el olor a limpio y a pulcro de su gel de baño y el seductor aroma de su colonia. Llevaba puestos unos pantalones, una camisa, cuyo último botón seguía desabrochado, y una corbata alrededor del cuello, todavía por anudar.

Estaba... intachable. Indiferente y tranquilo. Un gran contraste con el hombre que la había hecho suya la noche anterior una y otra vez.

Mia se impulsó hacia arriba y maniobró entre las mantas hasta llegar al borde de la cama.

—No tardaré mucho.

—Tómate el tiempo que quieras. Esta mañana no tengo prisa. Tengo una reunión a las diez, hasta entonces estoy libre.

Se dirigió torpemente al cuarto de baño y se miró minuciosamente en el espejo. Además de mostrar signos de cansancio, no se veía diferente. No sabía por qué pero esperaba que el mundo pudiera ver en su piel todo lo que ella y Gabe habían hecho la noche anterior.

Durante un buen rato, Mia se quedó sentada en la tapadera

del váter y dejó que el agua corriera en la ducha. Necesitaba unos minutos para serenarse. Estaba dolorida; Mia nunca había tenido un maratón de sexo en su vida. Todos sus encuentros sexuales habían sido muchísimo más lentos y monoorgásmicos.

Gabe la había poseído cuatro veces a lo largo de toda la noche. Cuando terminó se disculpó con hosquedad, como si le estuviera haciendo daño por dentro. Sus ojos habían estado llenos de verdadero arrepentimiento. Le dijo que quería ser más suave con ella, que quería mantener la promesa que le había hecho de ir con calma al principio pero que era incapaz de contenerse, que la deseaba demasiado.

¿Se suponía que eso la tenía que molestar?

Tener a un hombre tan loco por ella que no pudiera siquiera controlarse no era algo malo precisamente. Obviamente estaba dolorida y tenía marcas y pequeños moratones que le habían dejado sus manos y su boca, pero no le había hecho daño. Había disfrutado cada minuto de la noche aunque la mayor parte del tiempo se hubiera sentido completamente abrumada.

Se metió en la ducha y se quedó de pie para dejar que el agua caliente le cayera por el rostro. Consciente de que Gabe ya estaba vestido y listo para ir al trabajo, Mia se lavó rápidamente el pelo y se enjabonó el cuerpo antes de salir de la ducha y de envolverse en una toalla.

Fue entonces cuando se dio cuenta de que no se había traído ninguna muda al baño; no sabía siquiera lo que él había hecho la noche anterior con la bolsa que Caroline le había preparado.

Tras enrollarse el pelo con una toalla, Mia abrió la puerta y se asomó. Gabe estaba sentado en la cama y la ropa que ella necesitaba se encontraba justo a su lado. Cuando se encaminó hacia él, este cogió las bragas y las dejó colgando de la punta de un dedo.

—No las necesitarás —le dijo.

Mia puso los ojos como platos.

—Sin bragas en el trabajo. Son un estorbo —dijo Gabe con ojos resplandecientes mientras se la quedaba mirando fijamente.

Mia desvió su mirada hasta la falda y la camisa que yacían encima de la cama y luego devolvió su atención a Gabe.

—¡No puedo llevar falda sin ropa interior!

Él arqueó una ceja.

—Harás lo que yo quiera, Mia. Ese era el trato.

—Ay, Dios… ¿Qué pasa si alguien me ve?

Gabe se rio.

—A menos que seas tú la que lo enseñe, ¿cómo te van a ver? Quiero mirarte y saber que no llevas nada por debajo de la falda. Además de que hace que todo sea mucho más fácil cuando te la suba hasta la cintura y hunda mi polla en tu interior.

Mia tragó saliva. Ella se había dado cuenta de que su trabajo era solo una tapadera, un medio por el cual Gabe pudiera tenerla a su entera disposición cuando trabajara, pero no había contado con que quisiera tener sexo en la oficina. La idea de que alguien los pillara la hacía querer meterse bajo la cama y esconderse para que nadie la encontrara.

—Y, Mia, eso es para todos los días. Sin bragas. Como las lleves cuando estés conmigo, te las quitaré y se te quedará la marca de mi mano en ese bonito culo que tienes.

Ella se estremeció como respuesta a sus palabras. Se lo quedó mirando en silencio, sorprendida por el hecho de estar excitada ante la idea de que la azotara. ¿En qué clase de perversa la convertía eso?

Gabe cogió la falda, la camisa y el sujetador y se los tendió.

—Es mejor que te vayas vistiendo. Nos vamos en media hora.

Aturdida, Mia agarró la ropa y se precipitó de nuevo hasta el baño. Su mente no dejaba de enviarle imágenes en las que Gabe la poseía en la oficina y la azotaba en el trasero. La ponía nerviosa que no estuviera tan horrorizada como debería. Aunque estaba claro que no quería que nadie los interrumpiera inesperadamente mientras Gabe la tenía inclinada sobre la mesa, sí que le excitaba la idea de que alguien pudiera descubrirlos en cualquier momento.

¿Qué narices le estaba pasando?

Se vistió y casi se murió cuando se puso la falda sobre el trasero desnudo. Se sentía rara al no llevar bragas, y no es que el tanga le ofreciera mucha más protección que unas bragas normales, pero tener incluso algo pequeño que la cubriera era mejor que nada.

Se secó el pelo y se lo peinó. No iba a conseguir nada maravilloso esta mañana, y, como no tenía tiempo de pelearse con el peine, se lo recogió en un moño y lo aseguró con una horquilla. Tras echarse suficiente maquillaje para cubrirse las ojeras, respiró hondo y se inspeccionó en el espejo.

No tenía aspecto de ganar ningún concurso de belleza, pero intentaría arreglarlo como pudiera.

Una vez se hubo cepillado los dientes, se aplicó el brillo de labios y salió del cuarto de baño para coger los zapatos que estaban desperdigados por la habitación. Metió la ropa de la noche anterior en la bolsa que le había preparado Caroline y, a continuación, salió del dormitorio en busca de Gabe.

Estaba de pie en la barra de la cocina bebiéndose un vaso de zumo. Cuando la vio, se lo acabó de un trago y lo puso en el fregadero.

—¿Lista?

Ella respiró hondo.

—Sí.

Gabe le hizo un gesto con la mano para que se encaminara hacia la puerta y Mia fue a coger la bolsa.

—Deja esto aquí, no tienes por qué llevártelo a la oficina. Eso sí que sería una señal clara de que hemos pasado la noche juntos y no creo que eso sea lo que quieres. Te la enviaré a casa después del trabajo, si quieres.

Mia asintió y se la tendió mientras esperaba a que llamara al ascensor.

Descendieron en silencio, pero Mia se percató de que Gabe no dejaba de mirarla de arriba abajo. Ella mantuvo la mirada apartada de la de él; el valor la estaba abandonando. ¿Que por qué se sentía tan nerviosa tras la noche que habían pasado juntos? Mia no tenía ni idea, pero sí que se vio invadida por la incomodidad. Por alguna razón, hablar de cosas tontas y sin importancia le parecía demasiado forzado, así que se quedó en silencio mientras ambos dejaban el edificio y se subían al coche que los estaba esperando.

—Comeremos en Rosario's y luego iremos al despacho —le dijo refiriéndose a un restaurante que había a dos manzanas del edificio de oficinas.

Estaba hambrienta. Se sentía agotada y el día no había siquiera empezado todavía. Como Gabe tuviera planeadas más

EXTASIS

noches como la anterior, iba a convertirse en una zombi viviente en el trabajo.

Para su sorpresa, Gabe estiró el brazo y entrelazó sus dedos con los de ella antes de darle un pequeño apretón, casi como si le hubiera leído la mente y quisiera animarla.

Ella se volvió hacia él y le regaló una sonrisa; el gesto le había llegado. Él le sonrió también y le dijo:

—Eso está mejor. Antes estabas muy seria. No puedo dejar que todo el mundo piense que ya en tu primer día de trabajo desearías estar en cualquier otro sitio menos conmigo.

Mia ensanchó la sonrisa y dejó que parte de la tensión abandonara su cuerpo. Todo iba a salir bien. Podía hacerlo; era lista y capaz y estaba perfectamente cualificada para hablar y razonar en público aunque algunas veces Gabe la hiciera actuar como una auténtica idiota. Este trabajo iba a ser un reto, pero uno que aceptaría con ganas. De acuerdo, no debía hacerse ilusiones pensando que la había contratado por su cerebro, pero tampoco había razón alguna por la que no pudiera demostrar ser valiosa fuera del dormitorio también.

Desayunaron tranquilamente, y cuando dieron las ocho y media recorrieron dos manzanas a pie hasta llegar al edificio de oficinas. Una vez allí, cogieron el ascensor para subir hasta su planta. A Mia le entró un ataque de nervios cuando ambos salieron del ascensor y pasaron junto a Eleanor.

—Buenos días, Eleanor —saludó Gabe con voz formal—. Mia y yo estaremos a puerta cerrada hasta la reunión de las diez. La pondré al corriente de sus obligaciones laborales. Asegúrate de que no nos molesten. Cuando esté en la reunión, quiero que le enseñes todo esto y que le presentes al resto del personal.

—Sí, señor —le respondió esta con rapidez.

Mia tuvo que contener la risa mientras recordaba la conversación que había tenido con Gabe sobre llamarlo «amo» y «señor». Este le lanzó una mirada gélida y la guio por el pasillo hasta llegar a su oficina.

Cuando entraron, se sorprendió de ver otra mesa colocada en la pared de enfrente de donde él tenía situada la suya. Los muebles y los elementos fijos los habían reorganizado de manera que hubiera espacio suficiente para la nueva mesa, y, además, las dos estanterías llenas de libros habían desaparecido.

115

—Aquí es donde vas a trabajar —le dijo—. Como ibas a trabajar tan cerca de mí no vi necesidad de darte una oficina propia. —Entonces bajó el tono de voz a uno más suave y seductor—. Estarás cerquita de mí a todas horas.

Ella se estremeció al escuchar la sensual promesa en su voz. ¿Cómo narices iba a poder trabajar estando sentada justo enfrente de él y sabiendo que en cualquier momento le podían entrar ganas de tener sexo con ella?

Pero entonces todo rastro de insinuación desapareció de su rostro y volvió a comportarse con rapidez y formalidad. Él se dirigió a su mesa y sacó una carpeta llena de documentos. Se la dio, y dijo:

—Estos son archivos sobre inversores, compañeros de negocios y otra gente importante para esta empresa. Quiero que te leas todos sus perfiles y los memorices. Hay información sobre lo que les gusta y no les gusta, sobre los nombres de sus esposas y los de sus hijos, sobre las aficiones e intereses que tienen, y demás asuntos de interés. Es importante que retengas toda esta información en la cabeza para que la puedas usar cuando estés con ellos en actos o en reuniones. Espero de ti que seas personal y acogedora y que los conozcas como personas. En los negocios es imprescindible que sepas todo lo que puedas sobre ellos y que uses cada ventaja que puedas obtener. Como mi asistente, me ayudarás a cautivar a todas estas personas. Queremos su dinero y su respaldo. No hay margen de error.

Mia abrió los ojos como platos y tanteó la carpeta con las manos para ver cuánto pesaba. Había muchísima información ahí, pero Mia se armó de valor y se tragó el miedo. Podía hacerlo. Claro que podía hacerlo.

—Ahora tienes un rato para dedicarte a esto —le dijo—. Mientras tanto, he de ponerme al día con correos electrónicos y mensajes atrasados antes de empezar la reunión. Cuando termine, nos pondremos con algunas de tus otras obligaciones.

Mia asintió con la cabeza y se dirigió a la mesa que Gabe le había asignado. Seguidamente se acomodó en la lujosa silla de piel que estaba situada delante y se dispuso a comenzar a memorizar la enorme cantidad de información que tenía delante.

Capítulo doce

—¿Mia?

Mia apartó la mirada del montón de papeles que estaba leyendo y vio a Eleanor de pie en la puerta de la oficina de Gabe.

—Si ya estás lista, puedo enseñarte las instalaciones y presentarte al resto del personal.

Mia se echó hacia atrás y movió el cuello, que tenía agarrotado. Toda la información que tenía que memorizar se le amontonaba en el cerebro de forma confusa, pero a pesar de ello levantó la cabeza y dirigió la mirada hacia Eleanor con una sonrisa.

Eleanor era buena gente. Había sido la recepcionista de HCM desde siempre, y, aunque Mia había pisado las oficinas muy pocas veces, sí que había hablado con ella por teléfono con frecuencia. Bien porque ella fuera la que estaba llamando a Jace o porque este le hubiera dicho a Eleanor que la llamara para darle algún mensaje, que normalmente era que iba a llegar tarde a una de sus citas con Mia.

Mia había buscado con detenimiento en los ojos de Eleanor algún signo de sospecha, o incluso de sorpresa por ser Gabe, y no Jace, para quien hubiera entrado a trabajar. Pero o bien era verdad que no estaba sorprendida, o era muy buena escondiendo sus emociones. Seguramente no pasaría lo mismo con el resto del personal. Aunque no los conocía, ellos sí que sabrían quién era ella tan pronto como Eleanor los presentara, así que Mia tenía la impresión de que los siguientes minutos de su vida no iban a ser de los más agradables para ella.

Se puso de pie y ordenó todos los documentos antes de meterlos de nuevo en la carpeta. A continuación, deslizó la mano hasta la parte de detrás de su falda con timidez y rezó por que nadie se diera cuenta de que no llevaba bragas. Rodeó la mesa y se unió a Eleanor en el pasillo.

—Te voy a llevar al otro pasillo, que es donde están situadas las oficinas, y luego iremos a la otra ala de la planta, donde están todos los cubículos.

Mia asintió y siguió a Eleanor mientras esta atravesaba el área de recepción y se dirigía al pasillo opuesto de donde se encontraba la oficina de Gabe. Cuando llegó a la primera puerta, se detuvo y se asomó.

—¿John? Hay alguien que quiero que conozcas.

John levantó la cabeza mientras Eleanor y Mia entraban en la habitación. Era un hombre joven —algo mayor que ella pero más joven que Gabe— con gafas y vestido con un polo. Cuando se levantó, Mia pudo ver que también llevaba pantalones informales. Estaba claro que Gabe no hacía que todo el mundo se vistiera con su misma etiqueta.

—Esta es Mia Crestwell, la nueva asistente personal del señor Hamilton —dijo Eleanor.

John alzó las cejas en un gesto de repentina sorpresa pero no ofreció ningún comentario.

—Mia, este es John Morgan, nuestro director de marketing.

El hombre extendió el brazo para estrechar la mano de Mia.

—Es un placer, Mia. Creo que te gustará trabajar aquí. Hamilton es un buen jefe y una fantástica persona para la que trabajar.

—Encantada —dijo Mia ofreciéndole una sonrisa.

—Al ser la asistente personal del señor Hamilton, estoy seguro de que nos tocará trabajar juntos con frecuencia.

Mia sonrió y asintió con la cabeza sin saber qué más decir. Se le daban fatal las conversaciones triviales.

Justo como si sintiera su incomodidad, Eleanor fue rápida para despedirse.

—Bueno, te dejamos trabajar, John. Estoy segura de que estás ocupado y aún tengo que llevar a Mia por toda la oficina.

—Hasta luego —dijo John—. Bienvenida al equipo.

—Gracias —murmuró Mia.

Siguió de nuevo a Eleanor hasta el pasillo y repitió el

mismo proceso con otros cinco empleados, todos de diferente posición dentro de la gerencia de la compañía. El director financiero era un hombre impaciente e inquieto que solo parecía estar preocupado e irritado por la interrupción. Incluso Eleanor fue breve y se apresuró a sacarla de allí.

Las dos vicepresidentas que conoció eran mujeres, una con mirada inteligente y sonrisa cariñosa que parecía estar en la treintena, y otra ligeramente mayor —alrededor de los cuarenta o por ahí— y que era bastante habladora. Eleanor tuvo que intentarlo varias veces antes de poder sacar a Mia de allí, dejar las oficinas y cruzar hasta el otro extremo del edificio.

Allí conoció a una miríada de gente cuyos nombres después sería incapaz de recordar. Algunos la miraron de forma pensativa cuando Eleanor la presentó como la asistente personal de Gabe. La verdad es que no podía culparlos, Gabe no había tenido una en años y además se daba la circunstancia de que era la hermana de Jace. En el mismo momento en que su nombre salía de la boca de Eleanor todos la reconocían al instante. Y con la misma rapidez sus cabezas empezaban a funcionar mientras se la quedaban mirando.

Oh, sí, estaba más que claro que iba a ser el cotilleo del día.

Cuando por fin acabaron con las presentaciones, Eleanor la llevó hasta la sala para los empleados y le mostró dónde estaba la nevera y la cocina completamente equipada. Había un área para comer con un montón de refrigerios y comidas fáciles de preparar, un mueble con una gran variedad de bebidas y también un dispensador de agua.

Eleanor se giró y sacudió las manos suavemente en el aire.

—Y este ha sido el gran circuito. Ah, el lavabo de señoras está entre la sala y aquella sección de cubículos.

Mia sonrió con cortesía.

—Gracias por tu amabilidad, Eleanor. Agradezco que te hayas tomado el tiempo de enseñarme todo esto.

—No es ninguna molestia. Si necesitas algo, lo que sea, no dudes en decírmelo. Me voy a volver ya a mi mesa para liberar a Charlotte.

Mia la siguió pero se fue en busca del servicio en vez de regresar inmediatamente al despacho de Gabe. Necesitaba ir al lavabo y refrescarse. Aún sentía los efectos de la noche anterior y estaba segura de que tenía aspecto de estar resacosa.

Se metió en el último retrete y cerró la puerta a sus espaldas. Casi al instante, oyó cómo la puerta del servicio se abría y más de una persona entraba. Mierda, odiaba hacer pis con más gente por ahí pululando, y era evidente que esas mujeres no venían a usar los retretes, precisamente. El sonido del agua correr en uno de los lavabos le dio el tiempo suficiente para hacer sus necesidades, pero, una vez estuvo lista para salir y lavarse las manos, las mujeres comenzaron a hablar y Mia se quedó petrificada en el sitio.

—¿Así, qué piensas de la nueva asistente personal de Gabe?

La voz de la mujer estaba llena de diversión, de incredulidad. Mia quería morirse. Apenas habían pasado unas horas y ya era la comidilla de todos. Lo cual era de esperar, pero hubiera preferido no tener que escucharlo de primera mano.

—¿No es la hermana pequeña de Jace Crestwell? —preguntó otra mujer.

—Ajá. Supongo que ya sabemos cómo ha conseguido el trabajo.

—Pobre. Probablemente no sepa dónde se ha metido.

—No sé. Yo creo que yo también lo haría —volvió a decir la primera mujer—. Me refiero a que es rico, guapo y he oído que es una bestia en la cama. Literalmente. ¿Oísteis ese rumor de que tiene un contrato que les hace firmar a todas sus mujeres antes de llevárselas a la cama?

—Me pregunto qué contrato es el que ha firmado la nueva —dijo la segunda mujer con la voz cargada de segundas intenciones.

Mia oyó reírse al menos a tres personas. Genial. Reunión de chicas en el baño y ella atrapada. Se pegó las rodillas al pecho encima del retrete para que nadie pudiera verla y rezó para que las mujeres no se acercaran hasta allí.

—Yo preferiría ser la tercera en uno de los tríos que se montan Jace y Ash —dijo una de ellas—. ¿Os imagináis tener a dos multimillonarios dominantes en la cama?

Mia puso los ojos en blanco y le entró un escalofrío. Como si ella quisiera escuchar todo eso sobre su hermano...

—¿Cuál crees que es la historia que hay detrás de esos dos?

—preguntó la primera de las chicas—. Parece que siempre van a por la misma mujer. Es un poco raro, si me lo preguntas a mí. O sea, no es que me importara para nada montarme un trío con ellos, pero para ellos es algo habitual.

—A lo mejor son bisexuales.

Mia se quedó boquiabierta. Joder. No es que les diera mucha credibilidad a los cotilleos, pero aparentemente el rumor que estaba deambulando por ahí era que Jace y Ash tenían esta perversión suya de montarse tríos y que Gabe no era el hombre más solitario de esta empresa.

Mia no se quería ni imaginar, en lo más mínimo, a su hermano en esa clase de situaciones.

—Me apuesto a que Gabe se está tirando a la hermana de Jace. ¿Os imaginais si Jace se entera? Todo el mundo sabe que es extremadamente sobreprotector con ella.

Mia suspiró. Probablemente había sido mucho pedir entrar a trabajar y no estar en boca de todos.

—A lo mejor lo sabe y no le importa —sentenció otra mujer—. Ya es adulta.

—Es muchísimo más joven que Gabe, y, si le ha hecho firmar un contrato, no creo que Jace se lo tomara muy bien.

—Puede que a ella le vayan ese tipo de cosas.

—Eh, chicas. —Una mujer nueva abrió la boca con voz dubitativa—. Yo sé que la cosa del contrato es cierta. Me colé en su oficina una noche cuando me quedé trabajando hasta más tarde. Tenía curiosidad. Ya sabéis, por los rumores y demás. Tenía un modelo de contrato en su mesa, una lectura muy interesante. Digamos que, si una mujer se va a la cama con él, básicamente está firmando la cesión del control de su vida durante ese período de tiempo.

Mia apoyó la cabeza sobre las rodillas con un golpe seco.

—¡No fastidies! ¿Estás de broma?

—¿Estás loca? ¿Sabes lo que podría haber pasado si te hubiera pillado? Te habría despedido ahí mismo y solo Dios sabe qué más te habría hecho.

—¿Cómo diablos entraste en su oficina? Sé por experiencia que siempre la deja cerrada con llave.

—Eh… manipulé la cerradura. Se me da bastante bien —admitió la mujer.

—Nena, eres una suicida. Yo que tú no lo volvería a hacer.

—Mierda, chicas. Tenemos que volver al trabajo. Ese informe es para las dos, y Gabe no es tan comprensivo como Ash con los retrasos. Ojalá Jace y Ash se den prisa y vuelvan de donde sea que estén. Trabajar para ellos es mucho más fácil que para Gabe.

De repente se pudo percibir un frenesí de actividad. Primero el sonido de los zapatos yendo de un lado a otro, luego de las manos al sacar papel del dispensador y por último el de sus pisadas al salir. La puerta se cerró con un chirrido y Mia suspiró profundamente de alivio.

Se bajó rápidamente del retrete e igual de deprisa se arregló la falda. Abrió la puerta del aseo y se asomó ligeramente; al ver que no había nadie se precipitó hasta el lavabo y se lavó las manos con celeridad. Cuando se encontró justo enfrente de la puerta de los servicios, dudó por un momento, pero entonces la abrió un poco y se asomó al pasillo.

No había nadie al acecho, por lo que Mia salió corriendo y se apresuró a volver a la oficina de Gabe.

Vaya cosas que se aprendían en el trabajo...

Gabe se enfadaría muchísimo si supiera que alguien había entrado en su oficina y leído documentos personales, pero Mia no iba a ser una chivata en su primer día de trabajo. No sabía siquiera qué mujer era la culpable; todos los nombres y voces se le habían mezclado durante las presentaciones.

Afortunadamente, Gabe no había vuelto de su reunión cuando Mia llegó a la oficina, así que la joven se dirigió a su mesa y se volvió a hundir en la silla. Abrió de nuevo la carpeta y las palabras comenzaron a mezclársele justo delante de sus ojos. Era demasiada información para ser procesada en un día.

Dio un pequeño salto cuando de repente sonó el teléfono. Lo miró con gesto nervioso y, entonces, vacilante, lo descolgó.

—Mia Crestwell —dijo como saludo. Un «hola» sonaba poco profesional y no quería quedar como una completa idiota.

La voz cariñosa y sensual de Gabe llenó su oído.

—Mia, voy a llegar un poco tarde. Tenía intención de que almorzáramos juntos, pero me voy a retrasar. Le diré a Eleanor que te pida algo.

—De acuerdo, gracias —murmuró.

—¿Te ha enseñado toda la oficina?

—Sí.

—¿Y? ¿Ha ido bien? ¿Han sido todos educados contigo?

—Oh, sí, sí, claro. Todo el mundo ha estado genial. Ya estoy de vuelta en el despacho, obviamente, ya que estoy hablando contigo. Sigo trabajando en la carpeta que me diste esta mañana.

—Pero no te olvides de comer —le dijo con un tono de advertencia—. Te veo después del almuerzo.

Antes de que ella pudiera siquiera decirle «adiós», la línea se cortó. Con pesar, colgó el teléfono y devolvió la atención a la carpeta.

Treinta minutos más tarde, Eleanor se asomó por la puerta y ella le hizo un gesto con la mano para que pasara. Traía consigo una bolsa con comida, que luego depositó sobre su mesa.

—El señor Hamilton me dijo que te gustaba la comida tailandesa y hay un sitio bastante bueno al final de la manzana que reparte a domicilio, así que te he pedido el especial. Si me dieras una idea de lo que te gusta y de lo que no, tomaré nota para que en un futuro pueda pedirte algo que sea de tu gusto.

—El tailandés suena perfecto —le dijo Mia—. Gracias. No tenías por qué hacerlo.

Eleanor frunció el ceño.

—El señor Hamilton fue muy específico cuando me dijo que tenía que traerte el almuerzo y asegurarme de que comieras. Ah, y, por si él no te lo ha dicho todavía, aquí en la oficina también tiene una pequeña nevera con una variedad de bebidas, así que sírvete tú misma. Está justo debajo de ese armario.

—Gracias, Eleanor. Has sido muy amable.

Ella asintió, se dio media vuelta y desapareció por la puerta de la oficina.

Hasta ahora Mia no estaba completamente segura de que esto estuviera yendo de la manera que se suponía que tenía que ir. Era la asistente personal de Gabe, que significaba que ella era la que asistía, no que otros empleados tuvieran que ponérselo todo en bandeja. Mia esperaba que no le hubiera dado la misma orden a otros en el departamento. Si lo había hecho, su nombre se mancharía y ya nadie dudaría en pensar que estaban acostándose juntos y que solo estaba aquí para ofrecerle servicios sexuales a Gabe.

Aunque ese fuera realmente el cometido más importante de su trabajo.

Vaya, sonaba como si fuera una prostituta. Y quizás en esencia sí que lo era. La habían contratado para ofrecer sexo; si eso no la convertía en una puta, ¿entonces en qué?

El único consuelo que tenía era que no le estaba pagando por ello.

Soltó un gemido cuando se dio cuenta de lo estúpida que era esa afirmación. Sí que le estaba pagando. ¡Y mucho! Por un trabajo inexistente con obligaciones tan básicas como era la de memorizar una gran cantidad de detalles de algunas personas clave. Estaba en nómina y por alguna razón no pensaba que fuera a encontrar en su archivo personal el término «juguete sexual». Pero ambos sabían que eso era precisamente lo que era, una sumisa sexual a la que pagaban por sus servicios.

Dejó caer la cabeza sobre la mesa y suspiró. Mia no se consideraba particularmente a sí misma una sumisa. Y no es que no pudiera serlo en la situación adecuada, pero no era algo que estuviera profundamente arraigado en ella. Ni tampoco era una necesidad que se sentía obligada a satisfacer para poder ser feliz.

Era… una perversión sexual, aunque ella nunca se había imaginado que tuviera ninguna. Aún no estaba segura de exactamente en qué posición se encontraba dentro de toda ese mundo del sado y de la sumisión, y de las otras cosas chocantes que estaban en el contrato.

Pero lo había aceptado. Había firmado voluntariamente. Así que estaba más que segura de que pronto lo averiguaría.

Capítulo trece

$\mathcal{M}$ia estaba inmersa en su trabajo cuando la puerta se abrió y entró Gabe. Levantó la mirada de los papeles y se embebió completamente en él. Los ojos de Gabe se cruzaron con los de ella, apareciendo en ellos justo entonces un destello de satisfacción que la hizo marearse de la excitación. Además, los atravesó una inmediata ola de reconocimiento, de tensión, que casi se podía palpar en la espaciosa oficina.

La lujuria se instaló en los ojos de Gabe, y Mia notó un pinchazo agudo en las entrañas mientras todo su cuerpo cobraba vida. Una intensa combinación química explosiva que por fin se habían permitido liberar.

—Ven aquí.

La orden fue rápida e imperiosa y Mia automáticamente se puso en pie como respuesta a su brusca solicitud. Se encaminó hasta el centro de la habitación, donde Gabe estaba de pie, y este la estrechó rudamente entre sus brazos.

Gabe la besó con desesperación y deseo, como si no hubiera pensado en nada más que ella en su ausencia. Era un pensamiento muy fantasioso, uno que parecía válido teniendo en cuenta la forma en la que le estaba devorando la boca. Sus lenguas húmedas se encontraron con fervor. El pintalabios se le correría, pero la idea de verlo con el mismo color en sus labios solo intensificaría el instantáneo deseo que él había avivado en su interior.

Ella podría estar llevando las marcas de los dedos de Gabe, pero, de alguna forma, él también llevaría las de ella aunque fuera temporalmente. Su sello. Su marca. Ella bien podría ser suya, pero él también le pertenecía a ella durante todo el tiempo que su relación durara.

Mia percibió una chispa de perfume en su ropa, que la puso celosa perdida sin importar lo poco razonable que pudiera ser.

La inmediata posesividad la pilló por sorpresa. Ella nunca se había considerado una persona posesiva o celosa, pero la idea de que otra mujer hubiera estado cerca de él le hacía querer sacar los dientes y gruñir. Gabe necesitaba una señal invisible en la frente que dijera: «Las manos quietas. Es mío».

Gabe alargó el brazo hacia abajo para agarrarle la mano y luego la arrastró hasta su mesa. Mia no tenía ni idea de lo que estaba a punto de hacer, pero sus sentidos estaban bien alerta.

Él se sentó en la silla y se separó un poquitín de la mesa.

—Quítate la falda —le dijo abruptamente.

Con los nervios a flor de piel, Mia dirigió la mirada hasta la puerta y luego la volvió a posar en él.

—La puerta está cerrada con llave, Mia —le dijo con impaciencia—. Ahora quítate la falda.

Tragándose todas sus dudas, comenzó muy lentamente a bajarse la falda hasta dejar desnuda la parte inferior de su cuerpo frente a la ávida mirada de Gabe.

Para su sorpresa, este no le dijo que se quitara la camisa ni el sujetador, sino que le agarró la mano y la llevó a su dura entrepierna. Ella ahogó un grito de sorpresa cuando entonces las manos de él la rodearon por la cintura y la levantaron lo suficiente como para sentarla en el borde de la mesa.

—Anoche fui descuidado —le dijo con un tono de voz ronco.

Mia estaba confusa y segurísima de que su expresión no indicaba lo contrario.

—Normalmente no soy tan egoísta durante el sexo. Mi única excusa es que me haces arder, Mia. Tenía que tenerte.

Sonó como si no quisiera estar admitiéndolo. Había reticencia en sus ojos, pero sus palabras sonaron llenas de sinceridad.

—Échate hacia atrás —le dijo en un tono más suave—. Apóyate en la mesa con las manos mientras disfruto de mi postre.

«Oh, Dios.» Mia dejó de respirar por un momento y luego continuó soltando el aire a bocanadas. Se colocó como él le había dicho, y Gabe le separó cuidadosamente los muslos hasta dejar su sexo desnudo al alcance de su mirada y de sus caricias.

Pasó un dedo por la unión de sus labios y luego, con dos, los separó hasta dejar más a la vista su carne más íntima. Gabe bajó la cabeza y el cuerpo de Mia se puso completamente tenso, anticipándose a esa primera caricia.

Fue como recibir una descarga eléctrica cuando la lengua de Gabe finalmente pasó por encima de su clítoris; las manos casi se le deslizaron sobre la mesa y el cuerpo se le sacudió entero en respuesta a sus caricias.

Jugó con ese punto sensible una y otra vez, moviéndose en círculos a su alrededor y succionándolo con suavidad. El deseo se le acumuló todo en su bajo vientre y de ahí se extendió como fuego hasta las otras partes del cuerpo. Cada lametón que le daba la lengua de Gabe la ponía más a punto, la llevaba más cerca del clímax hasta que no podía hacer más que jadear en busca de aire.

Se movió más hacia abajo y dejó un rastro húmedo con la lengua hasta llegar a la entrada de su cuerpo. La rodeó con movimientos rápidos y expertos, y luego se introdujo en su interior para hacerle el amor con la boca.

Mia sentía tal punto de dolor que tenía todo el cuerpo tenso y poniéndosele incluso más rígido con cada caricia que Gabe le proporcionaba. El orgasmo estaba tan cerca que estaba desesperadamente perdida por correrse, pero él parecía no tener prisa ninguna. Se le veía completamente sintonizado con su cuerpo. La llevaba hasta el mismísimo límite del placer, pero luego ralentizaba el ritmo y la volvía a aplacar dándole pequeños besos con la boca y leves roces con la lengua.

Nunca había tenido a nadie entre las piernas con tanta experiencia y habilidad. Gabe podía ser exigente y egoísta —tal y como él se había calificado a sí mismo— pero no era ningún principiante en lo que se refería a darle placer a una mujer. Sabía exactamente lo que estaba haciendo, y la estaba volviendo total y completamente loca.

—Gabe, por favor —le susurró—. Necesito correrme.

Él se rio por lo bajo y ella sintió la risa vibrar encima de su clítoris. Incluso el más mínimo movimiento la podía llevar más allá de sus límites. Depositó un beso en el pequeño bulto y luego la penetró con un dedo bien hasta dentro.

—Todavía no, Mia. Eres muy impaciente. Yo soy el que lleva las riendas aquí, te correrás cuando yo lo permita.

La fuerza y el tono sensual de su voz la hicieron estremecerse tanto que tuvo que esforzarse por mantener el control.

—Tu sabor es tan jodidamente adictivo —le dijo con un pequeño gruñido— que te podría estar saboreando durante toda la tarde.

Mia no sobreviviría toda la tarde, ya estaba cerca de suplicar y apenas acababan de empezar. Cerró la boca y contuvo la súplica que amenazaba con salir de su garganta, pero él lo sabía. Oh, sí. Sí que lo sabía.

—Suplícame, Mia —le dijo mientras seguía moviendo el dedo bien dentro de ella—. Pídemelo con palabras bonitas y dejaré que te corras.

—Por favor, Gabe. Te necesito. Deja que me corra.

—¿Quién es tu dueño?

—Te pertenezco a ti, Gabe. Tú eres mi dueño.

—¿Y de quién es esta cosita tan caliente que estoy devorando?

—Tuya —dijo ahogadamente con todo el cuerpo ahora temblándole.

—Y si cuando termine quiero follarte, estoy en mi derecho, ¿verdad?

—Dios, sí. ¡Hazlo ya, por favor, Gabe!

Este se rio otra vez y luego introdujo dos dedos en su interior mientras succionaba su clítoris con más dedicación. La explosión de placer fue brutal e impactante. Se desmoronó por completo. Las palmas de las manos cedieron y de repente se encontró tumbada de espaldas en la mesa. A continuación, Gabe se alzó por encima de ella con una expresión fiera y peligrosamente seductora en el rostro.

Se desabrochó los pantalones, se sacó la polla y con una única y enérgica embestida se hundió en su cuerpo, que aún estaba en pleno clímax. Le subió las piernas hacia arriba para atraerla hasta él y así poder enterrarse más en ella. Dios, estaba tan adentro… incluso más que la noche anterior, casi como si su cuerpo se hubiera ajustado y ahora pudiera acogerlo entero.

—Los ojos —le ordenó.

Mia al instante cruzó su mirada con la de él.

No había nada de lentitud o ternura en sus movimientos. Tomaba posesión de ella incluso con más fuerza que la noche anterior. Su cuerpo se movía arriba y abajo en la mesa mientras él embestía contra ella y estrellaba ruidosamente la pelvis contra su trasero. Entonces, de repente, se retiró y rodeó el miembro con la mano.

Moviendo la mano por toda la erección e inclinándose hacia delante, Gabe se masturbó hasta que eyaculó sobre su monte de Venus. Tenía los ojos cerrados y su rostro mostraba los mismos signos de tensión y rigidez que la habían invadido a ella por todo el cuerpo. Casi como una expresión de agonía. Pero enseguida los abrió y estos brillaron intensamente de satisfacción.

Tenía cierta crudeza en la mirada que le hizo que todo el cuerpo le volviera a la vida una vez más.

Todo el semen que tenía desparramado sobre su sexo brillaba bajo la luz. Gabe suspiró cuando el último chorro salió de su verga erecta y lentamente retrocedió solo un paso para acoplarse de nuevo en los pantalones.

Le pasó las manos por la parte interna de sus muslos y luego por las caderas. Clavó la mirada en la clara demostración de posesión que tenía Mia sobre la piel y los ojos le brillaron de triunfo.

—Me encanta cómo estás ahora —le dijo—. Encima de mi mesa, tan roja e hinchada de todas las veces que te he follado y con mi semen desparramado sobre tu piel. Me encantaría dejarte toda la tarde así solo para poder mirarte.

Él se alejó y Mia se preguntó si efectivamente eso era lo que tenía intención de hacer. Dejarla así, mojada con su semen y teniendo el sexo desnudo y aún palpitándole. Pero entonces volvió un momento después con un paño calentito y cuidadosamente le limpió los fluidos de la piel. Cuando acabó, se inclinó hacia delante y la ayudó a bajarse de la mesa.

Mia se quedó de pie, insegura de si debía vestirse o quedarse tal y como estaba. Gabe le dio la respuesta cuando cogió la falda que estaba en el suelo junto a la silla y se la abrió para que ella pudiera meter los pies.

Le subió la falda por las piernas y le colocó bien la camisa en un intento de quitarle ese aspecto arrugado que mostraba.

—Mi cuarto de baño privado está contiguo al despacho. Nadie te molestará allí. Ve y refréscate un poco, y luego vuelve a tu mesa.

La había despachado.

Se alejó con piernas temblorosas y abrió la puerta que estaba a varios pasos de su mesa. El baño era pequeño y claramente atendía solo a las necesidades de un hombre, pero al menos pudo recuperar la compostura para evitar gritarle al universo entero lo que acababa de pasar.

Abrió el grifo de agua fría y se mojó la cara; cuando volviera a su mesa podría volverse a maquillar y retocar.

Una vez entró de nuevo en la oficina pudo ver que Gabe estaba al teléfono, así que ella se dirigió en silencio hasta su mesa y cogió el bolso para volver a darse polvos de maquillaje y pintalabios y regresar a continuación al trabajo. El problema era que Mia aún estaba totalmente excitada, incluso después del alucinante orgasmo que Gabe le había regalado con su boca.

Al haberla poseído con tanta rudeza, otro orgasmo se había empezado a formar en sus entrañas y ahora estaba toda inquieta y agitada y no dejaba de recolocarse continuamente en la silla. Su sexo estaba completamente alerta. Cada vez que se movía una pequeña ola de placer salía disparada hacia su vientre.

El hecho de tener a Gabe justo enfrente y necesitar correrse otra vez tenía que ser alguna versión personalizada del infierno.

En un esfuerzo por distraerse, Mia prestó atención a la conversación que estaba teniendo Gabe al teléfono. Estaba hablando de un evento… ¿esta noche? Y diciéndole a quien sea que estuviera al otro lado de la línea que sí que iba a estar allí y que se moría de ganas. Eso probablemente fuera mentira, ya que odiaba los eventos sociales aunque se le dieran tremendamente bien.

Era demasiado directo e impaciente como para verdaderamente permitirse disfrutar de ser simpático y cordial, pero era parte del trabajo. Gabe atraía a nuevos inversores y luego los fascinaba a ellos y sus bolsillos.

Ash era el más extrovertido, tenía un encanto natural que

nunca se le agotaba. Mia siempre se preguntaba por qué, de los dos mejores amigos que su hermano tenía, se había decantado siempre hacia Gabe. Ash era guapísimo de los pies a la cabeza. Y tenía una sonrisa encantadora y matadora que derretía a las mujeres por donde sea que fuera.

Sin embargo, no era él el que la atraía, sino que lo veía más como Jace. Un hermano mayor indulgente. ¿Pero Gabe? Nunca, jamás, lo había mirado como a un hermano. Estaba segura de que los pensamientos que tenía sobre él no eran siquiera lícitos en la mayoría de los casos. A lo mejor era, simplemente, porque Gabe era como más distante, y más misterioso. Un reto.

No es que ella hubiera sido lo suficientemente estúpida como para pensar que podría conquistarlo. Gabe era Gabe. Inflexible, sin remordimientos y ninguna intención de cambiar, lo cual era bastante malo, porque significaba que Mia tendría que pasarse buscando a algún otro hombre que se le igualara durante bastante tiempo.

Se podía imaginar perfectamente a sí misma comparando con Gabe a cualquier hombre que estuviera con ella después de que él la dejara. No sería justo para ellos, y, además, para ella también sería una gran pérdida de tiempo. Solo había un único Gabe. Por lo tanto, tendría que disfrutarlo mientras pudiera en el presente y olvidarlo después.

Mia suspiró. Sonaba mucho más simple de lo que con certeza ella sabía que sería. Ya estaba medio enamorada de él, y eso era antes de que se acostaran. Algunos encaprichamientos nunca desaparecían, sino que se convertían en algo permanente, obsesivo y apasionado.

Aunque sabía que debía, no podía controlar las emociones que Gabe provocaba en ella. ¿Era amor? No estaba segura. Había muchas palabras que podría usar para describir su fascinación por Gabe. Nunca había considerado sus anteriores relaciones como algo a largo plazo, sino como simple diversión. A sus amantes anteriores los miraba principalmente con afecto, pero no se acercaban ni de lejos a lo que sentía por Gabe. La cosa era que no tenía ni idea de si era amor o una simple obsesión.

De todos modos, tampoco importaba realmente. El amor solo era un lío del que haría bien en alejarse todo lo que pudiera, porque Gabe nunca la correspondería. Pero el corazón no siempre hacía caso y esta era una de las cosas sobre las que podría no tener control alguno.

Caroline le diría que dejara de quejarse, que disfrutara de la situación ahora y que no se preocupara del futuro. Que viviera el presente. Era un buen consejo, uno que haría bien en seguir. Pero también se conocía y sabía que se preocuparía intentando analizar cada palabra que pronunciara Gabe, cada acto y cada movimiento, y haría de la relación algo que en realidad no era.

Suspiró cuando las palabras en las que estaba intentando concentrarse tan empecinadamente se volvieron borrosas. Respecto a sus primeros días en la oficina, se podría decir que no estaba revolucionando el mundo con su ética de trabajo, a menos que el increíble sexo que le había proporcionado el jefe sobre la mesa contara como revolución.

—Espero que te hayas aprendido bien todos esos perfiles.

La voz de Gabe la sacó de su ensimismamiento y ella volvió la cabeza para comprobar que ya había colgado el teléfono y que la estaba mirando fijamente.

—Esta noche acudiremos juntos a un evento. Es un cóctel que celebra un posible inversor para nuestro *resort* en California. Mitch Johnson. Su información está en ese montón de papeles. Tienes que saber todo lo que puedas sobre él y su esposa, sus tres hijos, sus intereses y toda la información que haya detallada. También acudirá más gente importante a la fiesta, así que asegúrate de estar familiarizada con los otros nombres que encontrarás en la carpeta, pero el más importante es Mitch.

Mia hizo todo lo posible por evitar que el pánico que le había entrado se hiciera evidente. ¡Qué rápido se había complicado todo!

—¿A qué hora? ¿Y cómo tengo que vestirme?

—¿Qué tienes? Y no me refiero a ese trozo de tela que llevaste en la gran inauguración —dijo con un gruñido—. Preferiría algo que te cubriera más. Yo llevaré traje.

Mia frunció el entrecejo mientras mentalmente visualizaba toda la ropa que tenía. No es que Jace no le hubiera comprado todo lo que ella quisiera, pero, aparte del apartamento que le había comprado, sí que intentaba desmarcarse bastante de sus frivolidades. Su armario era modesto en el mejor de los casos, y el vestido que había llevado a la gran inauguración era lo único que tenía para una ocasión más formal.

Gabe le echó un vistazo a su reloj y entonces volvió a mirar hacia donde estaba Mia.

—Si nos vamos ahora tendremos tiempo de comprarte algo apropiado.

Ella sacudió la cabeza.

—No es necesario, Gabe. Solo estoy pensando en lo que sería adecuado para una fiesta como esta.

Gabe, ignorando su objeción, se levantó.

—Es parte del trato, Mia. Eres mía, y yo mantengo generosamente lo que me pertenece. Necesitarás más de un vestido nuevo, pero hoy no tendremos tiempo para más. Quizá la dependienta pueda comprobar tus gustos y decidir qué es lo que te queda mejor para poder complementar tu armario con ropa diferente que recogeremos más adelante.

Mia parpadeó, sorprendida, pero Gabe, al ver que seguía sentada allí, se desplazó con impaciencia y le lanzó una mirada que le decía, sin lugar a dudas, que empezara a moverse.

La joven cogió su bolso, se alisó la falda y se precipitó hacia él con las rodillas aún temblándole por el sexo explosivo que antes habían compartido en la mesa. ¡Y solo había sido el primer día! Si de verdad estaba siendo paciente y avanzando lentamente, no podía siquiera empezar a imaginar qué sería lo que el futuro le depararía.

Capítulo catorce

$\mathcal{V}$er a Gabe dirigir a la dependienta era una experiencia desconcertante para Mia. Se decidía entre todos los vestidos seleccionados con increíble precisión, desechando rápidamente los que no le gustaban y seleccionando los que sí.

Francamente, era la primera vez que Mia iba de compras sin tener ningún poder de decisión sobre lo que quería. De hecho, era Gabe quien asumía esa responsabilidad. Y aunque era raro, resultaba fascinante al mismo tiempo.

Obviamente Gabe tenía buen ojo para saber lo que le favorecía a una mujer. También era evidente que no tenía ni el más mínimo deseo de que ella llevara nada que dejara demasiado al descubierto, aunque sí muy sugerente. De hecho, había escogido varios vestidos que eran alucinantes y Mia se moría de ganas de probárselos y ver cómo le quedaban. Pero no se podían comparar en nada al vestido que había llevado en la gran inauguración.

Cuando se probó el vestido que Gabe le había elegido para llevar esa noche, Mia casi se desmayó ahí en medio al ver el precio en la etiqueta. Era obsceno. Intentó no pensar en ello mientras se miraba en el espejo, pero era como si una señal de neón estuviera ahí gritándole el precio que marcaba la etiqueta.

De todos modos, se lo tendría que devolver a Gabe. El vestido le quedaba de maravilla; le resaltaba la figura y el color de la piel. Era de tubo entallado, de un intenso color rojo, y, además de ajustársele perfectamente a las caderas, también se le ceñía en las piernas hasta unos cuantos centímetros por encima de las rodillas. No tenía mangas, y tampoco era escotado. Le dejaba los brazos completamente desnudos pero nada a la vista por delante ni por detrás.

Mia nunca vestía de rojo, y a lo mejor era porque lo consideraba demasiado… atrevido. O descarado. Pero daba igual, porque el vestido en ese color le quedaba fabuloso. Parecía una sirena sexual. Aunque el vestido no fuera escotado, al ser tan ajustado, le dibujaba perfectamente la forma redonda de los pechos.

Se la veía… sofisticada. Y eso le gustaba. La hacía sentirse como si de verdad perteneciera al mundo de Gabe.

—Mia, quiero verlo.

La voz impaciente de Gabe se coló dentro del probador. Mia estaba sorprendida de que simplemente no la hubiera desnudado en medio de la tienda. La dependienta había cerrado la *boutique* para él y solo estaban ellos dos dentro del establecimiento. Por la cantidad de dinero que le estaba pagando, no le extrañaba que la mujer estuviera impaciente por obedecer sus deseos.

Abrió la puerta del probador y, vacilante, salió para que la viera. Gabe estaba sentado en una de las cómodas butacas que había justo enfrente y los ojos le brillaron de inmediato cuando su mirada se posó sobre ella.

—Es perfecto —dijo—. Te lo pondrás esta noche.

Se giró y llamó con la mano a la dependienta, que se dirigió hacia ellos.

—Encuéntrele unos zapatos que vayan con este vestido. Ya puede poner también el resto de los vestidos que hemos estado eligiendo para ella, añadir los que considere que le quedarán bien y enviarlos a mi casa.

La mujer sonrió.

—Sí, señor.

Entonces bajó la mirada hasta los pies de Mia.

—¿Qué número tiene usted, señorita Crestwell?

—Un treinta y siete —murmuró Mia.

—Creo que tengo los tacones perfectos. Iré a buscarlos.

Un momento más tarde, la dependienta volvió con un par de zapatos con los tacones plateados que parecían tener unos doce centímetros. Antes de que Mia pudiera decirle que de ninguna de las maneras se iba a subir a esos zapatos, Gabe frunció el ceño.

—Se matará con ese calzado. Encuéntrele otros zapatos un poco más razonables.

Impertérrita, la dependienta se retiró rápidamente y volvió poco después con un par de zapatos con tacones negros muy elegantes y sensuales, que al menos no parecían tener un alfiler por tacón.

—Esos son perfectos —afirmó Gabe.

El hombre bajó la mirada hasta su reloj, y Mia pudo ver en su rostro que ya era hora de marcharse. Sin una palabra más, volvió al probador y se quitó el vestido con cuidado de no arrugarlo, y, tras ponerse de nuevo su ropa, se lo dio a la dependienta para que lo envolviera con los zapatos.

Cuando salió del probador, Gabe la estaba esperando. Le puso la mano en la espalda, que era como estar quemándose a fuego lento, y ambos caminaron hasta la parte delantera de la tienda. ¿Se aplacarían algún día las reacciones que él le provocaba? ¿Llegaría el día en que la tocara y ella no se estremeciera? No parecía posible dada la intensidad de la atracción que existía entre ellos. Eran como dos imanes que se atraían inexorablemente.

Tras liquidar las compras con la dependienta, Gabe la condujo hasta el coche que los estaba esperando fuera y juntos emprendieron el camino de vuelta al apartamento. Sabiendo que Caroline se iba a preguntar dónde narices estaba, sacó su teléfono y le envió un mensaje.

CON GABE. NO SÉ SI ME QUEDARÉ OTRA VEZ ESTA NOCHE.
TENGO UN EVENTO AL QUE IR. ACABO DE VENIR DE COMPRAS, OMG.
TE PONDRÉ AL DÍA LUEGO.

Gabe la miró con curiosidad pero no hizo ningún comentario. Devolvió el teléfono a su bolso, pero apenas unos pocos segundos después el móvil empezó a sonar. Se trataba de la melodía que tenía configurada para cuando llamaba Jace, así que lo volvió a coger de nuevo.

—Es Jace —le articuló con los labios a Gabe.

Él asintió.

—Hola, Jace —dijo Mia cuando descolgó.

—Mia, ¿cómo te van las cosas? ¿Todo bien?

—Sí, claro. ¿Qué tal tú? ¿Cuándo vais a volver tú y Ash?

Respuesta que Mia temía porque sabía que cuando Jace volviera no habría ninguna forma de esconderle que trabajaba para Gabe. Y tampoco de saber cuántos rumores o cotilleos podría escuchar referentes a ella y a Gabe. No estaba preparada todavía para hacer frente a esta delicada cuestión. Y quizá nunca lo estaría.

—Pasado mañana. Las cosas están yendo bien aquí. Solo quería ver cómo estabas y asegurarme de que todo iba bien.

De fondo, Mia escuchó la risa suave de una mujer y la voz de Ash. Los ojos se le abrieron como platos al recordar la charla que había escuchado por causalidad en el baño.

—¿Dónde estás? —le preguntó.

—En la suite del hotel. Tenemos otra reunión mañana y luego un evento social para conseguir posibles inversores locales por la noche. Cogeremos temprano un vuelo a la mañana siguiente y estaremos de vuelta en Nueva York al mediodía.

Si estaban en la suite del hotel, era obvio que sí que había una mujer con Jace y Ash. Estaba claro que había mucho que no sabía sobre su hermano. Era un poco raro e incómodo, además de repulsivo, conocer de repente aspectos de su vida sexual, así que… no, gracias. No quería imaginárselo en algún trío ilícito con Ash y otra mujer.

—De acuerdo, te veré entonces.

—Cenemos juntos cuando vuelva. Siento mucho no haber estado contigo en la inauguración, no te he visto apenas últimamente.

—Sí, me gusta la idea.

—Entonces es una cita. Te llamaré cuando llegue.

—Te quiero —le dijo Mia al sentir un arranque de afecto por su hermano mayor. Había sido una pieza vital en su vida. No como figura paternal, sino más bien como una presencia firme en la que apoyarse desde una edad muy temprana. A la muerte de sus padres, no muchos hombres habrían asumido la responsabilidad de hacerse cargo de una hermana muchísimo más pequeña cuando él mismo no era más que un jovencito más.

—Yo también te quiero, peque. Hasta luego.

Mia colgó y se quedó sentada mirando al teléfono por un momento, la culpa la estaba ahogando. Tenía la excusa de que ya era adulta y plenamente capaz de tomar sus propias decisiones. Pero también estaba el hecho de que Jace y Gabe eran muy buenos amigos, además de socios en el trabajo. Meterse entre ellos no era algo que Mia quisiera para nada. Pero, de todos modos, tampoco podía ignorar la incontrolable atracción que existía entre ella y Gabe.

—¿Ha pasado algo? —le preguntó Gabe.

Ella alzó la mirada y le ofreció su mejor intento de sonrisa.

—No, para nada. Jace quiere cenar conmigo cuando vuelva. —Entonces hizo una breve pausa y frunció el ceño al recordar que Gabe tenía derecho exclusivo para controlar su tiempo—. Supongo que no hay ningún problema, ¿verdad?

Gabe suspiró.

—No soy un cabrón, Mia. No te voy a alejar de tus amigos ni de tu familia. Especialmente de Jace, sé lo unidos que estáis los dos. Por supuesto que eres libre de ir a cenar con él. Aunque, después, debes volver conmigo.

Ella asintió, aliviada al oír su rápida aprobación. Gabe era posesivo y controlador, y ella lo sabía antes de que el contrato hubiera entrado en escena. Pero no tenía forma alguna de saber lo lejos que llevaría las cosas o lo literal que iba a interpretar el contrato.

—Necesito que me respondas a algo, Gabe.

Él la miró confuso.

—Este trabajo, como tu asistente personal, ¿es de relleno? Es decir, me presentaron a todo el mundo como tu asistente personal. Sin embargo, luego viene Eleanor, me pide el almuerzo y me lo trae. Resulta una actitud extraña para mi puesto de trabajo y ya hay habladurías…

Él levantó la mano para hacerla callar con los ojos inundados por una repentina fiereza.

—¿Qué habladurías?

—Llegaré a eso en un minuto —le dijo con impaciencia—. Lo que quiero saber es si mi trabajo va a tener consistencia. Me estás pagando un montón de dinero y yo preferiría ganármelo con mi trabajo y no solo abierta de piernas.

Gabe levantó las cejas por la sorpresa de su respuesta.

—No eres ninguna puta, Mia. Te dejaré el culo bien calentito como alguna vez vuelvas a sugerir tal cosa.

Era un gran alivio escucharle decir eso aunque ella nunca había pensado que Gabe la viera realmente de esa forma. Quizás era más como ella se veía a sí misma, y no le gustaba cómo eso la hacía sentirse.

—Y respecto a tu pregunta, solo porque no te haya agobiado en tu primer día en la oficina no significa que no vayas a tener mucho trabajo. Te enseñaré mi rutina y te familiarizaré con cómo ayudarme de la mejor manera. Recuerda que esto también es nuevo para mí. No estoy acostumbrado a tener asistente personal y será un cambio al que me tendré que adaptar.

—Yo solo quiero ganarme mi sueldo, Gabe. Es importante para mí. Tú eras el que decía que mi talento y mi educación se estaban desperdiciando en La Pâtisserie. No quiero depender solo de los favores sexuales que te doy para sobrevivir en este trabajo.

—Entendido. Ahora, ¿qué narices es eso que has dicho sobre los rumores? ¿Te ha dicho alguien algo? Se arrepentirán de haberlo hecho.

—No a mí. Pero estaba lo bastante cerca como para oírlos. Y no fue intencionado. Estoy segura de que se hubieran muerto de la vergüenza de haber sabido que estaba allí. No sé quién dijo qué; apenas pude procesar todos los nombres y caras cuando me presentaron a la gente. Y tampoco pude ver quién estaba hablando porque estaba en el baño escondiéndome en un retrete.

Gabe la miró con incredulidad.

—¿Escondiéndote en el baño?

—Entraron cuando yo ya estaba dentro —le dijo con exasperación—. Tan pronto como empezaron a hablar, quise asegurarme de que no se dieran cuenta de que estaba escuchando la conversación. Fue bastante incómodo.

—¿Qué dijeron?

—Nada que no fuera de esperar.

—Mia —le gruñó—, dime lo que dijeron.

—Se preguntaban si te estabas acostando conmigo. También tenían cosas que decir sobre Jace y Ash, y, tras esa llamada de teléfono hace un minuto, yo misma me pregunto lo acertados que eran esos rumores.

—Me estoy acostando contigo —dijo él como si nada—. Eso no va a cambiar. Y no lo saben con certeza. Ya hemos discutido esto, Mia. Pensarán lo que quieran pensar y eso no lo podemos cambiar. Yo tengo muy claro que no pienso disuadirles de esos rumores porque, si ya se han montado su película, nada de lo que tú o yo digamos va a hacerles cambiar de parecer. No me importa una mierda lo que piensen. Pero deben ser respetuosos contigo, porque como escuche algo, o si te dicen algo a ti directamente, acabaré con la persona responsable de inmediato.

No había mucho más que añadir a eso.

Mia no mencionó la parte donde habían entrado a su oficina a propósito, aunque sintió una punzada de culpabilidad. ¿No debería saber que estaban hurgando en su vida privada? Y es más, ¿no debería saber que el tema del contrato era ahora de conocimiento público? O al menos dentro de la oficina.

Toda la situación la ponía incómoda. Su lealtad era para con Gabe. Mia no conocía a esas otras mujeres, por lo que no les debía nada. Si Gabe averiguaba que ella lo sabía y no le había dicho nada se pondría furioso.

Mia suspiró; odiaba la posición en la que se encontraba.

—¿Qué pasa? —le exigió.

Ella levantó la mirada sintiéndose culpable y volvió a suspirar.

—Hay algo que deberías saber, Gabe.

—Te escucho.

—Eso no fue todo lo que dijeron hoy en el baño.

Gabe frunció el ceño con más ímpetu.

—Se trataba de un grupo de mujeres, así que no sé quiénes eran y no tengo ni idea de quiénes podrían ser. Pero también mencionaron tu… contrato. Especularon sobre la existencia de un contrato muy peculiar, y entonces una de las mujeres tomó la palabra y confirmó que ella lo había visto, por lo que sabía que los rumores eran reales.

—¿Cómo narices puede saber tal cosa?

Estaba claro que Gabe no la creía y que se iba a enfadar mucho cuando le dijera cómo lo había averiguado la mujer. Solo esperaba que la información no arruinara toda la velada, porque lidiar con un Gabe enfadado y de mal humor no encajaba en las diez mejores formas de pasar la noche con él.

—Comentó que había entrado en tu oficina, manipulando la cerradura, porque tenía curiosidad, y te registró el escritorio.

—¿Que qué?

El sonido de su voz fue explosivo dentro del coche, y Mia se encogió al escuchar la implícita amenaza.

—Déjame ver si lo he entendido. ¿Ella dice que manipuló la cerradura de mi oficina y me registró la mesa porque tenía curiosidad por saber si el rumor que había sobre mi vida privada era verdad?

La furia que Mia podía escuchar en su voz la puso en alerta. Estaba que echaba humo, el cuerpo entero le temblaba de ira e indignación.

—Eso es lo que dijo —contestó Mia en voz baja.

—Voy a hacerme cargo de esto mañana. Si tengo que despedir a cada uno de los empleados, lo haré. Me niego a tener gente en la que no puedo confiar trabajando para mí.

Mia cerró los ojos. Esto era lo último que quería que pasara. Lo único que quería era que Gabe fuera consciente de que podía ser más cuidadoso. Quizás incluso considerar la opción de no tener información privada y personal en la oficina.

Entonces Gabe le cogió la mano y le dio un apretón para tranquilizarla.

—No tienes de qué preocuparte, Mia. Has dicho que no sabían de tu presencia en el baño. No sabrán que me lo has dicho. Pensarán que una de sus compañeras de oficina la ha traicionado.

—De todos modos, no me tranquiliza saber que soy la responsable de que alguien pierda su trabajo —le dijo aún en voz baja.

—Eres muy compasiva, Mia. Si me ha traicionado de esa manera, no merece trabajar para mí. No tolero la deslealtad de ninguna clase.

Mia suponía que eso era verdad, pero deseó que no hubiera sido ella la que se lo hubiera tenido que decir.

El coche se detuvo justo fuera del edificio de apartamentos de Gabe y ambos salieron. Cogió las cajas de la tienda de ropa y se encaminaron hacia su apartamento.

Tan pronto como estuvieron tras sus puertas, Gabe dejó caer las cajas en el suelo y arrastró a Mia hasta el salón para colocarla encima de la gruesa y afelpada alfombra de piel de borrego.

—De rodillas —le dijo con brusquedad.

Desconcertada, ella hizo como le había ordenado y se arrodilló encima de la suave alfombra.

Gabe se empezó a desabrochar los pantalones, se bajó la cremallera y luego se sacó el pene semierecto. Se acarició de arriba abajo mientras la observaba en todo momento y fijaba la mirada con avidez en su boca.

Ella lo contempló con fascinación mientras su erección se tensaba y se hinchaba hasta ponerse dura como una piedra. Verlo masturbarse y darse placer era erótico y hermoso. La anticipación que se respiraba en el aire era intensa; Mia podía sentir su excitación y su deseo correr a través de su cuerpo.

Gabe deslizó la mano hasta el glande y lo apretó ligeramente antes de volver a bajar la mano hasta la ingle. La diferencia de lo grande que ahora era con respecto a antes se hacía incluso más patente. Mia sabía qué era lo que le iba a ordenar antes incluso de que él abriera la boca. Imaginárselo era lo único que podía hacer para no juntar los muslos y calmar y aplacar el acuciante dolor que tenía entre las piernas. La boca se le hacía agua por las ganas de tenerlo entre sus labios y saborearlo con la lengua.

Él le había dicho que tendría su oportunidad, y ahora era el momento.

—Hoy ha sido todo para ti, Mia. Ahora lo es para mí. Abre la boca.

Apenas tuvo tiempo de procesar la orden antes de que Gabe se deslizara con fuerza bien dentro de su boca. La sensación de contraste de duro a suave y aterciopelado la trajo hasta un estado de gran sensibilidad. Mia inspiró profundamente y saboreó su olor y su sabor. Estaba muriéndose por tenerlo dentro de ella. Lo quería en su interior, poseyéndola. Nunca tenía suficiente de él.

Gabe hundió los dedos en su pelo y le agarró la cabeza. Se la mantuvo ahí quieta mientras él se retiraba y luego volvía a apoderarse de nuevo de su boca.

—Ah, Mia. Tu boca es tan placentera... He soñado con esto. Con follar esos bonitos labios y correrme en tu boca.

Ella cerró los ojos cuando sus movimientos se volvieron más vigorosos y provocaron que el cuerpo entero le temblara. No es que fuera ninguna experta haciendo mamadas, pero tampoco se trataba de una principiante en lo que a sexo oral se refería, así que estaba completamente decidida a hacer que Gabe olvidara a todas esas otras mujeres que habían tenido los labios alrededor de su polla.

Lo lamió y lo succionó; dejó que continuara deslizándose dentro y fuera de su boca mientras ella colmaba de atenciones su rígido tallo. El gemido que Gabe soltó llenó sus oídos con total satisfacción y avivó la confianza que sentía en sí misma, así que tomó la iniciativa y lo acogió con más profundidad dentro de su boca.

—Joder —gimió—. Eso es, nena. Más adentro, más fuerte. Me encanta sentirte. Me encanta la forma en que tu garganta se convulsiona alrededor de mi polla. Acógela… más adentro. Toda entera. Eso es.

Los dedos se enredaron con más fuerza en su pelo hasta que a Mia le fue imposible moverse. Se dio cuenta de que Gabe quería el control. Quería dirigir la acción. Por tanto, ella accedió y le dejó que se saliera con la suya.

Relajándose, echó la cabeza hacia atrás para poder acogerlo más en su interior y se obligó a sí misma a aceptar lo que fuera que él quisiera darle. Mia quería que él estuviera satisfecho. Quería sacudir todo su mundo.

Gabe la embistió, imponiéndose más que antes en su interior, y luego se quedó ahí en lo más hondo de su garganta con la nariz de Mia pegada a su ingle. Justo cuando ella empezó a luchar en busca de aire, la soltó, se salió de ella y la dejó que respirara.

Entonces se acercó de nuevo a su boca, teniéndola aún bien agarrada por el pelo. Restregó su miembro por encima de sus labios y luego se hundió con fuerza en su garganta.

—Dios, lo que me haces… —dijo con voz ronca—. Quédate de rodillas, Mia. Voy a correrme en tu boca y quiero que te lo tragues todo.

Ella podía saborear ya el líquido preseminal en su lengua, así que sabía que estaba cerca. Todo el cuerpo de Gabe estaba completamente tenso, señal de que el inminente orgasmo estaba a punto de estallar. No era un baile sensual y lento hasta encontrar placer al final, no. Más bien iba rápido y directo al grano.

Gabe comenzó a moverse rápido y con fuerza. Sonidos húmedos hacían eco en sus oídos mientras sus mejillas se llenaban con cada arremetida. Aunque Mia supo que su orgasmo estaba a punto de llegar, el primer chorro de semen la cogió igualmente por sorpresa.

Caliente y con un punto salado, le salpicó por toda la boca, llenándola, mientras él mantenía el mismo ritmo frenético. Mia tragó e intentó no atragantarse, pero él seguía corriéndose sin parar. Los contundentes latigazos de semen se estrellaban contra el interior de su garganta justo antes de que su glande lo hiciera. Le tiró del pelo hasta rozar el límite del dolor, pero ella lo ignoró. Gabe se puso de puntillas y empujó las caderas hasta que Mia estuvo casi abrumada por la profundidad de su entrada. Durante un buen rato, se quedó ahí enterrado en su garganta mientras los últimos resquicios de su simiente caían dentro de su boca. Cuando terminó, le soltó el pelo por fin y lentamente dejó que su miembro se saliera de su boca.

Mia tragó y tosió y tragó otra vez con ojos lacrimosos, pero se obligó a sí misma a fijar su mirada en él. Quería ver su satisfacción, su aprobación.

Sin embargo, todo lo que encontró fue arrepentimiento. Gabe la agarró con suavidad para ponerla de pie y le acarició los brazos desde los hombros hasta las muñecas mientras la miraba fijamente.

—No tengo remedio contigo, Mia. Te hago promesas que no puedo cumplir. No soy yo cuando estoy contigo. No estoy siquiera seguro de gustarme ahora mismo. Pero no puedo parar. Dios, incluso si eso hace que me odies, no puedo parar. Y no pararé. La necesidad que tengo de ti me consume y no se va.

Impresionada por su franca admisión, Mia solo pudo mirarlo a los ojos mientras su corazón latía y golpeaba contra las implicaciones que esa confesión conllevaría.

Gabe le acarició la mejilla con suavidad con el arrepentimiento aún ensombreciendo sus ojos azules.

—Ve y vístete para esta noche. No nos quedaremos demasiado tiempo en la fiesta, así luego podremos ir a cenar.

Capítulo quince

Gabe estuvo callado y pensativo durante todo el trayecto hasta el club de jazz, en el Village, donde la fiesta se iba a celebrar. Mia seguía mirándolo con nerviosismo; podía ver la inseguridad instalada en sus ojos pero, a pesar de querer tranquilizarla, no se vio capaz de hacerlo. ¿Cómo podría?

Estaba desquiciado. Lo avergonzaba conocer el poco control que tenía cuando estaba a su alrededor. Él nunca, nunca había mostrado tal falta de dominio sobre sí mismo con ninguna otra mujer. Sus acciones y respuestas siempre eran precisas; con Mia, no tenía ni una ínfima parte de la calma y la distancia que había sido parte de su vida desde que había sido un adolescente.

Dios, pero si lo único que había hecho había sido vapulearla. Le había violado la boca, por el amor de dios. La había llevado de vuelta al apartamento como si estuviera poseído por el diablo, la había puesto de rodillas y luego se había enterrado en su garganta. El asco que sentía hacia sí mismo no conocía límite, y, aun así, no podía arrepentirse de lo que había hecho. Peor aún, sabía que lo iba a volver a hacer una y otra vez. Ya estaba muriéndose de ganas de volver a casa para así poder tenerla debajo de él en la cama.

Le había cabreado la falta de respeto que le habían mostrado a Mia en la oficina los otros empleados, pero él también era un gran hipócrita. Gabe le había faltado al respeto muchísimo más al haberla tratado como la puta que ella temía ser. No es que él nunca, ni siquiera una vez, la hubiera considerado tal cosa, pero sus actos hasta ahora no se habían correspondido con sus intenciones para nada. Su polla estaba ocupándose de pensar por él y no le importaba una mierda que quisiera ir más despacio para no abrumarla desde el primer día, sino que quería más. Sus manos y su boca querían más, su deseo por ella era tan incontenible que no había mostrado ningún signo de querer decaer hasta ahora. En cualquier caso, su deseo había aumentado cada vez que le había hecho el amor.

Hacer el amor. Se quería reír. Ese era un término mucho más suave que lo que había hecho. Quizá lo había pensado en un intento de poder sentirse mejor. Porque lo que realmente había hecho había sido follársela sin descanso, había cruzado la fina línea que existía hasta llegar a maltratarla, y, a pesar de todos los remordimientos que sentía, sabía que la próxima vez no sería para nada diferente sin importar las intenciones que él tuviera. Podría decir todo lo que quisiera, pero era un maldito mentiroso y él lo sabía.

—Ya estamos aquí, Gabe —dijo Mia tocándole el brazo con suavidad.

Salió de su ensimismamiento y se dio cuenta de que acababa de aparcar en la esquina del club. Se recompuso con rapidez y bajó del coche. A continuación, se dirigió hasta el lado donde estaba Mia para abrirle la puerta y la ayudó a bajar.

Estaba increíblemente asombrosa. Tuvo la sensación de que, a pesar de haber elegido a propósito el vestido más tapadito para ella, iba a llamar la atención de la misma forma que si hubiera ido vestida con el que se puso para la inauguración.

Mia era una mujer muy atractiva, tenía algo tan especial dentro de sí que hacía que todos se fijaran en ella. Podría llamar la atención hasta vestida con un saco de patatas.

Gabe la cogía de forma informal del brazo y así la guio hasta la entrada. Usó toda la fuerza de voluntad que tenía para controlarse y no pegarla directamente contra su cuerpo para que todo el mundo viera que era suya, pero no la avergonzaría, y no pondría en juego su relación —o la de él mismo— con Jace. Con saber que le pertenecía a puerta cerrada ya era suficiente, pero que Dios los ayudara si veía a otros tíos babeándole encima esta noche.

Cuando llegaron a la entrada del salón reservado para la fiesta, Gabe mantuvo una distancia prudencial entre ambos. Cada instinto que tenía en el cuerpo le gritaba que la acercara hacia él y que le pusiera el letrero invisible de «No tocar» sobre la frente, pero se obligó a sí mismo a permanecer tranquilo y distante. Mia estaba aquí en calidad de trabajadora, nada más. No era ni su cita, ni su amante, ni su mujer, aunque tanto él como ella supieran que sí lo era.

Nada más entrar, Mitch Johnson los vio entre la multitud y los saludó con la cabeza antes de encaminarse hacia donde ellos estaban.

—Comienza el espectáculo —murmuró Gabe.

Mia hizo un pequeño reconocimiento de todas las personas que conformaban la multitud y enseguida se concentró en Mitch, que ya estaba casi llegando hasta ellos. Dibujó una sonrisa sincera en su rostro y se quedó junto a Gabe con todos los sentidos alerta mientras ambos esperaban.

—Gabe, me alegra ver que has podido venir a pesar de haberte avisado con tan poca antelación —dijo Mitch extendiendo la mano.

—No me lo podría perder —contestó con diplomacia.

Entonces se volvió hacia Mia.

—Mitch, me gustaría que conocieras a mi asistente personal, Mia Crestwell. Mia, este es Mitch Johnson.

Ella estrechó su mano con una sonrisa amable y seductora.

—Es un placer conocerle, señor Johnson. Gracias por invitarnos.

Mitch parecía estar más que encantado con Mia, un hecho que hacía que Gabe quisiera gruñir. Sin embargo, Gabe se obligó a tranquilizarse. Mitch estaba felizmente casado y no era de la clase de hombre que tenía aventuras. Pero la estaba mirando, y eso ya era más que suficiente para cabrear a Gabe.

—El placer es todo mío, Mia. Por favor, llámame Mitch. ¿Puedo traeros algo de beber? Gabe, hay algunas personas que quiero que conozcas.

—Para mí, no, gracias —murmuró Mia.

Gabe sacudió la cabeza.

—Yo quizá luego.

Mitch extendió el brazo hacia la multitud en señal de invitación.

—Si me acompañáis, haré las presentaciones oportunas. He estado hablando con algunos colegas y están muy interesados en tu proyecto de California.

—Excelente —contestó Gabe con satisfacción.

Tanto él como Mia siguieron a Mitch a través del gentío y este les fue presentando a varios invitados. Durante todo el tiempo que se habló de negocios, Mia permaneció a su lado con evidente interés en el rostro. La verdad es que era realmente buena. Probablemente la velada estaba resultando de lo más aburrida para ella, pero Mia no dejaba ver que fuera así.

Lo sorprendió por completo cuando, en una de las pausas entre conversación y conversación, miró a Trenton Harcourt y le preguntó:

—Por cierto, ¿cómo le está yendo a su hija en Harvard? ¿Está disfrutando de sus estudios?

Trenton pareció quedarse de piedra, pero luego sonrió abiertamente.

—Le está yendo muy bien. Mi mujer y yo estamos muy orgullosos de ella.

—Estoy segura de que Derecho Mercantil es una carrera complicada, pero piense en lo útil que podría ser para sus propios fines cuando se gradúe. Siempre es bueno tener gente preparada dentro de la familia —dijo Mia con un brillo en los ojos.

El grupo se rio y Gabe sintió una oleada de orgullo. Aparentemente sí que había estudiado.

Entonces la observó mientras se adueñaba de la conversación y comenzaba a dirigir comentarios personalizados a los otros hombres presentes. Mantuvo un ritmo fluido que tuvo a todos los hombres completamente hipnotizados. Él la contempló atentamente mientras esperaba que los otros le dedicaran alguna mirada inapropiada o algún comentario, pero los hombres se comportaron de forma cortés y parecieron estar totalmente encantados por su dulzura.

—¿Es familia de Jace Crestwell? —le preguntó Mitch cuando la conversación tuvo una pausa.

Mia enmudeció pero mantuvo la compostura.

—Es mi hermano. —La voz le salió casi como a la defensiva, detalle que Gabe captó pero que dudaba de que los otros lo hubieran percibido.

—Yo la pillé primero —informó Gabe desinteresadamente—. Es inteligente y perfecta para ser mi asistente personal. No me importa pelearme con Jace para ver quién la va a involucrar en el mundo de los negocios.

Los otros se rieron.

—Eres un hombre listo, Gabe. Siempre has sido un hueso duro de roer en los negocios. Pero bueno, el ganador se lo lleva todo, ¿no es así? —dijo Trenton.

—Exactamente —contestó Gabe—. Mia es una pieza valiosa que no tengo intención de dejar que se me escape de las manos.

El rostro de Mia se encendió de la vergüenza, pero, de solo ver la satisfacción que se reflejó en sus ojos, a Gabe le mereció la pena hacer el esfuerzo de dejar claro que la valoraba como empleada.

—Si nos perdonáis a Mia y a mí, estoy viendo a otras personas a las que me gustaría saludar también —se disculpó Gabe con suavidad.

Él le posó la mano en el codo y la alejó del grupo. Estaban empezando a caminar a través del salón para hacerse con algo para beber, cuando de repente Gabe se quedó paralizado en el sitio y fijó la mirada sobre la puerta de la entrada. Entonces maldijo por lo bajo. Mia lo escuchó y lo miró con el ceño fruncido, pero a continuación siguió la mirada hasta la puerta e hizo una mueca con los labios.

Su padre acababa de entrar en la sala con una rubia impresionante y mucho más joven que él del brazo. Maldita sea. ¿Qué estaba haciendo su padre aquí? ¿Por qué no se lo había dicho para que al menos hubiera estado preparado? Tras ver a su madre el pasado fin de semana e intentar por todos los medios subirle los ánimos, lo enfurecía ver aquí a su padre con su última adquisición.

Mia lo tocó en el brazo con el rostro lleno de simpatía. No había forma alguna de evitar el encuentro; su padre lo había visto y ya se estaba acercando a él a través de la multitud.

—¡Gabe! —dijo su padre con los ojos brillándole mientras se acercaba—. Me alegro de haberte encontrado aquí. Ha pasado bastante tiempo desde la última vez que nos vimos.

—Papá —contestó él con sequedad.

—Stella, quiero que conozcas a mi hijo, Gabe. Gabe, esta es Stella.

Gabe asintió con brusquedad pero no se regodeó en el saludo con más entusiasmo. La piel le hormigueaba, lo único que quería era estar bien lejos de la situación que tenía frente a sus narices. No podía ver más que el rostro de su madre, la tristeza de sus ojos. La confusión y la traición que aún sentía después de que su marido —durante treinta y nueve años— la abandonara de buenas a primeras.

—Es un placer —dijo ella con voz ronca y comiéndoselo enterito con los ojos.

—¿Cómo has estado, hijo? —le preguntó su padre. Si él había notado la incomodidad del momento, no la expresó. O quizás es que no tenía ni la más remota idea de todo el daño que había causado a su familia por culpa de sus actos.

—Ocupado —le dijo Gabe con sequedad.

Su padre sacudió un brazo de forma despectiva.

—Como si eso fuera algo nuevo. Deberías tomarte unas vacaciones. Un descanso. Me encantaría tenerte en casa y ponerme al día con todo lo que te ha pasado últimamente.

—¿Qué casa?

La voz de Gabe habría congelado hasta el mismísimo infierno.

—Oh, la que me he comprado en Connecticut —contestó su padre animadamente—. Me encantaría que la vieras. Podríamos quedar para cenar. ¿Estás libre por la noche algún día de esta semana?

Gabe apretó la mandíbula hasta que esta le comenzó a doler. Mia se aclaró la garganta con suavidad y dio un paso al frente con una sonrisa amable dibujada en el rostro.

—¿Le gustaría beber algo, señor Hamilton? Voy a ir al servicio un momento pero a la vuelta estaría encantada de traeros algo a usted y a Gabe.

El padre de Gabe la miró con confusión durante un momento antes de que sus ojos brillaran llenos de reconocimiento.

—¿Mia? ¿Mia Crestwell? ¿Eres tú de verdad?

El padre de Gabe solo la había visto en dos ocasiones, cuando Mia era mucho más joven, y solo por unos breves instantes. Se sorprendió de que su padre la recordara siquiera.

Ella asintió.

—Sí, señor. Estoy ahora trabajando para Gabe como su asistente personal.

Su padre sonrió y se inclinó para darle un beso a Mia en la mejilla.

—Dios, cómo has crecido. La última vez que te vi fue hace años. Te has convertido en una muchacha encantadora.

—Gracias —dijo Mia—. Entonces, ¿qué me dice de la bebida?

—Whisky escocés con hielo —respondió su padre.

—Nada para mí —añadió Gabe sin expresión alguna.

Mia le envió una mirada llena de simpatía y entonces se dirigió hacia el baño de señoras. No podía culparla. Había tanta tensión en el ambiente que la situación era extremadamente incómoda.

Gabe la observó mientras se alejaba y se dio cuenta de lo mucho que él también quería largarse de ese lugar. Quería estar en su apartamento, a puerta cerrada, con Mia en sus brazos y perdiéndose en su interior una y otra vez.

—Entonces, ¿qué hay de esa cena? —persistió su padre.

Mia se escapó hasta el lavabo de señoras aliviada. Ya que no tenía necesidad de usar el servicio y solo era una excusa para alejarse de la incómoda situación entre Gabe y su padre, se retocó los labios y se contempló en el espejo.

Para su sorpresa, la puerta se abrió y Stella entró. Se colocó justo al lado de Mia y la miró de forma ostensible antes de retocarse también con el pintalabios.

—Bueno, dime —comenzó Stella, aún aplicándose el carmín—. ¿Es cierto el rumor sobre Gabe Hamilton y las expectativas que tiene con sus mujeres?

Sorprendida, Mia casi dejó caer su barra de labios al suelo, pero se movió con torpeza para intentar agarrarlo de nuevo y luego se giró hacia Stella; se había quedado de piedra ante su descaro.

—Aunque supiera los detalles de la vida personal del señor Hamilton, de ningún modo traicionaría tal confianza.

Ella puso los ojos en blanco.

—Oh, vamos. Dame alguna pista. Me encantaría poder

acostarme con él, y si es una bestia en la cama tal y como sospecho, pues mejor que mejor.

Mia sacudió la cabeza.

—Estás aquí con su padre.

Stella movió la mano con un gesto despectivo.

—Solo por dinero. Pero Gabe tiene mucho más y es más joven y más viril. Si puedes tener al Hamilton más joven, ¿por qué no ir a por él? ¿Tienes algún consejo que darme? Tú trabajas para él, estoy segura de que habrás tenido que lidiar con sus otras mujeres en algún momento.

Mia no debería haberse sorprendido pero, francamente, estaba confundida por la avaricia y el tono tan insolente y directo de la otra mujer. Sin saber siquiera cómo empezar a responder, Mia simplemente se dio la vuelta y salió del cuarto de baño. No podía hacer más que sacudir la cabeza mientras se encaminaba hacia el bar, no se podía creer el gran atrevimiento de la mujer.

Pidió un whisky escocés y esperó mientras el camarero lo preparaba. Después, se dio la vuelta y buscó a Gabe y a su padre entre el gentío. Aún estaban justo donde ella los había dejado, y Gabe parecía de todo menos contento.

Su rostro denotaba frialdad, y sus ojos severidad. Era como si estuviera enfrentándose a un oponente al que de verdad deseara borrar de la faz de la tierra.

Mia suspiró. Sabía que tenía que ser una lástima que tus padres se separaran después de tantos años. Gabe había crecido en un ambiente estable y familiar mientras que ella y Jace habían estado luchando por volver a recomponerse cuando sus padres murieron. Mirándolo bien, el divorcio de los padres de Gabe se parecía bastante a haberlos perdido a ambos aunque siguieran estando vivos, porque nada volvería a ser otra vez igual y él no tendría más remedio que entender a sus padres como entidades separadas.

Mia hizo un mohín con los labios cuando vio a Stella volver a donde Gabe y su padre se encontraban. La mujer no vaciló lo más mínimo en coger del brazo a Gabe mientras le sonreía radiante y flirteaba con él con descaro.

La risa de Stella sonaba como un tintineo, y esta se hizo evidente a los oídos de Mia cuando se acercó un poco más a ellos con la bebida. Para su sorpresa, Gabe le devolvió la sonrisa a la mujer con una propia, seductora y matadora, que hizo que Mia retrocediera al instante. Era una sonrisa que Gabe usaba cuando estaba de caza. Una sonrisa que le indicaba a la mujer que no había ninguna duda de que estaba interesado.

¿Qué narices estaba pasando?

Mia se quedó a unos cuantos pasos de ellos, que aún no se habían percatado de su presencia, e intentó controlar la feroz envidia —y rabia— que le corría por las venas. Intentó recordarse que ella no era una persona celosa, pero a la mierda. Estaba loca de celos y no quería más que arrancarle a esa rubia los pelos de raíz. ¿Se había vuelto loco? ¿Este era el tipo de mujer que le atraía? ¿Una que solamente se interesaba en él por lo que pudiera pillar económicamente?

Estaba claro que él prefería evitar los enredos emocionales en sus relaciones. Lo había dejado más que claro. Pero habiendo un contrato firmado con Mia de por medio, tendría que pasar por encima de su cadáver si quería flirtear con esa zorra. Les daría una buena tunda a ambos si hacía falta.

Mia se acercó a ellos y le tendió la bebida al padre de Gabe.

—Gracias, querida —dijo el señor Hamilton con una sonrisa amable.

Stella le hizo entonces un mohín a Gabe.

—Baila conmigo, Gabe. La música está ahí desperdiciándose y yo estoy más que lista para bailar.

Gabe se rio entre dientes y a Mia el sonido la puso de los nervios.

—Si nos perdonas… —le dijo Gabe a su padre. Ni siquiera la miró a ella cuando condujo a Stella hasta el área reservada para bailar.

Mia se los quedó mirando completamente atónita mientras Gabe la estrechaba entre sus brazos —acercándola mucho, muchísimo, más cerca de su cuerpo de lo que era necesario en cualquier baile casual— y le regalaba una sonrisa. ¡Una sonrisa! Él, que apenas sonreía a nadie.

La había dejado con su padre, una situación bastante incómoda dado el hecho de que Gabe se había largado con la que era su acompañante. Y no podría escaparse al cuarto de baño otra vez. Ya había utilizado esa excusa.

Se dio cuenta de que el señor Hamilton había fruncido el ceño mientras su mirada se dirigía al punto de la sala donde Gabe y Stella estaban bailando. Ella misma era incapaz de desviar la suya. Cuando vio a Gabe deslizar una de sus manos por el cuerpo de la mujer de manera provocativa, la furia le aumentó por momentos.

A la mierda con todo. No se iba a quedar en la fiesta cuando Gabe estaba manoseando a otra tía delante de sus narices. ¡Y nada menos que con la mujer con la que estaba saliendo su padre! Ya había hecho su trabajo. Había sido amable y cordial, había encantado a los inversores y había soltado de un tirón toda esa información inútil que había estado memorizando durante toda esa tarde.

Tenía mejores cosas que hacer. Principalmente irse a casa y desahogarse con Caroline.

Capítulo dieciséis

—*Q*ué imbécil —dijo Caroline—. No me puedo creer que dejara que esa zorra se le acercara de esa manera. ¡Especialmente cuando te tiene a ti!

Mia sonrió ante la fiera lealtad de su amiga. Las dos se encontraban tiradas en el sofá después de haberse desecho del vestido que solamente servía como burla y recordatorio de la noche que había pasado. No estaría tan espectacular con ese vestido cuando el interés de Gabe se había centrado en una zorra.

Nadie estaba al corriente de su relación con Gabe, lo que significaba que nadie sabía realmente la vergüenza que había pasado, pero eso no la había librado de sentir la gran humillación que había sentido.

—A saber qué es en lo que estará pensando —dijo Mia con pocas energías—. Pero yo no me iba a quedar allí viéndolos a los dos haciéndose ojitos el uno al otro. Era asqueroso.

—¡Y no deberías! —exclamó Caroline.

Sus ojos brillaron entonces con una luz repentina, señal más que evidente para Mia de que probablemente lo más seguro hubiera sido salir corriendo.

—¿Y es tan bueno en la cama como me imagino?

Mia suspiró de exasperación.

—Por el amor de Dios, Caro.

—Eh, dame algo por donde empezar. Lo único que tengo yo son tus fantasías y tú ya tienes al de verdad.

—Es un dios, ¿de acuerdo? Me dejó fascinada y muerta. Nada ni nadie con quien poder compararlo. Y eso que yo creía que había tenido buen sexo en el pasado, salvo que nunca había sido nada tan intensamente bueno como para compararlo con esto.

—Joder —dijo Caroline con un tono de voz apenado—. Sabía que algo fuerte estaba pasando cuando me llamaste para que te preparara la bolsa. No llevabas ni un solo día trabajando para él y ya te quedabas a dormir en su casa. El tío se mueve rápido. Eso se lo tienes que reconocer.

—Sí, moverse rápido lo hace estupendamente —dijo Mia con el ceño fruncido.

—¿Quieres que pidamos algo fuera y luego nos atiborramos del helado que hay en el congelador? ¿O ya has comido?

Mia sacudió la cabeza.

—Supuestamente íbamos a cenar después de la fiesta. Eso fue hasta que la rubia siliconada entrara en escena.

Caroline alargó la mano para coger el teléfono.

—¿Pizza te parece bien?

—Divinamente —dijo en voz baja.

Mientras Caroline buscaba el teléfono en la agenda, el timbre de la puerta sonó. Mia se levantó y le hizo un gesto con la mano a Caroline para que no se moviera.

—Encarga tú la comida. Yo voy a ver quién es.

Se fue hacia el portero y presionó el botón.

—¿Sí?

—Mia, mueve el culo hasta aquí ahora mismo.

La furiosa voz de Gabe inundó el apartamento. Caroline soltó el teléfono con los ojos abiertos como platos.

—¿Para qué, Gabe? —dijo ella dejando que su irritación saliera a la luz.

—Te juro por Dios que si no mueves ese culo hasta aquí abajo ahora mismo, subiré y te sacaré de ahí yo mismo, y no me importa una mierda si estás vestida o no. Tienes tres minutos para aparecer por la puerta.

Mia colgó el portero automático con indignación. Caminó hasta donde estaba Caroline y se dejó caer en el sofá.

—Bueno —dijo Caroline atreviéndose a hablar—, si está aquí, exigiendo tu presencia, será que no está con la rubia siliconada, obviamente.

—¿Estás sugiriendo que le haga caso a ese arrogante? —le preguntó Mia con incredulidad.

Caroline se encogió de hombros.

—Bueno, expongámoslo de este modo. Yo de verdad creo

que encontrará la manera de subir hasta aquí y de sacarte de este apartamento. Es mejor que vayas pacíficamente y soluciones la situación de la rubia siliconada de primera mano. Al fin y al cabo, él está aquí, y ella no. —Entonces bajó la mirada hasta su reloj—. Y yo creo que ahora solo te quedarán unos dos minutos antes de que eche el edificio abajo.

Ella suspiró y a continuación salió disparada hasta su cuarto sin estar muy segura de saber por qué obedecía a Gabe tras la humillación que había sentido al presenciar la escenita de la fiesta, que era más que suficiente para que le revolviera de nuevo el estómago. Sin embargo, se dio prisa en ponerse unos vaqueros y una camiseta, y, por si acaso, cogió una muda para ir al trabajo al día siguiente y la guardó en la bolsa. Mejor que sobrara que no que faltara.

Tras coger todos sus productos de aseo, se precipitó de nuevo al salón y le lanzó un beso a Caroline mientras se dirigía a la puerta.

—Mándame un mensaje diciéndome que aún sigues viva o asumiré que te ha matado y empezaré a buscar el cuerpo —dijo Caroline.

Mia sacudió la mano por encima del hombro y salió del apartamento para dirigirse rápidamente al ascensor. Cuando las puertas se abrieron, Gabe estaba solo a unos pocos pasos de distancia con la mandíbula apretada y los ojos llenos de furia.

Se abalanzó hacia ella sin darle ninguna oportunidad de avanzar. Gabe era un macho alfa muy cabreado y venía a por ella.

La joven dio un paso para salir del ascensor y Gabe la agarró de la mano y la arrastró hasta la entrada del edificio ante un portero que parecía alarmado ante la escena que estaba presenciando. Mia consiguió sonreírle al portero para tranquilizarlo —no quería que llamara a la policía— antes de dirigirle toda su atención a Gabe. Sentía su mano intransigente y bien agarrada a la suya; el enfado que tenía hacía mella en todo su cuerpo.

¿Por qué narices estaba él tan enfadado? No es que ella se hubiera ido con otro tío en sus narices en una fiesta en la que estaban juntos.

Mia suspiró cuando él la metió en la parte trasera del coche y luego caminó para llegar al otro lateral. En el mismo momento en que Gabe se deslizó a su lado, el coche comenzó a moverse.

—Gabe…

El macho se giró hacia ella con una expresión fiera en el rostro.

—Cállate, Mia. No me digas ni una maldita palabra ahora mismo. Estoy demasiado enfadado contigo como para ser razonable. Necesito calmarme antes de que pueda siquiera pensar en discutir esto contigo.

Ella se encogió de hombros como si no le importara y le dio la espalda, se negaba a seguir mirándolo a los ojos. Podía sentir la ola de frustración que provenía de él, escuchó el pequeño gruñido de impaciencia e irritación que soltó, pero lo ignoró y siguió fijándose en las luces que pasaban y en el titileo de colores nocturnos que la ciudad reflejaba.

Debería haberse quedado en su apartamento, pero quería que llegara esta confrontación. Había estado toda la noche hirviendo de la rabia y, ahora que Gabe estaba forzando la situación, ella estaba más que armada y preparada.

El coche seguía andando en silencio, aunque solo el enfado de Gabe ya era más que suficiente para llenar ese abismo que había entre los dos. Mia no miró ni una sola vez en dirección a Gabe, se negaba a mostrar debilidad alguna. Y ella sabía que eso solo conseguía enfurecerlo más.

Cuando llegaron al edificio de Gabe, abrió la puerta con fuerza y la agarró de la mano para tirar de ella hasta fuera. Con los dedos bien firmes alrededor de su antebrazo, la condujo hasta la entrada y luego hasta el ascensor.

Justo cuando la puerta del apartamento se cerró detrás de él, juntó sus labios con más fuerza —parecía estar intentando mantener su temperamento a raya— y la miró fijamente a los ojos.

—Al salón —le ordenó—. Tenemos mucho de lo que hablar.

—Como quieras —murmuró.

Ella se deshizo de la mano que la tenía agarrada y se encaminó hacia el salón. Se dejó caer en el sofá y luego lo observó con expectación.

Gabe comenzó a caminar de un lado a otro delante de Mia, pero se detuvo un momento para fulminarla con la mirada. Respiró hondo y, a continuación, sacudió la cabeza.

—No puedo siquiera hablarte ahora mismo de lo enfadado que estoy.

Ella arqueó una ceja, poco impresionada por el hecho de saber que él era el que estaba enfadado. Porque la que realmente estaba enfadada era ella. Tenía todo el derecho de estarlo.

—¿Que tú estás enfadado? —le preguntó con incredulidad—. ¿Por qué narices, si es que se puede saber? ¿Al final la zorra esa te dijo que no? No creo que ese sea el caso, estaba bastante dispuesta a meterse en tus pantalones.

Gabe arrugó la frente, confundido.

—¿De qué narices estás hablando?

Aunque estaba más que dispuesta a explicarle de qué era de lo que estaba hablando, él levantó la mano y la cortó.

—Primero me vas a escuchar tú para que te explique por qué estoy tan enfadado. Después, cuando haya tenido oportunidad de calmarme, te voy a dejar ese culo rojo como un tomate.

—Y una mierda —le soltó.

—Desapareciste —le contestó mordaz—. No tenía ni puta idea de dónde estabas, de lo que te había pasado, de si algún cerdo te había llevado con él o de si estabas enferma o herida. ¿En qué narices estabas pensando? ¿No se te ocurrió en ningún momento concederme al menos una explicación? Si hubieras dicho que te querías ir a casa, te habría llevado yo mismo.

Mia se levantó enfadada por su ignorancia. ¿De verdad era tan tonto?

—Si no hubieras estado tan pegado a la pareja de tu padre, ¡a lo mejor te habrías dado cuenta!

La comprensión inundó sus ojos, y entonces sacudió la cabeza mientras suspiraba.

—Así que de ella es de lo que va la cosa. Stella.

—Sí, Stella. O como sea que se llame.

Él sacudió la cabeza de nuevo.

—Estabas celosa. Por el amor de Dios, Mia.

—¿Celosa? Eres tan arrogante y egocéntrico, Gabe. No

tiene nada que ver con los celos, sino con el respeto. Tú y yo estamos metidos en una relación. Puede no ser una tradicional, pero tenemos un contrato. Y me perteneces. No te voy a compartir con ninguna rubia siliconada.

Él pareció quedarse completamente sorprendido por su vehemencia, pero luego echó la cabeza hacia atrás y se rio, lo que solo sirvió para que ella se enfadara aún más. Todavía algo agitado, dijo:

—Has conseguido apaciguar mi enfado lo suficiente como para poder azotar ese culo tan bonito que tienes. Vete al dormitorio, Mia. Y desnúdate.

—¿Qué carajo?

—Y vigila esa boca. Jace te la lavaría con jabón.

—No seas hipócrita. Jace y tú las tenéis muy sucias.

—Al cuarto, Mia. Ya. Por cada minuto que te retrases, te llevarás cinco azotes más, y si te piensas que no voy en serio, ponme a prueba. Ya te has ganado veinte.

Ella se lo quedó mirando boquiabierta, pero, cuando Gabe bajó la mirada para controlar su reloj, salió pitando hacia el dormitorio. Estaba loca. Debería estar yendo en la dirección contraria, y, aun así, ahí estaba, desnudándose en su cuarto para que pudiera azotarla.

Un escalofrío le recorrió todo el cuerpo. La expectación comenzó a instalársele en el vientre. ¿Expectación? No tenía ningún sentido. La idea de que la azotaran era repugnante, y, aun así, no sabía por qué parecía también ser muy… tentadora y erótica. La mano de Gabe iba a tocar su culo, a marcarla, a ejercer su dominación sobre ella…

Estaba como una cabra. Pero, bueno, eso tampoco era nuevo. Haber firmado un contrato ya hacía que su cordura fuera cuestionable.

Cuando Gabe entró en el dormitorio, Mia ya estaba desnuda y sentada en el filo de la cama. Se encontraba vacilante y preocupada y la cabeza parecía no querer funcionarle debido a lo que estaba a punto de pasar. No estaba del todo segura de que le fuera a gustar esto. Mejor dicho, estaba bastante segura de que no le iba a gustar, pero una pequeña parte de su ser estaba intrigada y excitada por la idea de que Gabe la fuera a azotar en el culo.

El corazón se le instaló en la boca de la garganta cuando Gabe se quedó plantado justo enfrente de ella, con toda su presencia poderosa y arrolladora.

—Levántate, Mia —le ordenó tranquilamente, sin rastro de enfado en su rostro.

La joven se puso de pie, vacilante, y él se subió a la cama. Se pegó con rapidez al cabecero con las almohadas tras la espalda y luego extendió la mano hacia ella. Mia se subió también a la cama mirando su mano con vacilación. Gabe la puso boca abajo encima de su regazo, el vientre encima de sus muslos y sus nalgas en pompa a una distancia de relativamente fácil acceso.

Le masajeó los cachetes de forma que no dejara ni un trozo de piel sin tocar.

—Veinte golpes, Mia. Espero que los cuentes. Al final, me darás las gracias por haberte azotado y entonces te follaré hasta que ni siquiera recuerdes tu nombre.

Su mente se vio desbordada por expresiones como «joder», «qué cojones» y «oh, sí, por favor». Todas al mismo tiempo. Se estaba volviendo loca, no tenía otra explicación.

El primer golpe la sorprendió y Mia soltó una ligera exclamación. No estaba segura de si fue porque le dolió o si es que solamente la sorprendió.

—Te has ganado uno más —le dijo con seriedad—. Cuéntalos en voz alta, Mia.

«Oh, mierda.»

Gabe le pasó la mano por el trasero y volvió a azotarla.

—Uno —consiguió articular sin respiración.

—Muy bien —le dijo con un ronroneo en la voz.

Le acarició la zona que había recibido el golpe con la palma de la mano y luego azotó otra parte diferente de su trasero. Mia casi se olvidó de contar, pero luego se precipitó a decir «dos» antes de que le añadiera otro.

Todo el culo le hormigueaba, pero cuando ese primer ardor remitió, todo lo que pudo sentir fue la intensa y placentera excitación adueñándose de su vientre. Su sexo se contrajo, y Mia se movió inquieta en un intento de aliviar el incesante dolor.

Tres. Cuatro. Cinco. Cuando llego a la docena, se encontró sin aliento y totalmente recalentada… retorciéndose encima del regazo de Gabe. Las caricias que le regalaba la estaban volviendo loca, además de que contrastaban perfectamente con los golpes más fuertes que le proporcionaba. Pero aun así, nunca le golpeaba demasiado fuerte. Le daba lo justo para tenerla al límite, así que, para el azote número dieciséis, Mia no hacía más que suplicar que le diera más… y más fuerte.

Todo el culo lo tenía ardiendo, pero el calor era maravilloso. Sumamente placentero. Nunca antes había experimentado nada como aquello. Estaba muy cerquita del orgasmo, y nunca se hubiera imaginado poder encontrar alivio con meros azotes, o realmente poder disfrutar de la experiencia.

—Quédate quieta y no te atrevas a correrte —la advirtió Gabe—. Te quedan dos, y si te corres, me aseguraré de que no disfrutes tanto la próxima vez.

Mia respiró hondo mientras cerraba los ojos y ponía todo el cuerpo tenso para mantener a raya el orgasmo que amenazaba con absorberla entera.

—Diecinueve —dijo apenas en un susurro, ya no tenía ni aliento.

—Más alto —le ordenó.

—¡Veinte!

Oh, Dios… se había terminado. Mia se hundió en la cama con todo el cuerpo tenso por la presión de haber tenido que contener la respiración y haber intentado no correrse con desesperación. Tenía la entrepierna ardiendo. Era como si la hubiera azotado ahí mismo, como si hubiera sentido cada golpe en el clítoris. Le palpitaba y se le contraía en exceso. Sabía que, con el solo roce de su respiración, sería capaz de despegar hasta el cielo como un cohete.

Y eso la enfadaba. Su falta de control. El hecho de que le había hecho querer algo que debería encontrar aborrecedor.

Gabe la dejó tumbada ahí por un momento hasta que la respiración se le calmara y no estuviera tan al borde del orgasmo. Entonces la levantó con suavidad y la puso de espaldas en la cama mientras él se tumbaba encima de ella, se bajaba la bragueta e intentaba quitarse los pantalones y la camisa.

Su boca encontró los pechos de Mia. Los chupó y les dio pequeños tirones con los labios mientras seguía peleándose con la ropa. Cuando consiguió quitarse la camisa, Mia esperaba que le extendiera las piernas y se la follara con fuerza, pero Gabe solo se bajó de la cama y la agarró de las piernas para traerla hasta el borde.

Entonces sí que se las abrió para colocarse justo en la entrada de su cuerpo y mirarla con ojos brillantes e intensos.

—¿Has disfrutado de los azotes, Mia?

—Que te jodan —le dijo esta con rudeza, aún enfadada por su reacción. Gabe la perturbaba. Le hacía cuestionarlo todo sobre sí misma y a ella ese sentimiento no le gustaba ni una pizca.

Él apretó la mandíbula ante la evidente falta de respeto que denotaba su voz.

—No, Mia, cariño. Es más bien que te jodan a ti.

Gabe se hundió bien adentro de ella con una fuerte sacudida. La joven ahogó un grito y arqueó la espalda mientras los puños se le cerraban y agarraba las sábanas con los dedos.

—Dame las gracias por haberte azotado —le insistió.

—Vete a la mierda.

Se retiró de ella hasta tener solo la punta de su miembro en su interior para provocarla y excitarla.

—Respuesta equivocada —replicó con un ronroneo—. Dame las gracias y hazlo bien.

—Acaba con esto ya de una vez —dijo Mia con la desesperación intensificándose. No quería ser esa persona tan débil y suplicante, pero se encontraba peligrosamente cerca de mandarlo todo a la mierda y perder cada ápice de orgullo que tenía cada vez que se encontraba con él.

Gabe la besó, pero era un beso castigador, uno que le había dado con el único propósito de recordarle que ella no estaba en ninguna disposición de mandar. Aun así, lo que conseguía era fomentar un hambre voraz hacia él. La necesidad que sentía era intensa y la estaba volviendo loca.

—Te olvidas de quién es el que manda aquí, Mia, cariño —le murmuró mientras delineaba su barbilla con un dedo—. Me perteneces, lo que significa que lo que tú quieres no importa. Solo lo que yo quiero.

Mia entrecerró los ojos y frunció la boca.

—Gilipolleces, Gabe.

Él se retiró lentamente de su carne hinchada.

—Tengo un contrato que lo confirma —le dijo con voz sedosa. Luego se hundió en ella una vez más, Mia se quedó sorprendida por la fuerza y la rapidez de su embestida.

—Puedo romper ese contrato cuando quiera —le contestó ella airadamente. La verdad era que estaba muy tentada de hacerlo ahora mismo solo para hacerle enfadar tanto como ella lo estaba. Pero no era lo que quería, y ambos lo sabían.

El cuerpo de Gabe se quedó completamente paralizado y tenso sobre el suyo y sus labios se movieron vacilantes sobre su cuello hasta deslizarse finalmente por sus pechos. Los pezones se le endurecieron por el deseo y la espalda se le arqueó a modo de súplica. Quería que posara la boca sobre su piel. Estaba a punto, muy preparada… y también muy enfadada.

—Sí, sí que puedes —le dijo con confusión—. ¿Es eso lo que quieres, Mia? ¿Quieres romper el contrato e irte ahora mismo? ¿O quieres que te folle?

Maldito fuera, la volvía loca. Gabe sabía perfectamente bien lo que quería, pero la iba a obligar a decirlo en voz alta. Quería que ella le suplicara.

Su mirada se volvió mucho más intensa; la embistió con fuerza y se quedó quieto dentro de ella. Mia estaba palpitante y tensa, una súplica sin voz para que continuara. Pero, sin embargo, se mantuvo quieto, esperando.

—Dilo, Mia.

Ella estaba a punto de llorar de la frustración. Estaba tan cerca… tan al límite que no podía quedarse quieta. Su cuerpo estaba alerta a cualquier movimiento que él hiciera.

—Gracias —murmuró.

—Gracias, ¿por qué? —la animó.

—¡Gracias por azotarme!

Él se rio entre dientes.

—Ahora dime lo que quieres.

—Quiero que me folles, ¡maldita sea!

—Pídemelo por favor —le dijo con una sonrisa de suficiencia en los labios.

—Por favor, Gabe —le suplicó con voz ronca. Odiaba la desesperación tan obvia que salía de su garganta—. Por favor, fóllame. Termínalo de una vez, por favor.

—Cosas buenas pasan cuando me obedeces. Recuerda eso, Mia. Recuérdalo la próxima vez que pienses en irte sin haberme dicho ni una palabra.

Gabe se inclinó hacia delante y enterró los dedos en su pelo. La agarró durante un instante pero luego deslizó las manos por sus hombros para empujarla contra él y así hacer sus fuertes embestidas mucho más profundas. Se introducía en su interior con un ritmo tan impaciente que ella solo podía concentrarse en él y nada más que en él mientras su miembro entraba y salía de su cuerpo.

Mia no tenía ni idea de lo que estaba gritando. «Para.» «No pares.» Estaba suplicándole, rogándole con la voz ronca mientras las lágrimas le caían por las mejillas y arqueaba la espalda de una manera tan exagerada que no estaba tocando ni la cama siquiera.

Y entonces Gabe la rodeó con los brazos y la estrechó contra sí. Le murmuró palabras tranquilizadoras y suaves, le acarició el pelo mientras se vaciaba en ella y la dejaba empapada.

—Shhh, Mia, cariño. Ya está. Ya ha terminado. Te tengo, déjame cuidar de ti.

Estaba completamente agotada y desorientada por lo que acababa de ocurrir. Ella no era esa persona. A ella no le iban esas perversiones, ni los azotes, ni el sexo duro, sino que le gustaba hacerlo despacito y con delicadeza. Sin prisas. Tomándose su tiempo. Tener sexo con Gabe era como un infierno, una fuerza como nunca antes ella había experimentado y que sabía que nunca más volvería a experimentar sin él.

Gabe la estaba desnudando capa a capa. Le estaba dejando expuestas partes de ella con las que no se encontraba familiarizada. La hacía sentir vulnerable e insegura. ¿Qué era lo que se suponía que tenía que hacer con esta nueva Mia?

Él se quedó tumbado encima de ella mientras le besaba la sien y le acariciaba el pelo con movimientos reconfortantes. Mia se arrimó a él en busca de su calor y de su fuerza. Era un refugio seguro cuando tantas cosas estaban tan confusas. Su mente, su cuerpo, su corazón.

Cuando encontró sus labios, esta vez la besó con exquisita ternura en vez de ser tan controlador y posesivo como antes.

Fue dulce, muy dulce. Como si fueran amantes reconectando de nuevo tras haber hecho el amor. El problema era que ella apenas podía contar como hacer el amor el que la hubiera azotado en el culo y luego la hubiera poseído lentamente y con rudeza.

Sexo. Solo era sexo. Sexo increíble, bochornoso, caliente y sin emoción de ningún tipo. Pero sexo al fin y al cabo. Y sería un error muy peligroso considerarlo algún día algo diferente.

Capítulo diecisiete

Gabe estaba tumbado en la oscuridad con la mirada fija y vacía en el techo mientras Mia se encontraba acurrucada en el recodo de su brazo. Sabía que estaba despierta, su cuerpo no se había quedado laxo ni su respiración suave, dos cosas que él asociaba con su descanso. Estaba tumbada ahí en silencio, arrimada contra su costado casi como si estuviera procesando todo lo que acababa de ocurrir.

Era un cabrón. Lo sabía, y estaba un poco arrepentido. Pero también sabía que no iba a parar. Había roto cada promesa que le había hecho hasta el momento, y, aun así, sabía que seguiría rompiéndolas. No la había introducido en su mundo con calma y tranquilidad. No la había tratado con suavidad. Ni con paciencia. Mia lo volvía loco, lo desquiciaba.

Gabe abrió la boca, pero luego la volvió a cerrar otra vez. Le debía una explicación por lo que había pasado esta noche y, aun así, su orgullo no dejaba que le dijera por qué. Le había cabreado que se hubiera ido molesta, pero también al mismo tiempo le divertía y le hacía sentirse orgulloso de ella, ya que básicamente lo había mandado a freír espárragos y lo había abandonado allí.

Si hubiera estado con cualquier otro tío, una escenita tan peligrosa como la que él había protagonizado esa noche habría más que justificado sus acciones. Él habría sido el primero que le habría dicho que corriera muy, muy lejos y lo más rápido que pudiera. Luego él mismo le habría pegado una buena tunda al cabrón que la hubiera utilizado de tal forma.

Pero si ella intentaba alejarse de él, Gabe sabía perfectamente que no la dejaría escapar. Iría tras ella con todo lo que tenía, y, a menos que la atara a su cama y la mantuviera cautiva, no la iba a dejar ir. No todavía.

—Lo que pasó esta noche no fue lo que pensaste —le dijo sorprendiéndose a sí mismo cuando la afirmación se le escapó de los labios.

Maldición, Gabe no quería tocar este tema con ella ni ahora ni nunca. Si Mia no había decidido quedarse para ver por ella misma lo que había pasado, ¿por qué debería explicárselo él?

«Porque es diferente y te has comportado como un imbécil con ella. Se lo debes.»

Mia se revolvió contra él y se apoyó en un brazo, el pelo le caía en cascada sobre el hombro. Él alargó la mano hasta la lámpara ante la necesidad que tenía de verla discutir con él. El suave fulgor le iluminó el rostro y su morena piel brilló bajo la tenue luz.

Era hermosa. No había otra palabra para describirla. Era tan dulce que provocaba hasta un dolor físico al mirarla, menos cuando estaba enfadada con él. Pero, sin embargo, tenía que admitir que lo había puesto a cien cuando se había mostrado tan celosa y desdeñosa como una gatita enfadada. Se la había querido follar allí mismo para que esta le clavara esas garras en la espalda.

—Creo que era bastante obvio lo que pasaba —dijo Mia entrecerrando los ojos—. La rubia me arrinconó en el baño y dejó muy claro que prefería al Hamilton más joven y más rico antes que a tu versión más vieja y menos rica. Y también quería indicaciones sobre cómo llevarte a la cama. Y justo después lo único que veo es a los dos pegados el uno contra el otro en la pista de baile, tú cogiéndole el culo… sin mencionar también otros sitios.

Ella se paró y respiró hondo. Gabe podía deducir que se estaba enfadando otra vez, pero admiró que lo hubiera sacado todo. No le tenía miedo, y eso le gustaba. Gabe no quería una ratoncita tímida, aunque sí quisiera a una persona completamente sumisa. Había una diferencia entre ser sumisa y no tener carácter.

Él quería una mujer fuerte con mente propia, pero que no se enfadara por su dominancia. Mia podría ser la mujer perfecta para él, pero no estaba seguro de qué conclusiones sacar de ello.

—Sé que nuestra relación no es pública. Y sé que estaba ahí

por trabajo. Nadie sabe lo nuestro. No debería haberme sentido tan avergonzada, pero me sentí humillada y no podía hacer nada. Quería meterme bajo una mesa y morirme, porque yo seguía pensando que teníamos un contrato. Yo te pertenezco, pero, maldita sea, si yo te pertenezco, entonces por huevos tú también me perteneces a mí, y ahí estabas tú tan cómodo y sobón con la rubia. Le sonreíste de esa forma tan especial, Gabe. Y tú no le sonríes a nadie.

El estómago se le revolvió al escuchar el dolor en su voz, la acusación en su tono.

—Me cabreó y me humilló porque en todo lo que podía pensar era en que no estabas satisfecho conmigo y que no era mujer suficiente para ti. ¿Hemos estado juntos, cuánto, unas pocas veces, y ya estabas al acecho de tu siguiente contrato?

—Eso es una estupidez —dijo Gabe furioso de que le hubiera hecho daño con sus acciones—. Una total y completa gilipollez. Mira, bailé con ella. La dejé que se me insinuara porque quería que mi padre viera con qué clase de mujer se había asociado. La tía no era nada sutil y quería que mi padre lo viera. Me cabreó cuando lo vi entrar con ella en la sala y todo empeoró cuando comenzó a tirarme los tejos con mi padre justo ahí delante. No he superado el divorcio de mis padres. No estoy acostumbrado a ver a mi padre con una mujer diferente cada semana. Mi madre está en casa llorando su matrimonio mientras a mi padre parece no importarle una mierda. Así que, sí, la dejé que se me echara encima e hice que sus intenciones fueran obvias a la vista de todos porque mi padre necesita ver la clase de mujer por la que ha reemplazado a mi madre.

Los ojos de Mia se suavizaron y parte de su enfado se disolvió mientras tocaba a Gabe en el brazo.

—Te duele verlo con todas esas otras mujeres.

—Sí, claro —soltó Gabe—. Siempre los tuve a ambos como referencia toda mi vida. Me sentí humillado cuando Lisa y yo nos divorciamos; me sentí como el fracaso más grande del planeta porque mis padres habían estado juntos y habían aclarado sus diferencias durante casi cuarenta años, y yo no pude hacer que el mío durara ni tres malditos años. Ellos eran un ejemplo de lo que el matrimonio podía ser. Eran la prueba de que el amor existe aún hoy día y de que los matrimonios pueden funcionar si las personas se esfuerzan. Y entonces, de un día para otro, mi padre se larga y en cuestión de meses ya se habían divorciado. Sigo sin entenderlo. No tiene ningún sentido, y odio todo el daño que eso le está provocando a mi madre. Estoy muy cabreado con mi padre, y, aun así, lo sigo queriendo. Me decepcionó. Decepcionó a nuestra familia. Y no lo puedo perdonar por ello.

—Te entiendo —dijo Mia con suavidad—. Cuando mis padres murieron, me enfadé muchísimo con ellos. Suena estúpido, ¿verdad? Ellos no eran culpables. Al contrario, ni siquiera habían tenido intención de morir. Fueron víctimas de un conductor borracho. Y, aun así, me enfadé muchísimo con ellos por haberme abandonado. Si no hubiera sido por Jace, no sé lo que habría hecho. Él fue mi punto de apoyo. Nunca olvidaré todo lo que ha hecho por mí.

Gabe la estrechó contra él. Sabía que había pasado por una época dura tras la muerte de sus padres. Jace se había desesperado porque no sabía cómo ayudarla, o qué hacer. Mia estaba enfadada y llena de dolor, y parecía imposible. Intentar llegar a ella había vuelto loco a Jace, además de cuidarla y ofrecerle amor y apoyo.

Jace la había criado como un padre, pero en realidad había sido de todo para Mia. Padre, madre y hermano. Protector y su única fuente de recursos. No muchos hombres habrían hecho lo que él hizo. No muchos hombres lo habrían dejado todo de lado, cualquier oportunidad de tener una familia o una relación, para cuidar él solo de una hermana más pequeña. Gabe lo admiraba por ello.

Mia vaciló y luego puso una distancia corta entre los dos, un hecho que a él no le gustó y que le hizo tener que tragarse las ganas de pegarla contra él con más firmeza. Hubiera sido muy desesperado, muy necesitado. Y Gabe no quería necesitar a nadie.

—Gabe… —dijo con el rostro lleno de inseguridad. Parecía estar debatiéndose entre hacer o no la pregunta que tenía en la punta de la lengua.

Él esperó, inseguro también de querer o no que ella preguntara lo que fuera que estuviera cogiendo valor para pronunciar.

—¿Qué pasó entre tú y Lisa? Sé que te hizo daño... Sé que ella fue la que te dejó y trajo repercusiones importantes.

Gabe se quedó en silencio durante un momento. Lo último que quería era hablar de Lisa o de la traición que sintió al ver cómo se separaron. ¿Le debía a Mia una explicación? No. No le debía una maldita explicación a nadie. Pero, aun así, Gabe sintió como si cediera, como si quisiera explicárselo para que así pudiera entender el porqué del contrato y de los requisitos tan específicos. Nunca se había explicado con ninguna mujer con la que hubiera estado desde que se divorció. No era un hábito en el que quería caer, pero Mia era diferente y se dio cuenta de ello incluso teniendo en mente que el que fuera diferente era peligroso.

—Estoy seguro de que el contrato te parece... extremo —comenzó—. Incluso frío. Inhumano. Dominante. Probablemente me hace parecer un gran cabrón u otras muchas palabras que se me vienen ahora a la mente.

Mia no respondió, pero pudo ver la comprensión en sus ojos. No hizo ningún además de negar lo que había dicho, ningún intento de hacerlo sentir mejor, y eso le gustó de ella. No lo estaba juzgando tampoco, solo tenía... curiosidad.

—Lisa y yo compartimos una relación en la que yo tenía completo control. No quiero meterme ni en los cómos ni porqués, algunas cosas son como son. Era —es— una necesidad que tengo. Yo no tuve ninguna infancia traumática que me haya hecho ser como soy. No tengo ninguna inestabilidad emocional, es solamente una perversión. Aunque más que eso, es quien soy. No puedo cambiar eso por nadie. Yo no quiero cambiar. Me siento cómodo con quien soy y con lo que quiero y necesito.

Ella asintió.

—Eso lo entiendo.

—No sé por qué se fue. Quizá ya no la satisfacía. O a lo mejor ya no quería la clase de relación que compartíamos. Joder, puede que aceptara solo para hacerme feliz. A lo mejor nunca fue verdaderamente feliz. No lo sé. Y a estas alturas no me importa, pero, cuando se fue, hizo toda clase de acusaciones sin fundamento. Me crucificó tanto en el juicio del divorcio como en los medios. Le contaba a todo el mundo que escuchara que yo abusaba de ella y que ejercía poder sobre ella. Lisa pintaba nuestra relación como si no fuera consensuada, lo cual era una gran mentira, porque yo le dejé claro desde el primer día cuáles eran mis expectativas y mis necesidades. Me aseguré de que se metía en la relación y luego en el matrimonio con los ojos bien abiertos.

Los ojos de Mia se llenaron de preocupación e inmediatamente después de compasión. Odiaba eso. No necesitaba que nadie lo compadeciera. No era la razón por la que estaba desahogándose en un momento poscoital sensiblero y cómodo. Solo quería que Mia lo entendiera.

—Si esa clase de relación ya no iba con ella no se lo hubiera echado en cara. Lo único que tenía que hacer era ser honesta conmigo y decir que quería marcharse. Yo la habría mantenido de forma generosa y la habría apoyado en su decisión. Pero en vez de eso, se puso a la defensiva y me tachó de monstruo abusador. Y eso no se lo perdonaré nunca. Aprendí una lección muy dura con nuestro matrimonio. Nunca me metí en ninguna otra relación sin haberme protegido antes de esa clase de acusaciones. Puede verse como extremo, pero no entro en ninguna relación sin contratos bien detallados y firmados. Yo no voy de líos de una noche. No tengo sexo casual. Si una mujer va a estar en mi cama, sabe cómo va a ir la cosa y ha firmado antes un contrato que nos proteja a ambos.

—Quizá necesitaba convencerse de que eras esa persona tan terrible para poder dejarte —dijo Mia con suavidad—. Me imagino que salir de un matrimonio nunca es fácil.

Gabe resopló.

—Dile eso a mi padre. Eres inocente, Mia. Dulce, pero inocente. La gente pone fin a sus matrimonios todos los días. Siempre me he preguntado qué es lo que hace que alguien se levante un día y diga «Hoy es el día en el que voy a dejar a mi marido o mujer». La lealtad debería contar para algo. Nadie quiere que las cosas funcionen hoy en día. Es muy fácil conseguir un abogado para divorciarse y pasar página.

Ella posó la mano en su pecho, un gesto que lo consoló infinitamente. A Gabe le gustaba que lo tocara. Que Dios lo ayudara pero no estaba seguro de que fuera a tener suficiente de ella. Tomaría y tomaría cosas de Mia hasta que no quedara nada. Hasta que se convirtiera en una Lisa y no pudiera soportarlo más. Él nunca quiso que otra mujer se sintiera como Lisa obviamente se había sentido. Era mucho mejor complacerse y luego pasar página. Eso mismo de lo que acusaba a Lisa y a su padre. A lo mejor él tampoco era mucho mejor que ellos.

—No todo el mundo te va a traicionar, Gabe —dijo ella en voz baja—. Hay muchos que te son leales. No puedes controlarlo todo. No puedes controlar lo que una persona siente por ti, o lo que les hace enfadarse. Solo puedes controlar cómo tú reaccionas, cómo tú actúas, cómo piensas o te sientes.

—Eres increíblemente sabia para ser tan joven —le dijo con ironía—. ¿Por qué tengo la sensación de que me acaba de dar una lección alguien catorce años menor que yo?

Ella se inclinó hacia delante y lo sorprendió dándole un beso. Sus labios vagaron sobre los suyos con calidez y mucha dulzura. Sus pechos rozaron el pecho de él y su miembro se puso duro al instante.

—Estás muy obsesionado con eso de la edad —murmuró—. A lo mejor es que simplemente soy inteligente.

Él se rio y entonces reclamó sus labios de nuevo. Ahora que tenía todo el cuerpo de Mia pegado al suyo otra vez, parecía que estaba volviendo de nuevo a la vida. Pero entonces ella vaciló y lo empujó hacia atrás con el rostro lleno de seriedad. A Gabe eso no le gustó. La quería junto a él, pero estaba claro que aún quedaba otra cosa que quería sacarse del pecho.

—Tenemos que dejar clara una cosa. Entiendo lo que estabas intentando hacer por tu padre. Pero habérmelo dicho primero no habría estado mal, por si no lo sabías. Me cabreó verte con la rubia esa, y, si esto vuelve a suceder otra vez, me iré tal y como hice anoche. Con la única diferencia de que esa vez no me vas a ablandar con tus palabras para estar de buenas conmigo. Entiendo que tengas todo el poder en esta relación, pero eso no significa que me vaya a quedar ahí viendo cómo te ligas a otra mujer mientras estoy obligada a mirar.

Ella lo observó con cautela, como si estuviera segura de que lo que había dicho lo iba a enfadar, pero, en cambio, echó la cabeza hacia atrás y soltó una risotada. Cuando volvió a mirarla, Mia parecía desconcertada y decepcionada por su reacción.

—Estás tan mona cuando te enfadas —le dijo aún sonriendo abiertamente—. A lo mejor no eres tan inteligente si has accedido a esta locura.

—O quizás es la mejor decisión que he tomado en mi vida —le contestó con un repentino tono serio y con los ojos contemplándolo sombríamente.

—Eso es debatible, pero no voy a malgastar mi tiempo cuestionando mi buena fortuna —le dijo.

Gabe la rodeó con los brazos y la colocó bajo su cuerpo para dejar que su miembro buscara y encontrara la carne de entre sus piernas. Deseaba con toda el alma que estuviera ya lista para él porque no podía esperar. No podía pasarse otro segundo más estando fuera de su cuerpo.

Pero algo sobre la conversación que habían tenido, en la mirada que tenía plasmada en sus ojos y en la forma en que parecía ser tan permisiva lo hizo dudar. Maldita sea, esta vez iría lento. Le daría lo que se merecía en vez de follársela con rudeza, que solo conseguía hacerlo quedar casi un poco mejor que un animal.

No tenía que ser esa persona tan fría y desconfiada. Por una vez podía concentrarse en el placer de alguien en vez de ser un egoísta. Por Mia podía hacerlo. Quería hacerlo. No se merecía menos.

En lugar de hundirse en su interior, Gabe la besó. Suavemente. Sin tanta agresión como había hecho antes. Le mordió los labios con delicadeza, se estaba alimentando de ellos y la estaba persuadiendo a abrirse para él conforme avanzaba. Su lengua rozó la de ella con provocación y flirteo. Primero solo una vez, y luego otra y otra. Y otra.

Deslizó la boca desde su mentón hasta su oreja, donde jugó con el lóbulo, le lamió la concha auditiva y luego ligeramente justo debajo en la piel del cuello. La sintió estremecerse, y él mismo sintió una oleada de satisfacción al ver que le estaba dando placer.

Pequeños escalofríos le recorrieron toda la piel rápidamente y consiguieron endurecerle los pezones hasta que estuvieron presionando el pecho de Gabe.

Este, sin poder resistir esa particular tentación, la fue besando hasta llegar entre sus pechos y luego los lamió hasta llegar más y más cerca de sus pezones enhiestos.

—Gabe…

Su nombre salió como un suspiro que tuvo una reacción volátil en su ya excitado cuerpo. La cabeza de su miembro estaba bien abrigada en su dulce calor pero no había presionado contra su interior todavía. Gabe quería asegurarse bien de que ella estuviera tan excitada como él, y entonces luego se tomaría su tiempo. Quería que se volviera tan loca como él estaba con ella. No se iba a contentar con menos.

Introduciendo la mano entre sus cuerpos, Gabe se agarró el pene y lo restregó de arriba abajo contra los labios vaginales de Mia, contra el clítoris, y seguidamente lo introdujo muy levemente en su interior. Le lamió un pezón llevando la lengua sin prisa alguna por toda su superficie.

—¿Te gusta? —murmuró.

—Oh, sí —respondió ella en voz baja—. Chúpalos, Gabe. Me encanta cuando pones la boca sobre mis pechos.

Dios, a él también le encantaba. Estaba temblando de lo excitado que se encontraba. La necesitaba. Necesitaba poseerla. Quería introducirse bien dentro de ella con fuerza y recordarle sin palabras a quién pertenecía. Era un infierno luchar contra esos instintos, pero se obligó a mantener el control.

Mordió con gentileza uno de los pezones y luego lo lamió ligeramente antes de succionarle la aureola entera con la boca. Se quedó ahí ocupándose de sus pechos con la boca y disfrutando de su sabor en la lengua. Nada era más dulce, más exquisito que tenerla debajo de él con las manos y la boca acariciándole la piel, saboreándola, tocándola y explorándola. Y era suya. Toda suya. La podía tener todo el tiempo que quisiera y todas las veces que quisiera. Era como si pusieran a un hombre que se estuviera muriendo de hambre delante de un banquete y le dijeran que se sirviera él mismo. Lo quería todo a la vez. Quería perderse en ella y olvidar todo lo demás.

Mia deslizó una de las manos entre su pelo para agarrarse con las uñas a su cuero cabelludo y lo apretó contra su pecho. Era la primera vez que estaba siendo remotamente agresiva en la cama, y a Gabe eso le gustaba. Le gustaba mucho. Le confirmaba que estaba ahí con él compartiendo esta apabullante e incapacitante obsesión. Que no estaba solo.

Ella arqueó las caderas y se empujó contra él en un intento de introducir su erección en su interior. Cuando esta fue recibida únicamente con humedad, Gabe supo que estaba más que preparada, pero no hizo el movimiento definitivo. La quería con locura, le quería dar placer como nunca antes lo hubiera experimentado.

Se arrodilló con la erección bamboleando en todas direcciones y formó un camino de besos desde sus pechos hasta el vientre. Mia se encogió y gimió cuando le hundió la lengua en el ombligo. Se quedó jugando con él por un momento y disfrutó de sus movimientos nerviosos al mismo tiempo que el deseo aumentaba dentro de Mia.

Besó toda su piel hasta que llegó a la pelvis y luego hasta una de las caderas, donde siguió dándole besos dulces y suaves. Le recorrió la pierna con la lengua hasta luego subir por el interior de su muslo y llegar poco a poco cerca de su sexo. Pero se detuvo antes de alcanzar esa carne tan íntima.

El suspiro de frustración que ella soltó lo hizo sonreír.

Le hundió los dientes levemente en el interior del muslo y, a continuación, la lamió con la lengua antes de dirigirse hacia abajo acariciándole todo el interior de la pierna hasta llegar al tobillo con los dientes.

Sus dedos del pie eran pequeños y rosados, un tono delicioso que la complementaba bien. Se metió el dedo gordo en la boca y lo succionó tal y como había hecho con los pezones. Luego hizo lo mismo con los demás.

—Dios, haces que las cosas más simples parezcan increíblemente eróticas —dijo ella sin aire—. Nunca me habían chupado los dedos del pie. Habría dicho que es asqueroso, pero tu boca es puro pecado.

Él la miró por encima de su pie levantado.

—¿Asqueroso?

—Olvida que he dicho nada. Continúa.

Gabe se rio y luego le bajó la pierna para comenzar todo el proceso con la otra cadera hasta llegar, besándola y lamiéndola, a esos pequeños y deliciosos dedos del otro pie. Succionó todos y cada uno de ellos con la boca, primero entreteniéndose lamiendo las yemas y luego chupándolos con más fuerza.

Le encantaba que Mia fuera tan femenina y al mismo

tiempo tuviera esa personalidad tan fuerte y que no se amilanara. Iba a ser un reto, uno que recibiría gustoso para variar un poco de las mujeres a las que estaba acostumbrado. Incluso era posible que lo mantuviera firme durante las siguientes semanas.

Quería mimarla y consentirla a más no poder. Quería darle todos los caprichos que quisiera. La quería ver sonreír, y quería ser él el que le provocara la sonrisa. Quería que ese brillo que tenía en los ojos fuera por él, y, si eso lo convertía en un cabrón egoísta, egocéntrico e interesado, podría vivir con ello perfectamente.

La agarró por ambos pies y tiró de ellos para estirarla y extenderle las piernas mientras él se arrodillaba entre sus muslos. Mia estaba completamente abierta a él. La suave y rosada carne de su sexo brillaba bajo la tenue luz de la lámpara.

Depositando uno de los pies de Mia contra su hombro, alargó la mano y pasó un dedo por la unión de su vulva y luego lo introdujo en su interior. Sentía los tejidos ajustados de su vagina abrazarlo con fuerza y el sudor le comenzó a caer de la frente. Quería hundirse en su interior tanto que estaba a punto de correrse.

Se echó hacia delante y la lamió desde la entrada de su cuerpo hasta el clítoris de una sola y violenta lengüetada que la hizo arquearse en la cama. Soltó un grito. Su nombre. Una orden urgente para que la satisficiera. Gabe podía sentir que Mia estaba al borde de la impaciencia, lo que no suponía ningún problema porque él tampoco podía contenerse ni un solo segundo más.

Acercándose a ella, Gabe se agarró el pene erecto y lo pegó junto a la entrada de su sexo. Durante un momento jugó con ella introduciendo y sacando de su interior apenas tres centímetros de su verga hasta que ella gruñó de frustración.

Gabe curvó los labios en una sonrisa mientras se introducía en su interior centímetro a centímetro y disfrutaba de la genial sensación de ser acogido dentro de su cuerpo y de recibir sus movimientos en contra, para por fin albergarlo por completo.

—Eres un maldito provocador —le dijo airadamente—. Dios, Gabe. ¡Quieres follarme ya!

Este dejó caer sus piernas sobre la cama y entonces se inclinó por encima de su cuerpo para colocarse de modo que pudiera embestirla más profundamente. Entonces la besó aún con la sonrisa en los labios.

—Eres tan mandona… —le contestó con burla.

Ella alargó la mano y lo agarró por la cabeza para tirar de él y besarlo con una fuerza y una exigencia que corroboraba firmemente su afirmación.

Se siguió adentrando en su apretada humedad hasta que sus caderas tocaron las de ella.

—Joder, lo que me haces… —dijo Gabe en un susurro atormentado.

Mia envolvió las piernas alrededor del torso de Gabe y cruzó los tobillos en su trasero. Se elevó hacia arriba queriendo más. Maldita sea, él quería más. Nunca tendría suficiente.

Posando las manos a cada lado de su cabeza, Gabe comenzó a bombear dentro y fuera de su cuerpo. Empujaba y se introducía bien adentro de su cuerpo. Se mantenía en lo más profundo de su ser antes de deslizarse fuera y volver a enterrarse de nuevo en ella con un ritmo erótico y seductor.

—Dime lo que necesitas —consiguió decir Gabe con los dientes apretados—. ¿Estás cerca de correrte, Mia? ¿Qué necesitas?

—A ti —respondió simplemente. Esas dos palabras le llegaron justo al corazón—. Solo a ti.

Gabe no le tuvo que decir que lo mirara a los ojos. Su mirada, dulce y comprensiva, estaba bien fija en él con el brillo de excitación inundando sus dos pupilas.

Aumentó el ritmo de las sacudidas mientras embestía y se movía contra ella. Mia se agitaba y convulsionaba con él en su interior. Gabe sintió el comienzo de su orgasmo mientras se deslizaba por todo su miembro y lo estrujaba tanto que provocó el suyo propio.

Era como estar del revés. El éxtasis que sintió no fue como nada que hubiera experimentado antes. Era la descarga de adrenalina más grande que hubiera tenido en su vida.

El primer chorro de semen salió de su cuerpo de forma tan dolorosa y tan intensamente placentera que perdió la conciencia de todo menos de su pene, que se enterraba en ella una y otra vez. Mia se quedó laxa en la cama con el pecho subiéndole y bajándole en rápidas sucesiones y los ojos fijos en los suyos tras correrse. Gabe siguió hundiéndose en ella incluso cuando las últimas gotas de semen abandonaron su cuerpo. No quería que esa sensación tan buena terminara nunca.

Mia rodeó sus hombros con los brazos y le masajeó la espalda con las manos asegurándose de que las uñas le arañaran la piel ligeramente. Él gimió y se estremeció de pies a cabeza. Embistió contra ella y se quedó en su interior al mismo tiempo que bajaba el cuerpo para que descansara encima del de ella.

Deslizó la manos por debajo del trasero de Mia y la pegó más a él, no quería perder esa conexión. Si de él dependiera, se quedaría pegado a ella con el miembro en su interior de forma permanente. Nada en la tierra lo podía hacer sentirse mejor.

—Mmm, eso ha sido muy placentero —dijo Mia con una voz adormilada y completamente satisfecha.

Gabe no tenía nada que decir porque no existían las palabras adecuadas para expresar lo derrotado que se encontraba ahora mismo, y no quería que ella ni nadie supieran lo vulnerable que se sentía en esos momentos.

Le besó la sien con cuidado de no moverse para seguir permaneciendo en su interior. No la iba a dejar hasta que no tuviera más remedio que hacerlo. Era retorcido, pero le gustaba el hecho de que ella aparentemente fuera tan posesiva con él como Gabe con ella.

Mia se encontraba apretada contra su cuerpo, ambos aún conectados con los cuerpos entrelazados de la forma más íntima. Gabe pensó que ella ya se había quedado dormida cuando de repente la oyó pronunciar su nombre en voz baja.

Él levantó la cabeza lo suficiente como para poder verla y le apartó con el dedo pulgar un mechón de pelo que tenía en la frente.

—¿En qué piensas? —le preguntó. Ya habían hablado mucho más de lo que él se sentía cómodo, pero algo en su mirada le decía que fuera lo que fuere no era algo trivial.

—En el contrato —le susurró.

Gabe se tensó y entonces se elevó incluso más mientras la miraba con interrogación. Aún estaba duro en su interior y formaba una parte sólida dentro de su cuerpo, y ahí es justo donde se quedó. La quería debajo de su cuerpo, abierta y poseída por él, especialmente si iban a discutir el maldito contrato.

—¿Qué pasa con él?

Ella suspiró.

—Me estaba preguntando... sobre eso de los «otros hombres». ¿Será algo seguro o solo una situación de por si acaso?

De lo último de lo que quería hablar —o imaginarse— cuando estaba bien hundido en su interior, con Mia desnuda y saciada entre sus brazos, era de que otro hombre la tocara.

Pero también había curiosidad en su mirada, no miedo. Solamente había hecho una pregunta genuina. Casi como si se estuviera preguntando sobre ello...

—¿Qué opinas tú sobre eso? —le preguntó de repente—. ¿Te excita la idea de que otro hombre te toque mientras miro?

Ella empezó a desviar la mirada.

—Los ojos —le ordenó—. Mírame mientras tenemos esta conversación.

Volvió a mirarlo y él pudo observar el rubor que se había instalado en su rostro.

A continuación, se lamió los labios y Gabe pudo sentir su nerviosismo y vacilación.

—De acuerdo, sí. Lo admito. Me pregunto cómo sería. Es decir, no te puedo decir si me va a gustar o no, pero he pensado en ello en algún momento. Sé que Jace y Ash...

Gabe hizo una mueca de dolor con los labios.

—No quiero escuchar ni quiero discutir nada que tenga remotamente que ver con Jace y Ash desnudos.

Mia se rio y lo miró con ojos llenos de diversión. Pero también se relajó entre sus brazos y parte de la tensión que sentía antes desapareció.

—Quiero decir que sé que tienen tríos con mujeres y supongo que me he preguntado qué se siente. No con ellos. Dios, no —le entró un escalofrío—; solo el concepto en general. Es decir, cuando lo leí por primera vez en el contrato, mi reacción inmediata fue de quedarme conmocionada y de soltar un rotundo «de ninguna manera». Pero luego empecé a preguntarme qué se sentiría.

Mia se calló con un susurro y con una expresión ansiosa mientras lo miraba a los ojos.

—¿Te cabrea?

Él suspiró.

—No voy a enfadarme contigo porque te preguntes sobre algo que dije que podría ser una posibilidad, Mia. No hay nada malo en que tengas curiosidad. Y me alegro de que no tengas miedo. ¿Te excita tener a alguien que te toque mientras yo observo y dirijo la escena?

Lentamente ella asintió. Los pezones se le endurecieron y su sexo se contrajo alrededor de su verga, lo cual logró enviarle a su ingle una ola de placer. Sí, la idea obviamente la excitaba. No estaba seguro de si sería algo que podría darle algún día. No estaba seguro de poder quedarse de pie mirando a otro hombre tocar lo que era suyo.

Gabe se inclinó hacia delante y la besó, no tenía ninguna intención de decir nada más al respecto.

Estaba empezando a odiar de verdad el maldito contrato.

Capítulo dieciocho

El interfono del despacho empezó a sonar y Gabe frunció el ceño por la interrupción. Mia estaba sentada al otro lado de la sala, en su mesa —ella era una completa distracción—, y él estaba revisando unos informes financieros sobre un *resort* que tenía intención de abrir en una isla. Por ese motivo, le había dicho claramente a Eleanor que no quería que lo molestaran.

—¿Qué pasa? —soltó con brusquedad por el interfono.

La voz nerviosa de Eleanor se escuchó al otro lado de la línea.

—Sé que dijo que no quería que lo molestaran, señor Hamilton, pero su padre está aquí para verlo. Dice que es importante. No creí que fuera inteligente echarlo.

Gabe arrugó la frente y acentuó su gesto de malhumor. Al otro lado de la habitación, Mia levantó la vista de sus quehaceres y lo miró con preocupación.

—Yo saldré —dijo Gabe tras un momento de vacilación. No quería que lo que fuera que su padre tenía que decirle se aireara delante de Mia.

—Puedo irme, Gabe —dijo Mia con suavidad cuando él se levantó.

El hombre sacudió la cabeza; prefería que ella se quedara en la oficina alejada de los rumores y de la especulación de los demás. Gabe ya había descubierto a la persona responsable de entrar en su oficina —en realidad no le había costado tanto esfuerzo por su parte conseguir que sus compañeras de trabajo soltaran prenda— y la había despedido sin darle ninguna carta de recomendación. Quería a Mia tan lejos de esa clase de ambiente como fuera posible.

Gabe salió hasta la recepción y vio a su padre a poca distancia de la mesa de Eleanor. Se lo veía pensativo y cohibido. Gabe nunca lo había visto tan incómodo, especialmente a su alrededor.

—Papá —dijo Gabe como saludo—. ¿Qué puedo hacer por ti?

La expresión de su padre se hizo incluso más sombría. Había un deje de arrepentimiento que ensombrecía sus ojos.

—Hubo un tiempo en que venía y no me preguntabas eso. Te alegrabas de verme.

La culpabilidad apagó parte de la irritabilidad que gobernaba a Gabe.

—Normalmente me avisas antes de venir. No te esperaba. ¿Va todo bien? —dijo Gabe.

Su padre vaciló por un momento y luego metió las manos en los bolsillos de sus caros pantalones.

—Hay algo que va mal. ¿Podemos ir a algún lado y hablar? ¿Has almorzado ya? Tenía la esperanza de que tuvieras tiempo para mí.

—Siempre tengo tiempo para ti —dijo Gabe con suavidad ofreciéndole el mismo comentario que a su madre. Antes podía pasar tiempo con los dos a la vez y no tenía que repartirlo entre ambos.

El alivio mitigó parte de la preocupación que inundaba los ojos de su padre.

—Déjame que llame a mi chófer —dijo Gabe.

Entonces se volvió hacia Eleanor.

—Dile que nos recoja fuera. Y asegúrate de que Mia almuerce. Hazle saber que no sé cuándo volveré y que, si no he regresado a las cuatro, puede irse por hoy.

—Sí, señor —le contestó Eleanor.

—¿Nos vamos? —le preguntó Gabe a su padre—. El coche estará esperándonos en la puerta principal del edificio.

Los dos entraron en el ascensor en silencio. Fue un momento incómodo y poco natural, pero Gabe no hizo nada para remediarlo. No estaba seguro de qué sería lo que conseguiría cerrar el gran precipicio que se había formado entre ellos. Gabe había actuado como un cabrón en el cóctel y su padre estaría probablemente avergonzado porque lo hubieran abandonado tan pronto, lo cual no había sido la intención de

Gabe. A pesar de estar enfadado y confundido con su padre, lo seguía queriendo y no había tenido intención de herirlo. Solo quería que su padre viera la clase de mujer con la que había elegido relacionarse.

Esperaron un breve instante antes de que el coche apareciera y los dos hombres entraran en él. Gabe le dio indicaciones al conductor para que los llevara a Le Bernardin, uno de los sitios favoritos de su padre para comer.

Hasta que ambos no estuvieron sentados a la mesa y hubieron pedido, el padre de Gabe no rompió el silencio. Era como si no pudiera quedarse callado ni un solo segundo más y las palabras le salieran de sopetón. Su rostro era una máscara de tristeza y de arrepentimiento.

—He cometido un error terrible —admitió su padre.

Gabe se quedó de piedra y cogió la servilleta con la que había estado jugando solo para tener algo que hacer bajo la mesa.

—Te escucho.

Su padre se pasó una mano por encima de la cara y fue entonces cuando Gabe pudo apreciar lo cansado que se le veía. Parecía incluso mayor, como si hubiera envejecido de la noche a la mañana. Tenía ojeras, y las arrugas de alrededor de sus ojos y de su frente estaban más pronunciadas.

Su padre se movió con nerviosismo por un momento y luego respiró hondo al mismo tiempo que ponía cara larga. Entonces Gabe se percató con angustia de que unas lágrimas estaban brillando en los ojos de su padre.

—Fui un tonto al dejar a tu madre. Es el peor error que he cometido en mi vida. No sé en lo que estaba pensando. Me sentía tan atrapado e infeliz que reaccioné contra ello. Pensé que si hacía esto o lo otro o que si empezaba de cero todo se arreglaría, que sería más feliz.

Gabe soltó su propia respiración.

—Mierda —murmuró. Eso era lo último que esperaba oír.

—Y no fue culpa de tu madre. Ella es una santa por haber lidiado conmigo todos estos años. Creo que me levanté un día y pensé que me había convertido en un viejo. Me di cuenta de que ya no me queda mucho tiempo. Me asusté y me volví loco, porque empecé a culpar a tu madre. Dios, ¡tu madre! La única mujer que me ha aguantado todo este tiempo, que me ha dado un hijo maravilloso. Y la culpé porque vi a un hombre viejo devolviéndome la mirada en el espejo. Un hombre que pensó que tenía que darle la vuelta al reloj y recuperar todos esos años. Quería sentirme joven otra vez, y en su lugar me siento como un cabrón que ha engañado a su mujer, a su familia, y a ti, hijo. Os engañé a ti y a tu madre y no puedo decirte lo mucho que me arrepiento de ello.

Gabe no sabía siquiera qué decir. Tenía mucha curiosidad por todo lo que su padre le acababa de soltar. ¿Así que todo se debía a que había tenido una maldita crisis de edad? ¿Por lidiar con la inevitable vejez? Jesús, María y José.

—Odio venir a ti con todo esto, pero no sé qué más hacer. Dudo de que Matrice me dirija la palabra siquiera. Le hice daño, lo sé. No espero que me perdone. Si la situación fuera al contrario y ella me hubiera hecho todo el daño que yo le he provocado, dudo de que la pudiera perdonar nunca.

—Maldita sea, papá. Cuando la jodes, la jodes bien.

Su padre se quedó en silencio con la mirada clavada en su bebida y con los ojos llenos de tristeza.

—Yo solo quiero volver a… Me gustaría poder borrarlo y hacer como que nunca ha ocurrido. Tu madre es una buena mujer. La quiero. Nunca dejé de quererla.

—Entonces, ¿por qué mierdas te has empeñado tanto en poner a todas esas otras mujeres no solo ante sus narices sino también ante las mías? —gruñó Gabe—. ¿Te haces una idea de cuánto daño le has hecho?

El rostro envejecido de Hamilton adoptó incluso un tono más sombrío.

—Me hago una idea. Esas mujeres no significaron nada para mí.

Gabe levantó la mano de disgusto.

—Para. Déjalo, papá. Dios, estás soltando el cliché más antiguo de todos los tiempos. ¿Te crees que a mamá le va a importar una mierda que esas mujeres no te importaran ni un pimiento? ¿Te piensas que le va a hacer sentirse mejor por las noches saber que mientras te estabas tirando a una mujer a la que le doblas la edad, o simplemente más joven, estabas en realidad pensando en lo mucho que la quieres?

Su padre se ruborizó y miró a su alrededor, hacia las otras

mesas del restaurante, cuando la voz de Gabe comenzó a subir de volumen.

—No me acosté con esas mujeres —dijo en voz baja—. No es que Matrice me vaya a creer nunca, pero te estoy diciendo que no traicioné mis votos.

El cabreo de Gabe no hacía más que aumentar y este no tuvo más remedio que contenerlo para que no se hiciera evidente.

—Sí, papá, sí lo hiciste. Te acostaras con ellas o no, traicionaste a mamá y tu matrimonio. Solo porque no fuera adulterio físico no significa que no lo fuera emocionalmente. Y algunas veces los emocionales son los que más cuestan de superar.

Su padre se restregó los ojos con las manos y una pesarosa resignación se instaló en su rostro.

—Así que no crees que tenga ninguna oportunidad de volvérmela a ganar.

Gabe suspiró.

—Eso no es lo que he dicho. Pero tienes que entender qué es lo que le has hecho antes siquiera de pretender empezar a arreglar las cosas. Ella también tiene su orgullo, papá. Y se lo hiciste pedazos. Si lo que quieres es una reconciliación, entonces tienes que currártelo con tiempo. No te va a perdonar de la noche a la mañana. No te puedes rendir tras el primer intento. Si significa algo para ti, entonces tienes que estar dispuesto a luchar por ella.

Su padre asintió.

—Sí, lo sé. Y la quiero de verdad. Nunca hubo ningún momento en que no la quisiera. Todo es una estupidez. Soy un imbécil. Un imbécil viejo y crédulo que la ha jodido bien jodida.

Gabe suavizó el tono.

—Habla con ella, papá. Dile todo lo que me has dicho. Y tienes que ser paciente y escucharla cuando te reproche tu actitud. Tienes que escucharla aunque de su boca salga toda su furia y su frustración. Te lo mereces. Tienes que concederle eso y tragártelo.

—Gracias, hijo. Te quiero, lo sabes. Odio no solo el daño que le he hecho a Matrice, sino también a ti. Eres mi hijo y os he decepcionado a los dos.

—Solo te pido que lo arregles —dijo Gabe con suavidad—. Haz que mamá sea feliz otra vez, y con eso será suficiente para mí.

—Eh, Gabe, tengo que hablar contigo de…

Mia alzó la mirada para ver a Jace justo en la puerta de la oficina de Gabe. El corazón le dio un vuelco y la adrenalina empezó a recorrer todo su organismo. Se suponía que no tenía que llegar todavía. Así no era como ella había tenido intención de darle la noticia de que estaba trabajando para Gabe.

Ash empujó a Jace por la espalda y alzó las cejas cuando vio a Mia sentada tras su mesa.

El rostro de Jace se ensombreció y lanzó miradas tanto a su mesa como a la de Gabe como si esperara que todo tuviera sentido.

—¿Qué demonios estás haciendo aquí? —le preguntó Jace.

—Encantada de verte a ti también —le respondió Mia con sequedad.

Jace se encaminó con pasos largos hacia su mesa.

—Maldita sea, Mia. Me has pillado con la guardia baja. No esperaba verte aquí. —Se sentó en el borde de su escritorio y comenzó a examinar los papeles que estaban esparcidos por la mesa y el portátil con el que estaba trabajando.

Ash se acercó a Jace con tranquilidad, pero se quedó a cierta distancia de ellos, aunque no menos interesado que Jace.

—¿Qué estás haciendo aquí? ¿Dónde demonios está Gabe?

La confusión era evidente en su voz. Mia respiró hondo y se lanzó, sabía que era mejor quitárselo ya de encima con total normalidad para que nada pareciera sospechoso. De todos modos, cuanto más lo atrasara, más culpable parecería. Mia no era capaz de poner cara de póquer, un hecho que la había metido en más de un problema en sus años de adolescente. Nunca había podido mentirle a Jace a la cara, así que rezaba para que su interrogatorio no tuviera muchos grados o si no estaría perdida.

—Estoy trabajando para él —dijo calmadamente.

Ash hizo un gesto de sorpresa con los labios y luego se dirigió hacia la puerta.

—Esperaré fuera.

La cara de Jace era la misma que la del icono famoso de *What the fuck?* En el mismo momento en que la puerta se cerró tras salir Ash, él se dirigió hacia Mia con la mandíbula apretada.

—Veamos, ¿qué demonios está pasando aquí? ¿Estás trabajando para él? ¿En calidad de qué? ¿Y por qué me estoy enterando ahora?

—Lo que pasa es que Gabe me ofreció un trabajo. Estoy trabajando como su asistente personal. Y tú te habías ido, esta clase de noticias no es de las que se dan por teléfono.

—¿Y por qué narices no me lo has contado?

Ella puso los ojos en blanco.

—Porque habrías reaccionado tal y como lo estás haciendo ahora y te habrías vuelto en el primer vuelo que hubiera disponible decidido a aclarar la situación.

—¿Cuándo ha ocurrido esto? —le preguntó abruptamente.

Ella se encogió de hombros.

—Cuando tú y Ash os fuisteis a California. Me encontré a Gabe en la gran inauguración y me pidió que viniera a su oficina. *Voilà*. Aquí estoy.

—Así, sin más —dijo con escepticismo.

Entrecerró los ojos y la estudió con intensidad como si estuviera intentando arrancarle la piel para ver lo que tenía dentro de la cabeza.

—Gabe tenía razón. Trabajar en La Pâtisserie era echar a perder mi educación y todo el dinero que te has gastado para que fuera a la universidad. Me sentía cómoda en la pastelería y quizá me daba miedo salir al mundo real. Este trabajo me da la oportunidad de tantear el terreno.

La expresión de Jace se suavizó.

—Si querías un trabajo, ¿por qué no viniste a mí? Sabes que yo me habría ocupado de ti.

Mia eligió sus palabras minuciosamente, porque no quería que sonaran desagradecidas. Quería a Jace con locura. Él había sacrificado mucho por ella y, aun así, había sido capaz de montar una empresa de mucho éxito mientras lidiaba con una hermana mucho más pequeña.

—Quería hacer esto yo sola —le dijo en voz baja—. Sé que

tú me habrías dado un trabajo. Y quizá no es que sea muy diferente a que Gabe me haya contratado. Estoy segura de que todo el mundo dirá lo mismo que si hubieras sido tú, que soy la hermana pequeña de Jace Crestwell y esto es un nepotismo en su máxima expresión. Además, no podría trabajar para ti y lo sabes. —Mia le sonrió con picardía—. Nos mataríamos al segundo día.

Él se rio entre dientes.

—Quizás, es posible. Pero solo porque eres muy cabezota.

Mia sacudió la cabeza.

—Yo no soy cabezota. Mi forma de hacer las cosas siempre es mejor.

—Por cierto, me alegro mucho de verte, peque. Te he echado de menos en California.

—Y esa es la razón por la que me vas a invitar a cenar mañana por la noche —le dijo echándole cara.

Él hizo una mueca.

—¿Puede ser pasado mañana? Ash y yo tenemos este asunto por medio, que es parte de la razón por la que hemos regresado antes de lo previsto. Tenemos una cena con los inversores. Un plan de lo más aburrido y habrá un montón de peloteo.

—De acuerdo, pues quedamos para cenar pasado mañana —le dijo—. Y no te vas a librar.

—Por supuesto que no. Es una cita. Después del trabajo, ve a casa a cambiarte, si quieres, y te recogeré en tu apartamento.

Entonces frunció el ceño.

—Por cierto, ¿cómo te organizas para ir y venir al trabajo?

Ella tuvo mucho cuidado para que su voz pareciera informal, como si fuera perfectamente normal que Gabe le proporcionara transporte.

—Gabe manda un coche a recogerme y luego me lleva a casa.

Por supuesto, obvió el hecho de que la mayoría de las veces se iban del trabajo juntos y de que estaba pasando algunas noches en el apartamento de Gabe. Ahora que Jace había vuelto, tendrían que ser mucho más cuidadosos. A Jace le daría un ataque si se enterara de lo que estaba pasando a puerta cerrada entre ella y Gabe.

Jace asintió.

—Me parece bien. No quiero que camines sola o cojas el metro. —Comprobó su reloj y entonces volvió a mirarla—. ¿Sabes a qué hora tiene previsto volver Gabe? Y ya puestos, ¿sabes dónde leches está? Pensaba que su agenda estaba libre hoy.

—Él, eh… se fue con su padre. No sé con seguridad cuándo volverá, o si volverá.

Jace hizo otro mohín por la contrariedad.

—No digas más. Esa es una situación jodida.

Y Jace no sabía ni la mitad.

Entonces alargó la mano para alborotarle el pelo.

—Dejaré que vuelvas al trabajo. Es duro trabajar para Gabe. Espero que sepas en lo que te estás metiendo. A lo mejor te tendríamos que haber puesto a trabajar para Ash. Tiene una enorme debilidad por ti.

Ella se rio.

—Estaré bien. Deja de preocuparte. ¿No tenéis ni tú ni Ash a nadie más a quien molestar?

—Sí, inversores —murmuró Jace—. Cuídate, peque. Estoy deseando que llegue nuestra cena. Tenemos mucho de lo que ponernos al día.

Justo en el momento en que salió de la oficina de Gabe, ella se hundió en su silla, llena de alivio. El pulso le iba a mil por hora; entonces se echó hacia delante y se llevó las manos a la cara. Había ido mejor de lo que había esperado.

Cuando Gabe se bajó del coche que lo había dejado ante la puerta principal de su edificio de oficinas, no había dado siquiera tres pasos hacia la entrada cuando Jace salió con el entrecejo bien fruncido. Era obvio que había estado esperándolo. Mierda. Se suponía que no iba a llegar hasta mañana. Esperaba por su madre que Mia hubiera manejado bien la situación entre ellos dos. Pero a juzgar por la expresión de su rostro, lo que sea que ella le hubiera dicho o como sea que hubiera explicado la situación no lo había convencido del todo.

—Tenemos que hablar —le soltó secamente cuando Gabe llegó casi a su misma altura.

—De acuerdo —respondió Gabe con calma—. ¿Qué pasa? ¿Problemas en California?

—No te hagas el tonto conmigo. Me cabrea. Sabes perfectamente bien por qué te he esperado aquí.

—Mia —contestó Gabe con un suspiro.

—No me jodas. ¿Qué narices está pasando, Gabe? ¿Hay alguna razón por la que no me hayas dicho que planeabas contratar a mi hermana pequeña?

—No voy a conversar esto contigo en la calle —le soltó.

—Mi despacho servirá —dijo Jace.

Gabe asintió y entonces los dos hombres entraron de nuevo en el edificio y subieron en el ascensor. Había otras personas con ellos, por lo que se quedaron en silencio hasta que llegaron a su planta. Cuando salieron, Gabe siguió a Jace hasta su despacho, que se encontraba antes que el suyo.

Jace cerró la puerta a su espalda y, a continuación, se fue caminando hacia la ventana, se dio la vuelta y se quedó mirando fijamente a su amigo.

—¿Y bien?

—No entiendo por qué estás tan enfadado —le dijo Gabe con suavidad—. Te dije que me la encontré en la inauguración. Te estaba buscando. Bailé con ella, hablamos, le dije que plantara su culo en mi oficina a la mañana siguiente y entonces la mandé a casa en coche.

—Me podrías haber dicho todo eso. Joder, si te vi la misma mañana que le dijiste a Mia que viniera a tu oficina.

Gabe asintió.

—Pero no tenía ni idea de cómo respondería a mi oferta. No tenía ningún sentido decírtelo y cabrearte si al final resultaba que la rechazaba. No necesito tu permiso para contratar a una asistente personal.

La expresión en el rostro de Jace se ensombreció.

—No, pero sí que necesitas mi maldito permiso en lo que concierne a Mia. Ella es mía, Gabe. Todo lo que me queda. La única familia que me queda, y la protegeré hasta mi último aliento. Ella no juega en tu liga.

—Oh, por el amor de Dios. No soy ningún cabrón sin corazón que quiere comérsela viva. Yo también la he visto crecer, Jace. No voy a ser borde con ella.

Incluso mientras lo decía, la culpabilidad se adueñó de él. Se iba a ir derechito al infierno. Iba a arder en él durante toda la eternidad.

—Pues asegúrate de que no le haces daño —le dijo Jace con una voz cuidadosamente controlada—. Y me refiero a todas las formas posibles, Gabe. Mantén las manos alejadas de ella. La respetarás completa y absolutamente. Ni se te ocurra pasarte de la raya con ella. De lo contrario, responderás ante mí.

Gabe se tragó el arrebato de ira que se le formó ante la amenaza de Jace. No podía culparlo por proteger a Mia. Él en su lugar estaría haciendo lo mismo. Pero le irritaba que Jace tuviera tan poca fe en él, que pensara que podría destrozar a una inocente.

Pero bueno, ¿no era eso lo que estaba haciendo? ¿Usarla para su propio placer? ¿Indiferente a cualquier cosa que no fuera poseerla?

—Entendido —le dijo con los dientes apretados—. Ahora, si has terminado, tengo trabajo que hacer.

—Ash y yo tenemos una cena bastante temprano esta noche. De negocios. Creo que acabaremos pronto. ¿Quieres venir a tomar algo después? —le preguntó Jace con tono informal.

Era una propuesta de paz. Tras el rapapolvo, Jace estaba intentando suavizar las cosas. Dejarle saber a Gabe que todo iba bien. Maldita sea. Gabe tenía planes con Mia. Una cena encantadora, y por supuesto el sexo también estaba en la agenda.

Maldición. Pero tampoco quería empeorar las cosas con Jace y Ash. Si quería que esto funcionara tenía que encontrar la delicada balanza entre no alejarse de Jace y Ash y mantener el tiempo que pasara con Mia en secreto.

—Mejor más tarde. Alrededor de las nueve —dijo Gabe mientras le daba vueltas en la cabeza a la idea de cómo iba a explicárselo a Mia.

Jace asintió.

—Me va bien. Se lo haré saber a Ash.

Capítulo diecinueve

$\mathcal{M}$ia alzó la mirada cuando Gabe entró en el despacho, y un aleteo en el estómago comenzó a bajarle hasta el vientre cuando cerró la puerta con pestillo a sus espaldas. Mia sabía lo que eso significaba. Se lo quedó mirando con prudencia cuando este se encaminó hacia ella con los ojos brillándole de lujuria y necesidad.

—Gabe... —comenzó—. Jace está aquí. Quiero decir, que ha vuelto antes.

Él se paró, tiró de ella hasta levantarla de su silla y la empujó hacia su propia mesa.

—Ni Jace, ni Ash me molestarán cuando tengo la puerta cerrada. Están ocupados haciendo planes para su cena de negocios de esta noche.

Las frases sonaron entrecortadas, como si no le gustara tener que dar explicaciones. De acuerdo, pero a ella no la iba a sorprender su hermano al intentar abrir la puerta cuando Gabe le estaba haciendo Dios sabía qué tras esa puerta cerrada. Jace y Ash estaban acostumbrados a tener pleno acceso al despacho de Gabe. No tenía ni idea de cómo iban a continuar su *affaire* en la oficina cuando su hermano estaba por ahí pululando.

Gabe alargó la mano hasta meterla por debajo de su falda, y se quedó paralizado cuando se encontró con la tela de las bragas. Mierda. Se había olvidado. Ni siquiera había pensado en ello. Ponerse bragas era una costumbre. ¿Quién narices piensa en no ponérselas? Había estado cansada por las incesantes órdenes de Gabe la noche anterior, y se le había ido de la cabeza el no ponerse ropa interior.

—Quítatelas —le ordenó—. La falda también, y dóblate por encima de la mesa. Te dije lo que ocurriría, Mia.

Oh, mierda. El culo aún lo tenía dolorido de la noche anterior, ¿y ahora pensaba en azotarla otra vez?

De mala gana, se bajó las bragas y las dejó caer al suelo. Luego se bajó la falda y se quedó desnuda de cintura para abajo. Entonces, con un suspiro, se inclinó sobre la mesa.

—Más —le volvió a ordenar—. Pega la cara contra la madera y deja el culo en pompa para que lo vea.

Mia obedeció cerrando los ojos y preguntándose por centésima vez si se había vuelto loca de remate.

Para su completa sorpresa, los dedos de Gabe, bien lubricados, se deslizaron entre los cachetes de su trasero y empujaron contra su ano. Despegó los dedos para buscar más lubricante y los volvió a presionar con suavidad por toda la entrada de su culo.

—¡Gabe! —soltó Mia con un grito ahogado.

—Shh —la regañó—. Ni una palabra. Tengo un juguete anal que voy a meterte en el culo. Lo llevarás durante todo el día, y antes de que te vayas a casa vendrás a mí para que te lo quite. Mañana por la mañana cuando vengas al trabajo, lo primero que harás será enseñarme ese bonito culo que tienes para que te lo vuelva a meter. Lo llevarás todo el tiempo mientras estés trabajando, y solo te lo quitarás cuando el día termine. Cada día te pondré uno de mayor tamaño hasta que esté seguro de que puedes acoger mi polla dentro de tu culo.

Gabe continuó hablando mientras presionaba la redonda punta del juguete contra su ano.

—Relájate y respira, Mia —le dijo—. No lo hagas más difícil de lo que es.

Qué fácil era decirlo para él. Nadie le estaba doblando y le estaba metiendo objetos extraños en el culo.

Aun así, cogió aire, lo soltó e intentó relajarse lo mejor que pudo. En el momento en que lo hizo, Gabe lo introdujo en ella con un firme empujón. Mia ahogó un grito cuando se vio atacada por la ardiente sensación de estar completamente llena. Se retorció y movió, pero lo único que obtuvo fue una cachetada en el culo por su esfuerzo. Y Dios… esa cachetada fue abrumadora, porque hizo que el extraño objeto se sacudiera.

Lo escuchó alejarse y abrir un armario. Luego oyó los pasos acercarse al volver de nuevo. A Mia se le quedó el aire en la garganta cuando sintió una punta de... ¿cuero? ... deslizarse por todo su trasero de forma sensual.

Entonces sintió una quemazón en las nalgas y pegó un aullido a la vez que se levantaba de la mesa.

—Abajo —le ordenó bruscamente—. Quédate ahí, Mia. Soporta tu castigo como una niña buena y se te compensará.

Ella cerró los ojos con fuerza y lloriqueó cuando recibió otro golpe con la fusta. Tenía que ser una fusta; crujía y lo sentía como un cinturón, pero era pequeño y no cubría tanta piel de su trasero de una sola vez.

Un ligero gemido escapó de su garganta cuando él la volvió a sacudir. El dildo anal la estaba volviendo loca. La piel se estiraba a su alrededor, le ardía cada golpe. Se estaba poniendo a cien y eso la enfurecía. Estaba tan mojada que era un milagro que no estuviera chorreando.

Gabe se detuvo un momento y luego tiró ligeramente del dildo. Apenas se lo sacó del cuerpo antes de volvérselo a hundir en su interior. Mia no podía quedarse quieta. La estaba volviendo loca. Toda ella estaba ardiendo. Le hervía el cuerpo. Era como estar quemándose sin tener alivio ninguno.

Se preparó para recibir otro latigazo, pero este nunca llegó. Escuchó el sonido de una cremallera bajándose, y entonces sintió las duras manos de Gabe en sus piernas para girarla de manera que su espalda fuera ahora la que estuviera pegada a la mesa. Las piernas le colgaban por el borde de la mesa antes de que él se las cogiera y las pusiera por encima de sus brazos para colocarse entre ellas.

Madre de Dios... Se la iba a follar con el dildo metido en el culo.

Era como acoger dos miembros al mismo tiempo; ni en sus fantasías más salvajes lo había considerado nunca.

La punta redondeada de su pene presionó contra la abertura de su cuerpo, que el dildo hacía que fuera más pequeña. Gabe empujó y se impuso en el interior de su cuerpo.

—Tócate —le dijo con una voz forzada—. Usa los dedos, Mia. Haz que me sea más fácil poseerte. Quiero que esto sea bueno para ti. No quiero hacerte daño.

Ella alargó la mano hacia abajo y deslizó los dedos por encima de su clítoris. Dios, la sensación era tan buena...

—Eso es —dijo Gabe con un ronroneo—. Me vas a acoger entero, nena. Sigue tocándote. Haz que sea placentero para ti.

Él se introdujo a medias y luego embistió de nuevo y se hundió por completo en su interior. Mia casi se levantó por encima de la mesa y contuvo un grito en la garganta. Tuvo que apartar la mano porque casi se corrió en el sitio y ella quería que esto durara. Quería disfrutar de cada segundo.

Era completamente indecente, una carrera directa al orgasmo. Gabe la poseyó con fuerza y sin descanso, la embestía con un ritmo vigoroso y rápido que la estaba haciendo jadear con cada respiración que daba.

—Si no te das prisa te voy a dejar atrás —dijo Gabe con voz ronca—. Vamos, Mia. No me queda mucho.

Ella se precipitó a masajearse el clítoris con el dedo otra vez en círculos.

—Oh, Dios… oh, Dios… —coreó.

—Eso es, nena. Eso es. Me voy a correr dentro de ti. Lo único que lo podrá superar será cuando me pueda correr dentro de ese culito.

Esas palabras ilícitas y obscenas la llevaron justo al límite. Arqueó la espalda y la otra mano se fue directa a la mesa mientras se corría alrededor de su miembro. El semen caliente salió disparado dentro de su sexo e hizo que le fuera más fácil deslizarse en su interior. La embistió hasta que el semen se le derramó y empezó a gotear hasta la abertura anal, donde el dildo estaba bien introducido. El sudor le inundaba la frente y su rostro denotaba esfuerzo, pero cuando Gabe abrió los ojos, estos brillaron con una pasión primitiva.

Durante un momento largo se quedó ahí, mirándola y pegando las caderas contra su trasero. Luego se salió y la dejó relajada y saciada encima de la mesa.

—Eres tan preciosa —gruñó—. Mi semen chorreando por tu culo. Goteando en el suelo. Tu sexo hinchado y lleno de mi leche… como tiene que ser.

Oh, dios, le encantaba cuando le hablaba así. Mia se estremeció y su sexo se encogió, de forma que más semen se derramó al suelo.

—Por Dios, Mia. Me pones cachondo. No puedo esperar a llenar ese culito tuyo con mi leche.

Gabe le bajó las piernas y alargó la mano hasta sus brazos para alzarla y bajarla de la mesa. El semen le chorreó por el interior de los muslos en el mismo momento en que se puso de pie, que al principio fue un bamboleo hasta que intentó recuperar el equilibrio.

—Ve a lavarte —le dijo con voz ronca—. Déjate el dildo puesto hasta que yo te lo quite.

Con las piernas que le temblaban, Mia se dirigió al cuarto de baño con el dildo ardiéndole y excitándola de nuevo mientras andaba. La presión era abrumadora y maravillosa.

En el mismo instante en que salió del baño, Gabe estaba ahí esperándola. Se la pegó contra sel pecho y le dio un beso castigador que la dejó sin aliento.

—No me vuelvas a desobedecer —le advirtió.

—Lo siento —le dijo con suavidad—. Se me olvidó.

Los ojos de Gabe brillaron mientras la miraban a la cara.

—Apuesto a que no se te olvidará la próxima vez.

Capítulo veinte

*E*nfurruñarse era una actitud infantil e inmadura, pero le daba igual y ahí estaba haciendo un puchero como si fuera una niña de dos años. Él sabía perfectamente lo que le estaba haciendo, y Mia ya estaba fantaseando seriamente con todas las formas con las que pudiera hacerlo sufrir a él.

Incluso tras el asombroso orgasmo que le había provocado, seguía inquieta y de los nervios. ¡Necesitaba correrse otra vez! Ese maldito dildo la estaba volviendo loca, y él lo sabía.

Gabe estaba sentado, así sin más, al otro lado de la sala, frente a su mesa, y actuaba como si no acabaran de follar como animales sobre esa misma mesa.

El interfono sonó, un hecho poco usual, y Mia, como siempre, lo ignoró y se centró en la tarea que Gabe le había puesto para ese día en particular. Pero cuando escuchó lo que Eleanor dijo, inmediatamente puso la oreja mientras intentaba aparentar que no estaba prestando ni la más mínima atención.

—Señor Hamilton, eh… la señora Hamilton está aquí y quiere verle.

Gabe se enderezó en la silla con un gesto de sorpresa en todo el rostro.

—¿Mi madre? Claro, dile que entre.

Al otro lado de la línea se escuchó una ligera e incómoda tos.

—No, señor. Dice que es su esposa.

Mia apenas pudo controlar la boca antes de que se le abriera de la estupefacción. Guau… la mujer tenía ovarios para presentarse en la oficina de su exmarido afirmando ser la señora Hamilton.

—Yo no tengo esposa —respondió Gabe glacialmente.

Se escuchó un suspiro y Mia sintió pena de Eleanor. Esta situación tenía que ser tremendamente incómoda para ella.

—Dice que no se irá hasta que la reciba, señor.

Oh, mierda. Esto no podía terminar bien.

Mia alzó la mirada esperando ver a Gabe furioso. Pero se lo veía tranquilo e impávido. Como si el hecho de que su exmujer viniera a la oficina fuera algo normal y corriente.

—Dame un minuto y luego dile que entre —dijo Gabe con un tono neutro.

Entonces levantó la mirada hasta Mia.

—Si nos perdonas… Puedes esperar con Eleanor o tomarte un descanso.

Mia se levantó más contenta que unas pascuas por salir del despacho. La temperatura había caído sus buenos diez grados. Caminó tan rápido como pudo al tener el maldito dildo metido en el culo, y salió justo cuando la ex de Gabe estaba entrando en el pasillo.

Mia la había visto antes. Había visto fotos. Lisa era una mujer guapa. Era alta y elegante y no tenía ni un pelo mal colocado. Era la mujer perfecta para un hombre como Gabe. Se la veía tan refinada y rica como el propio Gabe.

Hacían muy buena pareja, tuvo que admitir Mia. Con el pelo rubio platino de Lisa y el casi negro azabache de él, contrastaban a la perfección. Los ojos de Lisa eran de un verde apagado mientras que los de Gabe eran de un exquisito azul intenso.

Lisa pasó por su lado mientras le sonreía ligeramente. Era humillante para Mia estar ahí con un dildo que Gabe le había insertado no mucho antes mientras su exmujer desfilaba por su lado. Las mejillas le tenían que estar ardiendo.

—Gracias —murmuró Lisa.

Mia cerró la puerta cuando esta entró y se paró un momento a pensar en los valores éticos de lo que estaba contemplando hacer.

A la mierda. ¿Qué es lo peor que podría suceder? ¿Más azotes?

Pegó la oreja a la puerta y luego echó una mirada con nerviosismo al pasillo para asegurarse de que nadie la veía. Se estaba muriendo de curiosidad, y, posiblemente, a lo mejor también se sentía un poco amenazada por la visita de Lisa. La hacía sentirse insegura y… celosa. Sí, podía admitir los celos que tenía de la otra mujer. Después de todo, ella había tenido lo que Mia no tuvo y nunca tendría.

El corazón de Gabe.

Escuchó con atención y al final pudo pillar y descifrar sus palabras conforme sus voces se alzaban.

—Cometí un error, Gabe. ¿No puedes perdonar eso? ¿Estás dispuesto a darle la espalda a lo que tuvimos?

—Tú fuiste la que se marchó —dijo Gabe en un tono tan frío que a Mia le entró un escalofrío—. Esa fue tu elección. También fue tu elección mentir sobre nuestra relación y burlarte de todo lo que compartimos. Yo no te di la espalda, Lisa. Tú me la diste a mí.

—Te quiero —le dijo ella con una voz tan suave que Mia tuvo dificultades para entender—. Te echo de menos. Quiero que volvamos juntos. Sé que aún sientes algo por mí. Lo veo en tus ojos. Me arrastraré, Gabe. Haré lo que sea que tenga que hacer para convencerte de que lo siento.

Maldita sea, debían de haberse alejado de la puerta, ¡porque no escuchaba nada!

—¿Qué estás haciendo?

Mia se enderezó al instante y pegó un bote del susto.

—¡Maldita sea, Ash! ¡Me has asustado!

Él cruzó los brazos encima del pecho y la observó con diversión.

—¿Hay alguna razón en particular por la que tengas la oreja pegada a la puerta de Gabe? ¿Te ha echado? ¿Ya has provocado la ira del jefe? Ves, deberías venir a trabajar para mí. Yo te mimaría y te querría y sería amable contigo.

—Oh, por el amor de Dios, Ash. Cállate. Estoy intentando escuchar.

—Eso es evidente —le dijo con sequedad—. ¿A quién estamos escuchando a escondidas?

—Lisa ha venido a verlo —siseó Mia—. ¡Y mantén la voz baja o nos oirán!

La sonrisa de Ash se apagó de forma progresiva y en su lugar apareció un gesto de preocupación.

—¿Lisa? ¿Su exmujer? ¿Lisa?

—Esa misma. Estaba intentando enterarme de lo que pasaba. Lo único que he pillado es que ella lo siente y quiere volver.

—Por encima de mi cadáver —murmuró Ash—. Muévete, que quiero escuchar.

Mia se apartó lo suficiente como para que ambos pudieran poner la oreja sobre la puerta. Ash puso un dedo sobre los labios para indicarle a Mia que se quedara en silencio. ¿En serio? Si ella era la que estaba intentando que él se callara.

—Ah, mierda. Está llorando —volvió a murmurar Ash—. Que una mujer llore nunca es bueno. Gabe no puede soportarlo. Se muere cuando una mujer llora y esa zorra lo sabe.

—¿No crees que estás siendo un poco duro? —le dijo Mia.

—Ella lo jo… eh, se la jugó a Gabe pero bien jugada, Mia. Yo estaba ahí. Y también Jace. Si alguna vez tienes dudas, pregúntale a Jace lo destrozado que se quedó cuando le contó a los medios todas sus mentiras. Es un imbécil como no la eche ya de la oficina.

—Bueno, eso es lo que estoy intentando averiguar, si es que te puedes quedar calladito —le dijo con paciencia.

—Cierto —contestó Ash, y se quedó en silencio al mismo tiempo que ambos se pusieron a escuchar una vez más.

—No me voy a rendir, Gabe. Sé que me quieres y yo aún te quiero. Estoy dispuesta a esperar. Sé que tienes tu orgullo.

—No esperes mucho rato —le soltó Gabe mordazmente.

—Mierda, se están acercando —dijo Ash. Agarró a Mia del brazo, la arrastró por el pasillo y luego la metió dentro de su despacho—. Siéntate —le indicó—. Actúa como si hubiéramos estado pasándolo pipa.

Él se precipitó hacia su mesa y plantó el culo en la silla antes de poner los pies encima de la pulida superficie. Ni tres segundos después, Lisa pasó dando zancadas con el rostro enrojecido por las lágrimas. Se estaba poniendo las gafas de sol para esconder lo evidente al mismo tiempo que desaparecía por el pasillo.

—Quédate aquí —le dijo Ash con suavidad—. No quiero que vuelvas a la guarida del león tan pronto después de esa confrontación.

Un sonido fuera hizo que ambos levantaran la vista de nuevo para ver a Jace pasar por delante de su puerta. Se detuvo cuando vio a Mia, y parpadeó para comprobar que estaba viendo correctamente. Entró en el despacho con la frente fruncida, y Mia, en silencio, gimió. Esto ya se pasaba de incómodo. Estaba atrapada en el despacho de Ash con Jace, tenía un dildo anal metido en el culo mientras Gabe se encontraba en la habitación de al lado esquivando los tejos que le estaba tirando su exmujer.

—¿Qué pasa? ¿Por qué está Mia aquí?

Ash negó con la cabeza.

—¿No puedo saludar a mi chica favorita?

—Corta el rollo, Ash. No seas imbécil —gruñó Jace—. ¿Era Lisa a la que he visto salir de la recepción?

—Sí —contestó Ash—. De ahí que Mia esté aquí conmigo. La estoy librando de la ira de Gabe al estar todavía tan reciente el encuentro con su ex.

—¿A qué narices ha venido? —inquirió Jace.

Estaba claro que ni a Ash ni a Jace les caía bien Lisa. Su lealtad para con Gabe era fuerte y los tres se unieron más aún tras el divorcio.

—Ash y yo estuvimos escuchando a hurtadillas en la puerta —dijo Mia.

Jace arqueó una ceja.

—¿Y quieres conservar tu trabajo? Gabe te cortaría la cabeza y ni siquiera yo podría salvarte.

—¿Quieres saber lo que hemos escuchado o no? —Mia sacudió la cabeza con impaciencia.

Jace asomó la cabeza por la puerta para controlar el despacho de Gabe y luego volvió a entrar y cerró la puerta del despacho de Ash tras de sí.

—Soltad prenda.

—Quiere volver —dijo Ash arrastrando las palabras—. Y también se marcó un numerito.

—Ah, joder —murmuró Jace—. Espero que la haya mandado a la mierda de una vez por todas.

—No estoy segura de lo que le dijo —murmuró Mia—. Alguien no quería callarse para que pudiera escuchar.

—Te garantizo que Gabe no cayó en su mentira —dijo Ash echándose hacia atrás en la silla y cruzando los brazos sobre el pecho.

Mia no estaba tan segura. Después de todo, Gabe había estado casado con ella. El final de su relación era lo que había formado la base de todas y cada una de las relaciones que habían venido después, incluyendo la suya propia con él. Eso decía lo mucho que lo había afectado. Puede que estuviera enfadado, eso no lo dudaba ni por un segundo, pero eso no significaba que Gabe ya no la amara y que no fuera a intentar hacer que las cosas funcionaran si eso implicaba que la iba a tener otra vez bajo sus condiciones.

—Voy a darle una buena hostia —murmuró Jace.

Entonces miró a Mia y alargó la mano para despeinarla con la mano.

—Aún tenemos esa cena mañana por la noche, ¿verdad? ¿A qué hora quieres que te recoja?

—¿Qué? ¿Y a mí no me invitáis? —preguntó Ash con horror.

—¿No tienes a quién más molestar? —le replicó Jace.

La expresión de Ash se puso tensa por un momento y luego murmuró:

—Una reunión familiar. Yo paso.

El corazón de Mia se ablandó e incluso Jace hizo una mueca, con el rostro lleno de compasión. Ash y su familia no se hablaban. Nada. Ash ni siquiera intentaba poner buena cara; si su familia iba a ir a algún lado, él se buscaba algún otro plan para estar en otro sitio diferente. Y la mayoría de las veces era con Jace o Gabe.

—Oh, deja que venga —dijo Mia manteniendo la voz suave para que Ash no se diera cuenta de lo que estaba haciendo—. Me evitará que me des la charla por Dios sabe qué. Ash me defiende.

—¿Ves? A ella le caigo mejor —dijo Ash con suficiencia.

—Está bien, ¿a qué hora quieres que te recojamos? —preguntó Jace con falsa resignación.

—A las seis me va bien. ¿Os viene bien a vosotros? No voy a necesitar mucho tiempo para cambiarme y estar lista. ¿Vamos a tomar algo en plan informal, o cómo?

—Yo sé de un pub genial donde se cena muy bien justo en tu calle, peque. Así que ponte vaqueros y vamos allí —dijo Jace.

Lo que significaba que estaba haciendo esto por ella, ya que eso de salir a pubs no iba exactamente mucho con él.

—Perfecto.

La puerta se abrió y Gabe asomó la cabeza con la frente fruncida.

—Eh, tíos, ¿habéis visto a…?

Se paró cuando vio a Mia sentada frente a la mesa de Ash y luego miró a este y a Jace con sospecha.

—¿Estoy interrumpiendo algo?

—Para nada —dijo Ash con aire despreocupado—. Solo estábamos haciéndole compañía a Mia mientras tú te liabas y te reconciliabas con tu ex.

Los ojos de Mia se abrieron como platos ante el atrevimiento de Ash. Joder, iba a conseguir meterlos a ambos en problemas con Gabe.

—Cierra la puta boca, Ash —gruñó Gabe.

—Genial —murmuró Jace—. Ahora estás mandando a Mia ahí dentro con él cuando se supone que la estabas rescatando precisamente de eso mismo.

Mia se puso de pie esperando poder acallar los siguientes gruñidos de Ash.

—Os veré a ambos mañana para cenar —dijo ella precipitadamente mientras empujaba a Gabe para sacarlo del despacho.

Cerró la puerta a su espalda para separar a Gabe de Jace y Ash y de cualquier otro comentario que cualquiera de ellos pudiera soltar. Sin esperar a Gabe, Mia se encaminó hasta el despacho y entró.

Gabe llegó justo detrás de ella. Podía sentir su presencia tan abrumadora, podía sentir el calor irradiando de su piel. Era como un león al acecho. Muy apropiado, ya que Ash había estado muy convencido de que iba a volver a la guarida del león.

—¿Vas a cenar con los dos?

Ella se dio la vuelta con las cejas arqueadas ante el extraño deje en su voz.

—Sí. Ash se invitó solo. Jace me recogerá a las seis. Me iré a mi apartamento directamente tras el trabajo.

Él se acercó a ella con la mirada intensa y taciturna.

—Pero no te olvides de a quién perteneces, Mia.

Ella parpadeó de la sorpresa y luego se rio.

—No puedes pensar en serio que Ash… —sacudió la cabeza para evitar pronunciar esa idea tan ridícula.

Él le levantó el mentón y la obligó a mirarlo a los ojos.

—A lo mejor necesitas un recordatorio.

Había algo en su voz, en ese poder primitivo que fluía de su cuerpo, que la hizo permanecer en silencio y sumisa.

—De rodillas.

Ella se hundió sobre las rodillas posicionándose de una manera bastante rara para que el dildo se quedara intacto. Gabe abrió con torpeza la cremallera de sus pantalones y se sacó el miembro semierecto.

—Chupa —le ordenó—. Haz que me corra, Mia. Quiero esa boca tuya tan preciosa alrededor de mi polla.

Gabe le echó la cabeza hacia atrás, enterró los dedos en su pelo y luego la empujó contra su creciente erección. La punta rebotaba contra sus labios, pero luego él se movió y la obligó a abrir los labios conforme avanzaba en el interior de su garganta.

Estaba bien adentro, presionando y frotándose una y otra vez contra su lengua. Gabe se estaba comportando con mucha más intensidad que normalmente, y Mia se preguntó exactamente cuánto le había afectado la visita de Lisa. ¿Estaba intentando eliminar todo rastro de ella de su despacho?

Pero entonces lo miró a los ojos y se relajó. Gabe estaba enfadado, pero no con ella. Había necesidad, casi desesperación en su mirada; las manos vagaron libres por toda su cabeza y luego por su rostro. La acarició y la tocó casi como si se estuviera disculpando por esa necesidad tan desesperada.

Mia alargó una mano y la enrolló alrededor del tallo de su miembro para luego separarlo con suavidad con la otra de manera que pudiera ponerse mejor de rodillas. Ralentizó el ritmo y lo comenzó a succionar lentamente y sin ninguna prisa.

El orgasmo que iba a sentir no iba a ser uno cualquiera. Le iba a dar amor incluso aunque él no lo quisiera. Lo necesitaba. Él la necesitaba, aunque eso fuera lo último que fuera a decirle nunca.

Mia movía la mano arriba y abajo en sintonía con su boca. Lo estrujaba y masajeaba de la base a la punta, y dejaba que el glande rozara sus labios antes de volverlo a acoger entero en su garganta.

—Joder, Mia —dijo Gabe en voz baja—. Es increíble lo que me haces.

Movió las caderas contra sus labios y el chorro caliente y salado de semen que salió le llenó toda la boca. Mia no dejó de succionarlo más adentro, lo quería entero, lo estaba acogiendo entero. Le dio todo su amor y atención mientras lo chupaba con dulzura y movimientos lentos, renunciando al ritmo frenético de antes.

Lo lamió desde la punta hasta los testículos, no se dejó ni un centímetro.

Por fin deslizó la boca por todo su miembro y dejó que Gabe se escurriera entre sus labios. Mia lo miraba a los ojos; una imagen de perfecta sumisión, de aceptación. Y dejó que la viera a ella, que la viera de verdad.

Gabe se encogió de dolor y, a continuación, se dejó caer de rodillas frente a Mia para que estuvieran casi al mismo nivel visual. La estrechó entre sus brazos y la sujetó fuertemente contra su pecho mientras su cuerpo jadeaba del alivio que Mia le había proporcionado.

—No puedo estar sin ti —le susurró—. Te tienes que quedar, Mia.

Ella le acarició la espalda con las manos y luego las subió hasta la cabeza para abrazarlo con cariño.

—No me voy a ningún lado, Gabe.

Capítulo veintiuno

$\mathcal{M}$ia se dobló sobre la mesa de trabajo de Gabe y apoyó las manos en la superficie, con la falda subida hasta la cintura para que este le extrajera el dildo. Cerró los ojos y dejó escapar un suspiro de alivio; el juguetito la había tenido de los nervios toda la tarde. A lo mejor ahora podía calmar todo ese subidón que le había provocado.

Gabe le limpió el ano con cuidado. Se tomó su tiempo en pasarle la toalla por la piel, y luego le bajó la falda y le dio una ligera palmada en el cachete.

—Ve a por tus cosas. Pasaremos por el apartamento para cambiarnos y después iremos a cenar.

Mia solo quería quedarse tumbada encima de la mesa durante los siguientes quince minutos mientras se recuperaba de esa sensación de tensión que había sentido durante tanto rato. En vez de regañarla por no seguir sus órdenes de inmediato, Gabe deslizó las manos por sus hombros, la levantó y la estrechó entre sus brazos.

Ella se acurrucó junto él, inhaló el olor sazonado que desprendía su piel y absorvió todo su calor. Luego Gabe la besó en la cabeza y murmuró:

—Sé que te he presionado mucho. Pero parece que no me sale hacer otra cosa.

Ella sonrió contra su pecho y lo envolvió con sus brazos para estrecharlo con fuerza. Gabe pareció sorprenderse ante el gesto; se quedó rígido durante un instante pero luego la apretó más contra él y escondió el rostro en su cabello.

—No dejes que te cambie, Mia —le susurró—. Eres perfecta tal y como eres.

Pero ya la había cambiado de una forma irrevocable. Mia ya nunca volvería a ser la misma.

Cuando la soltó, Gabe se giró casi como si no le hubiera gustado el hecho de haberle susurrado lo que acababa de susurrarle. Ella se alisó la ropa y pretendió no ver su incomodidad. Se acercó a su propia mesa para coger el bolso y luego se volvió a girar hacia Gabe con una amplia sonrisa en el rostro.

—¿Nos vamos?

Él extendió el brazo para instarla a ir delante y luego le puso la mano en la espalda al tiempo que salían del despacho. Ambos se despidieron de Eleanor, que también estaba preparándose para marcharse, y luego se encontraron a Ash esperando el ascensor.

A Mia se le paró el corazón. ¿No se suponía que estaba en una cena de negocios con Jace? Dios, ¿qué hubiera pasado si hubiera querido presentarse en el despacho de Gabe? ¿Habría ido y se la habría encontrado cerrada? Peor, ¿podría haber escuchado algo?

—Ash, pensé que estabas con Jace —pronunció Gabe como si nada.

Ash sonrió y Mia se asombró de lo guapo que era ese hombre.

—Me olvidé una carpeta con información importante sobre la gente con la que nos íbamos a reunir. Jace está camelándoselos y excusándome por mi inevitable retraso.

Mia resopló.

—¿Jace camelándoselos? Ese es tu fuerte, Ash. ¿Cómo demonios te las has apañado para ser tú el que venga por la carpeta? Seguramente se está tirando de los pelos ahora mismo.

Ash la cogió de la barbilla y luego la estrechó entre sus brazos.

—Te he echado de menos, chiqui. Y sí, no es que le haya dejado muchas opciones a Jace. Me fui antes de que pudiera mostrarse amenazante.

Ella le devolvió el abrazo a Ash, relajada ante el evidente afecto que le estabamostrando. Hasta ese momento, había pasado bastante tiempo desde la última vez que había disfrutado de la compañía de Ash y Jace. Lo echaba de menos. Echaba de menos su constante y reconfortante apoyo.

—Yo también te he echado de menos. Ha pasado mucho tiempo, Ash. Estaba empezando a pensar que ya no me querías.

Entraron en el ascensor y Ash la miró con cara horrorizada.

—¿No quererte? Si hasta podría ir a matar dragones por ti. Yo te adoro.

Ella puso los ojos en blanco.

—No te pases. No me vengas con todo ese encanto que tienes porque conmigo no te va a servir de nada.

Ash le echó un brazo por encima de los hombros y sonrió durante todo el rato.

—Soñar es gratis —suspiró de forma dramática—. Un día… serás mía.

—Sí, justo después de que Jace te arranque las pelotas —le dijo Gabe, serio.

Ash se ruborizó, lo que solo logró que pareciera mucho más atractivo. Era una pena que no se sintiera atraída hacia él, porque se imaginaba que podría ser muy bueno en la cama. Ligón y divertido, además de un completo pervertido. Pero si los rumores eran ciertos, él y Jace tendían a tener sexo siempre con la misma mujer, y eso sería bastante raro e incómodo…

Le entró un escalofrío solo de pensarlo. Había cosas que no tenía la necesidad de saber sobre su hermano, por el amor de Dios. E imaginárselo desnudo con Ash sencillamente había estropeado toda la imagen que tenía de Ash. Lo cual era triste, porque el hombre sí que suscitaba momentos dignos del mejor suspiro.

—Te veo luego por la noche, Gabe —dijo Ash mientras salía del ascensor—. Jace me espera y, si no llego pronto, espantará a los inversores antes de que tenga oportunidad de usar mi encanto.

Gabe se despidió con la mano y Mia le dijo adiós. Entonces, Gabe la metió en el coche para volver al apartamento.

—¿Has quedado con Ash esta noche? —le preguntó Mia cuando ambos se sentaron—. Entonces, ¿no vamos a vernos?

Este apretó los labios en una fina línea.

—Vas a cenar conmigo, como estaba previsto. Tengo que reunirme con Jace y Ash sobre las nueve para tomar algo con ellos.

—Oh —soltó ella, preguntándose de qué iba todo eso. Aunque tampoco era nada del otro mundo; cuando los tres se encontraban en la ciudad y no viajando en una dirección diferente cada uno, solían pasar bastante tiempo juntos.

Mia suponía que, si eso cambiaba tan repentinamente justo después de que hubiera empezado a trabajar para Gabe, podría levantar algunas sospechas sobre todo en Jace.

—¿Qué debo ponerme? —le preguntó para cambiar de tema.

Los ojos de Gabe se posaron en ella, recorriéndola de arriba abajo como si se la estuviera imaginando desnuda.

—Uno de tus vestidos nuevos. El negro con la abertura en el muslo.

Ella levantó el entrecejo.

—¿Vamos a ir sofisticados esta noche?

Él no reaccionó. La expresión de su rostro era inescrutable.

—Voy a llevarte a cenar a un sitio bonito y tranquilo. Después iremos a bailar. Buena música, buena comida y una mujer hermosa. No hay mucho más que un hombre pueda pedir.

El cuerpo de Mia se llenó de satisfacción ante su cumplido. Y aunque fue breve, los labios de Gabe se arquearon hacia arriba casi como si no pudieran evitar reaccionar ante el gozo de ella.

Momentos depués la expresión de su rostro se volvió más seria.

—No eres solamente una mujer hermosa, Mia. No quiero que lo olvides nunca. Tú eres más que eso. No me dejes nunca que arrase con todo y no deje nada a mi paso.

Sus crípticas advertencias aumentaban en número. Mia no estaba completamente segura de saber qué hacer con ellas. ¿La advertía a ella, o se advertía a sí mismo? Era un enigma. Nunca estaba completamente segura de lo que pensaba a menos que estuvieran teniendo sexo. Sus pensamientos entonces eran más que evidentes; en esos momentos sabía exactamente lo que tenía en la cabeza.

Cuando llegaron al apartamento, subieron y ella desapareció en el cuarto de baño para prepararse. Si iban a ir más elegantes, quería impresionar a Gabe. Quería parecer sofisticada, como si encajara a su lado.

Se moldeó el pelo y entonces se hizo un recogido que dejaba algunos tirabuzones sueltos en la nuca y a los lados del cuello. Se maquilló de forma sencilla, solo con máscara de pestañas y un brillo de labios de color pálido que hacía que sus labios destacaran, pero no de una manera exagerada. Era un claro ejemplo de que menos es más. El arte del maquillaje consistía en parecer no estar realmente maquillada.

El vestido era impresionante. Aún no se podía creer lo bien que le quedaba. Esos altos tacones que llevaba le daban la altura necesaria como para permitirle ponerse ese vestido largo, con abertura de muslo incluida, y le hacía las piernas mucho más largas y curvilíneas.

Aunque Gabe se había quejado del vestido con la espalda al aire que había llevado en la gran inauguración, había elegido este otro que tenía solo dos tiras que se cruzaban por detrás. El resto de la espalda iba al aire y llegaba atrevidamente justo hasta la línea donde se iniciaba su trasero. Su coxis era bastante tentador, no hacía más que invitar a los hombres a posar las manos en él.

No llevaba sujetador; el corpiño era lo bastante firme como para no tener que preocuparse por el tema, pero el escote bajaba hasta mostrar ligeramente la parte superior de sus pechos.

Era evidente que Gabe estaba de un humor interesante. Normalmente se mostraba amenazador con cualquiera —especialmente con otros hombres— que la viera con algún trapito remotamente revelador. Pero esta noche Mia se sentía y parecía una fiera sexual. La gustaba la confianza y seguridad que eso le daba.

Cuando salió del cuarto de baño, Gabe se encontraba sentado en el borde de la cama, esperándola. Los ojos le brillaron con inmediato aprecio, lo que hizo que Mia se girara. Levantó las manos, se dio la vuelta y luego se quedó frente a él.

—¿Paso el examen?

—Joder, sí —gruñó Gabe.

Cuando este se levantó, Mia lo miró con detenimiento también. El caro traje de tres piezas hizo que la boca se le hiciera agua. En otro hombre luciría aburrido, casi formal. ¿Pero en Gabe? Resultaba divino. Pantalones negros, chaqueta negra y camisa blanca con el último botón desabro-

MAYA BANKS

chado. Iba informal y exquisito, como si no le importara en absoluto lo que la gente pensara, y eso lo hacía parecer incluso más atractivo.

—¿Me lo tomo como que en el sitio al que vamos la corbata es opcional? —bromeó.

Gabe le respondió con una media sonrisa.

—Hacen la vista gorda conmigo.

¿Y quién no? ¿Quién podría decirle «no» a Gabe Hamilton? Además del hecho de que estaba forrado, tenía un carisma natural que atraía tanto a mujeres como a hombres por igual. Todos respondían a él. Algunos lo temían, otros lo odiaban, pero todos lo respetaban.

—¿Quieres algo para beber antes de que nos vayamos? —preguntó Gabe.

Ella negó lentamente con la cabeza. Cuanto más se quedaran en el apartamento, más probable era que nunca consiguieran ir a cenar. Y, en realidad, Mia tenía ganas de tener una cita normal con él. Hasta ahora había habido sexo, trabajo y no mucho más.

Él extendió el brazo hacia ella y Mia deslizó los dedos hacía los suyos. La llevó hacia el ascensor y bajaron para meterse en el coche.

Durante el trayecto, Mia se debatió sobre si sacar el tema de Lisa. Se estaba muriendo de curiosidad, pero no quería meterse en un berenjenal tampoco.

Lo miró de soslayo, pero él la sorprendió y arqueó las cejas de manera inquisitiva.

—¿Qué pasa? —le preguntó.

Ella dudó por un segundo y luego se figuró que era mejor lanzarse al vacío. Gabe no la iba a dejar en paz hasta que soltara lo que tenía en la cabeza, de todas formas.

—Mmm, Lisa…

Antes de que pudiera continuar, el rostro de Gabe se volvió frío como el hielo y levantó la mano para hacerla callar en medio de la frase.

—Me niego a arruinar una noche perfecta hablando de mi exmujer —pronunció con mordacidad.

Bueno, y eso fue todo. En realidad no se iba a quejar. Ella tampoco quería arruinar la velada aunque se estuviera muriendo de curiosidad por saber qué pensaba Gabe de toda la situación. Y quizá también estuviera un poco asustada…

En el restaurante, los condujeron hacia una de las mesas del fondo, en una zona privada. Era perfecto. El interior estaba poco iluminado, pero había velas encendidas a cada lado de las mesas y una variedad de luces navideñas se veían en varios arbustos decorativos, para crear un ambiente festivo. Le hacían desear que llegara la Navidad.

A Mia le encantaba la Navidad en Nueva York. Jace siempre la había llevado al Rockefeller Center para que viera las luces del enorme árbol que ponían allí. Era uno de los recuerdos favoritos que ambos compartían.

—¿En qué estás pensando? —le preguntó Gabe.

Ella parpadeó y centró su atención en él. La estaba observando con una expresión curiosa en el rostro.

—Se te veía muy feliz. Sea lo que sea que ocupara tus pensamientos debía de ser bueno.

Ella sonrió.

—Estaba pensando en la Navidad.

—¿La Navidad?

Parecía haberse quedado perplejo.

—Jace siempre me llevaba a la ciudad para ver las luces del árbol de Navidad. Es uno de mis recuerdos favoritos que tengo con él. Me encantan todas las luces, y el ajetreo y el bullicio que traen las Navidades a Nueva York. Me encanta ir a ver escaparates, es la mejor época del año.

Él pareció quedarse pensativo durante un momento y luego se encogió de hombros.

—Lisa y yo siempre las pasábamos en los Hamptons, y luego, cuando nos divorciamos, simplemente me quedaba trabajando todas las vacaciones.

Ella lo miró boquiabierta.

—¿Trabajando? ¿Trabajas durante la Navidad? Eso es terrible, Gabe. ¡Pareces Scrooge!

—Son unas vacaciones sin sentido.

Mia puso los ojos en blanco.

—Ojalá lo hubiera sabido. Te hubiera obligado a pasarlas con Jace y conmigo. Nadie debería estar solo en Navidad. Yo pensaba que las pasabas con tus padres.

Mia se derrumbó y se mordió el labio con consternación por sacar un tema tan doloroso.

—Lo siento —le dijo en silencio—. Lo he dicho sin pensar.

Él le dedicó una sonrisa triste.

—No pasa nada. Aparentemente mi padre ha decidido que la ha cagado y ahora quiere volver con mi madre. Solo Dios sabe cómo va a acabar todo esto.

Ella abrió los ojos como platos.

—¿Te dijo eso?

—Oh, sí —dijo Gabe con un suspiro de cansancio—. Cuando vino a la oficina el día que fuimos a almorzar. El día después de que su novia intentara llevarme a la cama.

Mia gruñó y Gabe se rio.

—¿Y qué va a hacer tu madre? —preguntó Mia.

—Ojalá lo supiera. Pero si tengo que decir algo… mi padre aún no ha ido a arrastrarse porque si no ya habría tenido conocimiento de ello.

—No sé si yo podría perdonar el que se acostara con todas esas mujeres —dijo Mia con infelicidad—. Eso ha tenido que dolerle a tu madre una barbaridad.

—Él dice que no le ha sido infiel.

Mia le lanzó una mirada que decía «sí, claro».

Gabe sacudió la mano.

—No tengo ni idea de lo que él considera ser infiel, pero no estoy seguro de que siquiera importe que no se haya acostado con ellas. Todo el mundo piensa que sí lo hizo. Mi madre piensa que lo hizo. No es una humillación que vaya a superar pronto.

—Esto debe de ser muy duro para ti —le dijo con una voz suave. Qué mierda de día había sido hoy. Primero venía su padre a soltar la bomba, y luego su exmujer aparecía apenas unas horas después.

Gabe parecía estar incómodo con su compasión y apartó la mirada. Sus ojos se llenaron de alivio cuando el camarero vino con sus entrantes.

El marisco olía divinamente, como Mia pudo apreciar al instante. El camarero le sirvió gambas a la plancha a ella y lampuga marinada a él.

—¡Oh! Lo tuyo tiene una pinta impresionante —le dijo Mia.

Él sonrió, pinchó un trozo con el tenedor y extendió el brazo para ofrecérselo. Mia se lo metió en la boca y se quedó así durante un momento mientras ambos se miraban a los ojos y se sostenían la mirada.

Era sorprendentemente íntimo eso de darle de comer aunque solo fuera un mordisco. Gabe tenía los ojos fijos en su boca mientras volvía a bajar el tenedor hasta su plato.

Ella cortó un trozo de gamba y entonces se lo ofreció a él tal y como había hecho con ella. Él vaciló por un momento pero luego dejó que le deslizara el bocado en la boca.

Un poco inquieta por cómo le había afectado el intercambio, Mia bajó la mirada hasta su plato y se centró en su comida.

—¿Está bueno? —le preguntó Gabe unos minutos después.

Ella alzó la mirada y sonrió.

—Delicioso. ¡Estoy casi llena!

Gabe cogió la servilleta que tenía en su regazo y se la llevó a la boca antes de dejarla de nuevo en la mesa. Justo después de que Mia soltara el tenedor y moviera su plato más al centro de la mesa, Gabe se levantó y alargó la mano hacia ella.

—Bailemos —murmuró.

Sintiéndose como una adolescente en su primera cita, Mia dejó que la levantara y la guiara a través del laberinto de mesas hasta llegar al área reservada para bailar.

Ella se giró hacia él y se pegó firmemente contra su cuerpo, no quedaba ni un centímetro entre ambos. Gabe posó la mano bien abierta en su espalda desnuda para agarrarla de forma posesiva justo encima de donde la tela empezaba. La mano no se quedó quieta encima de su trasero. Él la movía por toda la espalda, acariciándola mientras bailaban y con su cuerpo bien moldeado al de ella. Mia pegó su nariz al cuello de Gabe para inhalar su aroma. Estaba muy tentada a morderlo en la oreja y en la piel del cuello. Le encantaba su sabor, pero tampoco había tenido demasiadas oportunidades para darse el gusto de saborearlo. Gabe siempre llevaba el mando cuando tenían sexo. Ay, lo que Mia daría por tener una noche para poder explorarlo a su voluntad…

Una canción llevó a otra y ambos continuaron pegados como si ninguno de los dos quisiera violar esa intimidad que los rodeaba y los ocultaba en ese pequeño espacio que ocupaban.

Mia cerró los ojos lánguidamente mientras se balanceaba al ritmo de la música entre los brazos de Gabe, mientras este seguía acariciándola con la mano. Estaban prácticamente haciendo el amor sobre la pista. No era sexo. No era esa tórrida y absorbente obsesión que se adueñaba de ellos cada vez que se quitaban la ropa.

Esto era mucho más dulce, más íntimo y ella estaba disfrutando de cada segundo.

Se podría enamorar de este Gabe. De hecho, ya se estaba enamorando.

—Me pregunto si tienes alguna idea de lo mucho que te deseo ahora mismo —le murmuró al oído.

Ella le sonrió y luego alzó la boca para poder susurrarle al oído.

—No llevo ropa interior.

Gabe se paró justo en medio de la pista de baile sin hacer siquiera el esfuerzo de seguir como si estuvieran bailando. La agarró con mucha más fuerza y el cuerpo se le puso rígido contra el de ella.

—Dios santo, Mia. Vaya comentario para decirlo en mitad del maldito restaurante.

Ella dejó de sonreír y parpadeó con aire inocente.

—Solo pensé que te gustaría saberlo.

—Nos vamos ya —gruñó.

Antes de que pudiera decir nada, él la agarró de la mano y tiró de ella hacia la salida mientras su otra mano sacaba el teléfono móvil. ¡Gracias al cielo que no había traído bolso o se lo habría dejado en la mesa!

Con brusquedad le dijo a su chófer que ya estaban listos.

Ya fuera en la acera, Gabe se pegó más al edificio mientras la ceñía de forma protectora contra su costado, lejos de los transeúntes.

—Gabe, ¿y la cuenta? —le preguntó mortificada de que hubieran salido sin más.

Él le envió una mirada de paciencia.

—Tengo una cuenta con ellos. Soy cliente regular aquí, y hasta tengo una cantidad estándar de propina añadida para todas las cuentas, así que no te preocupes.

El coche apareció y Gabe la metió en el interior. Justo

cuando las puertas se cerraron y el coche comenzó a moverse, Gabe pulsó un botón para bajar la mampara entre los asientos delanteros y traseros y así poder tener privacidad.

La expectación le burbujeaba en las venas como si de una bebida carbonatada se tratara.

Él se llevó las manos a la bragueta y la abrió con rapidez. Un segundo más tarde, se sacó el miembro, tan largo e increíble, y se masturbó hasta estar completamente duro. Ella no apartaba la mirada de él, de ese cuerpo robusto y masculino.

—Súbete el vestido y siéntate en mi regazo —le dijo extendiendo una mano hacia ella.

Maniobrando como pudo en el asiento, Mia se levantó el vestido para dejar desnudos la mayor parte de sus muslos, y luego Gabe la atrajo hasta el centro de los asientos traseros para que pudiera sentarse a horcajadas encima de él.

Gabe deslizó una mano por debajo del vestido y la elevó por el interior de su muslo hasta llegar a su sexo desnudo. Sonrió entonces de pura satisfacción.

—Esa es mi niña —le dijo en un ronroneo—. Dios, Mia, he fantaseado con follarte con ese vestido y esos tacones matadores que llevas desde que saliste del cuarto de baño de mi apartamento.

Metió un dedo en su interior y luego lo sacó para subir la mano entre los cuerpos de ambos. Brillaba con su humedad. Lentamente, Gabe pasó la lengua por uno de los lados del dedo y Mia casi consiguió correrse. Joder, ese hombre era letal. Entonces le puso el dedo en sus labios.

—Chúpalo —le dijo con voz ronca—. Saboréate.

Mia sintió pánico, pero a la vez una mezcla de curiosidad y morbo que le hizo entreabrir los labios y dejar que le deslizara el dedo sobre la lengua. Ella lo succionó con ligereza y a Gabe se le dilataron las pupilas. La erección se le sacudió y se le levantó hasta tocar la entrada de su sexo con un movimiento impaciente.

Con la otra mano, Gabe se agarró el miembro y entonces le sacó el dedo de la boca para poder agarrarla por la cintura. La bajó sobre su regazo y guio su erección hasta el mismo centro de su cuerpo.

Oh, cuán perverso resultaba ver Manhattan pasar por la

ventana, el brillo de las luces, el ruido del tráfico mientras Gabe se la follaba en el asiento trasero del coche.

La agarró con ambas manos por la cintura y comenzó a embestirla mientras la sujetaba y se arqueaba hacia arriba. Luego se retiró, y volvió a hundirse en ella con mucha más fuerza y más velocidad. Era una carrera para ver si podía hacer que ambos se corrieran antes de que llegaran al apartamento.

Mia fue la primera. Una sensación súbita y frenética la asedió con la fuerza de un huracán. Terminó jadeante mientras él continuaba enterrándose en ella una y otra vez. Mia se agarró a sus hombros como si se le fuera la vida en ello, y entonces el coche comenzó a pararse.

Gabe explotó en su interior y la empapó bien dentro de su cuerpo. Ella se deslizó por su verga hasta que no quedó espacio alguno entre los dos mientras este la mojaba entera. El coche se detuvo definitivamente frente al apartamento y Gabe pulsó el telefonillo.

—Danos un momento, Thomas —le dijo en voz baja.

Gabe se quedó ahí sentado durante un momento largo con el pene aún latiéndole y sacudiéndose en el interior de Mia. Levantó las manos para ponérselas a cada lado de su rostro y entonces la besó. Era una completa contradicción al ritmo frenético con el que la había poseído antes. Era un beso dulce y lento. Cariñoso y muy tierno. Como si estuviera expresando lo que nunca podría decir con palabras. Lo que nunca diría con palabras.

La estrechó contra sí y la abrazó mientras le acariciaba el pelo. Durante un largo rato ella se quedó tumbada encima de él mientras él se relajaba en su interior.

Finalmente la levantó y la colocó abierta en el espacio que había a su lado. Se sacó un pañuelo del bolsillo y la limpió entre las piernas antes de asearse él mismo. Sin prisa alguna, se volvió a meter el miembro en los pantalones y se subió la cremallera. Luego se estiró la ropa mientras ella se recolocaba el vestido.

—¿Lista? —le preguntó.

Ella asintió, demasiado agitada y desmoronada como para decir nada. Lo que dijera no tendría ningún sentido.

Gabe abrió la puerta y salió para un momento más tarde rodear el vehículo con el fin de abrir la de ella.

—Te vas a quedar otra vez —la informó mientras caminaban hacia la entrada.

No era una petición, pero tampoco encontraba la arrogancia que caracterizaba su voz. Lo dijo como si nada aunque no hubiera ninguna otra opción imaginable. Pero entonces la miró y una ligera chispa de inseguridad —tan breve que no estaba segura de haberla visto— se reflejó en sus ojos.

Pero Mia asintió y confirmó sus palabras.

—Claro que me voy a quedar —le dijo con suavidad.

Subieron en el ascensor y, cuando salieron, Gabe la volvió a pegar contra él mientras usaba su propio cuerpo para bloquear las puertas.

—Espérame en la cama —le dijo con voz ronca—. No llegaré muy tarde.

Ella se puso de puntillas y pegó su boca contra la de Gabe.

—Esperaré.

Los ojos de él se llenaron de inmediata satisfacción. Luego le dio un empujoncito hacia delante y él retrocedió hasta estar de nuevo en el interior del ascensor y así dejar que las puertas se cerraran.

Capítulo veintidós

Como era de esperar, el lugar donde iban a ir de copas era Rick's, en Midtown, un club de *striptease* bastante popular del que Gabe, Ash y Jace eran clientes habituales. Jace y Ash ya estaban allí flirteando descaradamente con dos camareras cuando Gabe entró en la sala vip. Las miradas de las chicas se dirigieron inmediatamente a Gabe con el interés reflejado en sus ojos.

Él las despachó con una mirada tras pedir con tono lacónico su bebida, y ellas salieron de la suite como alma que lleva el diablo.

—¿Un mal día? —le preguntó Ash cuando Gabe se sentó.

Se quería reír. «Mal día» no empezaba siquiera a describirlo. Era uno de esos días para dejar apuntado en un libro de récords. No se lo pensó dos veces y lo compartió con ellos. Jace y Ash eran las únicas personas en las que confiaba para cualquier cosa personal.

Gabe hizo una mueca.

—Mi padre vino a la oficina hoy para comer conmigo.

—Mierda —murmuró Jace—. Lo siento, tío. Sé que es una putada. Y a todo esto, ¿cómo lo está llevando tu madre?

—Cené con ella el fin de semana. La tuve que arrastrar hasta la ciudad. Incluso pensé en convencerla para que vendiera la casa y se mudara a un apartamento en el centro, pero supongo que eso ahora ya no es posible.

Ash alzó una ceja.

—¿Por qué?

Gabe suspiró.

—Mi padre ha decidido que la ha cagado y que quiere recuperar a mi madre. Esa fue la razón por la que quería comer conmigo hoy.

—Joder —dijo Ash.

Jace gruñó.

—¡Qué narices! Se ha tirado a todas las cazafortunas de Manhattan. ¿En qué estaba pensando?

—Según él, no se ha acostado con ninguna de ellas y no significaron nada para él.

Ash puso los ojos en blanco.

—Guau. Esa es la excusa más cutre de la historia.

—Dímelo a mí.

—Dios, tu día sí que ha sido una mierda —murmuró Jace—. Primero tu padre y luego Lisa.

—Sí. Mi madre ha estado acribillándome por teléfono para criticar a todas las mujeres con las que han visto a mi padre. Y ahora me acribillará con su última ida de olla.

—¿Tú quieres que vuelvan? —le preguntó Ash con curiosidad.

—Nunca quise que estuvieran separados —contestó Gabe con un tono serio—. No tengo ni idea de qué diablos le pasó a mi padre por la cabeza. Suena a una gilipollez muy grande cuando intenta explicarlo. No creo que ni él sepa lo que pasó. Así que, sí, me gustaría volver a verlos juntos, pero quiero que sean felices, y, si mi padre va a salir de nuevo con esas paranoias, prefiero que lo dejen ya. No quiero que mi madre pase por esa situación otra vez.

—Sí, te comprendo —dijo Jace.

—Y hablando de reconciliaciones —dijo Ash de forma casual—. ¿Qué narices estaba haciendo Lisa en tu oficina?

La mandíbula de Gabe se tensó y sus dientes rechinaron. Lo último que Gabe quería era hablar de Lisa, pero también sabía que sus amigos tendrían curiosidad. Estuvieron apoyándole cuando Lisa lo dejó. Se quedaron a su lado cuando ella empezó a sacar mierda, y era normal que se preocuparan cuando ella había vuelto a aparecer.

—¿Echaste a la loca esa y le dijiste que se fuera a la mierda? —le preguntó Jace con el ceño fruncido.

Gabe rio entre dientes, animándose. Siempre podría contar con Jace y Ash para ir directos al grano y sin pelos en la lengua.

—Le dejé claro que tenía cero interés en remover de nuevo el pasado.

—Quiere dinero —dijo Jace con seriedad—. Hice unas cuantas llamadas. Ya se ha gastado casi todo lo que le pagaste en el divorcio y la pensión alimenticia que le estás pagando apenas la mantiene a flote.

Gabe arqueó una ceja.

—¿La has investigado?

—Joder, sí. No voy a dejar que te la juegue de nuevo como hizo la última vez —soltó Jace con mordacidad—. Aún está viviendo como si estuviera casada contigo. No ha bajado el ritmo de vida. Es una maldita zorra derrochadora.

Gabe sonrió.

—No te preocupes por eso. No voy a tropezar de nuevo con la misma piedra.

—Eso es bueno —dijo Ash con un alivio evidente en la voz.

Gabe entrecerró los ojos. ¿Habían tenido alguna duda? Entonces se dio cuenta de que tanto Jace como Ash estaban preocupados.

—Puedo lidiar con Lisa —dijo Gabe como si nada—. Es una zorra manipuladora y avariciosa. Lección aprendida.

Jace y Ash asintieron para mostrar su conformidad. Las camareras volvieron con las bebidas y se pasaron varios minutos flirteando con ellos. Dejaron a Gabe en paz, era evidente que habían captado que no estaba de humor para juegos. No tenía ningún interés en esas chicas cuando sabía que Mia estaba esperándolo en su cama.

Con la bebida en la mano, Jace se dirigió hacia Gabe cuando las camareras desaparecieron.

—¿Y cómo están yendo las cosas con Mia?

Gabe de repente se puso en alerta. Ya había tenido un enfrentamiento con Jace por ese asunto, y él no quería que fuera un problema entre ambos. Antes de que pudiera decir nada, Jace continuó.

—Sé que te la lié por el tema, y, sí, probablemente sobreactué. Pero es que me pilló con la guardia baja. No me gustaba que Mia estuviera trabajando en esa maldita confitería, pero me figuré que solamente necesitaba tiempo para averiguar qué es lo que quería hacer en la vida. Trabajó duro en la universidad. Probablemente solo necesita un descanso para aclarar sus ideas, y la verdad es que no tengo ninguna prisa en que lo haga. Me tiene a mí. Le proporcionaré todo lo que necesite y no quiero que se sienta presionada.

Una enorme oleada de culpa atravesó a Gabe y se le instaló directamente en las entrañas. Él había presionado a Mia, no cabía ninguna duda. Y tampoco es que se arrepintiera, sería un gran mentiroso si dijera lo contrario. Pero aun así...

—Le está yendo genial, Jace —dijo Gabe con un tono casual—. Es inteligente y está motivada. Ya se ha hecho con el trabajo. Trabaja hasta hartarse y tiene la cabeza en su sitio. Impresionó a los inversores en el cóctel al que vino conmigo. Parece que a todo el mundo en el trabajo le gusta y han respondido bien a su presencia. Estoy seguro de que muchos se imaginarán que ha conseguido el trabajo por ser quien es, pero ella ya ha demostrado que se merece estar ahí.

—Bueno, ¿y a quién no podría gustarle? —intercedió Ash—. Es dulce y amable. No hay ni un solo hueso de maldad en el cuerpo de esa muchacha.

—Si alguien dice algo de ella quiero saberlo —soltó Jace, mordaz.

Gabe levantó una mano.

—Lo tengo controlado. Y si lo piensas, es muchísimo mejor que no esté trabajando para ti. De esta manera puede demostrar que se merece el trabajo porque no está trabajando para su hermano mayor. No voy a ser duro con ella pero sí que espero que haga su trabajo. Tú la mimarías y la consentirías hasta más no poder.

Ash se echó a reír.

—Ahí te ha cogido por los huevos, tío. Mia podría haberse partido una uña y ya la estarías enviando a casa.

Jace sonrió.

—De acuerdo, está bien, ambos tenéis razón. —Entonces se puso más serio—. Solo quiero lo mejor para ella. Quiero que sea feliz, ella es todo lo que tengo.

Tanto Gabe como Ash asintieron.

—Me ha quedado claro —dijo Gabe—. Si yo estuviera en tu posición, me sentiría igual. Pero anímate. Deja que ella eche a volar un poquito. Creo que te sorprendería saber lo mucho que puede hacer sin que estés detrás de ella.

Entonces, en un intento de desviar la conversación a un

tema diferente al de Mia para no verse en una posición tan in-cómoda, miró a Jace y a Ash con una media sonrisa.

—¿Y no me vais a contar lo de la morena, o qué?

Ash gimió y Jace simplemente pareció enfadarse.

Gabe alzó el entrecejo.

—¿Tan mal fue?

—Estaba loca —murmuró Ash—. Quedarnos con ella du-rante unos días no ha sido una de nuestras mejores decisiones. Dios, hasta ella tendría que haber sabido que era temporal. Muy temporal.

Jace se quedó en silencio con el rostro serio.

—Digamos que no se lo tomó muy bien y, claramente, no pilló el mensaje. Nos acribilló a llamadas durante varios días.

Gabe frunció el ceño.

—¿Le disteis vuestros números de teléfono? ¿Estáis lo-cos o qué?

—Joder, no —explotó Jace, hablando por primera vez—. Llamaba a la oficina. Repetidamente. La tuve que amenazar con denunciarla por acoso antes de que por fin nos dejara en paz.

Gabe se rio.

—Vosotros dos sabéis elegirlas bien.

—Estaba loca —murmuró Ash de nuevo—. No se lo pudi-mos haber dejado más claro.

Gabe se encogió de hombros.

—Sed más perspicaces la próxima vez.

Jace resopló.

—A lo mejor deberíamos tener contratos como tú. Solucio-nar todo eso antes del sexo.

Ash casi se ahogó con la bebida y Gabe les gruñó a ambos.

Tras una hora bebiendo, bromeando, y de claras miradi-tas en busca de mujeres por parte de Ash y Jace, Gabe le echó un ojo a su reloj y vio que ya eran cerca de las once. Mierda. Le había dicho a Mia que no llegaría muy tarde, que lo esperara. Y aquí estaba él hablando de estupideces con Jace y con Ash.

Les daría quince minutos más y luego se inventaría alguna excusa.

Tanto Jace como Ash lo salvaron cuando se quedaron embelesados con una actuación privada. Gabe no tenía ningún interés. No cuando tenía a una persona tan dulce y preciosa como Mia esperándolo en casa.

Y joder, cómo lo llenaba eso de satisfacción.

Ella estaba en casa, en su cama. Y lo estaba esperando a él.

Esa era toda la motivación que necesitaba para levantarse, despedirse de los dos citándolos temprano para la mañana siguiente, y dirigirse hacia la salida. Jace y Ash estaban distraídos, pero murmuraron un «hasta luego» y luego volvieron a centrarse en las bailarinas.

El camino fue corto hasta el edificio de apartamentos donde Gabe vivía, y se encontró dirigiéndose hacia el ascensor con una inquietud que no podía paliar.

Entró en el apartamento y se encontró que Mia había dejado la luz del pasillo encendida para cuando llegara. Gabe sonrió ante su consideración y el pecho se le encogió al pensar que en realidad no necesitaba ninguna luz física. Ella ya era su luz. Un rayo de sol en un día frío.

Ya se estaba quitando la ropa cuando entró en el dormitorio, y entonces se detuvo, ampliándosele la sonrisa cuando la vio acurrucada en medio de la cama, con las sábanas hasta la barbilla y la cabeza descansando sobre su almohada.

Profundamente dormida.

Su miembro estaba ya erecto y rígido, intentando liberarse de los pantalones.

—Abajo, amiguito —murmuró—. Esta noche no.

Su verga no le hizo caso. Su miembro veía lo que quería y pedía ser aliviado.

Ignorando la urgencia de despertarla y hundirse bien adentro de su cuerpo, se desvistió en silencio y, con cuidado de no despertarla, levantó las sábanas.

Se deslizó a su lado y volvió a subir las sábanas para taparlos a ambos. Ella no se despertó, pero, tal y como si presintiera su presencia, inmediatamente se pegó a su cuerpo y le pasó un brazo por encima del cuerpo de forma posesiva.

Él sonrió otra vez al tiempo que se colocaba con mayor firmeza junto a ella y la estrechaba entre sus brazos. Sí, Gabe la deseaba, pero esa situación era… perfecta.

Capítulo veintitrés

*M*ia se despertó a la mañana siguiente con las piernas firmemente abiertas y con un cuerpo duro aplastándola contra el colchón. A continuación, sintió como una verga se hundía profundamente en su interior. Ella jadeó y terminó de despertarse por completo. Entonces se encontró con los ojos de Gabe mirándola intensamente.

—Buenos días —dijo el amante justo cuando su boca se apoderaba de la suya.

Mia no podía formar siquiera una respuesta coherente. Estaba ardiendo, completamente excitada y poniéndose más a cien con cada embestida.

Gabe le sujetó las caderas con firmeza, pegándola contra la cama para que estuviera bien sujeta y fuera incapaz de moverse. Lo único que podía hacer era quedarse ahí tumbada y recibir lo que le estaba dando.

Fue rápido. No se entretuvo con jueguecitos. Gabe la poseyó con fuerza y rapidez, pegando sus propias caderas contra las de ella en cada movimiento. Le acarició el cuello con la nariz y luego le mordió el lóbulo de una de sus orejas. Un escalofrío le recorrió toda la piel y ella gimió, estando ya muy cerca de su propio orgasmo.

—Mírame a los ojos, nena. Y córrete.

La orden gutural no hizo más que avivar su excitación hasta llegar a ser un infierno con todas las de la ley. Ella lo miró fijamente a los ojos, el cuerpo lo tenía tenso y cada músculo contraído.

—Di mi nombre —le susurró.

—¡Gabe!

Con los ojos fijos en los de ella, y su nombre saliendo de los labios de Mia, Gabe bajó el cuerpo para pegarlo al de ella y se hundió en su interior a la vez que explotaba y se derramaba entero en su interior.

Durante un rato largo, Gabe la cubrió con su cuerpo; Mia lo sentía jadeante, cálido y reconfortante contra su piel. Entonces, finalmente se apoyó en los antebrazos y la besó en la nariz con los ojos llenos de cariño mientras la miraba a los suyos.

—Así es como me gusta empezar el día —murmuró Gabe.

A continuación, se apartó de ella, rodó hacia un lado de la cama, le dio un golpecito con la mano en la cadera y dijo:

—Ve a la ducha, cariño. Tenemos que ir a trabajar.

Maldito aguafiestas.

Tan loco como había sido el día anterior, Mia estaba casi asustada de saber lo que el día de hoy les depararía. A pesar del erótico encuentro sexual de esa mañana, en cuanto llegaron a la oficina, Gabe le insertó de nuevo el dildo.

¡Nunca se imaginó que esas malditas cosas vinieran con tantos tamaños! Pero no podría haber muchos más porque el que había usado ese día era enorme. Mia sentía que andaba como un pato, lo que solo consiguió cohibirla más a la hora de dejar que alguien la viera caminar, así que se pasó la mayor parte del día encerrada en el despacho de Gabe, sufriendo mientras se quedaba sentada e inquieta en la silla.

Y Gabe más ocupado no podía estar. Tres conferencias de negocios. Dos reuniones, más otras tantas llamadas que tenía que devolver. Así que tampoco hubo sexo pasional y loco en la oficina para aliviar la quemazón.

Había vuelto a malhumorarse, por muy ridícula que eso la hiciera sentirse.

Cuando llegó la hora de irse, Mia sintió un profundo alivio. Quería que le quitaran esa cosa del culo, y quería salir de la oficina de una maldita vez. Se estaba volviendo loca, aunque al menos tenía esa cena con Jace y Ash a la que tenía muchas ganas de ir.

Mia se fue en coche con Gabe porque este insistió; le dijo al chófer que la dejara a ella primero en su apartamento antes de ir al suyo. Ambos se quedaron en silencio durante todo el camino, pero él le sujetó la mano todo el tiempo. Casi como si necesitara mantener el contacto con ella. Y era verdad, apenas se habían visto en todo el día. El único tiempo a solas que habían compartido fue cuando le había insertado el juguetito por la mañana y cuando se lo quitó, por la tarde.

El dedo pulgar de Gabe se movía arriba y abajo por la palma de su mano, acariciándola una y otra vez mientras miraba por la ventana. Mia no estaba segura de que Gabe fuera tan consciente de ella o de su presencia, pero fue a mover la mano una vez, y él se la cogió y entrelazó los dedos con los suyos.

Quizás él la había echado de menos tanto como ella lo había echado de menos a él. Era un pensamiento estúpido, pero no significaba que no se le pasara más de una vez por la cabeza.

Mientras se iban acercando al apartamento, Mia se dio cuenta de que no había hecho planes para después de la cena con Jace. No tenía ni idea de lo que Gabe esperaba. ¿Quería que volviera a su apartamento? ¿O simplemente tenía que ir a trabajar al día siguiente por su cuenta?

El coche se paró enfrente del edificio, Mia se movió para salir, pero Gabe la detuvo.

—Pásatelo bien esta noche, Mia —le dijo con suavidad.

Ella sonrió.

—Lo haré.

—Te veré en el trabajo por la mañana. El chófer estará aquí a las ocho para recogerte.

Bueno, eso respondía a su pregunta. Evidentemente ya la había despachado para toda la noche. Pero aun así, mientras salía, Gabe no parecía estar feliz de que fuera a pasar la noche alejada de él.

—Te veo mañana —murmuró Mia.

Cerró la puerta y observó cómo el coche se alejaba mientras se preguntaba en qué estaría pensando Gabe. Con un suspiro, caminó hasta su edificio y subió a su apartamento. Solo tenía una hora para cambiarse y prepararse antes de que Jace estuviera ahí.

Cuando entró por la puerta y llegó al salón, Caroline asomó la cabeza desde su cuarto con los ojos como platos de la sorpresa.

—¡Estás en casa! Me estaba empezando a preguntar si te habías mudado a vivir con Gabe.

Mia sonrió.

—Hola a ti también.

Caroline se acercó hasta ella y la estrechó en un abrazo.

—Te he echado de menos, nena. Todas te hemos echado de menos. ¿Quieres pedir algo esta noche para cenar y vemos unas películas?

Mia hizo una mueca de arrepentimiento.

—Lo siento, no puedo. Jace va a venir; de hecho, esa es la razón por la que no me voy a casa con Gabe. Jace y Ash me van a llevar a cenar esta noche para ponernos al día, porque Jace ha estado fuera de la ciudad. Seguro que también me dará la charla sobre Gabe, ya que sabe que estoy trabajando para él.

El rostro de Caroline se apagó.

—Mierda. Es un asco esto de no verte ya apenas. Estoy preocupada por ti y espero que la situación no te supere. Aunque no parece que pases mucho tiempo sin él.

La incomodidad se apoderó de Mia mientras le devolvía la mirada a su amiga. Era verdad que no había visto a Caroline o a las chicas desde el comienzo de su relación con Gabe. No es que hubiese sido mucho tiempo atrás, pero estaban acostumbradas a salir siempre en grupo.

—Quedemos para salir. El viernes por la noche —le dijo Caroline con firmeza—. Llamaré a las chicas y saldremos a divertirnos.

—No sé —se excusó Mia. No tenía ni idea de cuáles eran los planes que Gabe tenía para ella esa noche.

La mirada de Caroline se intensificó.

—Dime que no estás pensando en pedirle permiso para salir con tus amigas. Él no es tu dueño, Mia.

Mia no pudo terminar de disimular la culpabilidad que se había reflejado en su rostro. Gabe sí que se había convertido en su dueño. De hecho, tenía derechos contractuales sobre su cuerpo, su tiempo y su todo. Aunque no era que quisiera compartir ese pequeño detalle con Caroline. Sus amigas nunca lo entenderían.

Mia suspiró; sabía que lo mejor que podía hacer era salir y pasar la noche con ellas. No quería cerrarse a sus amigas porque, cuando Gabe ya no la necesitara, ella sí que las necesitaría a ellas. Iban a ser las que estarían a su lado tanto en lo bueno como en lo malo, y, si no las cuidaba, luego podría no haber nadie ahí para apoyarla.

Simplemente le tendría que decir a Gabe que tenía planes para el viernes por la noche, y esperaba por lo que más quisiera que fuera razonable con ello.

—De acuerdo. Nos vemos el viernes por la noche —cedió al fin.

El rostro de Caroline se iluminó y dio vueltas de alegría alrededor de Mia.

—¡Vamos a pasárnoslo genial! Te he echado de menos, Mia. Nada es lo mismo sin ti.

Mia sintió otra ola de culpabilidad. Había sido idea suya que Caroline se instalara en el apartamento. Además del hecho de que Caroline necesitaba un lugar en el que quedarse, Mia quería compañía. Y ahora estaba pasando muy poco tiempo en su propio apartamento o con Caroline.

—Voy a llamar a las chicas para que no hagan otros planes. ¿Te veré después de la cena de esta noche?

Mia asintió.

—Sí. Voy a pasar la noche aquí.

—Genial. ¿Sabes qué? No comas postre. Haré dulce de azúcar y cogeré una película. Y así nos tiramos en el sofá cuando vuelvas.

Mia sonrió.

—¡Perfecto!

Caroline le hizo un gesto con la mano para que se diera prisa.

—De acuerdo, ve a prepararte. Ya te dejo en paz.

Mia se fue a su habitación y sacó del armario sus vaqueros favoritos. Tenían agujeros en las perneras, bolsillos con lentejuelas y eran de talle bajo. Era su prenda más cómoda, y se lo había currado para asegurarse de que todavía le quedaran bien después de tres años con ellos. No había incentivo mejor para mantenerse en forma que querer que aún le quedaran perfectos los vaqueros, ¿verdad?

Sacó un top corto y una camiseta que dejaba el hombro al descubierto y se fue al cuarto de baño para arreglarse el pelo y maquillarse un poco.

Estaba ansiosa por que llegara la noche con Jace y Ash. La hacían sentirse cómoda, y su relación con ellos era fácil. Era como tener dos hermanos mayores en vez de uno. Aunque Ash no parara de flirtear, era completamente inofensivo... al menos con ella. Con otras, era letal, pero Mia tenía muy claro que para ella era como otro miembro más de la familia. Sin embargo, Gabe ya era otro cantar...

Cuanto más pensaba en ello, más ansiosa se encontraba de que también llegara la noche con las chicas. Caroline había tenido razón cuando le había dicho que no había estado con ellas desde que había aceptado el trabajo con Gabe. Gabe era..., bueno, era una obsesión que la consumía por completo. Y también estaba el hecho de que había firmado un contrato en el que le cedía todo su tiempo para que hiciera con él lo que quisiera.

Si las chicas conocieran ese detalle tan particular, la estarían internando ahora mismo en un manicomio.

Se aplicó otra capa de rímel y se retocó el pintalabios —de un color rosa brillante que le iba con las uñas de los dedos de los pies—, luego se recogió el pelo en un moño informal y se lo fijó con unas horquillas para que no se le cayera.

Cuando volvió al salón, el intenso olor a chocolate llenaba todo el ambiente.

—Oh, Dios, Caro. Eso huele divinamente —gimió Mia.

Caroline alzó la mirada desde la cocina y le sonrió.

—Estoy incluso privándome de comer avellanas, solo por ti.

—Eres demasiado buena conmigo.

Mia se sentó en uno de los taburetes que había frente a la isla donde Caroline estaba cocinando y apoyó los brazos en la encimera.

—¿Y cómo te va en el trabajo?

Caroline dejó de remover por un momento y luego volvió a subir la temperatura antes de dejar la cuchara a un lado. Arrugó la nariz e hizo una mueca.

—El jefe sigue siendo un gilipollas. Pasa más tiempo intentando meterme en su cama que trabajando. En cuanto tenga suficiente dinero ahorrado, voy a empezar a buscar otro trabajo.

Caroline respiró hondo y le echó una mirada a Mia.

—He conocido a un tipo…

Mia se echó hacia delante.

—Oh, cuenta. ¿Es alguien del que deba saber?

—Bueno, quizá. No estoy segura todavía. Solo estamos hablando, mandándonos mensajes por el móvil. Dios, me siento como si estuviera en el instituto o algo así. Y estoy paranoica. Ya sabes, por lo de Ted.

Mia suspiró. La última relación de Caroline había sido un desastre. Había conocido a Ted, se había enamorado —y le deseaba perdidamente— de él al instante para averiguar, después de seis meses de encuentros a horas extrañas y de citas, que estaba casado y tenía dos hijos. Todo lo ocurrido le había hecho preguntarse qué narices pasaba con ella.

—¿Piensas que está casado o algo así? —le preguntó Mia.

Los labios de Caroline formaron una fina línea.

—No sé. Algo hay. O a lo mejor soy yo que estoy jodida tras lo que pasó con Ted. Una parte de mí quiere salir corriendo antes de que pase nada, pero otra parte se pregunta si estoy siendo estúpida y si debería darle una oportunidad.

Mia frunció los labios y miró a Caroline, pensativa.

—¿Sabes? Jace siempre ha investigado a todos los hombres con los que he salido alguna vez. Puedo decirle que le eche un ojo a tu chico. No hará daño tener cierta información antes de que te decidas.

Caroline la miró con incredulidad.

—¿En serio?

Mia se rio.

—Desgraciadamente, sí. Si un tío muestra interés en mí, lo investiga hasta el fondo.

—Guau. Qué fuerte. No estoy segura de cómo me sentiría sobre el chequeo a Brandon. —Ella sacudió la mano durante un momento con clara indecisión escrita en el rostro—. Pero si está casado o liado con otra, no quiero involucrarme, ¿sabes?

—Dame algunos detalles —dijo Mia—. Hablaré con Jace esta noche sobre eso. No hay nada de malo en investigar un poco. No es como si estuviéramos suplantándole la identidad, aunque estoy segura de que Jace hasta podría conseguirlo.

—Es segurata en el club al que iremos el viernes por la noche. Ya sabes, nuestro pase gratis. Su apellido es Sullivan.

—De acuerdo, veré lo que puedo hacer —dijo Mia. Alargó la mano para darle un apretón a Caroline—. Todo irá bien.

Caroline soltó una larga exhalación.

—Eso espero. No quiero quedar como una tonta otra vez.

—No fuiste tonta por amar a una persona, Caro. Él era el tonto, no tú. Tú te metiste en una relación de buena fe.

—No me gusta ser «la otra» —dijo Caroline, avergonzada mientras volvía a rememorarlo.

La esposa en cuestión se había encarado a Caroline fuera del edificio de apartamentos donde las dos vivían. No había sido algo agradable de ver. A Caroline la pilló por sorpresa y se quedó hecha polvo tanto por la revelación como por el mal trago de tener que enfrentarse a una mujer celosa y furiosa.

El teléfono móvil de Mia sonó con el tono que tenía seleccionado para Jace. Alargó la mano para cogerlo y se lo llevó a la oreja.

—Eh, tú —le dijo como saludo.

—Estamos llegando. ¿Estás lista o quieres que subamos? —le preguntó Jace.

—No hace falta. Ya bajo.

—De acuerdo, nos vemos ahora.

Mia colgó y entonces se bajó del taburete.

—Te veo luego, Caro. ¡Qué ganas de dulce de azúcar!

Caroline se despidió de Mia con un movimiento de mano mientras esta salía del apartamento y se dirigía al ascensor.

Un momento más tarde, salió del portal y vio el coche de Jace esperando en el bordillo. Tenía un elegante BMW negro que aún parecía que estuviera aparcado en el concesionario.

Ash se bajó y la saludó con la mano mientras le dedicaba una enorme sonrisa y le abría la puerta trasera del coche.

—Hola, preciosa —le dijo besándola en la mejilla justo antes de que ella entrara en el vehículo.

—Hola, peque —la saludó Jace una vez estuvo dentro.

Oh, el coche olía a colonia de hombre adinerado.

Ash se volvió a acomodar en su asiento y Jace volvió a mover el coche.

—¿Cómo se portó Gabe contigo después de que te sacara de

mi despacho tras el incidente con Lisa? —preguntó Ash—. Mi bocaza no te metió en problemas, ¿verdad?

Mia se esforzó en reprimir el calor que amenazaba con instalársele en las mejillas, pero se esforzó mucho en parecer informal.

—Bien. Estaba pensativo y callado. No hablamos mucho antes de que me fuera.

Jace sacudió la cabeza.

—Espero que no deje que se le meta en la cabeza. No es nada bueno que haya aparecido otra vez. Me imagino que la única razón por la que está revoloteando a su alrededor ahora es porque se ha quedado sin dinero.

Mia arqueó una ceja.

—¿Y lo sabes con certeza? ¿No se llevó un buen pico con el divorcio? —Un muy buen pico. Gabe tenía dinero. Mucho. Y por lo que ella había escuchado en rumores y cotilleos, Lisa se llevó un buen pico con el divorcio. No es que Gabe siquiera lo notara, por supuesto, pero Lisa había conseguido lo bastante como para vivir una vida entera. O al menos, una persona normal.

—Me hago una idea después de haber hecho unas cuantas llamadas en cuanto se fue de la oficina.

Oh… interesante. Primero, Lisa tenía problemas financieros, y, segundo, Jace había sido rapidísimo en investigar el asunto. No es que debiera sorprenderle. Gabe, Jace y Ash eran muy cercanos. Y siempre podían contar los unos con los otros. Siempre.

Jace y Ash habían cerrado filas en torno a Gabe tras el divorcio, y, aunque pareciera absurdo y ridículo que Gabe necesitara ninguna clase de apoyo, Mia sabía que un lazo irrompible se había creado entre los tres hombres. Ella solo esperaba que fuera lo bastante irrompible como para que sobreviviera a las consecuencias que su relación con Gabe pudiera traer si Jace se enteraba algún día.

Y entonces se acordó de la situación apremiante de Caro.

—Oye, y hablando de eso —dijo Mia echándose hacia delante para sacar la cabeza por entre los dos asientos delanteros—. ¿Puedes investigar a un tipo llamado Brandon Sullivan? Es segurata en un club llamado Vibe. Solo información general. Ya sabes, averiguar si está casado, liado con alguien, o si tiene antecedentes.

Jace frenó en un semáforo en rojo y ambos, él y Ash, se giraron para mirarla fijamente con el entrecejo fruncido.

—¿Es alguien que estás viendo? —inquirió Jace.

—¿Un segurata, Mia? Puedes conseguir a alguien mucho mejor que eso, cariño —la reprendió Ash.

Mia negó con la cabeza.

—No se trata de mí sino de Caroline. Le dije que te pediría que lo investigaras. Está paranoica desde lo que pasó con el último tío con el que salió.

La expresión del rostro de Jace se volvió pensativa mientras disminuía la velocidad del coche por una calle.

—Oh, cierto. ¿No estuvo liada con un tío casado hace un tiempo? Recuerdo que mencionaste algo de eso.

—Sí, ese —respondió Mia con un suspiro—. Lo pasó bastante mal. Caro no es así. Me refiero a que ella nunca se habría liado con un hombre casado. Ella es muy dulce y confiada y ese tío le hizo mucho daño. No quiero que le vuelva a pasar otra vez.

—Me ocuparé de ello —contestó Jace—. Dile a Caro que no se preocupe. Será lo primero que haga mañana por la mañana.

—Eres el mejor —dijo Mia.

Jace le sonrió indulgentemente por el espejo retrovisor.

—Te he echado de menos, peque. Apenas hemos pasado tiempo juntos últimamente.

—Yo también te he echado de menos —le dijo con suavidad. Y era verdad. Últimamente parecía como que habían ido por caminos separados, incluso antes de lo de Gabe. Jace había estado más ocupado que nunca con el trabajo. Era la razón principal por la que había ido a la gran inauguración. Una noche que había cambiado el curso de su vida. Si ahora volvía a mirar atrás, nunca se hubiera imaginado cómo la decisión de ir a algún sitio tan inocuo como una fiesta aburrida donde sirven cócteles podría cambiarlo todo tan drásticamente.

Tuvieron que aparcar a una manzana del pub, pero Ash le abrió la puerta a Mia y le ofreció la mano para ayudarla a salir. Jace y Ash la flanquearon mientras caminaban por la ajetreada calle y el crepúsculo se cernía sobre ellos.

El *pub* estaba relativamente tranquilo. Era temprano para cenar todavía, y el *pub* no se llenaría hasta el anochecer. Ash los guio hasta una mesa situada en un rincón, con vistas a la calle, y una camarera vivaracha los atendió extremadamente rápido. Miró a Ash y Jace como si fueran su siguiente comida y estuviera a punto de hincarles el diente.

Era más joven que Mia. Vamos, tenía que serlo. Parecía tener unos veinte años. Probablemente una estudiante de la universidad que servía mesas para conseguir algo de dinero extra. Lo que significaba que había una diferencia de edad más grande de la que ella ya tenía con Jace y Ash. ¿Dieciocho años? No es que fueran muchos más que los que había entre ella y Gabe, pero era un poco raro ver a alguien que parecía casi adolescente flirtear con su hermano y su mejor amigo.

Se las apañaron para pedir la comida tras la escenita. Mia se sentía con ganas de darse el gusto esta noche. Ya que le esperaba el dulce de azúcar en casa, ¿por qué no darse el capricho? Podría comer ensaladas con Gabe, pero cuando estaba con Jace y Ash no tenía ninguna reserva con la comida, así que pidió unos nachos bien cargaditos.

Pero eso no le impidió picotear también del plato de Jace y Ash.

Ellos se rieron, gastaron bromas, y hablaron de todo y nada a la vez. Tras apartar el plato en la mesa, tan llena que apenas podía respirar, se echó hacia delante y, en un impulso, abrazó a Jace.

—Te quiero —le dijo con fiereza—. Gracias por esta noche. Era justo lo que necesitaba.

Jace le devolvió el abrazo y la besó en la sien.

—¿Va todo bien?

Ella lo apartó y le sonrió.

—Sí. Perfectamente.

Y no había mentido. Esta noche había sido exactamente lo que había necesitado. Su relación con Gabe era intensa y arrolladora. Era muy fácil quedarse encandilada con él y sus órdenes y olvidarse de todo lo demás. Su familia… Jace. Sus amigas… Caroline y las chicas. Incluso de ella misma.

—¿Estás segura de que todo va bien, Mia? —le preguntó Ash.

Ella lo miró y vio que la estaba observando; su mirada perspicaz la estaba atravesando.

—¿Estás feliz en el trabajo?

Jace procesó la pregunta de Ash con un gesto fruncido.

—¿Pasa algo que yo no sepa?

—Jace, estoy bien —dijo Mia.

Y estaba siendo completamente sincera. Quizá no con la dirección que estaba tomando la situación, ni la que ella estaba tomando dentro de su relación con Gabe, pero sí sabía que se encontraba bien. Cuando todo terminara, también estaría bien. Incluso mejor que antes.

—Me lo dirías si tuvieras algún problema —le dijo Jace con una voz suave y los ojos fijos en ella.

No era una pregunta, y su voz no la pronunció como tal. Era la confirmación de un hecho que quería que ella reafirmara.

—Siempre serás mi hermano mayor, Jace. Y eso significa, desafortunadamente, que siempre iré a ti para pedirte que me ayudes a solucionar mis problemas.

Mia terminó de hablar con una sonrisa melancólica, recordando todas las veces cuando ella era aún una niña y él había sido tan paciente con ella. Mia siempre se preguntaba si la razón por la que no se había casado ni tenido hijos era ella misma, por haber tenido que pasar tanto tiempo criándola. La entristecía porque sabía que Jace podría ser un padre increíble. Pero él no había dado señal alguna de querer sentar cabeza con una única mujer. Y bueno… si él y Ash estaban siempre liados con la misma tía a la vez, Mia se imaginaba que sería un poco raro e incómodo forjar una relación más tradicional.

—No hay ningún «desafortunadamente», peque. No querría que fuera de ninguna otra manera.

—Y bueno, para que lo sepas, mi despacho siempre está abierto si Jace no está por allí —interrumpió Ash.

Estaban preocupados de verdad. ¿Tan evidente era que estaba inquieta? ¿Llevaba pintada en la cara alguna pista que la relacionara con Gabe? Ella no se sentía diferente. No creía que estuviera diferente. Pero todo el mundo parecía notar que estaba intranquila.

—Sois los dos unos soles —dijo—, pero estoy bien. Gabe tenía razón. Me estaba escondiendo al trabajar en La Pâtisserie.

Necesitaba abrir los ojos como él me hizo para que me fuera en la dirección correcta. No estoy diciendo que vaya a trabajar como asistente personal toda la vida, pero Gabe me dio una oportunidad para ganar experiencia que no fuera solo sirviendo cafés.

—Mientras seas feliz —dijo Jace—. Yo solo quiero que seas feliz.

Mia sonrió.

—Lo soy.

Se quedaron allí sentados hablando durante un rato más antes de que Jace pidiera la cuenta. Cuando la camarera la dejó en la mesa, Jace sacó su tarjeta de crédito. Cuando este la estaba dejando dentro de la pequeña carpeta de piel, una morena alta se dirigió resueltamente hacia ellos.

Al principio Mia pensó que la mujer iba al baño, pero luego fijó la mirada en Ash y en Jace y se hizo bastante aparente que tenía un objetivo.

—Mierda —murmuró Ash.

Jace levantó la cabeza y la morena se paró justo frente a la mesa con ojos brillantes y una sonrisa de oreja a oreja dibujada en el rostro. Pero entonces se giró hacia Mia y su mirada se volvió glacial.

—Ash. Jace —dijo con una voz entrecortada—. ¿Jugando hoy por los barrios bajos?

Los ojos de Mia se abrieron como platos. Joder, la había insultado pero bien. Entonces bajó la mirada. ¿No se la veía tan mal, no?

El rostro de Jace se volvió frío. Era una mirada que siempre había asustado a Mia porque cuando se callaba y en su expresión se mostraba esa frialdad significaba que estaba muy, muy enfadado.

—Señorita Houston —dijo tenso—. Esta señorita es mi hermana, Mia, y le debe una disculpa por ese comportamiento tan vulgar y grosero.

Las mejillas de la morena se llenaron de un intenso color al instante. Parecía estar mortificada. Mia casi sentía pena por ella. Casi, porque en realidad… no la sentía.

A Ash se le veía tan enfadado como a Jace. Alargó la mano, cogió la cuenta y la sacudió frente a la camarera. Miraba más allá de la morena como si ni siquiera estuviera allí.

—Perdóname —dijo la mujer con voz quebrada. Pero no miró a Mia cuando susurró la disculpa. Su mirada aún seguía fija en Jace y luego en Ash, por turnos. Era como si Mia no estuviera presente.

—No me devolvisteis las llamadas —dijo.

Uf, la situación pintaba mal. Mia sintió pena por la mujer. Le quería decir que tuviera algo de orgullo y se marchara.

—Te dijimos todo lo necesario cuando nos fuimos —dijo Ash antes de que Jace pudiera responder—. Ahora, si nos disculpas, estamos con Mia y nos gustaría que la camarera que está justo detrás de ti nos cobrara.

Mia no necesitaba que le dijeran que era, obviamente, una de las mujeres que completaba el trío con Jace y Ash. La forma en que la señorita Houston los miraba a ambos le decía a gritos que los conocía bastante bien a los dos en la intimidad.

Jace se puso de pie con el rostro serio y severo.

—Ten algo de clase, Erica. Vete a casa. No montes una escenita en público. Te arrepentirás mañana.

Entonces alargó la mano para agarrar la de Mia y tiró de ella hasta que se puso también de pie a su otro costado, alejada de la mujer.

El rostro de Erica se endureció y entrecerró los ojos.

—Lo único de lo que me voy a arrepentir es de haber malgastado mi tiempo con los dos.

Se giró con esos taconazos que llevaba y salió del pub. Jace, Mia y Ash se quedaron ahí de pie en el mismo rincón que habían ocupado.

—¿Tenéis una acosadora? —murmuró Mia—. Es algo raro que haya aparecido exactamente en el mismo lugar donde estamos comiendo, de todos los posibles que hay en Manhattan.

Ninguno de los dos hombres se decidió a comentar nada. Ambos parecían querer que el tema se zanjara, y Mia encontraría ese hecho gracioso de no ser porque estaban tan enfadados.

Caminaron hasta el coche de Jace y, cuando entraron, este levantó la mirada para mirarla por el espejo retrovisor.

—Lo siento, Mia.

Ella sonrió.

—Que las mujeres revoloteen a vuestro alrededor no es ninguna novedad. Y, bueno, si ambos queréis visitar los barrios bajos de nuevo, llamadme. La comida ha estado genial. He ganado probablemente dos kilos esta noche, y ahora voy a casa a cogerme otros dos más atiborrándome del dulce de azúcar que ha hecho Caroline.

Ash gimió.

—Por el amor de Dios. Podrías habernos evitado tener que recordar el comentario ese. Qué zorra. No me puedo creer que te insultara de esa manera.

Mia se encogió de hombros.

—No creo que hubiera importado que hubiera ido de punta en blanco. Hubiera encontrado la forma de humillarme igualmente. ¡No sé ni cómo me atrevo a salir con vosotros dos!

Jace hizo una mueca y se calló mientras él y Ash intercambiaban una rápida mirada de incomodidad. Mia se quería reír. Sí, Mia sabía lo que se cocía entre los dos y era gracioso verlos preocuparse por saber cuánto conocía ella exactamente.

Condujeron hasta su apartamento y Jace dejó que Ash y Mia bajaran para que este pudiera acompañarla hasta arriba mientras él daba la vuelta a la manzana y pasaba a recogerlo otra vez.

—Gracias por la cena, Ash. Ha estado muy bien —dijo cuando ya estaban dentro del edificio.

—Te veo mañana en el trabajo —le contestó.

Ella se despidió de él con la mano y entonces Ash desapareció cuando las puertas se cerraron.

Qué interesante se había tornado la noche. Mia volvió a pensar sobre la escenita en la cena mientras subía en el ascensor.

Entones, su teléfono móvil sonó y ella metió la mano en el bolso al mismo tiempo que salía del ascensor y caminaba hasta la puerta de su apartamento. Presionó un botón del móvil para abrir el SMS y vio que era de Gabe.

ESPERO QUE HAYAS TENIDO UNA CENA AGRADABLE CON JACE Y ASH.

CONTÉSTAME PARA HACERME SABER QUE HAS VUELTO

A TU APARTAMENTO SANA Y SALVA.

El corazón se le aceleró y el pecho se le encogió mientras leía sus palabras. Su preocupación, o, más bien, su posesividad —Mia no estaba segura exactamente de cuál era— le llegó al alma.

Le envió un mensaje rápido, sonriendo, mientras entraba en el apartamento.

JUSTO ACABO DE VOLVER. ME LO HE PASADO MUY BIEN.
TE VEO MAÑANA.

Capítulo veinticuatro

*E*l teléfono de Gabe sonó justo cuando estaba entrando por las puertas del edificio de oficinas a la mañana siguiente. Había llegado más temprano de lo habitual. Ya se había convertido en un hábito, una rutina con la que se encontraba cómodo y a gusto, el ir al trabajo con Mia tras haber pasado la noche en su apartamento. La noche anterior se había quedado inquieto y nervioso, y se había pasado la mayor parte del tiempo pensando en silencio mientras se imaginaba a Mia en su cama, sola, tal y como él estaba en la suya.

No le gustaba sentirse de esta manera. Odiaba que de alguna forma fuera dependiente de Mia para sentir esa paz mental que solo sentía cuando ella estaba cerca. Lo hacía sentir como un tonto desesperado y avaricioso, y con la edad y experiencia que tenía no debería estar comportándose de esa manera.

Hizo una mueca cuando vio que era su madre la que llamaba. Dejó que saltara el contestador mientras entraba en el ascensor y se prometió devolverle la llamada ya en la privacidad de su oficina. La conversación que iban a mantener no deseaba tenerla en público. O al menos, se imaginaba por dónde irían los tiros.

Las oficinas estaban vacías y en silencio. Sin embargo, Gabe se dirigió hacia el pasillo donde se encontraba la suya. Mia no llegaría hasta dentro de una hora y media, y ya sentía la ansiedad y la excitación. Los puños se le cerraron cuando se sentó tras la mesa. Debería haber ido al apartamento de Mia antes del trabajo. Debería haber enviado un coche para que la recogiera cuando terminara de cenar con Jace. Pero había decidido probarse a sí mismo que no la necesitaba. Que no pensaba en ella cuando no estaba con él. Necesitaba ese espacio entre ambos, porque esa mujer se estaba convirtiendo muy rápidamente en una adicción de la que no tenía esperanza ninguna de recuperarse.

Aunque hasta el momento eso le estuviera yendo muy bien.

Cogió el teléfono y marcó el número de su madre, entonces esperó mientras daba tono de llamada.

—Mamá, soy Gabe. Siento no haberte cogido el teléfono antes. Estaba entrando en la oficina.

—No te vas a creer lo que he de contarte —le dijo, la angustia era evidente en su voz. No había tardado ni un segundo en llegar al asunto por el que había llamado.

Gabe suspiró y se echó hacia atrás en la silla; ya sabía qué era lo que vendría a continuación. Aun así, le preguntó y fingió ignorancia.

—¿Qué pasa?

—¡Tu padre dice que quiere reconciliarse conmigo! ¿Te lo puedes creer? Estuvo aquí anoche.

—¿Y qué es lo que quieres tú? —le preguntó con suavidad.

Ella balbuceó durante un momento y luego se calló. Era evidente que no esperaba que Gabe no reaccionara a ese bombazo. O quizás es que no había pensado todavía en lo que ella quería.

—Dice que no se acostó con todas esas mujeres. Que me quiere y que quiere recuperarme, y que ha cometido el mayor error de su vida —continuó con rabia—. Se compró una casa, Gabe. ¡Una casa! ¿Te suena eso a que no haya pasado página y que no haya superado su matrimonio conmigo?

—¿Lo crees?

Hubo otro silencio bastante claro. Entonces Gabe la escuchó suspirar con fuerza y se la pudo imaginar derrotada y derrumbada.

—No lo sé —le contestó con un tono molesto en la voz—. Tú viste las fotos, Gabe. Todo el mundo piensa que se acostó con esas mujeres, incluso aunque sea mentira. Y ahora viene arrastrándose porque ha cometido un error. Después de toda la humillación que he sufrido y todo por lo que me ha hecho pasar, espera que lo perdone así sin más y que me olvide y haga como si nunca me hubiera abandonado tras treinta y nueve años de matrimonio.

Gabe se mordió la lengua porque no había nada que pudiera decir. No era una decisión que él pudiera tomar por ella, y tampoco le podía meter en la cabeza que perdonara a su padre porque él sabía muy bien cómo se sentía. Qué irónico era que su propia exmujer hubiera venido a suplicar al mismo tiempo que su padre lo hacía también. Ni mucho menos iba él a volver con Lisa, así que entendía las reservas que tenía su madre en lo referente a su padre. Sería un grandísimo hipócrita si la incitara a ir en esa dirección. Nunca lo haría, aunque en el fondo de su corazón quería que sus padres volvieran a estar juntos. Su familia. Dos personas a las que había admirado toda su vida.

—Entiendo por qué estás enfadada —dijo Gabe—. No te culpo. Pero tienes que hacer lo que tú realmente quieras, mamá. Decide lo que te haga feliz y que les den a los demás. ¿Aún lo quieres?

—Por supuesto que sí —contestó con agitación—. Eso no se va en un mes o dos, ni siquiera en un año. No se pasan treinta y nueve años de tu vida con un hombre para olvidarlo solo porque él ya no te quiera.

—No tienes que decidirte ahora mismo —le hizo saber—. Llevas la voz cantante en este asunto, mamá. Él es el que tiene mucho por lo que compensarte. No hay nada malo en tomarse un tiempo y poder valorar todas las opciones y sentimientos. Nadie dice que lo tengas que volver a aceptar de la noche a la mañana.

—No, es cierto —coincidió ella—. Y no lo haría. Hay muchas cosas que tenemos que solucionar. Yo lo quiero, pero también lo odio por lo que me hizo y por la forma en que lo hizo. No me puedo olvidar de todas las fotografías que le hicieron con todas esas mujeres. No puedo mirarlo a la cara sin imaginármelo con otra a su lado.

—Yo solo quiero lo mejor para ti —le dijo Gabe con suavidad—. Sea lo que sea. Sabes que tienes todo mi apoyo sin importar lo que decidas.

Se escuchó otro suspiro y entonces Gabe percibió en su voz que estaba llorando. Eso le hizo tensar la mandíbula y cerrar los puños de la ira que sentía. Maldito fuera su padre por lo que le había hecho a su madre.

—Te lo agradezco mucho, Gabe. Gracias al cielo que te tengo. No sé qué habría hecho sin tu apoyo y comprensión.

—Te quiero, mamá. Estoy aquí siempre que necesites hablar.

Esta vez la escuchó sonreír mientras le devolvía el amor que él le había mostrado.

—Dejaré que vuelvas al trabajo —le dijo—. Pero has ido demasiado temprano esta mañana. Creo que deberías considerar tomarte esas vacaciones de las que hablamos. Trabajas demasiado duro, hijo.

—Estaré bien. De todos modos, cuídate, ¿de acuerdo? Y llámame si me necesitas, mamá. Sabes que nunca estoy demasiado ocupado para ti.

Colgaron y Gabe sacudió la cabeza. Así que su padre finalmente había movido ficha. No había sentido ni una pizca de arrepentimiento tras la confesión que le había hecho a Gabe. Había ido a ver a su madre y había dado comienzo el largo y sinuoso camino que le esperaba hasta llegar a la reconciliación.

Gabe se obligó a estar atareado con correos electrónicos al mismo tiempo que se mantenía ojo avizor con el reloj. Cuanto más se acercaba la hora a la que Mia llegaría, más inquieto se ponía. Ya había tenido dos momentos en los que había estado a punto de mandarle un SMS para preguntarle dónde se encontraba, pero en ambas ocasiones había dejado el teléfono sobre la mesa, decidido a no parecer tan jodidamente desesperado.

En su mesa estaba el último dildo que tenía intención de usar en su ano para prepararla para el sexo anal. La imagen de Mia doblada y tumbada sobre su mesa con los cachetes del culo abiertos mientras él le insertaba el juguetito era más que suficiente para ponerlo dolorosamente duro. Estaba ansioso por que estuviera lista para deslizar su verga dentro de su trasero en vez de recurrir a los dildos. Se estaba impacientando. Quería tener pleno acceso a su cuerpo. Le había dado tiempo suficiente para adaptarse a sus órdenes, ya era hora de permitirse disfrutar por completo de cada fantasía perversa y hedonística que había tenido sobre Mia.

Ya estaba haciendo planes con antelación para el fin de semana. A la semana siguiente lo acompañaría a un viaje de negocios fuera del país, y antes de eso quería tener unos pocos días donde solo fueran y existieran ellos dos. La completa iniciación a su mundo.

La excitación le subió por todos los nervios de la espina dorsal, y todo su cuerpo sucumbió a la lujuria mientras se la imaginaba atada en la cama y bien abierta delante de él. Mientras se imaginaba embistiéndola por detrás, poseyendo su boca hasta que todo su semen goteara por sus labios, hundiéndose tan adentro de su dulce ser que no hubiera separación alguna entre ellos.

Ya había reclamado a Mia. No había dejado de poseerla, pero lo que ahora venía era quitarle cualquier duda a ella de la cabeza de que le pertenecía a él por completo y por entero. Quería que cada vez que lo mirara a los ojos viera reflejado en ellos que sabía a quién pertenecía. Que lo recordara tomando posesión de su cuerpo y marcándola con todo lujo de detalles.

Si eso lo convertía en un cabrón primitivo, pues que así fuera. Así era él en realidad, y le era imposible controlar la necesidad que sentía por ella y la fiera urgencia por querer dominarla por completo.

A las ocho y media, la puerta se abrió y Mia entró.

Su cuerpo volvió a la vida, y el alivio se instaló en él como una nube en el cielo.

—Cierra el pestillo —le ordenó con voz queda.

Ella se dio la vuelta para hacer lo que le había mandado y luego se le acercó para mirarlo fijamente desde el otro lado de la estancia. Estaba demasiado lejos de él. La necesitaba a su lado, rozándole la piel como si de un tatuaje se tratara.

—Ven aquí.

¿Había sido solamente ayer al mediodía la última vez que la había visto? Parecía una eternidad. Él solo tenía interés en restablecer esa dominancia sobre ella. O en hacerle recordar a quién pertenecía.

Gabe alargó la mano hasta la mesa para coger el dildo, pero esta vez, en vez de hacer que se inclinara por encima de la mesa y se levantara la falda, le indicó con la mano que lo siguiera hasta el sofá que había junto a la pared. Se sentó y luego se dio unos golpecitos en el regazo para que ella se tendiera sobre sus piernas.

Mia apoyó la cara contra la suave piel del sofá y se giró de forma que pudiera verlo por el rabillo del ojo. El pelo le caía alborotado por encima del rostro y los ojos, que tenían una mirada adormilada, no hacían más que brillar con deseo.

Deslizó una mano por debajo de la falda, y se sintió satisfecho cuando se encontró con la suave y desnuda piel de su trasero. La giró hacia arriba para exponerla ante sus ojos y luego alargó la mano para coger el lubricante. Sabía que ahora lo iba a necesitar más porque este dildo era el más grande hasta el momento.

Jugó con su entrada al mismo tiempo que la acariciaba con los dedos y le aplicaba libremente el gel. Mia estaba tensa sobre su regazo, así que Gabe le pasó suavemente la mano por el trasero y la subió luego hasta su columna vertebral.

—Relájate —le murmuró—. Confía en mí, Mia. No te voy a hacer daño. Deja que te haga sentir bien.

Ella soltó un suspiro y se quedó laxa sobre sus piernas. A Gabe le encantaba que fuera tan receptiva, tan dulcemente sumisa.

Gabe comenzó a mover la punta del dildo dentro de su apertura, empujando el pequeño aro a la vez que la acariciaba una y otra vez para ganar poco a poco más profundidad. Mia dobló los dedos y cerró con fuerza los puños. Cerró los ojos y dejó escapar un suave gemido de sus labios. Labios que tenía toda la intención de usar. O a lo mejor se hundía en su sexo. Él sabía que estaría exquisitamente apretado gracias al juguetito anal que tenía bien colocado.

Mia dio un pequeño grito cuando le introdujo el dildo anal por completo en su interior. Él inmediatamente la acarició y le masajeó el culo y la espalda para tranquilizarla y calmarla.

—Shhh, cariño. Ya está. Respira hondo. No luches contra él; te arderá por un momento y te sentirás apretada y llena por completo, pero solamente respira.

Su pecho se infló y desinfló en rápidas sucesiones, todo el cuerpo lo sentía jadear en su regazo. Tras darle un momento para que recuperara el control de sus sentidos, la puso en pie. Y justo después de que le ordenara que se colocara entre sus rodillas dándole la espalda, se llevó las manos a la cremallera del pantalón y se sacó el miembro erecto. Se movió hacia el filo del sofá y entonces levantó los brazos para poner las manos en su cintura para guiarla hasta su miembro expectante.

Mia jadeó cuando él se hundió en su interior y el trasero se le quedó sentado en su regazo. Joder, sí. Estaba apretada y sacudiéndose a su alrededor. Su sexo era puro calor que lo rodeaba y lo absorbía más adentro de su cuerpo.

Tras penetrarla de esta manera unas cuantas veces, él la volvió a empujar hacia arriba y entonces se levantó para quedarse de pie detrás de ella. La giró y la colocó a cuatro patas. El culo lo tenía en pompa y las rodillas justo en el filo del sofá.

La rosada carne de su feminidad estaba abierta y desnuda ante él, brillando con ansias, como si fuera un néctar en el que no veía la hora de abocarse por completo.

Gabe la embistió y se hundió bien adentro de su humedad. Le encantaba poseerla desde atrás. Era una de sus posiciones favoritas.

La agarró bien fuerte por las caderas, los dedos bien marcados en la piel, y comenzó a hundirse con fuerza en ella. Las caderas chocaban contra los cachetes de su trasero, lo que provocaba un fuerte ruido que se apreciaba sin problemas dentro del silencio de su despacho.

Él bajó la mirada y observó cómo su verga desaparecía en su interior y luego volvía a aparecer llena de jugos y líquidos que resbalaban por su piel.

—Tócate, cariño. Haz que te corras. Yo no voy a durar mucho —le dijo con tono necesitado.

Era una afirmación y un pensamiento bastante familiar. Era lo mismo que parecía decirle cada vez que hacían el amor. Gabe simplemente no podía controlarse cuando Mia se encontraba a su alrededor. Él solo sabía ir a una misma velocidad cuando estaba con ella. A mil por hora.

Su sexo se aferró a su miembro como un puño. Mia se derritió toda entera al instante, volviéndose suave y sedosa en su interior. Lo estaba volviendo loco. Gabe cerró los ojos, que casi se le pusieron en blanco. El orgasmo comenzó a formársele, los testículos se le tensaron y luego el semen avanzó por toda la longitud de su miembro hasta que salió disparado por el glande y se introducía bien adentro del cuerpo de Mia.

Se sentía en la gloria. Nada lo había hecho sentirse tan bien. Nunca nadie lo había hecho volverse tan loco y tan descontrolado, en el buen sentido. No podía siquiera explicarlo.

Simplemente Mia le provocaba eso.

Ella era su droga. Su adicción. Una de la que no iba a salir. O, mejor dicho, una que no tenía ningún deseo de superar.

Él se volvió a hundir en ella para quedarse dentro de su ardiente interior por un rato más. Cuando se retiró, la ayudó a ponerse de pie y la envió al cuarto de baño para que se refrescara mientras él se alisaba la ropa y se la recolocaba.

Gabe había tenido uno de los orgasmos más alucinantes de su vida, y, aun así, seguía listo otra vez para continuar en el mismo momento en que Mia salía del baño. Él se tragó el aire y volvió a su mesa, decidido a actuar con un poco de clase y no como una perra en celo.

Cuando levantó la vista para echar un vistazo al calendario, se dio cuenta de que aún no le había dicho nada sobre el viaje a París de la próxima semana. Gabe quería sorprenderla y esperaba que se le iluminara la cara tal y como él se la había imaginado.

—Tengo que viajar a París la semana que viene por negocios —le dijo en un tono informal.

Mia levantó la cabeza de su propia mesa.

—¿Oh? ¿Cuánto tiempo vas a estar fuera?

¿Era decepción eso que había escuchado en su voz o solo eran las ganas que él tenía de que fuera eso?

Gabe sonrió.

—Tú te vienes conmigo.

Sus ojos se abrieron como platos.

—¿De verdad?

—Sí. Nos vamos el lunes después del mediodía. Supongo que tu pasaporte está en regla, ¿cierto?

—Sí, por supuesto.

Su voz estaba inundada de emoción y todo su rostro se había iluminado.

—Pasaremos el fin de semana juntos y te llevaré de compras para todo lo que necesites para el viaje —le dijo con indulgencia.

La expresión de Mia se ensombreció y bajó la mirada por un momento. Gabe no sabría decir si parecía culpable, o si simplemente le estaba evitando la mirada. Él frunció el ceño y siguió mirándola fijamente, esperando que, sea lo que fuere a lo que ella hubiera respondido, se manifestara.

—Tengo planes para el viernes por la noche —le dijo con voz ronca—. Ya los había hecho antes. Quiero decir, antes de que tú y yo…

Tenía en la punta de la lengua preguntarle de qué planes se trataba e interrogarla mucho más. Estaba en todo su derecho. Pero a Mia se la veía tan incómoda que Gabe no quiso ponerla a la defensiva, y tampoco quería por nada del mundo que le mintiera. Y era posible que lo hiciera si la arrinconaba.

—Supongo que solo es la noche del viernes, ¿cierto? —le dijo con un tono brusco.

Ella asintió.

—De acuerdo, entonces ven a mi apartamento el sábado por la mañana. Pasarás el fin de semana conmigo y después nos iremos el lunes por la tarde a París.

El alivio se le reflejó en los ojos y Mia le volvió a regalar esa sonrisa de oreja a oreja.

—Me muero de ganas —le dijo—. ¡París suena emocionante! ¿Tendremos oportunidad de ver algo?

Gabe sonrió ante su entusiasmo.

—Probablemente no, pero ya veremos qué pasa.

Su teléfono sonó y él le echó una mirada a su reloj. El tiempo se le había echado encima prácticamente y ya era la hora acordada para su conferencia de negocios. Sacudió la mano en dirección a Mia para indicarle que volviera a lo que estaba haciendo, y luego se acomodó en su silla antes de responder a la llamada.

Capítulo veinticinco

—*D*ale las gracias a Jace por investigar a Brandon por mí —le dijo Caroline mientras las dos se dirigían en taxi hasta Vibe—. Ha sido muy amable por su parte. Me siento supermal por haberte dejado que hicieras esto por mí, pero tras lo ocurrido con Ted... tengo esta sensación tan horrible y enfermiza cada vez que miro a un tío con interés, ¿sabes?

Mia alargó la mano para apretar la de su amiga.

—Irá a mejor, cariño. Pero, bueno, según todo lo que ha dicho Jace, Brandon parece ser un chico trabajador y honrado. Y lo más importante, está soltero y vive solo.

El alivio que se reflejó en el rostro de Caroline fue bastante evidente; y la joven se movió llena de nervios y de entusiasmo conforme fueron acercándose al club.

—Sí, eso ayuda bastante. Supongo que ya veremos lo que pasa, ¿verdad?

Mia le sonrió mientras el taxi se detenía. Eran las nueve de la noche y estaba cansada tras el día de trabajo que había tenido. Prefería estar con Gabe en su apartamento, cenando tranquilamente o haciendo cualquier otra cosa que él le tuviera preparada para la noche. Odiaba haberle tenido que mentir sobre qué planes tenía para esta noche. No es que le hubiera dicho una mentira, pero no había sido muy abierta sobre el tema. Sin saber por qué, decirle que se iba a ir de discoteca la preocupaba por la reacción que pudiera tener. ¿Qué pasaba si le decía que no?

No es que ella no hubiera ido de todas maneras. De acuerdo, tenían un contrato... Dios, qué cansada estaba de esa palabra. Estaba llegando al punto de odiarlo cada vez que ese papel que había firmado se le metía en la cabeza. No porque se arrepintiera lo más mínimo de su relación con Gabe, sino por lo que ese contrato representaba. O mejor dicho, lo que no representaba.

Mia sencillamente no había querido tener una confrontación con Gabe. Ella no iba a ir a la caza de hombres esta noche. Iba a divertirse con sus amigas y a pasar tiempo con ellas. Tiempo que valía oro desde que Gabe se había adueñado de su vida.

Sí, podía ver claramente por qué Caroline se preocupaba. Si una de sus amigas hubiera empezado una relación en la que pasara todo su tiempo libre con la pareja hasta el punto de excluir a todos de su vida, Mia también se preocuparía. Se cuestionaría si esa relación era sana para su amiga.

Y quizá la suya con Gabe no lo era del todo. Sabía perfectamente bien que su dependencia emocional hacia él no lo era. Estaba a punto de enamorarse, y, cuando eso sucediera, necesitaría a sus amigas más que nunca, y por ese motivo no podía alejarlas de ella en estos momentos.

Pero sea lo que sea que hubiera entre ella y Gabe era lo que Mia quería. Lo deseaba. No iba a negar las circunstancias. Se hacía una idea bastante clara de lo que iba a ocurrir llegado a un punto, pero iba a disfrutar de cada momento, saborear cada minuto que tuviera hasta que llegara la hora de que él la dejara.

Sobreviviría. O quizás esa era la parte del asunto que se negaba a aceptar. En realidad no sabía a ciencia cierta si podría sobrevivir cuando Gabe se alejara de su vida.

—Eh, estamos aquí —le comunicó Caroline—. Tierra llamando a Mia.

Mia parpadeó y levantó la mirada para percatarse de que todas estaban ya fuera del taxi. Se metió la mano en el bolsillo para sacar el dinero suelto que tenía para pagar al conductor y seguidamente se apresuró a seguir a Caroline.

Chessy, Trish y Gina estaban esperándolas fuera del club en el Meatpacking District, en cuya entrada se había formado ya una larga cola a lo largo de la manzana. Las tres se echaron encima de ella y la abrazaron mientras gritaban en su oído. Mia alegremente respondió al afecto de sus amigas y parte de sus nervios se extinguieron. Iba a pasárselo bien. Una noche separada de Gabe probablemente era lo mejor. Era muy fácil quedarse prendada dentro de un universo alterno que él había creado para ambos. Pero esto… esto era real. Estas eran sus amigas y esta era su vida.

Ya era hora de soltarse y divertirse durante la noche.

Caroline las condujo hasta la entrada vip y fue entonces cuando vio por primera vez a Brandon. Era alto y bastante musculoso. Calvo, con perilla y un pendiente en la oreja izquierda. En el mismo momento en que su mirada recayó sobre Caroline, esa apariencia amenazadora y de chico duro desapareció, y su expresión cambió a la de alguien que contemplaba a un cachorrito.

Se pudo ver claramente lo pillado que estaba. Si a Mia todavía le quedaba alguna duda de que estuviera verdaderamente interesado en Caroline, esta se esfumó de inmediato.

Brandon se puso entre la gran cola de gente y la puerta y le hizo un gesto con la mano a Caroline.

Mia y las otras la siguieron y Brandon se metió la mano en el bolsillo para sacar cinco pases vip.

Se inclinó hacia delante y le dijo algo a Caroline en el oído. Mia no pudo escuchar lo que le dijo debido al ruido que había en la calle, pero fuera lo que fuere consiguió sacarle los colores y que los ojos le brillaran con deleite. Él le sonrió ligeramente y luego les indicó a ella y a sus amigas que pasaran al interior.

—¡Está muy bueno, Caro! —exclamó Chessy cuando entraron en la discoteca.

Gina y Trish seguidamente coincidieron con ella, aunque sus miradas estuvieran desperdigadas por todo el abarrotado club. La música vibraba y retumbaba en las paredes. La pista de baile era enorme, y estaba llena. El lugar tenía un aspecto y un aire eléctrico; en su mayor parte oscuro, pero con luces de neón en las mesas y en la barra. Los haces de láser recorrían toda la pista y alumbraban todos los cuerpos que se movían y bailaban sin parar.

—Yo voto por que nos emborrachemos —dijo Trish—. Buena música, baile, bebidas y, si Dios quiere, chicos buenorros.

—Me apunto —declaró Chessy.

—Yo también —contestó Gina.

Todas se giraron para mirar a Mia.

—A por todas —fue lo que dijo.

Todas gritaron emocionadas y se mezclaron con la multitud para encontrar la mesa que Brandon les había reservado.

Caroline agarró a Mia del brazo para retrasarla y luego se acercó a su oreja para que la pudiera oír.

—Yo me voy a casa de Brandon cuando acabemos. ¿Te parece bien? ¿Vas a estar bien si vuelves al apartamento sola? Dijo que te pediría un taxi.

Las cejas de Mia se alzaron.

—¿Estás segura, Caro?

Ella asintió.

—Ya hemos estado hablando durante un tiempo. No estoy diciendo que vayamos a acostarnos. Nuestros horarios de trabajo son completamente opuestos, así que no habíamos tenido la oportunidad de vernos hasta ahora.

—Entonces ve. Pero ten cuidado, ¿de acuerdo?

Caroline sonrió y asintió.

Encontraron su mesa, pidieron sus bebidas y luego esperaron. El ritmo frenético de la música invadió a Mia, y se encontró medio bailando mientras estaban de pie alrededor de la mesa. Chessy se unió a ella, y poco después todas las chicas se habían adueñado de una pequeña parte de la pista de baile junto a la mesa.

Antes de que la camarera trajera las bebidas, dos tíos se acercaron con unas sonrisas encantadoras en la cara, y empezaron a hablar con Chessy y Trish. Mia se quedó a propósito al fondo de la mesa, que limitaba con la barandilla que daba a la pista de baile. No quería bajo ningún concepto que se le diera demasiado bombo a que se estuviera limitando a observar, y tampoco quería tener que rechazar a nadie de manera incómoda. Así que, para evitar eso mismo, se giró hacia la pista y empezó a moverse al ritmo de la música.

Unos pocos minutos después, les trajeron las bebidas y los dos chicos desaparecieron. Cogieron los vasos de la bandeja y luego Caroline alzó el suyo para proponer un brindis.

—¡Por una noche fabulosa! —gritó.

Hicieron chinchín con los vasos y luego comenzaron a beber.

Mia se moderó; no tenía la misma tolerancia al alcohol que sus amigas. Se quedaron toda la noche yendo de la mesa a la pista de baile y de la pista a la mesa mientras la camarera seguía trayéndoles bebidas a un ritmo considerable.

Sobre las doce de la noche, Mia ya empezaba a sentir los efectos del alcohol, así que redujo el ritmo mientras las otras seguían sin freno. Chessy se quedó con un tío que parecía no despegarse de ella durante toda la noche. Allá donde iba, él la seguía, y además se aseguraba de que las chicas tuvieran lo que quisieran.

Brandon se pasó por la mesa un rato después para ver cómo estaban, y luego habló con Caroline durante unos pocos minutos a solas. Cuando se fue, la sonrisa de Caroline era enorme y los ojos le brillaban. Estaba emocionada, completamente excitada ante la novedad de tener ante sí una posible relación donde todo parecía ser increíble y excitante. Mia estaba feliz por ella. Caro se merecía la felicidad tras su última relación, y a lo mejor Brandon era el chico adecuado.

Cuando dieron las dos de la mañana, Mia ya estaba lista para retirarse. Estaba más que un poco ebria. Y como Caroline se iba a ir a casa de Brandon, no vio razón alguna por la que quedarse más tiempo. Apartó a Caroline a un lado y le dijo que se iba a casa. Chessy y las otras aún estaban en la pista de baile; todas habían ligado y estaban ocupadas con sus maromos, así que no la echarían de menos.

—Déjame que se lo diga a Brandon y te acompañaremos hasta el taxi —dijo Caroline por encima de la música.

Ella asintió con la cabeza y esperó mientras Caroline serpenteaba entre la gente. Un momento más tarde, volvió escoltada por Brandon y Mia los siguió hasta fuera del club. Brandon le hizo un gesto con la mano a uno de los taxis que estaban aparcados en la esquina y luego le abrió la puerta para que entrara.

—Te llamaré mañana —le dijo Caroline inclinada hacia delante para poder ver el interior del taxi.

—Ten cuidado y diviértete —añadió Mia.

Caroline sonrió de oreja a oreja y cerró la puerta.

Le dio la dirección al conductor y luego se acomodó en el asiento. La cabeza aún seguía dándole vueltas aunque había dejado de beber casi una hora antes. Su móvil sonó, y ella frunció el ceño. Eran las dos de la mañana pasadas. ¿Quién le podría estar mandando un mensaje a esas horas?

Sacó el teléfono del bolsillo donde se había quedado olvidado durante toda la noche y una mueca apareció en el rostro cuando vio que tenía más de una docena de llamadas perdidas. Y todas de Gabe. Además, tenía mensajes. El último acababa de llegar justo hacía unos segundos.

¿DÓNDE COÑO ESTÁS?

Aunque no había forma alguna de distinguir el tono de voz en un simple mensaje de texto, Mia podía imaginarse perfectamente a Gabe echando humo por la nariz de lo enfadado que estaría. Había otros cuantos mensajes, todos ordenándole que le dijera dónde estaba y cómo iba a volver a casa.

Mierda. ¿Debería llamarlo? Era tremendamente tarde —o temprano, depende de cómo se mire— pero era obvio que estaba despierto y evidentemente muy enfadado, o preocupado, o ambas cosas. Por ella.

Esperaría hasta que llegara a casa y luego le mandaría un mensaje. Al menos entonces podría decir que ya estaba en su apartamento.

El camino de vuelta a casa fue mucho más corto que la ida, ya que el tráfico no era un factor importante a esas horas de la madrugada. No pasó mucho tiempo hasta que el taxi se acercó a su edificio. Mia le pagó y luego se bajó del coche. El equilibrio pareció fallarle un poco una vez consiguió ponerse en pie.

El taxi se marchó y ella comenzó a dirigirse hacia el portal de su edificio. Y entonces lo vio.

La respiración se le cortó, y el pulso se le aceleró hasta que el alcohol no hizo más que darle vueltas en el estómago y provocarle náuseas.

Gabe estaba ahí, frente al portal de su edificio, y parecía cabreado. Se encaminó hacia ella con una expresión seria y los ojos brillándole de forma peligrosa.

—Ya era hora, joder —soltó mordazmente—. ¿Dónde mierdas has estado? ¿Y por qué no has respondido a mis llamadas o mis mensajes? ¿Te haces alguna idea de lo preocupado que he estado?

Ella comenzó a andar dando tumbos y Gabe maldijo por lo bajo mientras la agarraba del brazo para impedir que se cayera al suelo.

—Estás borracha —le dijo con seriedad.

Mia sacudió la cabeza aún sin poder encontrar la voz.

—No —consiguió pronunciar finalmente.

—Sí —insistió Gabe.

Él la arrastró hasta dentro cuando el portero abrió la puerta, y luego la condujo hasta el ascensor. Le quitó las llaves de las manos, entraron al ascensor y pulsó el botón para subir a su planta con demasiada fuerza.

—¿Puedes siquiera caminar? —le preguntó mirándola de arriba abajo como si de un látigo recorriendo su piel se tratara.

Ella asintió aunque no estaba ahora tan segura. Las rodillas le temblaban y a cada segundo que pasaba sentía más ganas de vomitar. Palideció y el sudor comenzó a caerle en goterones por la frente.

Gabe maldijo de nuevo mientras las puertas del ascensor se abrían. La agarró de la mano y luego la atrajo hasta su costado, manteniéndola en pie mientras ambos caminaban hasta la puerta de su apartamento. Metió la llave en la cerradura, abrió la puerta y la llevó rápidamente al interior. Después cerró la puerta de un portazo y la acompañó sin perder tiempo al lavabo.

Y no le sobraron ni dos segundos. Llegó al váter justo cuando el estómago comenzó a rebelarse contra ella.

Gabe le recogió el pelo con las manos y se lo echó hacia atrás para que no lo tuviera en la cara. Luego deslizó una mano por su espalda para tranquilizarla y calmarla.

No dijo ni una palabra —un hecho que Mia agradeció— mientras vaciaba todo el contenido de su estómago en el retrete. Una vez los vómitos por fin terminaron, la dejó sola durante un breve instante para poder humedecer una toalla en el lavabo, y luego volvió para pasársela por el rostro y la frente.

—¿En qué narices estabas pensando? —le exigió—. Ya sabes que tu cuerpo no tolera el alcohol tan bien.

Ella se hundió contra su pecho y descansó la frente contra él mientras cerraba los ojos y respiraba hondo. Lo único que quería hacer era tumbarse. Incluso después de vomitar tanto, seguía encontrándose fatal. Y no estaba segura de por qué. No había bebido tanto… ¿no?

Tenía las imágenes de la noche un tanto borrosas en la cabeza. Había bailado, bebido, y bailado un poco más. O a lo mejor había bebido más de lo que recordaba.

—Quiero lavarme los dientes —murmuró Mia.

—¿Estás segura de que puedes estar en pie tanto tiempo? Ella asintió.

—Iré a prepararte la cama para que te puedas echar —le informó.

Gabe salió del cuarto de baño aún con la ira recorriéndole las entrañas. Más que ira, no obstante, había sido miedo. Una sensación que aún lo tenía sobrecogido.

Si no estuviera tan bebida, le estaría dejando el culo rojo como un tomate precisamente en ese momento por todas las cosas irresponsables y estúpidas que había hecho.

Le retiró la colcha, le colocó bien las almohadas y luego le arregló las sábanas para que pudiera deslizarse perfectamente dentro de ellas. Si no se sintiera tan mal, la arrastraría hasta su apartamento en estos momentos y se quedaría allí hasta que tuvieran que salir para París.

Gabe volvió al cuarto de baño con el ceño fruncido al no escuchar ningún ruido proveniente del interior.

—¿Mia? —preguntó mientras entraba por la puerta.

Y entonces sacudió la cabeza al ver la imagen con la que se topó; Mia estaba sentada en el suelo frente al retrete, con un brazo por encima de la tapa y la cabeza apoyada contra él. Dormida como un tronco.

Con un suspiro, Gabe se agachó y la levantó en brazos. La llevó al dormitorio y la dejó encima de la cama para poder desvestirla. Cuando estuvo desnuda, retrocedió un paso para poder quitarse la ropa él también y quedarse en bóxers, y luego se metió en la cama con ella. La puso de manera que estuviera pegada cómodamente contra su cuerpo, y que la cabeza usara su brazo a modo de almohada.

Los dos iban a tener una charla muy larga por la mañana. Con resaca, o sin ella.

Capítulo veintiséis

*C*uando Mia abrió los ojos, se sintió como si alguien los hubiera atravesado con un picahielos. Gimió y le dio la espalda a la fuente de luz que entraba a través de la ventana, pero solo consiguió ver a Gabe en la puerta de su habitación.

Llevaba enfundados unos vaqueros y una camiseta, y tenía las manos metidas en los bolsillos mientras le escrutaba todo el cuerpo con la mirada. Mia no sabía si era el hecho de que pocas veces veía a Gabe vestido con vaqueros lo que la hizo reaccionar a esa imagen tan sugerente, o que simplemente le quedaban tan estupendamente bien.

—Te encuentras fatal, ¿verdad?

Mia no pretendió malinterpretar lo que le había dicho y asintió con la cabeza, movimiento que hizo que esta le doliera más todavía.

Él se adentró en la habitación y se acercó a la cama hasta sentarse en el borde junto a ella.

—El coche nos está esperando fuera. Vístete para que nos podamos ir.

Ella frunció el ceño.

—¿Adónde vamos? —No quería moverse. Quería otras seis horas de sueño. Quizás entonces podría despertarse sin que la cabeza le doliera tanto.

—A mi apartamento —contestó secamente—. Tienes cinco minutos, y no me hagas esperar.

Sus labios se contrajeron en una mueca cuando él se alejó y desapareció por la puerta. Si solo le iba a dar cinco minutos, que no esperara que fuera a tener buen aspecto. Necesitaba una ducha de agua caliente y tiempo para serenarse.

Dios, si ni siquiera sabía por qué se había molestado tanto

la noche anterior. Y lo que es más, ni siquiera se acordaba de haberse metido en la cama. Lo único que podía recordar era que se había lavado los dientes, y luego al despertarse.

Gabe había pasado la noche en su apartamento, ¿pero había dormido?

Se obligó a sí misma a salir de la cama, y gimió mientras caminaba de forma fatigada hasta el armario. Sacó una camiseta y unos vaqueros, sin siquiera esforzarse por ponerse sujetador o bragas. No es que a Gabe le gustara que llevara bragas, de todas formas.

Sí que preparó una bolsa rápidamente con unas pocas mudas de ropa y con cosas a las que había renunciado en esos momentos —las bragas y el sujetador— y luego se dirigió al cuarto de baño para echar también sus artículos de aseo.

Cuando entró en el salón vio que Gabe se encontraba mirando por la ventana, pero se giró cuando la escuchó.

—¿Estás lista?

Ella se encogió de hombros. No lo estaba, pero en fin.

Él la atrajo hasta su costado y luego le puso la mano en la espalda mientras salían del apartamento. Unos pocos minutos más tarde, la metió en el coche que los estaba esperando y se sentó a su lado. Justo cuando el vehículo comenzó a moverse, él le hizo señas para que se acercara.

Le pasó el brazo por los hombros y ella suspiró cuando su calidez se adueñó de su cuerpo. Se acurrucó y descansó la cabeza sobre su pecho y luego cerró los ojos. Había esperado que le echara la bronca, o que la regañara por lo que fuera que lo hubiera cabreado. Pero, sin embargo, se quedó sorprendentemente callado, como si supiera lo mucho que le dolía la cabeza.

Gabe le rozó el cabello con los labios y le dio un beso en el pelo mientras le acariciaba algunos mechones con una mano.

—Cuando lleguemos a mi apartamento, tengo algo que puedes tomarte para el dolor de cabeza —murmuró—. Tienes que comer algo también. Te prepararé un desayuno suave para el estómago.

Una felicidad comenzó a apoderarse de su vientre y subió hasta su pecho. Era tan fácil perderse en la fantasía de estar con Gabe porque él era el que lo hacía así. La cuidaba a más no poder. Velaba para que todas sus necesidades estuvieran satisfechas. ¿Era mandón? Sí, con mayúsculas. Pero no era egoísta. Cogía lo que quería y era inflexible con sus órdenes, pero le devolvía mucho. No material, pero sí emocionalmente, aunque él negara hacer tal cosa.

Se había quedado casi dormida cuando pararon frente al edificio de Gabe. Este salió, y, para sorpresa de Mia, la cogió y la levantó en brazos para llevarla hasta el portal y luego hasta el ascensor.

Mia escondió la cabeza bajo su barbilla y disfrutó de lo bien que Gabe la tenía agarrada. Entraron en el ascensor y le hizo meter la llave en la ranura para subir al ático con el cuerpo bien acurrucado entre sus brazos.

En el salón, Gabe la dejó en el sofá y luego se fue a por las almohadas y mantas que tenía en la cama. La arropó y seguidamente se marchó un momento a la cocina; unos minutos más tarde, volvió con un vaso de leche y una pastilla en las manos. Mia frunció el ceño cuando lo vio y le lanzó una mirada interrogante.

—Ayudará con el dolor de cabeza —le dijo—. Pero bebe algo de leche primero. Te dejará grogui y mucho peor si no tienes nada en el estómago.

—¿Qué es? —preguntó ella con cierto recelo.

—Tómatela, Mia. No te daría nada que te hiciera daño. Y como sé que no te van a hacer ningún análisis de drogas aleatorio en la oficina, no tienes ningún problema con tomártela.

Mia sonrió tanto como su dolor de cabeza le permitió y se tomó la pastilla. Se bebió medio vaso de leche antes de tragársela y luego se bebió el resto. Seguidamente le devolvió el vaso a Gabe.

—Ponte cómoda. Prepararé algo y nos lo comeremos aquí —le informó.

Feliz de que la tratara como a una reina, Mia cogió la manta, se la subió hasta la barbilla y luego depositó la cabeza en el nido de almohadas que Gabe le había preparado. Si este iba a ser el trato que iba a tener cada vez que lo hiciera enfadar, ya se aseguraría de hacerlo más a menudo. Aunque tampoco era que supiera por qué se había cabreado.

Empezó a sentir los efectos de la medicación que le había dado justo cuando Gabe volvió con la bandeja del desayuno. El dolor había remitido, y en su lugar una excitante euforia le recorría las venas.

—¿Ya te sientes mejor? —le preguntó en voz baja mientras se sentaba a su lado.

—Sí. Gracias. Eres muy bueno conmigo, Gabe.

Sus miradas conectaron y quedaron mirándose el uno al otro durante un buen rato. Luego Gabe apretó los labios en una fina línea.

—No vas a decir lo mismo cuando te dé tu merecido por esa escenita que montaste anoche.

Ella suspiró.

—¿Qué he hecho? No es que me acuerde de mucho, pero cuando volví al apartamento estabas ahí, y estabas enfadado. ¿Por qué?

Él sacudió la cabeza.

—No puedo creer que tengas que preguntarlo. —Cuando ella intentó hablar de nuevo, él levantó una mano—. Come, Mia. Discutiremos el asunto cuando te lo hayas terminado y te sientas mejor.

Gabe le tendió un plato con una tostada de pan y queso para untar y un pequeño cuenco con trozos de fruta.

Ella se quedó mirándolo con vacilación, no muy segura de si su estómago podría digerir algo a estas alturas. Decidió que el pan seco era más atractivo que la jugosa fruta y le dio un bocado vacilante.

En el mismo momento en que le dio el primer mordisco, su estómago gruñó y volvió a la vida. No había comido nada la noche anterior, y luego se había metido todo ese alcohol en el cuerpo con el estómago vacío. Era normal que se hubiera sentido tan mal.

—Estoy hambrienta —murmuró.

Él suspiró con impaciencia.

—¿Comiste algo antes de beberte todo ese alcohol?

Mia sacudió la cabeza negativamente y se preparó para su reacción.

—Maldita sea, Mia.

Gabe pareció querer decir más, pero se calló, cerró la boca y se centró en su propio desayuno.

Mia tenía que admitir que se estaba tomando todo el

tiempo que podía al comer aunque quería zampárselo todo de un solo bocado. Cuanto más tardara en comer, más tiempo pasaría antes de que Gabe le cantara las cuarenta.

—Es mejor que vayas terminando —dijo Gabe—. Estás retrasando lo inevitable, Mia.

Refunfuñó por lo bajo y luego se echó hacia delante para depositar el plato en la pequeña mesa que había frente al sofá.

—No entiendo por qué estás tan enfadado. Sí, me he emborrachado. Estoy segura de que tú has hecho lo mismo una vez o dos.

Él dejó su propio plato en la mesa y luego se sentó con el cuerpo echado hacia delante para poder mirarla directamente a la cara.

—¿Esa es la razón por la que crees que estoy enfadado?

Mia se encogió de hombros.

—O eso, o porque fui a un club con mis amigas. De una forma u otra, tu reacción me parece extrema.

—Extrema. —Gabe inspiró hondo; la sangre le hervía por las venas. Se pasó una mano por el pelo y luego sacudió la cabeza—. No tienes ni idea, ¿verdad?

—Ilumíname porque estoy perdida.

—Yo sabía que ibas a salir, Mia. Por qué no me dijiste la verdad desde un principio no lo sé. ¿Pensabas que no te dejaría ir? Yo sé que tienes amigos.

—¿Es eso por lo que estás enfadado? No sé por qué no te dije exactamente lo que íbamos a hacer, Gabe. Quizá me preocupaba que no quisieras que fuera.

—Joder, no, no es por eso por lo que estoy furioso —soltó con mordacidad—. Recibí una llamada de mi chófer porque no lo habías llamado para que te recogiera. No sabía nada. No estabas en el apartamento, así que pensé que tenías que haber cogido un taxi. Tú y tus amigas, solas, en un club. Sin protección. Te metiste en un taxi con Dios sabe quién y luego volviste a casa, borracha y sola. En un maldito taxi y a las dos de la mañana.

Ella pestañeó completamente sorprendida. Eso no era, para nada, lo que pensaba que iba a decir.

—Esto no va de que te controle o de que necesites mi permiso para salir, Mia. Va de que tienes que tener cuidado. De que me preocupé por ti porque no tenía ni idea de dónde estabas, ni siquiera si estabas bien. No respondías a mis llamadas ni a mis mensajes, así que no podía siquiera enviar al chófer hasta donde estabas para que te esperara. Joder, como no me respondías las llamadas ni los mensajes, ¡ya te estaba imaginando por ahí muerta en algún contenedor!

La culpabilidad cayó sobre ella. Mierda, tenía razón. Había estado preocupado —muy preocupado por ella— y ella había estado por ahí, bebiendo y pasándoselo bien mientras él pensaba que le había pasado algo… o que estaba muerta.

—Vaya, lo siento —le dijo con suavidad—. No lo pensé. Es que ni siquiera se me ocurrió.

Él frunció el ceño.

—Y volviste a casa tú sola. ¿Qué hubiera pasado si yo no hubiera llegado a estar allí, Mia? ¿Habrías llegado a tu apartamento, o te habrías caído y quedado dormida en la acera?

—Caroline se fue a casa de otra persona —contestó en voz baja—. Él me pidió el taxi.

—Bueno, al menos hizo algo —dijo Gabe con disgusto—. Me tendrías que haber llamado, Mia. Te hubiera recogido fuera la hora que fuera.

El cariño inundó su corazón. Había verdadera preocupación reflejada en sus ojos junto con ira y frustración. Había estado preocupado por ella.

Mia se inclinó hacia delante y le cogió el rostro con las manos. Y entonces, lo besó.

—Lo siento —le dijo otra vez—. Fue algo inconsciente por mi parte.

Gabe deslizó las manos por su cuello y luego las hundió en su pelo para sujetarla a apenas unos centímetros de su boca.

—No dejes que vuelva a ocurrir otra vez. Te asigné un chófer por una razón, Mia. No significa que solo te vaya a llevar y traer del trabajo cuando no estés conmigo. Si necesitas ir a algún sitio —a donde sea— lo llamas. ¿Me entiendes? Si alguna vez te encuentras en una situación como esa de nuevo, me llamas. No me importa una mierda la hora que sea. Me llamas. Si no puedes contactar conmigo, entonces por tu bien llama a tu hermano, o a Ash. ¿Me estás escuchando?

Ella asintió.

—Ambos necesitamos descansar —siguió diciendo mientras le acariciaba el rostro con las manos—. No dormiste bien y yo ni siquiera eso. Ahora mismo lo que quiero es llevarte a la cama y abrazarte mientras descansamos. Cuando te sientas mejor, te voy a dejar ese culo tan bonito que tienes rojo como un tomate por haberme preocupado tanto.

Capítulo veintisiete

$\mathcal{M}$ia se sentó con las piernas cruzadas en la cama de Gabe y devoró la pizza que este había pedido a domicilio. Estaba tan buena… justo como a ella le gustaba. Con extra de queso, salsa de tomate ligeramente picante y masa de pan gruesa.

Él la observó con divertimento mientras se chupaba los dedos para limpiárselos antes de volver a hundirse en las almohadas dando un suspiro.

—Buenísimo —le dijo—. Me estás mimando, Gabe. No hay otra palabra para describirlo.

Sus ojos brillaron con malicia.

—Yo que tú me esperaría a después para decir lo mucho que te mimo.

El cuerpo de Mia se contrajo al instante y el calor le comenzó a subir por las venas. Por mucho que lo intentara, no podía temer los azotes que él le había prometido que vendrían. Si acaso, lo único que estaba era temblando de deseo.

Mia lo miró a los ojos y entonces se puso más seria.

—Siento mucho lo que pasó anoche. No tenía ni idea de que estabas tan preocupado. Si hubiera mirado el móvil te habría llamado o mandado un mensaje, Gabe. No te habría ignorado.

—Sé que no —dijo con brusquedad—. Pero lo que importa es que quiero que seas consciente de que tienes que tener cuidado. El salir por ahí, tú y tus amigas, solas y emborrachándoos, solo invita a los problemas. Miles de cosas le pueden pasar a un grupo de chicas vulnerables y que van solas.

Que Gabe fuera tan protector con ella le daba una inmensa satisfacción. Tenía que sentir algo por ella mucho más allá de ser simplemente su objeto sexual.

—Si ya has terminado, aún nos queda el asunto de tu castigo —le informó con voz sedosa.

Madre mía. Su mirada se había derretido y se había estremecido de lujuria y deseo. La necesidad se apoderó de su piel, tensándola y haciéndola arder.

Apartó la caja de la pizza y él la cogió y la depositó en la mesita de noche que había junto a la cama.

—Desnúdate —le dijo bruscamente—. No quiero que tengas nada puesto. Cuando termines, ponte a cuatro patas con el culo en el borde de la cama.

Ella se levantó con las rodillas temblorosas y rápidamente se quitó la camiseta, que era de Gabe, y se quedó desnuda ante su atenta mirada. Se giró para darle la espalda y encarar la cama y luego hincó las rodillas en el colchón y se movió para colocarse en el borde. Apoyó las manos por delante y cerró los ojos al mismo tiempo que respiraba hondo y esperaba su próxima orden.

Se escucharon pasos en la habitación. El sonido de un cajón que se abría. Más pasos y luego artículos que él había dejado en la mesita auxiliar.

Gabe pegó los labios sobre uno de sus cachetes y pasó los dientes por toda la extensión de su piel, provocándole un estremecimiento que le envió escalofríos a través de las piernas.

—No hagas ni un ruido —le indicó con una voz llena de deseo—. Ni una palabra. Vas a recibir tu castigo en silencio. Y después, voy a follarme ese culito tan dulce que tienes.

Los codos de Mia cedieron y casi perdió el equilibrio. Se volvió a colocar de nuevo y se apoyó en los codos una vez más.

La fusta se deslizó por su trasero produciendo el mínimo ruido y haciendo gala de su engañosa suavidad. Se alejó de su piel y luego Mia sintió el fuego recorrer sus glúteos cuando le dio el primer azote.

Hundió los dientes en el labio inferior para asegurarse de que ningún ruido se escapaba de su garganta. No se había preparado. Había estado demasiado centrada en su deseo. Esta vez se mentalizó y se preparó para recibir el siguiente golpe.

Gabe nunca le daba en el mismo sitio dos veces, ni tampoco prolongó el castigo para impresionarla. Él simplemente azotaba su trasero con una serie de latigazos que variaban en fuerza e intensidad. No había ninguna forma de saber qué esperar a continuación porque cambiaba el ritmo cada vez.

Perdió la cuenta cuando iba por diecisiete. Todo su cuerpo se retorcía de necesidad. El dolor inicial había remitido y, en su lugar, una ardiente palpitación se había instalado en su piel. Perdió toda noción de las cosas que la rodeaban, como si flotara en un plano completamente diferente donde la fina línea entre el placer y el dolor no se distinguía.

De lo siguiente que Mia se percató fue del cálido lubricante que le estaba aplicando en el ano y luego sus manos masajeándole los cachetes.

—Tu culo es precioso —murmuró Gabe con una voz tan sedosa y suave como el mejor chocolate—. Mis marcas están ahí. Las llevas porque me perteneces. Y ahora voy a follarme ese culito tan dulce que tienes porque me pertenece y aún no he reclamado lo que es mío.

Mia tragó saliva y bajó la cabeza al mismo tiempo que cerraba los ojos y Gabe le agarraba las caderas. Luego las deslizó por encima de su trasero y le abrió los cachetes. La punta redonda de su miembro presionó contra ella y, entonces, moviéndose con más fuerza, la abrió para poder penetrarla por primera vez.

Fue a un ritmo extremadamente lento, y fue paciente. Mucho más paciente de lo que ella era. Mia lo quería ya en su interior. La espera la estaba matando.

—Relájate, nena —la tranquilizó—. Estás muy tensa. No quiero hacerte daño. Déjame hundirme en tu interior.

Ella hizo tal y como él le indicó, pero era difícil cuando cada nervio de su cuerpo estaba inquieto y gritándole. De forma instintiva, ella se movió contra él, pero Gabe le puso las manos en el trasero y retuvo su movimiento.

—Sé paciente, Mia. No quiero ir demasiado rápido y hacerte daño.

Él se salió de su interior y volvió a introducirse en ella con embestidas poco profundas. Mia sentía los nudillos de Gabe rozándole la piel mientras se agarraba el tallo de su erección y la guiaba hasta su interior. Había ganado mucha más profundidad que antes.

El ardor era abrumador. Ni siquiera habiéndola dilatado todos los días con los *plugs* que le había obligado a llevar podía estar preparada para albergar en su interior toda su extensión. Era ancho y estaba duro como una roca. Era como estar empalada por una barra de acero.

—Ya casi estamos —le susurró—. Solo un poco más, Mia. Sé buena chica y acógeme entero.

Mia obligó a cada músculo de su cuerpo a relajarse, y, justo cuando lo hizo, él la embistió con más fuerza y sus testículos presionaron contra la entrada de su sexo.

Estaba empalado en ella por completo. Lo había acogido entero.

—Joder, qué bien me haces sentir —le dijo Gabe con una voz forzada—. Tócate, Mia. Baja la cabeza, apoya una de tus mejillas en la cama y usa los dedos mientras te follo el trasero.

Esas palabras tan obscenas solo estaban consiguiendo excitarla más.

Ella se inclinó hasta encontrar una posición cómoda y Gabe se acomodó con ella, aún con la verga bien hundida en su ano. Mia deslizó los dedos entre sus labios vaginales y comenzó a estimularse el clítoris presionando lo justo como para llegar a correrse.

Cuando estuvo bien colocada, Gabe se echó hacia atrás y casi salió de su cuerpo antes de volver a introducirse de nuevo en él. Sus movimientos eran lentos y metódicos. Tiernos. Iba sin ninguna prisa y no perdió el control en ningún momento. Bombeó su miembro dentro y fuera del cuerpo de Mia, consiguiendo que los testículos chocaran contra su sexo cada vez que llegaba hasta el fondo de su ser.

—Voy a correrme dentro de ti, Mia. Quiero que te quedes muy quieta y que te sigas masturbando.

Mia estaba tan cerca del orgasmo que tuvo que dejar de tocarse durante un momento o, si no le esperaba, tendría que vérselas con él.

Las embestidas de Gabe aumentaron en velocidad y fuerza, pero no la abrumó ni tampoco fue brusco. Un momento después explotó dentro de ella y sintió el primer chorro caliente de semen correr por su interior. Luego, Gabe se retiró y eyaculó encima de su piel, de su abertura y también en su interior. Siguió corriéndose hasta que su leche hubo comenzado a chorrear por su ano hasta deslizarse por el interior de uno de sus muslos.

Entonces volvió a introducirse en su interior, hasta el fondo, aún duro como una roca, e hizo que su semen llegara más adentro de su cuerpo. Durante unos largos momentos, Gabe siguió bombeando dentro y fuera de su ano aunque ya se hubiera corrido.

Mia perdió la batalla en lo que a controlar su propio orgasmo se refería. En el mismo momento en que puso los dedos sobre su clítoris, los espasmos comenzaron, imparables e intensos. El orgasmo la sacudió y la consumió como un *tsunami*. Las rodillas le fallaron y se quedó tumbada boca abajo, totalmente horizontal en la cama. Gabe se retiró de su cuerpo momentáneamente, pero luego se elevó más hacia arriba y volvió a hundirse en su interior.

La tapó con su cuerpo. Se quedó tumbado encima de su espalda con el pene aún rígido y duro dentro de su culo. Le mordisqueó el hombro y luego le trazó un camino de besos hasta llegar al cuello.

—¿Habías hecho esto alguna vez antes? —le murmuró Gabe al oído.

—Tú eres el primero —contestó con poco más que un susurro.

—Bien.

La voz sonó llena de una satisfacción intensa. De triunfo.

Gabe se quedó tumbado ahí por unos cuantos minutos bastante largos, poco a poco calmándola, paliando la tensión y la sensación de tirantez. Y seguidamente se retiró de su ano, se levantó y retrocedió.

Ella se quedó allí tumbada intentando procesar lo que acababa de pasar. Sus pensamientos eran difusos. Aún se sentía eufórica tras experimentar ese orgasmo tan alucinante, y, aunque tenía el culo dolorido debido a los azotes y a su concienzuda posesión, nunca se había sentido más satisfecha y saciada en toda su vida.

Gabe volvió para limpiarla con una toalla caliente. Luego regresó al cuarto de baño y ella pudo escuchar cómo el agua comenzaba a correr en la ducha. Un momento más tarde, volvió y la cogió suavemente en brazos para sacarla de la cama.

La llevó hasta el baño y la depositó en el suelo justo enfrente de la bañera. Entonces Gabe se acomodó dentro y a continuación la ayudó a ella. Mia suspiró cuando el agua caliente comenzó a caer por su piel. Joder, qué experiencia más perversa tener a Gabe encargándose y ocupándose de ella para todo.

Lavó cada centímetro de su cuerpo, y le dedicó más atención al trasero donde la rojez aún permanecía en los cachetes. Para cuando acabó con su cuerpo, Mia estaba sin aliento y llena de deseo otra vez.

Tras enjuagar todo el jabón de su piel, se lavó él y luego cerró el agua. Salió él primero de la ducha y extendió una toalla para que Mia se arropara en ella. Entonces la rodeó y la abrazó contra su pecho.

—Dios, me mimas mucho —dijo ella en voz baja.

La joven alzó la cabeza justo a tiempo para ver que una sonrisa curvaba sus labios. El hombre era absolutamente pecaminoso.

Acabó de secarle el cuerpo y entonces le permitió que se enrollara la toalla alrededor del pelo.

—No te molestes en vestirte —le informó mientras volvía a entrar en el dormitorio.

Mia sonrió ante la promesa que denotaba su voz. No, ya se imaginaba que no iba a necesitar llevar nada puesto durante un buen rato. Solo era sábado por la noche y no tenían que ir a ningún sitio hasta el lunes por la mañana.

Capítulo veintiocho

—Gabe, tengo que entregarle estos documentos a John para que pueda echarles un ojo antes de que nos vayamos a París. También tengo que ir a recoger los planes de marketing que tiene. He pensado que podría traer algo de comida y así podemos comer en el despacho.

Gabe alzó la mirada para ver a Mia de pie cerca de su mesa con ojos llenos de interrogación. Él comprobó su reloj y vio que efectivamente ya había pasado la hora del almuerzo. Él y Mia habían estado trabajando toda la mañana para preparar su viaje a París esa tarde.

Parte de él estaba tentado de mantenerla secuestrada en su despacho, donde podía verla y tocarla a todas horas, y mandar a alguien a que fuera a buscar su almuerzo. Era una urgencia que tuvo que reprimir con vehemencia.

Incluso tras pasar el fin de semana entero con ella en la cama, consiguiendo que ambos terminaran muertos de cansancio, aún no tenía suficiente de ella.

—Está bien. Pero no te vayas muy lejos. La tienda de *delicatessen* de la esquina está bien. Ya sabes lo que me gusta.

Mia sonrió, los ojos le brillaron de una manera insinuante al escuchar su comentario. La pequeña provocadora sabía exactamente lo que le gustaba, y al detalle. Y como no se fuera ahora mismo, Gabe no iba a poder hacer nada para frenar sus instintos.

—Vete —le dijo con una voz ronca que denotaba necesidad y deseo—. Si no dejas de mirarme de esa forma, nunca llegaremos a París.

La suave risa de Mia llenó la estancia y sus oídos al tiempo que se giraba y salía de la oficina. Gabe experimentó un momento de pánico cuando cerró la puerta tras ella y lo dejó solo en la ahora vacía oficina.

No era lo mismo cuando ella no estaba ahí ocupando el mismo espacio que él. Era como si hubieran aparecido nubes en un día plenamente soleado.

Volvió entonces a fijar su atención en la información que tenía delante; se negaba a quedarse mirando el reloj a la espera de que volviera.

Eleanor lo llamó por el telefonillo, lo que logró sacarlo de su estado de concentración, y él frunció el ceño.

—¿Qué pasa, Eleanor?

—Señor, la señora Hamilton está aquí y quiere verle. Eh… Lisa Hamilton.

Gabe exhaló todo el aire que tenía en los pulmones y cerró los ojos. Ahora no, por el amor de Dios. ¿Se había vuelto loco todo el mundo? Su padre estaba persiguiendo a su madre, y, ahora, Lisa estaba ahí rondándole otra vez. Ya le había dejado claro la última vez que se había presentado en la oficina que no tenía ningunas ganas de volverla a ver, y que nunca, jamás, volverían a reconciliarse.

Quizá no había sido tan claro como había pensado.

—Dile que entre —soltó Gabe con mordacidad.

Obviamente iba a tener que explicarle las cosas de forma que no se le escapara ni una coma.

Un momento más tarde, Lisa abrió la puerta y entró. Estaba perfectamente maquillada y no tenía ni un pelo fuera de sitio. Pero bueno, ella siempre había tenido una apariencia perfecta y había actuado de manera impecable.

Gabe entrecerró los ojos cuando vio que llevaba puestas sus alianzas, anillos que él le había dado. Ver el recordatorio de cuando estaban juntos y la poseía lo hizo disgustarse.

—Gabe, tenemos que hablar —le dijo.

Ella se sentó en la silla frente a la mesa de Gabe sin esperar a que él la invitara a hacerlo o a que la echara de la oficina.

—No tenemos nada de que hablar —le dijo con moderación.

Ella frunció el ceño y la primera señal de emoción se reflejó en sus ojos.

—¿Qué tengo que hacer, Gabe? ¿Cuánto más quieres que me humille? Dímelo para que pueda hacerlo y así podamos seguir con nuestras vidas.

Gabe moderó su impaciencia y se sentó por un momento para no reaccionar de una forma demasiado brusca. Quería reírse ante la idea de actuar bruscamente. Ella lo había apuñalado por la espalda. Lo había traicionado. Y aún no tenía ni idea de qué fue lo que la hizo comportarse así.

—No hay nada que puedas hacer o decir para hacerme cambiar de parecer —le dijo con palabras claras y concisas—. Se acabó, Lisa. Esa fue tu elección. Tú te divorciaste de mí, no al revés.

Su rostro se hundió y se secó dramáticamente una lágrima imaginaria.

—Sé que te he hecho muchísimo daño. Lo siento mucho, Gabe. Fui una tonta. Pero aún nos queremos. Sería un error no intentarlo siquiera. Puedo hacerte feliz. Ya te hice feliz una vez, puedo hacerlo otra vez.

Gabe estaba a punto de perder los nervios, así que escogió las palabras con cuidado.

—Yo no te quiero —le dijo tal cual.

Ella se encogió y esta vez no tuvo que fingir tener lágrimas en los ojos.

—No te creo —le contestó con voz quebrada.

Gabe suspiró.

—No me importa lo que creas o dejes de creer. Ese no es mi problema. Tú y yo estamos en el pasado, y ahí es donde nos vamos a quedar. Deja de hacerte daño, no solo a ti sino también a mí, Lisa. Tengo que trabajar y no puedo hacerlo con constantes interrupciones.

—¿Cómo suena un sándwich mixto con beicon y pavo? —dijo Mia mientras entraba en el despacho de Gabe con las manos llenas de bolsas de comida para llevar.

La joven se quedó clavada en el suelo, con los ojos como platos ante la sorpresa de encontrarse a Lisa ahí.

—Vaya, lo siento —añadió de forma incómoda.

Apresuradamente salió del despacho y desapareció, con las bolsas en la mano. Gabe se tuvo que morder la lengua para quedarse callado y no ordenarle que volviera. Maldita sea, la que quería que se fuera era Lisa, no Mia.

Cuando su mirada volvió a la de Lisa, ella entrecerró los ojos y pareció como si se le encendiera una bombilla en la cabeza.

—Es ella, ¿verdad? —le dijo con suavidad.

Había cierta acusación en sus ojos. Entonces se puso de pie, con los puños apretados por la rabia.

—Siempre ha sido ella. Vi cómo la mirabas incluso cuando estábamos casados. No le hice mucho caso. Ella era la hermana pequeña de Jace, así que pensé que la mirabas con el afecto adecuado a una chica de su edad. Pero, Dios, la deseabas incluso entonces, ¿no es así, cabrón? ¿Estás enamorado de ella?

Gabe se levantó con una furia intensa y explosiva.

—Ya es suficiente, Lisa. No vas a decir ni una palabra más. Mia trabaja para mí. Te estás humillando tú solita.

Lisa emitió una risa burlona.

—Yo nunca tuve ninguna oportunidad, ¿verdad, Gabe? Aunque no hubiera sido la que se marchara.

—Ahí es donde te equivocas —le contestó con una voz entrecortada—. Yo te era fiel a ti, Lisa. Siempre te habría sido fiel. Yo estaba entregado a nuestro matrimonio. Qué pena que tú no.

—No te sigas engañando, Gabe. Vi la forma en que la mirabas entonces, y cómo la acabas de mirar justo ahora. Me pregunto si ella tiene idea de dónde se está metiendo. Quizá deba advertirla.

Gabe rodeó su mesa ya incapaz de controlar la ira que le estaba corroyendo.

—Como apenas respires el mismo aire que ella, acabaré contigo, Lisa. ¿Todo ese dinero que aún recibes de mí? Fuera. Y no dudaré ni sentiré una pizca de remordimiento al hacerlo. Eres una zorra calculadora y fría. Mia vale cien veces más que tú. Y si piensas que yo no soy una amenaza para ti, déjale saber a Jace tus intenciones para con Mia. Te garantizo que él no va a ser tan amable o paciente como yo he sido.

Los ojos de Lisa se volvieron calculadores.

—¿Cuánto te va a costar el que no acuda a tu joven asistente?

Y ahora fue cuando llegó a la verdadera razón de toda esa mierda de intento de reconciliación. Gabe se quedó lívido, pero se las apañó para controlar su temperamento. O casi.

—El chantaje no te va a servir conmigo, Lisa. Tú, de entre todas las personas, deberías saberlo. Sé por qué has vuelto. Estás arruinada y apenas te llega para tus caprichitos con la pensión alimenticia. Por cierto, ya que estamos, deberías saber que he contactado con mi abogado. Voy a ir a juicio para que la reduzcan. Fui más que generoso en nuestro divorcio. Quizá ya es hora de que te bajes del carro y trabajes, o de que te busques a otro imbécil que te mantenga, porque conmigo se ha acabado.

Lisa se dio la vuelta y se agarró el bolso como si este fuera su fuente de apoyo.

—Te vas a arrepentir de esto, Gabe.

Él se quedó en silencio, conteniéndose para no entrar en su juego. En lo que a él respectaba, ya se había acabado.

Cuando ella se paró en la puerta, Gabe dijo:

—La próxima vez tendrás prohibida tu entrada aquí, Lisa. Así que no lo intentes. Solo provocarás una escena y te humillarás a ti misma. Voy a avisar a seguridad por si te ven merodeando cerca de mis oficinas. —Su voz decayó hasta un tono que sonaba peligroso—. Y Dios no quiera que pase, pero, como te vea cerca de Mia, voy a hacer que te arrepientas de verdad. ¿Lo has entendido?

Lisa le dedicó una mirada con tanto odio y veneno que Gabe supo al instante que todo lo que él había sospechado era verdad. Estaba arruinada y buscaba formas de seguir montada en el tren del dinero.

—Qué bajo ha caído el todopoderoso Gabe —le dijo con suavidad—. Enamorado de la hermanita pequeña de su mejor amigo. Me pregunto si te romperá el corazón.

Y con eso, se marchó de la oficina haciendo aspavientos y con el pelo rebotándole contra los hombros. Gabe esperaba por lo que él más quería que esa fuera la última vez que tuviera que verla.

Estaba a punto de ir en busca de Mia cuando esta asomó la cabeza por la puerta. Él le hizo un gesto con la mano para que entrara y ella dejó las bolsas encima de su mesa.

Estaba muy callada mientras sacaba la caja donde estaba su sándwich. Se lo preparó todo y luego se fue a su propia mesa e hizo lo propio.

La observó mientras comía y leía unos cuantos informes que le había dicho que memorizara para el viaje. Su propio apetito había remitido. Aún les estaba dando vueltas a las acusaciones de Lisa, no podía quitárselas de la cabeza. No le gustó nada lo que había insinuado, pero no podía desechar tan rápido sus observaciones. Y eso lo cabreaba todavía más.

Gabe estuvo callado y pensativo todo el vuelo de Nueva York a París. Pero bueno, había estado así desde que Lisa se había ido de su oficina. Mia no estaba segura exactamente de qué era lo que había ocurrido entre ambos, pero Gabe les había dejado claro a los empleados y a seguridad que Lisa era *persona non grata* y no podía volver a entrar en el edificio.

Gabe había estado un poco borde y seco cuando él y Mia se dirigieron al aeropuerto con las maletas. El camino hasta allí fue en silencio, y Mia estuvo más contenta que unas pascuas por mantener ese silencio que se había instalado entre ambos.

Tan pronto como pudo, sacó el iPod y se puso los auriculares. Luego se echó hacia atrás en el asiento y cerró los ojos para escuchar música. Fue un vuelo largo, y Mia ya estaba muerta por todo el fin de semana que había tenido con Gabe. Si no dormía ahora, no sabía cuándo podría hacerlo, ya que le esperaba un día bastante largo. Aterrizarían en París a las ocho de la mañana, hora local, lo que significaba que tendrían que pasar otras catorce horas antes de que pudiera dormir de nuevo.

No estaba segura de adónde iban a ir. Gabe se tenía que reunir con los posibles licitadores, los elegidos eran los tres mejores para su nuevo proyecto de hotel. Si todo iba de acuerdo al plan, empezarían a construir en primavera. Y además de los licitadores, Gabe también se reuniría con los inversores locales.

En realidad no existía razón alguna por la que ella debiera estar aquí. Mia no podría añadir nada más a la ecuación. Lo único que se le ocurría era que Gabe no quería estar sin sexo durante tanto tiempo.

A medio camino, Mia se quedó dormida con la música sonando en sus oídos. Los asientos eran supercómodos, y el hecho de que además se pudieran reclinar por completo hacía mucho más fácil que cediera al cansancio.

Lo siguiente que Mia registró fue a Gabe sacudiéndola lentamente para despertarla y haciéndole un gesto para que colocara bien su asiento. Ella se quitó los auriculares de las orejas y lo miró adormilada.

—Nos estamos preparando para aterrizar —le dijo.

¿Había él dormido siquiera? Aún tenía esa misma expresión seria y adusta que su rostro había mostrado cuando dejaron Nueva York. Este viaje iba a ser un asco si su humor no mejoraba.

Aterrizaron y salieron por la puerta de embarque. Una hora más tarde, después de haber pasado la aduana y recogido su equipaje, se metieron en un coche y se dirigieron al hotel.

Mia tenía curiosidad por saber por qué se quedaban en el hotel de su mayor rival, pero le explicó que a él le gustaba mantenerse al tanto de lo que la competencia hacía, y la mejor forma de hacerlo era quedándose en sus instalaciones.

La suite era lujosa y ocupaba la mitad de la planta más alta del hotel. La vista panorámica que se podía contemplar a través del gran ventanal era completamente impresionante con la Torre Eiffel y el Arco del Triunfo de fondo.

Mia se dejó caer en el suntuoso sofá y se quedó allí tumbada. Aunque había dormido durante la mitad del vuelo, aún estaba agotada. Los viajes le provocaban eso. Necesitaba una ducha caliente e irse a la cama, en ese mismo orden. Pero no estaba segura de cuáles eran los planes de Gabe.

Gabe encendió su portátil y se quedó escribiendo durante media hora antes de levantar finalmente la vista hasta donde Mia estaba desfallecida en el sofá.

—Eres libre de descansar si quieres —le dijo—. No tengo nada planeado hasta esta tarde. Iremos a cenar, y luego tomaremos unas copas aquí en la suite con unas cuantas personas. Te he mandado por correo electrónico los perfiles detallados de cada uno de los individuos, así que asegúrate de leerlos antes de que nos marchemos luego.

Su tono era desdeñoso, por lo que Mia se imaginó que la mosca que le había picado aún seguía por ahí molestando, así que se levantó y abandonó el salón de la suite. Esta tenía un solo dormitorio, así que se dirigió allí. Si ese no hubiera sido el caso se habría metido en una habitación separada de la suya.

Oh, y además solamente había una cama. Pues vale.

Se metió en la ducha y se tiró treinta minutos enteros bajo el chorro de agua caliente. Cuando salió, el frío había abandonado sus huesos y su piel era de un color rosado debido a la alta temperatura del agua.

Aún le quedaban horas, y ya había memorizado cada detalle de lo que Gabe le había dado sobre las personas con las que se iban a reunir. Irónicamente, de los tres que se esperaba que fueran los mayores licitadores para la construcción del nuevo hotel en París, solo uno era francés. Stéphane Bargeron era un rico constructor francés bastante famoso en toda Europa. Los otros dos, Charles Willis y Tyson *Tex* Cartwright, eran constructores estadounidenses con bastante presencia en Europa.

Charles era el más joven, y era atractivo. Quizá de la edad de Gabe o un poco mayor. Había heredado el negocio de su padre cuando el mayor de los Willis murió, y ahora luchaba por hacerse un nombre y crearse una reputación propia. Venía con ganas, y Gabe esperaba que hiciera una oferta bastante competitiva. Necesitaba este proyecto. Le daría mucho más prestigio y le permitiría comenzar otros trabajos lucrativos.

Tyson Cartwright era un multimillonario de Texas que rondaba los cuarenta, y que había forjado su empresa a la antigua: poquito a poco. Su historia era impresionante. Mia había leído muchísimo sobre él, y por lo visto había estado trabajando solo desde que era un adolescente. Cuando apenas llegó a la veintena, ya era propietario de una pequeña compañía de construcción en el este de Texas y de ahí comenzó a expandirse. Era una verdadera historia norteamericana de lo que significaba el éxito, el trabajo duro, la determinación y el triunfo.

Stéphane Bargeron era del que Mia conocía menos, simplemente porque trabajaba para un negocio familiar en el que muchos Bargeron estaban involucrados. Él era al que habían enviado para manejar todo la presentación mientras que su padre y hermanos hacían la mayor parte del trabajo duro. Él era la imagen y ellos el cerebro.

Los tres volverían con Gabe a la suite para tomar algo después de la cena de esa noche. Mia no estaba segura de en qué calidad tenía que actuar ella, pero quedarse mirando a cuatro hombres bien parecidos no tenía que ser tan complicado, ¿verdad?

Mia sabía todo lo que necesitaba saber, así que no iba a quedarse frente al ordenador y repasarlo todo de nuevo.

No cuando una increíble siesta la esperaba.

Capítulo veintinueve

*G*abe observó a Mia usar su carisma y encanto con los otros hombres durante la cena. Ella sonrió, conversó y habló con comodidad; los tenía a todos y cada uno de ellos hechizados.

La pregunta era: ¿lo tenía también a él?

La pregunta de Lisa no dejaba de darle vueltas en la cabeza. «¿Estás enamorado de ella?»

Gabe no podía terminar de explicar la furia ni la impotencia que había sentido ante aquella pregunta. Había estado pensativo todo el día, y a momentos enfadado y frustrado debido a su incapacidad de mantener las distancias entre él y Mia.

Lo enfurecía que no hubiera podido rebatirle al momento la enrabiada pregunta que le había hecho Lisa.

Había pensado en terminar su acuerdo con Mia justo en esos momentos, en alejarse de ella y decirle que su empleo con él había acabado. Pero no había podido, y eso solo lo hacía sentirse más impotente. La necesitaba. Maldita sea, la necesitaba.

Su mirada se desplazó hacia los posibles licitadores, los hombres que iban a venir a la suite luego. Obviamente deseaban a Mia; ¿qué hombre hetero y con sangre en las venas no lo haría? Hacía que Gabe quisiera rechinar los dientes, pero contuvo las ganas y en su lugar recibió con los brazos abiertos la oportunidad que eso le ofrecía.

La posibilidad de probarse a sí mismo que esa obsesión que tenía con Mia no era irrompible. Que no la amaba, ni la necesitaba.

Lo que tenía planeado venía en el contrato, aunque en realidad nunca se había planteado compartirla con otro hombre antes. La mera idea le producía unos celos fieros y salvajes. Y ahora mismo también. Pero ella había sido la que le había expresado su curiosidad ante la idea. Él sabía que Mia no estaba terminantemente en contra, y tampoco era nada que Gabe no hubiera hecho en el pasado.

Podía hacerlo.

Lo haría.

Solo esperaba, por su bien, sobrevivir a ello y no destrozarlos a ambos en el proceso.

El humor de Gabe había pasado de pensativo y enfadado a… Mia no estaba segura de cuál era exactamente su humor. Le preocupaba porque ahora se la quedaba mirando fijamente, cuando antes no la miraba apenas nada. Y, además, esa mirada era nueva, como si la estuviera observando con una luz completamente distinta. Como si sus expectativas hubieran cambiado de una forma drástica. El problema era que ella no tenía ni idea de qué expectativas eran esas.

Mientras que antes había agradecido el silencio que había habido entre ambos porque no quería ahondar en la razón que lo había puesto de tan mal humor, ahora la incomodaba de verdad. Mia quería algo de él, alguna especie de consuelo, aunque no tenía ni idea del porqué.

Volvieron en coche al hotel con la tensión tan bien asentada entre ellos que Mia casi se ahogó en ella. Quería preguntarle, interrogarlo, pero había algo en esa inamovible mirada que le hacía temer lo que podría escuchar de sus labios.

Tan pronto como estuvieron dentro de la suite, Gabe cerró la puerta y fijó esa rutilante mirada en Mia. La dominación se podía percibir irradiando de él donde antes solo había demostrado paciencia y ternura con ella.

—Desnúdate.

Ella parpadeó al escuchar su tono. No era de enfado. Era más… decidido. La inquietud se izó sobre Mia y la joven vaciló, pero solo consiguió que él entrecerrara los ojos.

—Pensé… —dijo tragando saliva con fuerza—. Pensé que iban a venir a tomar algo. —¿Habían cambiado los planes?

Gabe asintió.

—Y van a venir.

«Oh, Dios.»

—No me hagas repetírtelo, Mia —le dijo con una voz suave y peligrosa.

Con las manos que tembládole, Mia se agachó para agarrar el dobladillo de su vestido y se lo quitó por la cabeza. Luego lo dejó en el suelo a su lado. Se quitó los tacones y los deslizó a través del suelo de madera.

Había miles de cosas que Mia quería decir, miles de preguntas que le estaban rondando la mente, pero Gabe tenía un aspecto tan… imponente… que ella pegó los labios y se quitó las bragas y el sujetador.

—Ve y arrodíllate en la alfombra que hay en el centro de la habitación —le indicó.

Al mismo tiempo que ella caminaba lentamente hacia la alfombra, Gabe comenzó a recoger la ropa y los zapatos del suelo y se dirigió al dormitorio, dejándola a ella para que cumpliera su orden. Mia se hundió en sus rodillas y sintió el afelpado grosor de la alfombra de piel de borrego contra su piel.

Cuando escuchó pasos, Mia alzó la mirada y ahogó un grito cuando vio que tenía una cuerda en las manos. No era una cuerda tradicional, de las trenzadas que se podían encontrar en cualquier ferretería, sino que estaba cubierta de raso y era de un color malva intenso. Parecía suave y sugerente, pero, aun así, Mia no tenía ninguna duda de que estaba presente únicamente para atarla a ella.

Gabe se la enrolló en las manos dejando que ambos extremos se quedaran colgando mientras se acercaba en su dirección. Se inclinó justo donde ella estaba arrodillada y, sin decir ni una palabra, le puso las manos en la espalda. Mia cerró los ojos; el corazón le latía a mil por hora cuando él comenzó a enrollar la cuerda alrededor de sus muñecas para atarlas bien fuerte la una contra la otra. Para su mayor sorpresa, Gabe incluso le rodeó los tobillos con lo que sobraba de cuerda para así asegurarse bien de que no podía moverse, ni ponerse de pie, ni nada más que quedarse ahí arrodillada y recibir todo lo que él tenía intención de darle.

Y esa idea la excitaba. La desconcertaba ese deseo, esa curiosidad e inquieta necesidad que la invadía. Estaba nerviosa a más no poder, pero también excitada ante la perspectiva de lo prohibido: que otros hombres la tocaran e hicieran a saber qué bajo las órdenes de Gabe. Seguramente eso era lo que pretendía. Al fin y al cabo ya lo habían hablado.

Cuando terminó se pudo oír el sonido de unos nudillos llamando a la puerta de la suite. Mia dio un pequeño salto en el suelo; el pulso se le aceleró tanto que hasta se mareó.

—Gabe —le susurró. La inseguridad se hacía más que evidente en esa simple súplica.

El hombre aseguró el último nudo, y mientras se alzaba le enredó la mano en el pelo para acariciarla con un gesto tranquilizador.

Esa pequeña caricia la animó como ninguna otra cosa podía hacerlo, y el alivio se instaló dentro de su ser a la misma vez que Gabe se encaminaba hacia la puerta.

Mia había sabido desde el primer momento cuáles eran sus deseos, sus propensiones. Se los había explicado al más mínimo detalle. Y ella había firmado con su nombre un contrato en el que aceptaba ser suya y consentía que él hiciera todo lo que deseara con ella.

A lo mejor Mia no había pensado que realmente Gabe fuera a hacerlo. O quizás una parte secreta en su interior esperaba que sí lo hiciera.

Fuera cual fuera el caso, ahí estaba, arrodillada, atada de pies y manos y desnuda, a la espera de que otros hombres entraran y la vieran.

Gabe abrió la puerta y les indicó a los tres caballeros con los que habían cenado que pasaran dentro. Sus miradas se posaron en ella de inmediato, y lo que más le llamó la atención es que no estaban para nada sorprendidos. No se les veía impresionados. Solo se reflejaba lujuria y aprecio en sus ojos.

¿Lo sabían? ¿Les había dicho Gabe qué esperar cuando llegaran? ¿Les había dicho que Mia iba a ser el entretenimiento de la noche?

Gabe no le dedicó atención alguna al momento, sino que se quedó conversando con los hombres y sirviéndose algunas copas mientras ella se quedaba sentada en silencio. Unos minutos más tarde fue cuando todos se desplazaron hasta el salón, con las bebidas en la mano.

Estaban hablando de sus negocios. Gabe hablaba de las propias ideas que tenía para el nuevo hotel y les explicó todo el apoyo que HCM ya tenía y qué otras colaboraciones estaban buscando. Todo era muy serio y formal, excepto por el hecho de que ella estaba atada como un pavo y no tenía ni una prenda puesta encima.

Mia observó a los hombres, atractivos y viriles. Vio cómo sus miradas se desviaban hacia ella, incluso hasta estando inmersos en mitad de la conversación de negocios que estaban teniendo. Estaba claro que sabían que ella estaba ahí, así que la anticipación se podía respirar desde todos los rincones de la habitación. El ambiente estaba cargado de ella.

Y entonces Gabe se movió en su dirección con las manos posándose en la cremallera de sus pantalones. Los desabrochó y dejó que se le abrieran mientras enterraba los dedos en el pelo de Mia para delinear su cuero cabelludo y finalmente acariciar sus mejillas. Recorrió toda la superficie de sus labios con un dedo y seguidamente lo introdujo en su boca para que su lengua lo humedeciera.

Los otros hombres contemplaban la escena con gran atención. Los ojos los tenían fijos en Mia mientras esperaban con la lujuria claramente dibujada en sus rostros.

Gabe liberó su miembro y le dio un pequeño golpe con él en la frente para que esta inclinara la cabeza hacia atrás y estuviera en un buen ángulo.

—Abre —le ordenó.

Mia estaba nerviosa perdida, pero la excitación también se hacía eco en sus venas. Estaba excitada por el hecho de que iba a follarle la boca ahí mismo delante de todos esos extraños. Estaba experimentando tantas emociones opuestas que le era difícil saber exactamente qué pensaba o cómo se sentía ante la situación.

Pero ella confiaba en Gabe, y eso ya era más que suficiente para calmarla y hacer que se dejara llevar por sus manos y sus cuidados.

Mia separó los labios y él se deslizó bien dentro de su boca hasta que la punta de su verga estuviera tocando el fondo de su garganta. Las mejillas se le ahuecaron, pero luego se le ahondaron hacia fuera cuando él se retiró de su interior y seguidamente volvió a introducirse.

Fue sorprendentemente dulce con ella dado el estado de

ánimo tan intenso en el que se encontraba. Mia había esperado que se comportara de una manera mucho más brusca, más exigente. Pero le rodeó el rostro con las manos y le acarició las mejillas con los dedos pulgares mientras la embestía con movimientos lentos y pausados.

—Preciosa —murmuró.

—Sí que lo es —dijo uno de los hombres que se encontraba detrás de Gabe.

Su voz la asustó y la sacó de su ensimismamiento. Había sido capaz de olvidar la presencia de esos tipos porque estaba plenamente consumida por Gabe. Solo Gabe. Ahora volvía a ser enteramente consciente de que estaban ahí, observándola, deseándola… Todos queriendo ser Gabe mientras Mia le daba placer.

—Céntrate solo en mí —le susurró Gabe mientras volvía a enterrarse en su garganta, llenándole toda la boca con su larga rigidez.

Era una orden bastante fácil de seguir. Mia cerró los ojos y se perdió en Gabe y en su dominación.

Este comenzó a moverse más rápido y con más fuerza. Se introducía en ella y permanecía inmóvil en su interior por unos momentos. Luego la soltaba y le pasaba las manos por el rostro mientras esperaba a que volviera a coger aire.

—Joder, me la está poniendo dura —dijo Tyson en voz baja.

—Yo también quiero que me la chupe —dijo Charles con una voz forzada llena de lujuria y envidia.

Las manos de Gabe se endurecieron contra el rostro de Mia. Este volvió a embestirla y luego comenzó a moverse a mucha más velocidad y con más dureza. Se corrió dentro de su garganta, en su lengua, y, luego, cuando se retiró, también sobre sus labios. Y a continuación volvió a introducírsela.

—*Merde* —murmuró el francés.

Los sonidos húmedos que la garganta de Mia hacía al succionar el miembro de Gabe aumentaron de volumen en toda la habitación. Sonaban eróticos y estridentes en contraste con el silencio que reinaba en el ambiente.

—Trágatelo —le ordenó Gabe—. Déjame limpio, Mia.

Este siguió moviéndose en su interior y le dio tiempo para que obedeciera sus deseos. Mia tragó y lo lamió hasta que finalmente se retiró. La verga le brillaba por la humedad de su boca.

Gabe llevó las manos hasta los nudos de sus muñecas y aflojó la aterciopelada cuerda que tenía alrededor de manos y tobillos. Los brazos y las piernas de Mia gritaron en protesta cuando este la levantó hasta ponerla de pie. Gabe se quedó ahí abrazándola durante un buen rato y dejó que recobrara sus fuerzas. Entonces la cogió en brazos y la llevó hasta la larga mesa pequeña que había frente a los sofás.

La tumbó y le separó las piernas. Luego le puso los brazos por encima de la cabeza y deslizó la cuerda alrededor de cada muñeca antes de atarla a las patas de la mesa que tenía Mia bajo la cabeza.

Cuando se volvió a enderezar, su mirada se dirigió directamente al hombre que se encontraba más cerca de ella.

—Puedes tocarla. Puedes darle placer. Pero no le hagas daño bajo ningún concepto. No la asustes. Todo esto es por y para ella. La polla te la dejas dentro de los pantalones y no la penetres, de ninguna forma. ¿Está claro?

—Como el agua —contestó Charles a la vez que se ponía en pie.

Capítulo treinta

Gabe retrocedió del lugar donde Mia yacía atada en la pequeña mesa. La imagen que proporcionaba era irresistiblemente erótica: el cabello oscuro y largo lo tenía enmarañado y caía por el filo de la mesa; los ojos bien abiertos, como platos; y los labios bastante hinchados debido a su posesión.

Charles Willis la rodeó como un buitre al acecho mientras se la comía con los ojos. A Gabe se le encogió el estómago cuando los dedos de Charles le recorrieron el vientre en dirección a sus pechos. Le rodeó uno de los tensos pezones y lo estimuló hasta que se quedó completamente rígido.

Stéphane y Tyson se acercaron, pero no demasiado para darle a Charles su oportunidad. Ellos esperaron, como depredadores en plena cacería, a que les llegara el turno de tocarla.

Esto estaba mal. Muy, muy mal. Sus entrañas le estaban gritando y su mente protestaba. Ella era solamente suya. Nadie debería estar tocándola excepto él, y, aun así, él mismo había sido el que lo había montado todo. ¿Como qué? ¿Una prueba? ¿Algo para probarse a sí mismo?

Gabe siguió dándole vueltas mientras Charles continuaba explorando el precioso cuerpo de Mia. Un cuerpo que pertenecía a Gabe. Él era un hombre posesivo —lo sabía— y, aun así, nunca había tenido ningún problema en dejar que otro hombre le diera placer a una mujer que estuviera bajo su cuidado. Le daba igual; le era… indiferente. Pero no con Mia.

Con ella odiaba cada minuto y segundo de lo que estaba sucediendo.

La provocación de Lisa volvió a hacerse eco una y otra vez en sus oídos.

«¿Estás enamorado de ella?»

Gabe se dio la vuelta, incapaz de soportar la imagen de las manos de Charles sobre el cuerpo de Mia. Los suaves jadeos de ella llenaron entonces toda la estancia, y Gabe se tensó y se metió las manos en los bolsillos. Estaba en la otra punta de la habitación para no tener que ver o escuchar los resultados de su estupidez, no quería.

Porque era estúpido. Un completo imbécil. Un cabrón cobarde.

Esto no era lo correcto. No podía permitir que la escena continuara. Lo único que se había probado a sí mismo era que no compartiría nunca a Mia con ninguna alma viviente. No estaba dispuesto a dejar que ningún otro hombre tocara lo que era suyo.

Esto tenía que acabar. Se tenían que ir los tres.

Gabe estuvo a punto de darse la vuelta y pedirles a los tíos que se fueran cuando la sangre se le heló, y se quedó petrificado en el sitio.

—¡No! —gritó Mia—. ¡Gabe!

Su nombre había sonado como un grito aterrorizado en busca de ayuda.

Se giró y vio a Charles con la cremallera bajada y una mano enterrada bruscamente en el pelo de Mia para intentar meterle la polla en la boca.

La furia explotó dentro de Gabe como un volcán en erupción. Este se lanzó hacia delante, y, para su consternación, Charles, enfadado ante el rechazo de Mia, le dio una bofetada en toda la cara. Mia volvió la cabeza para mirarlo con los ojos abiertos como platos por la sorpresa. Por la comisura del labio inmediatamente comenzó a brotar sangre.

Gabe se volvió loco.

Alejó a Charles de Mia de un empujón. Este se golpeó contra el sofá y Gabe seguidamente fue en su busca. Los otros dos hombres se revolvieron y apartaron; uno de ellos se estaba volviendo a abrochar apresuradamente la cremallera.

Gabe le metió un puñetazo a Charles en el estómago, lo que provocó que se doblara por la mitad, y luego le dio otro en plena mandíbula, que logró ponerlo de nuevo en vertical.

Gabe se acercó a él con una furia asesina corriéndole por las venas.

—Fuera. ¡Vete de aquí! Y por tu bien que no te vuelva a ver otra vez, porque te pienso arruinar, cabrón.

Se moría por hacerlo papilla, pero tenía que ir a ver a Mia. Su mujer, a la que había traicionado de forma espantosa, con la que había actuado de una manera totalmente reprensible. Y todo porque era un cobarde incapaz de enfrentarse a la verdad, incapaz de asumir lo que ella realmente significaba para él.

Los otros dos hombres ayudaron a Charles a ponerse en pie y desaparecieron de la suite. La puerta la cerraron de un portazo al salir.

Gabe se apresuró hasta Mia con el miedo pesándole sobre los hombros con una fuerza asfixiante. Los labios y el mentón le temblaban y las lágrimas le brillaban en los ojos. Se la veía asustada y avergonzada. La humillación se reflejaba con fuerza en esos ojos llenos de lágrimas, y eso lo atravesó como una daga en el corazón.

Y sangre. Dios, había sangre donde ese hijo de puta la había golpeado.

Gabe se arrodilló para soltarle las muñecas, los dedos le temblaban mientras intentaba torpemente deshacer los nudos. Presionó la boca contra su pelo y su sien y la besó una y otra vez.

—Lo siento mucho, cariño. Dios, Mia, no tenía intención de que esto pasara.

Ella se había quedado en silencio, y Gabe no estaba seguro de si era porque estaba conmocionada por todo lo que había pasado, o porque estaba demasiado enfadada con él como para dirigirle la palabra. No podía culpar ninguna de las dos reacciones. Todo había pasado por su culpa. Él le había hecho esto. Le había hecho daño.

Cuando Mia estuvo por fin libre de cuerdas, Gabe la atrajo hasta sus brazos y la levantó de la mesa. La llevó hasta el dormitorio y se acurrucó con ella en la cama aún abrazándola con fuerza. Ella se giró para quedar frente a él y escondió el rostro en la curva de su cuello. La impresión de sentir las cálidas lágrimas en su piel hizo que el corazón se le desgarrara.

Dios, era un capullo. Un completo cabronazo. Gabe la apretó contra él, la desesperación se estaba apoderando de sus nervios y lo ahogaba.

—Lo siento, Mia. Dios, lo siento mucho.

Eso era todo lo que podía decir. Una y otra vez. El pánico lo atravesó entero. ¿Y si ella decidía abandonarlo? Él tenía claro que no podría culparla. Maldita sea, debería estar huyendo de él, no simplemente abandonándolo.

—Por favor, cariño. No llores. Lo siento mucho. No volverá a ocurrir. No debería haberlo permitido.

Él la meció una y otra vez en sus brazos al mismo tiempo que ella se agarraba a él con fuerza con el cuerpo aún temblándole. Gabe no tenía ni idea de si era de miedo, rabia, enfado, o una combinación de los tres. Se merecía todo lo que Mia le lanzara. Le había fallado por completo. No la había protegido. No había cuidado de ella tal y como le había prometido. Y todo porque estaba intentando distanciarse, estaba intentando convencerse de algo estúpido: de que no la necesitaba.

Vaya mentira. Gabe la necesitaba. Era su obsesión, su droga, un deseo que le llegaba al alma. Él nunca había sentido una posesividad tan arrolladora y fiera cuando otro hombre le había puesto la mano encima a algo que Gabe consideraba suyo. Pero bueno, en realidad, no la había tratado como si fuera suya. La había tratado como si fuera una cosa. Un juguete. No una mujer de la que se preocupaba.

Gabe le acarició la espalda con las manos, intentando que se calmara. Ahora estaba temblando más y él estaba desesperado por tranquilizarla y consolarla. Por ofrecerle lo que no le había dado antes.

Mia se agarró a sus hombros e intentó apartarse, pero él la tenía bien sujeta. Tenía miedo de dejar el mínimo espacio entre ellos. Gabe tenía que tocarla, tenía que sentirla entre sus brazos. Y tenía miedo de que, si la dejaba ir, ya nunca la volvería a tener de nuevo.

—Quiero ducharme —dijo ahogadamente—. Por favor, lo necesito. Quiero estar limpia. Él… me ha estado tocando.

La desolación atravesó a Gabe como una tormenta de invierno, fría y cruelmente. Por supuesto que se sentía violada. No solo por Charles, sino también por él. Gabe había sido el que la había traicionado al haber dejado que esto ocurriera. Y no solo lo había permitido, sino que lo había animado a ello. ¿Cómo narices podría perdonar algo como eso? ¿Cómo podría ella?

—Iré a abrir la ducha —le dijo mientras le apartaba el pelo de la cara.

Las mejillas las tenía húmedas debido a las lágrimas, los ojos se los veía llenos de pena al devolverle la mirada, y aún tenía sangre en la comisura de los labios. Entonces Mia apartó la mirada, era incapaz de mirarlo a los ojos, y a Gabe el ánimo se le cayó por los suelos.

—Quédate aquí, cariño. Iré a preparar el baño y entonces podrás ducharte.

Gabe se bajó de la cama aunque todos los instintos le gritaban que no la dejara sola ni siquiera el pequeño rato que le llevó abrir el grifo para que el agua empezara a correr. El pecho lo sentía vacío, y el pánico le hizo un nudo en la garganta. Él nunca había experimentado tal desolación emocional. Lo trastornaba. Lo volvía loco.

No le había pasado cuando Lisa rompió su matrimonio. Ni cuando lo hundió en los medios y soltó todas esas mentiras. Nada se acercaba a lo que sentía ahora y al miedo que lo tenía completamente atenazado.

Gabe se precipitó hacia el baño y abrió el agua de la ducha. Entonces la probó con la mano hasta que estuvo a una buena temperatura. Sacó un albornoz y una toalla, aunque las prisas con las que iba lo hacían actuar con bastante torpeza y desacierto. Maldijo cuando la toalla se le cayó del taburete, pero se agachó para recogerla y la volvió a doblar, asegurándose de colocarla en un lugar al alcance de la ducha.

Volvió al dormitorio y se encontró a Mia sentada en el borde de la cama con las piernas encogidas de forma protectora frente al pecho. Los brazos rodeaban las piernas y la cabeza la tenía escondida entre las rodillas con todo el pelo esparcido por su piel, como una manta. Se la veía tan vulnerable que Gabe quería morirse ahí mismo.

Él le había hecho esto. No Charles, ni ningún otro hombre. Solamente él. No había forma de evitar ese hecho.

Él la tocó en el hombro y se permitió entrelazar sus dedos con su pelo, tan suave como la seda.

—Mia, cariño. La ducha está lista. —Gabe vaciló antes de seguir hablando preocupado por que ella lo rechazara. Aunque sabía que se lo merecía si lo hacía—. ¿Quieres que te ayude?

Ella giró la cabeza hacia él con ojos aún atormentados. Pero no dijo que no. No dijo nada. Ella simplemente asintió.

Una ola de alivio lo atravesó entero y lo dejó débil y agitado. Tuvo que hacer una pausa por un momento para volver a coger fuerzas. Mia no lo había rechazado… todavía.

Él la estrechó entre sus brazos tanto como pudo y la alzó de forma protectora para llevarla al cuarto de baño. La dejó en el suelo justo frente a la ducha para quitarse él también la ropa en un santiamén, luego abrió la mampara y entró primero en la bañera antes que ella. Entonces le tendió una mano, y la guio hasta dentro junto a él.

Durante un largo rato, Gabe simplemente la abrazó mientras ambos estaban bajo el grifo de agua caliente. Seguidamente, la comenzó a lavar, dedicándole todo el tiempo del mundo a todas y cada una de las partes de su cuerpo, con jabón aromatizado. No se dejó ni un centímetro sin tocar; la enjuagó y eliminó cualquier recuerdo que tuviera de esas otras manos que habían estado sobre su piel.

Le enjabonó el pelo masajeándole suavemente el cuero cabelludo, y luego le enjuagó cada mechón. Cuando acabó la estrechó de nuevo entre sus brazos de forma protectora, y se quedaron ahí, bajo el agua caliente, en silencio.

Después de un rato, finalmente alargó la mano para cerrar el grifo y abrió la mampara para coger la toalla y que Mia no pasara frío. Le rodeó el cuerpo con la toalla y la mantuvo cerca del suyo propio mientras le secaba la piel y el pelo. Gabe ni siquiera se molestó en secarse, y usó la sensación de frío como castigo por lo que le había hecho. Ella era la que importaba, no él. Gabe solo esperaba no haberse dado cuenta de ello demasiado tarde.

Cuando Mia estuvo completamente seca, él le enrolló la toalla en la cabeza y luego la ayudó a ponerse el suave y mullido albornoz. Se lo ató de forma segura alrededor de la cintura para que le cubriera todo el cuerpo y no se sintiera vulnerable. Para que se sintiera protegida. Incluso de él mismo.

Gabe cogió una de las otras toallas al mismo tiempo que la guiaba de vuelta al dormitorio, y, únicamente después de haberla metido en la cama, él se secó y se puso los bóxers. Cogió el teléfono y pidió chocolate caliente con un tono lacónico. Entonces se sentó en el borde de la cama y la hizo enderezarse para poder terminar de secarle el pelo.

El silencio se extendió entre ellos mientras él le pasaba la toalla por cada mechón de pelo. Cuando estuvo satisfecho porque la mayor parte de la humedad se había ido, devolvió la toalla al cuarto de baño y trajo su peine. Al volver la vio exactamente tal y como la había dejado sentada en la cama.

Volvió a subirse en la cama y la colocó entre sus piernas de forma que pudiera desenredarle el pelo. Gabe fue infinitamente paciente. Le pasó el peine mechón por mechón hasta que el pelo comenzó a secársele y a quedarle bien liso sobre la espalda.

Tras dejar el peine en la mesita de noche, Gabe la agarró por los hombros e inclinó la cabeza para darle un beso en el cuello. Ella se estremeció mientras él seguía dándole suavemente pequeños besos por toda la curva de los hombros y luego por el cuello otra vez.

—Lo siento —le susurró.

Ella se tensó ligeramente bajo su boca, pero justo entonces un sonido distante se escuchó en la puerta de la suite. De mala gana, se separó y se bajó de la cama.

—Vengo enseguida. Ponte cómoda. Traeré el chocolate caliente aquí.

Ella asintió y, cuando Gabe se alejó, se acomodó entre las almohadas en las que él había estado apoyado y se tapó hasta la barbilla.

Gabe cogió la bandeja al caballero del servicio de habitaciones y no perdió ni un segundo en volver al dormitorio, donde Mia estaba tumbada en la cama. Colocó la bandeja en la mesita que había pegada contra la pared y luego le acercó a Mia una de las humeantes tazas.

Ella la cogió con ambas manos como si estuviera buscando la calidez del recipiente, y seguidamente se la llevó a los labios para soplar un poco sobre el humeante chocolate antes de darle, vacilante, el primer sorbo. Mia hizo una mueca de dolor cuando el ardiente líquido le rozó el labio herido, y apartó la taza con un mohín.

Gabe cogió la taza apresuradamente de sus manos, estaba furioso consigo mismo porque no había pensado con la cabeza.

No había considerado que el chocolate caliente le haría daño en el labio herido.

—Te traeré hielo —dijo Gabe—. No te muevas, cariño.

Gabe volvió al salón y cogió el recipiente de hielos que el hombre del servicio de habitaciones había dejado y luego envolvió algunos de ellos en una toalla. Cuando regresó al dormitorio, Mia aún se encontraba sentada de la misma forma en la que él la había dejado antes con los ojos ausentes y distantes.

Arriesgándose un poco, él se sentó a su lado y con cuidado le puso el hielo sobre la boca. Ella se encogió e intentó apartarse, pero él persistió usando una voz suave y grave.

—Mia, cariño, necesitas el hielo para que no se te inflame.

Entonces la joven levantó la mano y le quitó la toalla para poner una cierta distancia entre ellos. Gabe no la culpó, ni tampoco se opuso. Eso no era nada en comparación con lo que se merecía. Gabe se levantó de la cama y se alejó de ella ligeramente antes de darse la vuelta para mirarla de nuevo.

Se quedó ahí, en la distancia, ansioso y preocupado. Inseguro. Dios, él no era una de esas personas inseguras, y, aun así, con Mia, estaba gobernado por la inseguridad. Entonces la inmensidad de lo que había hecho, de cómo la había cagado, lo atravesó por completo. La situación no era el típico «vaya, lo siento», «te perdono» y «lo olvidamos». Él la había puesto en peligro. Había permitido que otro hombre abusara de ella estando bajo su protección.

Gabe no sabía si podía, o si se perdonaría a sí mismo, así que ¿cómo podía esperar que ella hiciera lo mismo?

Seguía dando vueltas por el dormitorio cuando Mia soltó la toalla y dejó que se le deslizara por el cuello. La mirada que le devolvió era de cansancio y de derrota. El no ver ese brillo característico de sus preciosos ojos lo hizo encogerse de dolor.

—Estoy cansada —le dijo con suavidad.

Y sí que se la veía completamente exhausta. El cansancio se reflejaba en su rostro y hacía que los ojos se le cerraran.

Gabe quería hablar con ella, suplicarle que lo perdonara, explicarle que nunca jamás volvería a suceder. Pero no la agobiaría. No hasta que estuviera preparada. Era evidente que no tenía ningunas ganas de hablar con él del asunto esta noche. Quizás aún estaba aclarándose ella misma. O quizás estaba simplemente reuniendo el valor suficiente para decirle que se fuera a la mierda.

Gabe asintió con un nudo en la garganta. Fue a apagar las luces y dejó solo la lamparita de su mesita de noche encendida.

Entonces se metió en la cama, no muy seguro de si ella quería que la tocara o no. Cuando estuvo bajo las sábanas, Gabe volvió a alargar la mano para apagar la lámpara y dejó la habitación en completa oscuridad. Solo el brillo de las luces de la ciudad iluminaban las cortinas.

Gabe se dio la vuelta y automáticamente fue a abrazarla, pero ella ya se había girado, dándole la espalda. Mia no rechazó su contacto, pero tampoco lo recibió con los brazos abiertos. Aun así, le rodeó la cintura con el brazo y la atrajo firmemente contra su pecho. Él quería que ella supiera que estaba ahí. Y Dios, él era también el que necesitaba cerciorarse de que ella estaba ahí.

Después de un rato, Mia soltó un pequeño suspiro y Gabe la sintió relajarse entre sus brazos. Su respiración suave y regular llenó la habitación, señal de que se había quedado dormida. O al menos de que estaba a punto.

Pero él no durmió. No cerró los ojos. Porque, cada vez que lo intentaba, lo único que podía ver era esa mirada en los ojos de Mia cuando otro hombre la había tocado sin su permiso.

Capítulo treinta y uno

$\mathcal{A}$ la mañana siguiente, cuando Mia se despertó, Gabe no se encontraba en la cama con ella. Mia sintió la pérdida de su contacto, pero también se sintió aliviada ya que no sabía cómo podía enfrentarse a él todavía. Había demasiadas cosas que tenía que decirle y no estaba completamente segura de cómo decirlas. Quizás eso la convertía en una cobarde, pero sabía que lo que tenía que decir podría significar perfectamente el final de su relación con Gabe.

Estaba tumbada bajo las sábanas, abrazada a la almohada de Gabe y decidiendo si moverse o no, cuando él apareció por la puerta con la bandeja del desayuno en las manos.

—¿Tienes hambre? —le preguntó con un tono serio y bajito—. He pedido el desayuno.

Mia estaba sorprendida por lo nervioso que lo veía. Había verdadera preocupación en sus ojos, y el arrepentimiento se reflejaba en su mirada, oscureciéndola, cada vez que la miraba. A Mia el corazón le dio un vuelco y cerró los ojos para bloquear las imágenes de la noche anterior.

—¿Mia?

La joven abrió los ojos y se lo encontró de pie junto a la cama aún con la bandeja entre las manos. Mia se enderezó y se colocó las almohadas en la espalda de forma que quedara incorporada para comer.

—Gracias —murmuró cuando Gabe le puso la bandeja sobre las piernas.

Él se sentó en la cama junto a ella y le pasó el dedo pulgar por el labio amoratado. Ella se encogió de dolor cuando llegó a ese particular punto sensible en la comisura, de inmediato los ojos de Gabe se llenaron de disculpa.

—¿Podrás comer? —le preguntó en voz baja.

Ella asintió y luego bajó la mirada para coger el tenedor. Ya no podía seguir mirándolo a los ojos.

—He cancelado todos los compromisos de trabajo que teníamos.

Al instante, Mia levantó la cabeza con el ceño fruncido. Antes de que ella pudiera responder, Gabe continuó como si ella no hubiera reaccionado.

—He cambiado el vuelo de vuelta a Nueva York para mañana por la mañana a primera hora. Así que hoy te voy a llevar a ver París. La Torre Eiffel, Notre Dame, el Louvre y todo lo que quieras ver. Tengo reserva para cenar a las siete. Un poco más temprano de lo normal aquí en París, pero mañana salimos temprano y quiero que estés descansada.

—Eso suena genial —contestó Mia con voz ronca.

La felicidad y el alivio que se adueñaron de sus ojos fueron impactantes. Él abrió la boca como si fuera a decir algo más pero luego la volvió a cerrar.

Mia no se podía imaginar por qué había cancelado todos los compromisos que tenía para ese día. El único propósito de su visita era el trabajo y el próximo hotel que abriría. Pero un día en París con Gabe era algo que había salido directamente de una de sus fantasías.

Sin trabajo de por medio. Sin hombres extraños. Solos ellos dos pasándolo bien y disfrutando del tiempo juntos. Sonaba como el paraíso. Y por un breve instante pudo ignorar el malestar que había entre ambos. Podría fingir que la noche anterior no había ocurrido nada.

No se olvidaría de ello; era un tema del que tendrían que hablar. Pero se tomaría el respiro que Gabe le había ofrecido, y se enfrentaría a lo que fuera que le tuviera que decir luego. Porque, cuando llegara, bien podría ser el final de su relación.

Mientras Gabe la observaba con ojos aún llenos de preocupación, ella se dio prisa en comer; quería pasar todo el tiempo que pudiera explorando la ciudad. Con solo un día en París era imposible verlo todo, pero aprovecharía al máximo y se quedaría con todo lo que pudiera y le diera tiempo a ver.

Cuando terminó, se vistió y se sujetó el pelo nuevamente con una pinza. Ni siquiera se molestó con el maquillaje. Se había traído su par de vaqueros preferidos, y ahora daba las gracias por ello.

—Hace frío esta mañana. ¿Has traído algo calentito que ponerte? —le preguntó Gabe.

Estaba apoyado contra el marco de la puerta del cuarto de baño, observándola mientras se ponía los pantalones.

—Siempre podemos ir a comprar lo que necesites. No quiero que estés incómoda.

Mia sonrió.

—Tengo un jersey. Y si andamos mucho eso será más que suficiente.

El aire salió de los pulmones de Gabe con una rápida y sonora exhalación.

—Dios, eres preciosa cuando sonríes.

Mia, sorprendida por el cumplido y por la absoluta sinceridad que mostraba su voz, sonrió de oreja a oreja y apartó la mirada con timidez.

Tras ponerse los calcetines y calzarse las zapatillas deportivas, sacó el jersey de botones y se lo puso también, dejándolo abierto por delante.

Gabe ya estaba vestido y preparado, así que descendieron hasta llegar al vestíbulo del hotel, donde Gabe cogió un mapa de París y se pasó un rato hablando con el portero.

Salieron del hotel y seguidamente Mia cogió aire ante el día tan bonito que se presentaba. Había una frescura en el aire que inmediatamente la despejó. No podría haber pedido un día mejor para hacer turismo por París. El cielo brillaba de un azul intenso sin una nube que lo arruinara.

Tras recorrer una primera manzana, Mia se estremeció cuando un viento frío sopló con fuerza por la calle. Gabe frunció el ceño y, a continuación, se alejó para dirigirse a uno de los vendedores que estaban instalados en la acera.

Escogió una bufanda de colores vivos, le dio unos cuantos euros al hombre y luego volvió a donde Mia estaba esperándolo. Le rodeó el cuello con la bufanda y se aseguró de que las orejas estuvieran también tapadas por el cálido material.

—¿Mejor? —le preguntó.

Ella sonrió.

—Perfecta.

Él la pegó a su costado y la mantuvo ahí abrazada contra su cuerpo mientras seguían andando. Mia respiró profundamente varias veces para deleitarse en la impresionante belleza de la ciudad. Se detuvo con cierta frecuencia para mirar los escaparates o para ojear los puestos que los vendedores tenían colocados en las calles. Mientras tanto, Gabe fue paciente y atento. Si Mia veía algo que le gustaba, él rápidamente se lo compraba. Y como resultado, ahora llevaban varias bolsas en las manos.

La vista desde la Torre Eiffel era magnífica. Se quedaron contemplando la ciudad de París desde arriba del todo con el viento despeinándola y tirando de las puntas de la bufanda.

En un impulso, Mia se puso de puntillas y le dio un beso a Gabe en los labios. A este los ojos se le oscurecieron ante la sorpresa y por una sensación que parecía ser de alivio.

Cuando volvió a posar los talones en el suelo, ella sonrió con pesar.

—Siempre había sido uno de mis sueños recibir un beso en la cima de la Torre Eiffel.

—Entonces hagámoslo en condiciones —le dijo Gabe con brusquedad.

Soltó las bolsas que tenía en la mano y la estrechó entre sus brazos. Le levantó la barbilla con las manos para que su boca estuviera perfectamente al alcance de la suya, y entonces deslizó los labios suavemente sobre los suyos. La lengua la tanteó ligeramente, persuadiéndola para que abriera la boca y lo dejara avanzar.

Mia suspiró y cerró los ojos para empaparse en cada segundo de la experiencia. Aquí, en una de las ciudades más románticas del mundo, estaba haciendo realidad su sueño de adolescente. ¿Qué mujer no querría que la besaran en lo alto de la Torre Eiffel?

El resto del día siguió cumpliendo sus fantasías más románticas. Contemplaron las vistas, se rieron, sonrieron y se dejaron llevar por las maravillas de la ciudad. Gabe fue muy tierno con ella y le consentía cualquier cosa sin parar.

Llegó a un punto que tuvo que llamar a un chófer para que se llevara las bolsas de vuelta al hotel porque ellos ya no podían con tantas.

Cuando el día llegó a su fin, Gabe la llevó a un restaurante con vistas al río Sena. El crepúsculo había descendido y todas las luces de las farolas parpadeaban y brillaban en el horizonte. Estaba cansada por estar todo el día caminando, pero no habría podido ser más perfecto.

Mientras estaban esperando los entrantes, Gabe alargó la mano por debajo de la mesa y le puso los pies en su regazo. Desabrochó los cordones de sus zapatillas, se los quitó y comenzó a masajear cada pie.

Ella gimió de total y completo placer cuando Gabe hundió los dedos contra sus empeines y le acarició las plantas.

—Cogeremos un taxi hasta el hotel —le informó Gabe—. Ya has caminado bastante por hoy. Te van a doler los pies mañana.

—Ya me duelen —dijo con pesar—. Pero ha sido el día más maravilloso de mi vida, Gabe. Nunca te podré agradecer lo suficiente.

Él se puso serio al instante.

—No necesitas darme las gracias, Mia. Haría casi cualquier cosa por hacerte sonreír.

Su mirada era seria, llena de determinación. Todas las veces que la había mirado a lo largo del día, había visto una dulzura que le encogió un poquito el corazón. Era casi como si se preocupara por ella más que si solo fuera un juguete sexual.

La comida llegó y Mia le hincó el diente encantada a pesar de haber estado picoteando deliciosos dulces, panes y quesos durante todo el día. Ralentizó el ritmo cuando estaba acabando. Al haber sido un día tan maravilloso, Mia sabía que cuando volvieran al hotel llegaría la hora de enfrentarse al asunto que ambos habían estado evitando.

Ella no tenía ninguna prisa en acabar el día. Sería un recuerdo que tendría para toda la vida. Pasara lo que pasase en el futuro, Mia nunca iba a olvidar el tiempo que había pasado con Gabe en París.

Cuando llegó la hora de irse, Gabe la cogió de la mano, entrelazó los dedos con los de ella y salieron a la terraza que daba al río, donde había un barco-restaurante con gente cenando, con sus luces titilando de forma alegre.

Era una noche preciosa. Fresquita. Mensajera del invierno que estaba por llegar.

Sobre sus cabezas, una luna llena se estaba alzando apenas por el horizonte. Mia suspiró y se embebió de las vistas, los barcos, las parejas caminando por el paseo que iba en paralelo al río… Sí, había sido un día perfecto, y también una noche perfecta.

Gabe la atrajo hasta su pecho y la rodeó con el brazo para mantenerla caliente mientras observaban toda la actividad que acontecía en el río. La besó en la sien y luego le colocó la cabeza justo bajo su barbilla.

A Mia un dolor que no parecía querer írsele comenzó a palpitarle en el pecho. Ojalá las cosas fueran así entre ellos todo el tiempo. Eran esperanzas —un sueño— que no parecían remitir. Cerró los ojos y saboreó el momento; la cercanía de Gabe y su contacto.

Él parecía estar igual de reacio que ella a que la velada terminara. Le cogió la mano con la suya y la guio hacia la parada de taxis que se encontraba un poco más abajo en la calle. Unos pocos minutos más tarde, los dos se encontraban de camino de vuelta al hotel.

De vuelta a una realidad que los estaba aguardando a ambos.

Capítulo treinta y dos

$\mathcal{M}$ia se sentó en la cama vestida con una de las camisetas de Gabe que le llegaba casi hasta las rodillas. Gabe estaba en la ducha y ella estaba esperando, nerviosa, a que volviera a la cama. Le había llevado su tiempo decidir exactamente qué era lo que quería decir. No había querido reaccionar demasiado rápido cuando sus emociones eran tan difusas. No había querido decir o hacer nada de lo que luego pudiera arrepentirse. La situación era demasiado importante.

Pero ahora ya había reunido todo el coraje que necesitaba y estaba lista para enfrentarse a Gabe. No con un ultimátum, sino con la verdad.

La puerta se abrió y él salió con una toalla enrollada en la cintura. El pelo lo tenía mojado y el torso brillante por la humedad de su piel. Era… guapísimo. No había otra palabra para describirlo.

La toalla se deslizó por sus piernas cuando él se agachó para sacar la ropa interior de la maleta, así que Mia obtuvo un primer plano de su culo, y, cuando se giró, de su miembro, que era impresionante incluso estando completamente relajado.

Ella apartó la mirada; se sentía culpable de estar comiéndoselo con los ojos así como si nada. No se quería distraer.

Cuando Gabe se acercó a la cama, ella cogió aire y se lanzó al ataque. Si no lo soltaba ya, nunca le iba a decir todo lo que necesitaba para desahogarse. Era mejor decirlo ya sin importar lo poco elegantes que fueran sus palabras.

—Odié la noche de ayer —dijo abruptamente, las palabras sonaron suaves y vacilantes.

Él cerró los ojos por un momento y se quedó quieto en la cama sin tumbarse. Estaba sentado en el borde, manteniendo una pequeña distancia entre los dos.

—Lo sé —le respondió él en voz baja.

Ella continuó, sabía que aún tenía mucho más que decir. Mucho más que necesitaba sacar.

—Odié que me tocara. Sé a lo que accedí, Gabe. Sé que firmé un contrato. Y sé que dije que no me oponía completamente a la idea, o al menos a experimentar. Pero no quiero que nadie excepto tú me toque. Me sentí violada. Me sentí sucia. Y no quiero volver a sentirme así en la relación que tengo contigo.

—Dios, cariño, no —le susurró.

Su rostro estaba afligido y su mirada se veía herida.

Pero, aun así, ella continuó. No quería dejarlo hablar todavía.

—Me importa un comino lo que el contrato diga —le dijo con la voz rota—. Lo odio. Ahora mismo, el único hombre que quiero que me mire eres tú. No quien tú decidas que quieres dejar que me use como su juguete sexual.

Un sonido ahogado salió de la garganta de Gabe, pero Mia alzó la mano y lo hizo callar. Estaba decidida a sacárselo todo de encima. Dios, no le podía dejar que la interrumpiera ahora o nunca volvería a tener el coraje suficiente para decir todo lo que tenía que decir.

—No lo volveré a hacer. —Mia negó con la cabeza con firmeza para reafirmar su declaración. Para que supiera que iba muy en serio—. Sé que accedí a ello, pero no lo quiero. Nunca lo voy a querer. Odié cada minuto que pasé. Y si vuelve a ocurrir de nuevo, se acabó. Me iré y nunca regresaré.

Como si no se pudiera contener ni un minuto más, Gabe se echó hacia delante y la estrechó entre sus brazos y mantuvo contra su pecho. La abrazó tan fuerte que Mia apenas podía respirar.

—Lo siento, Mia. Lo siento muchísimo. Nunca más volverá a ocurrir. Jamás. Nadie te tocará. Dios, yo también odié cada minuto de lo que pasó. Iba a parar la escena, pero entonces te oí gritar. Escuché el miedo en tu voz y te oí decir que no. Y yo te juré que esa era la única palabra que ibas a necesitar pronunciar para que yo u otra persona paráramos. Y luego ese hijo de la gran puta te pegó antes de que yo pudiera llegar a ti. Por todos los santos, nunca me perdonaré por eso, Mia. Nunca. Por ese miedo, por ese cabrón que quería obligarte a hacer cosas que tú no querías.

Gabe tembló abrazado a ella. Las manos le acariciaban la espalda desde los hombros recorriéndole la espalda con agitación. Entonces le separó el rostro y le puso las manos en las mejillas para mirarla atentamente a los ojos.

—Lo siento mucho, cariño. No sé siquiera si llegaré a perdonarme a mí mismo por lo que hice. Lo odio de verdad, Mia.

—Entonces, ¿por qué lo hiciste?

Él bajó la mirada y luego la apartó, las manos también se alejaron de su rostro. Entonces cerró los ojos, el disgusto se estaba haciendo bastante evidente en su rostro.

—Porque soy un maldito cobarde.

La voz con la que lo dijo era tan bajita que ella casi no entendió lo que dijo, y por ello no estaba segura de que Gabe hubiera dicho lo que ella pensaba que había dicho. ¿Qué leches significaba eso?

Entonces él la cogió de la mano y le dio un fuerte apretón. Se la llevó a la boca y le dio un beso en la palma.

—Escucha bien esto, Mia. No volverá a pasar nunca más. Te estoy pidiendo que perdones lo imperdonable. Sí, firmaste un acuerdo, pero no era lo que tú querías. Ni anoche, ni cualquier otra noche. Y creo que incluso yo sabía eso antes. Lo sabía y, aun así, le di a ese cabrón permiso para que te tocara. Y me odio por ello. Es mi responsabilidad conocer tus deseos y tus necesidades y ponerlas por encima de las mías. Y anoche no lo hice.

A Mia no le entraba en la cabeza por qué lo había hecho. No tenía mucho sentido. Aunque ellos habían planteado la posibilidad de experimentarlo, ella nunca había creído que él fuera a hacerlo de verdad.

Se preguntó entonces qué era lo que andaba por su mente cuando invitó a aquellos hombres a la suite. Gabe había estado pensativo y callado desde antes de que abandonaran Nueva York. ¿Tuvo eso algo que ver con su decisión? ¿Estaba intentando probar algo de lo que ella no tenía ni idea? ¿O no era nada que tuviera que ver con ella?

—Lo siento, cariño —su voz se volvió incluso más grave. Las palabras estaban llenas de arrepentimiento—. Por favor, perdóname. Por favor, di que no te vas a alejar de mí. Es lo que deberías hacer, sin ninguna duda. No te merezco. No merezco tu dulzura ni tu comprensión. Pero las quiero. Ya ni siquiera estoy seguro de poder vivir sin ellas.

Eso había sido lo más cerca que había estado de admitir que ella significaba más que sexo para él.

Mia se inclinó hacia delante para ponerse de rodillas y le puso las manos a cada lado del rostro.

—No tienes que vivir sin ellas, o sin mí —le susurró—. Estoy aquí, Gabe. No me voy a ninguna parte. Pero tiene que ser solo nosotros. Tú y yo. Sin otros hombres. —Ella apenas podía contener el escalofrío que amenazaba con apoderarse de su cuerpo.

Los ojos de Gabe ardían de alivio. A continuación, la acercó a él y la abrazó con fuerza. La besó en la sien, en la cabeza, en el pelo; era como si no pudiera hacer nada más que tocarla de una forma u otra.

—Solo nosotros —le susurró al oído—. Lo juro.

Entonces se separó lo suficiente para apoyar la frente contra la de ella.

—Volvamos a casa, Mia. Quiero que dejemos esto atrás. Quiero que seas capaz de olvidarlo y de borrártelo de la cabeza. Sé que te he hecho un daño terrible. Te juro que te voy a recompensar.

Mia saboreó la ferviente promesa y se aferró a ella. Gabe estaba hablando como si tuvieran un futuro, como si quisiera más que simple sexo contractual. ¿Era una tonta por creer eso?

Entonces le rodeó el cuello con los brazos.

—Hazme el amor, Gabe. Haz que nuestra última noche en París sea especial.

—Oh, cariño —le dijo con la voz entrecortada—. Voy a amar cada centímetro de tu cuerpo esta noche. Y luego te abrazaré todo el vuelo hasta Nueva York mientras descansas en el avión.

Mia se despertó en medio de la noche y parpadeó para adaptar la vista a la luz tan tenue que había. Tan solo una rendija de luz que venía del cuarto de baño iluminaba las facciones adormiladas del rostro de Gabe.

Se encontraba pegada firmemente a su costado, y Gabe además tenía las piernas colocadas encima de las de ella para atraparla junto a él de una manera eficaz. El brazo también lo tenía firmemente a su alrededor. Incluso durmiendo era posesivo a más no poder.

Pero si había estado dispuesto a dejar que otros hombres la tocaran, ¿cómo de posesivo era en realidad?

Aunque era imposible fingir el verdadero arrepentimiento y la agonía que se había reflejado en su rostro cuando le había pedido perdón de una forma tan profusa. Mia aún no estaba segura de las razones, pero sabía que era por algo que le había pasado. Algo profundo. Algo que quizá ni el mismo entendía.

Intentó deshacerse de su agarre, pero Gabe se despertó y la miró con ojos adormilados.

—Voy al baño —le susurró.

—Date prisa —murmuró él soltándola para que pudiera levantarse.

Mia se metió en el cuarto de baño y, después de hacer pis, se contempló en el espejo. Hizo una mueca al ver la comisura de la boca todavía inflamada y el color oscuro de un moratón ya bien formado. ¿Cómo narices se lo iba a explicar a Jace? Le iba a hacer un interrogatorio en cuanto la viera.

Caro tendría que conseguir hacer maravillas con el maquillaje.

Todo el cuerpo lo tenía sensible, aunque no por las razones de siempre. Gabe había sido extremadamente delicado con ella. Una situación bastante sorprendente ya que siempre parecía estar muy descontrolado y loco de deseo por ella, lo que hacía que Mia también estuviera loca de deseo por él. Pero hoy había sido diferente.

Se había tomado su tiempo. La había provocado y estimulado con suavidad y con muchísimo cariño. Dentro del estómago aún le revoloteaban mariposas por lo bonito que había sido hacer el amor con él.

Por primera vez, Mia no había sentido que fuera simplemente sexo.

Sabiendo que Gabe iría en su busca si lo dejaba esperando en exceso, Mia volvió al dormitorio y se subió a la cama. Gabe levantó los párpados y la contempló con los ojos medio abiertos y adormilados. Él alargó la mano hacia ella, pero Mia no se acercó a sus brazos. En cambio, se sentó sobre los talones y lo estudió en la penumbra.

Era increíblemente guapo. Mia se moría por poder tocarlo y explorarlo desde el primer día, pero nunca había podido permitírselo porque Gabe, siempre, siempre, era el que llevaba la batuta de lo que pasaba.

El hombre frunció el ceño y se impulsó hacia arriba para apoyarse en el codo. El movimiento hizo que la sábana se le deslizara por el cuerpo, dejándole el torso al descubierto, y que se le quedara arrugada a la altura de la cadera mientras la miraba con la preocupación grabada en la cara.

—¿Mia?

Había inseguridad en su voz, un deje de miedo que la sorprendió.

—¿Qué pasa? —le preguntó con suavidad.

—Nada —contestó Mia con voz ronca.

Él entrecerró los ojos.

—Entonces, ¿por qué no estás aquí? —Gabe dio unas palmaditas al lugar donde su cuerpo había estado unos momentos antes.

Ella se echó hacia delante y gateó hasta acercarse más a él. Entonces le puso las manos en el pecho y midió cautelosamente la reacción que estaba teniendo a sus insinuaciones.

El cuerpo de Gabe era un imán para sus manos. Mia se moría por tocarlo, por explorar cada músculo y delinear su figura.

—Quiero tocarte, Gabe. ¿Puedo? —le susurró.

A él le brillaron los ojos con fuerza en la penumbra. Inspiró hondo y luego el pecho se le relajó al exhalar con tanta fuerza.

—Joder, sí.

Mia se inclinó hacia delante hasta que el pelo rozó la piel de Gabe y su rostro se quedó justo encima del suyo.

—Quiero hacer más que tocar.

Gabe levantó la mano para tocar su mejilla, y con el pulgar le acarició el moratón que le había salido en la comisura de los labios.

—Nena, haz lo que quieras. No me voy a quejar.

—Bueno, entonces vale —le dijo en voz baja.

Ahora que lo tenía exactamente donde quería, no estaba del todo segura de saber por dónde empezar. Dejó que las manos deambularan por su pecho hasta llegar a los hombros, y luego a los brazos, y finalmente a sus tersos abdominales. Pasó el dedo por todas y cada una de las líneas que marcaban su tableta de chocolate y luego acercó la boca para seguir el mismo patrón con la lengua.

Gabe enredó con brusquedad una de las manos en el cabello de Mia, extendió los dedos a lo largo de su cuero cabelludo y la mantuvo ahí para que sus labios siguieran en contacto con su piel.

Envalentonada por su aparente visto bueno, Mia empezó a crecerse mucho más. Le quitó de un tirón la sábana de encima y lo dejó completamente desnudo. Su pene se encontraba, grande y grueso, en un estado de semierección que sobresalía del oscuro vello púbico.

Ella emitió un sonido de excitación y Gabe soltó un gemido en voz alta.

—Por el amor de Dios, Mia.

La joven lanzó las piernas por encima de sus muslos para sentarse a horcajadas justo sobre su miembro, que crecía por momentos. Estaba erecto y pegado contra su firme abdominal. Incapaz de poder resistirse a la tentación, Mia movió las manos y las colocó alrededor de su gruesa erección.

En el mismo momento en que Mia lo tocó, Gabe se sacudió repetidas veces y arqueó las caderas hacia arriba en busca de más contacto.

Entonces Mia se echó hacia delante para apoderarse de su boca y dejó que su miembro quedara preso entre sus cuerpos. Era como tener un hierro candente pegado a la piel, duro y rígido latiendo contra su vientre. Ella deslizó la lengua dentro de la boca de Gabe y comenzó a batirse en duelo con la de él en un baile cuanto menos provocador.

Mia siguió probando para ver hasta dónde llegaban sus límites y le colocó las manos, tal y como una vez él se las puso a ella, a cada lado de la cabeza y lo mantuvo aprisionado contra la cama.

Gabe sonrió contra su boca.

—La gatita se ha vuelto agresiva y se ha convertido en una leona.

—Sí, es verdad —corroboró con un gruñido—. Esta noche soy yo quien lleva las riendas.

—Me gusta esta faceta tuya —murmuró Gabe—. Me pone a cien, Mia. Eres una tigresa, y eres feroz.

—No me digas —le contestó en un susurro.

Y luego lo silenció con un beso. Le devoró la boca como tantas veces él se la había devorado a ella en el pasado. Lo besó hasta que estuvo luchando por conseguir aire. El pecho le subía y le bajaba y cada exhalación era errática e irregular. Le encantaba.

Gabe estaba loco por ella. Cada músculo de su cuerpo estaba tenso, y no dejaba de estremecerse bajo el suyo. Los ojos le brillaban con fiereza, pero aún no había intentado mover las manos. Incluso tras levantar con cuidado las palmas de las manos de las de él, Gabe no hizo esfuerzo alguno por moverlas del sitio donde ella se las había colocado.

Estaba feliz de dejarle tener el control esta vez.

Excitada, Mia comenzó a dejarle un rastro de besos que llevaba hasta su pecho, mientras que el pelo se deslizaba lentamente por su piel. Retrocedió un poco sobre sus piernas hasta posarse encima de las rodillas. Le rodeó el miembro con las manos una vez más y, por un momento, paró y se quedó simplemente con su pene en ellas.

Levantó la mirada hacia él, y se encontró con que Gabe tenía ya fija su mirada en ella. El deseo y la lujuria se reflejaban en las profundidades de sus ojos.

Con una sonrisa de satisfacción, Mia acercó la boca hasta donde sus manos tenían agarrada su erección y la deslizó por la punta. Dejó que la lengua danzara por alrededor del glande y que se arrastrara por el lado donde su vena hinchada recorría toda la longitud de su verga.

Un largo siseo se escapó de sus labios y se volvió a arquear hacia arriba en busca de más contacto con su boca.

—Dios, Mia.

Su voz sonaba tan forzada que las palabras apenas podían comprenderse.

Ella sonrió con una seguridad y una confianza que dejaban claro que sabía que, por una vez, las tornas habían cambiado y ahora ella tenía el poder. Gabe estaba justo donde Mia lo quería: derretido por el contacto de sus manos. La deseaba con desesperación, y parecía contento de dejarle hacer lo que quería.

Todo lo que quería.

Era como invitar a una mujer con síndrome premenstrual a un bufé solo de chocolates.

Mia lo succionó hasta lo más profundo y lo llevó hasta la entrada de la garganta. A continuación hizo amago de tragar alrededor del glande, lo estrujó e incluso le provocó unas ligeras arcadas.

El gemido que Gabe soltó se escuchó fuerte en sus oídos. Luego este enredó las manos en su pelo y Mia sonrió. No había tardado mucho en mover las manos de donde ella se las había colocado en un principio. Pero no importaba porque sentirlas hundidas en su pelo era increíble. Le encantaba la urgencia con la que sus dedos se agarraban a ella y le tiraban de los cabellos.

Aunque siguió dejando que ella llevara las riendas de la situación, no la forzó a que volviera a introducirse el pene en la boca. Simplemente dejó las manos enredadas en su pelo como si necesitara hacer algo con ellas o si no fuera a volverse loco.

Mia volvió a introducírselo por completo y luego se deslizó hacia arriba para dejar un rastro húmedo sobre la sedosa piel.

—Joder —dijo Gabe en voz baja—. Joder, Mia. Eso es, nena. Hasta el fondo. Me encanta cuando tragas saliva conmigo en tu interior, así.

Ella volvió a metérselo entero hasta que la nariz le tocaba la piel del vientre y luego soltó un leve gemido de satisfacción que vibró por toda su erección. Gabe se agarró con más fuerza a su pelo y, por primera vez, se encorvó hacia delante. El cuerpo entero lo tenía tan tenso que Mia podía sentir cómo sus músculos se sacudían sin parar.

Cuando ya no pudo aguantar la respiración más tiempo, se sacó el pene de la boca y dio grandes bocanadas de aire mientras lo agarraba con la mano, los dedos rodeando su tallo, y lo masturbaba con la mirada fija en sus ojos.

Los ojos azules de Gabe ardían con muchísimo calor, deseo y aprobación. Le encantaba lo que Mia le estaba haciendo. Con una sonrisa en los labios, ella siguió moviendo la mano sobre él hasta que se deslizó por sus muslos y acunó la base de su miembro entre las piernas.

A continuación, Mia se alzó un poco y se llevó la punta de su verga a la entrada de su cuerpo, y, sin siquiera esperar, se deslizó sobre ella y lo encajó bien en su interior de un solo movimiento suave.

Gabe soltó un sonido ahogado y llevó las manos a las caderas de Mia. Clavó los dedos en su piel al mismo tiempo que ella se colocaba más cómodamente alrededor de su miembro.

—Dios, eres preciosa —dijo mirándola de arriba abajo.

Sus manos abandonaron las caderas de Mia y se alzaron hasta llegar a sus pechos. Los amoldó bien en las palmas de las manos mientras los pulgares acariciaban los pezones enhiestos. Pero esto no era para ella. No es que Mia no estuviera disfrutando también, pero esto era para él. Solo para él.

Ella quería sacudir todo su universo. Quería meterle bien en la cabeza que nunca más volvería a querer que otro hombre la tocara. O, ya puestos, que nadie más la tocara.

Con un suspiro y echando la cabeza hacia atrás, ella se empezó a mover una y otra vez hacia arriba y hacia abajo. Podía sentir la tensión en todo su cuerpo. Podía ver lo tenso y firme que estaba su cuerpo, lo apretada que tenía la mandíbula y el esfuerzo que desprendían su boca y sus ojos.

Y entonces, Gabe cerró los ojos.

—Los ojos —le dijo con la voz ronca, imitando la orden que él le daba tan a menudo—. Quiero ver tus ojos cuando te corras.

Él abrió los ojos de inmediato. Las pupilas las tenía dilatadas, los orificios nasales abiertos y la mandíbula bien apretada, pero su mirada nunca la abandonó.

—Todo por ti, cariño.

Y eso la hizo feliz. Increíblemente feliz. Un suspiro de felicidad se deslizó por sus labios y Mia se derritió con él en su interior.

Aumentó la velocidad y la fuerza de sus movimientos. Lo llevó a más y más altura hasta que la mandíbula se le hinchó, los ojos comenzaron a brillarle y algo ininteligible se escapó entrecortadamente de sus labios.

Mia vio el momento en que se corrió. Incluso antes de sentir el semen en su interior, pudo verlo en sus ojos. Las inmensas llamaradas de fuego, la forma en que se le quedaron momentáneamente inexpresivos. A continuación, Gabe llevó las manos a la cintura de Mia y la agarró con tanta fuerza que seguramente le dejaría marcas.

Entonces deslizó una de las manos hacia abajo hasta que un dedo se internó entre los labios vaginales hasta llegar al clítoris, y comenzó a acariciarlo mientras ella continuaba moviéndose encima de él.

Cuando Mia empezó a cerrar los ojos, la orden le llegó de inmediato. Por primera vez, Gabe se estaba reafirmando.

—Los ojos sobre mí, Mia. Cuando te corres, tus ojos son míos.

Ella fijó la mirada en él al mismo tiempo que el orgasmo comenzaba a formársele e iba aumentando con una intensidad atroz. Su cuerpo no dejaba de moverse salvajemente encima de él. Ahora era el turno de Gabe para sujetarla y quedarse quieto a su merced. Le recorrió el cuerpo con la otra mano al mismo tiempo que suavemente le acariciaba con los dedos el clítoris.

Era abrumador. Mia no tenía siquiera la fuerza para permanecer en vertical cuando comenzó a desmoronarse. Se tensó y se desplomó hacia delante. Gabe la atrajo hacia sus brazos y la acunó contra su pecho mientras el orgasmo la atravesaba como una repentina y fuerte tormenta.

Gabe la abrazó contra sí mientras le daba vueltas en la cabeza a lo que acababa de experimentar. Estaba impresionado. Conmovido y lleno de humildad. Pero sobre todo, estaba completamente agradecido.

No tenía palabras para describir lo que ella acababa de hacer por él. Le había hecho el amor. Después de lo que él le había hecho a ella, que aún tuviera su confianza y que incluso se entregara a él tan generosamente no tenía palabras.

Se sintió derrotado por la mujer que tenía entre sus brazos. Un sentimiento tan fuerte de posesividad se instaló en él que no podía siquiera comprenderlo. Se odiaba por lo que había heho. Y aun así, ella se había entregado. Eso era más de lo que podía soportar.

Mia había tocado una parte de él que había pensado que era inaccesible. Una parte que había estado celosamente guardada durante años. Y ella había llegado hasta allí sin esfuerzo. Se había adentrado en su vida y en su corazón como si de verdad ese fuera el sitio donde debiera estar.

Y lo peor de todo era que él estaba convencido de que sí lo era.

Capítulo treinta y tres

*P*or muy traumática que hubiera sido la experiencia en París para Mia, esa noche jugó, de muchas maneras, un papel crucial con respecto al avance de su relación. Gabe era incluso más protector con ella, y mostraba un cariño —emocional— que no había estado presente antes.

Eso le infundó ánimos. La hizo atreverse a soñar con que al final podrían ser más que un contrato. Ella amaba a Gabe y no hacía más que seguir cayendo bajo su hechizo cada día que pasaba. El amor le hacía ser paciente. Le hacía tener esperanzas.

Lo único de lo que se arrepentía era de que su relación fuera secreta para todo el mundo, y para Jace. Especialmente para Jace.

Jace había notado el malestar de su hermana cuando Gabe y ella volvieron de París. Mia odió haber tenido que mentirle cuando le preguntó qué le pasaba. Le dijo que tenía un simple dolor de estómago además de *jet lag*. Por suerte, gracias a la pericia de Caroline con el maquillaje, había sido capaz de disimular el moratón como si ni siquiera estuviera ahí.

El Día de Acción de Gracias se acercaba y a Gabe lo habían invitado sus padres para la ocasión. Por mucho que hubiera llorado su separación, también parecía tener problemas con que volvieran juntos. La traición se veía reflejada en sus ojos cuando miraba a su padre, y aún se comportaba increíblemente protector con su madre. Gabe culpaba a su padre por hacerle daño a su madre.

Mia no estaba segura de cuáles iban a ser sus planes para el Día de Acción de Gracias. Gabe había estado indeciso entre pasar la festividad con sus padres o quedarse con ella. Mia le había insistido en que aceptara la invitación, solo era un día, y era bastante probable que ella lo pasara con Jace, ya que planeaba quedarse en la ciudad. Si no, se iría con Caro y su familia.

A él no le gustaba la idea de pasar un día lejos de ella, ¿pero qué podía hacer? A menos que quisiera que su relación se hiciera pública, no había otra salida. Y por ahora él seguía estando firmemente en contra de esa solución.

—¿Has terminado de hacer la presentación de las ofertas para la reunión que tengo con Jace y Ash? —le preguntó Gabe desde el otro lado de la habitación.

Mia levantó la mirada y se percató de que él la estaba mirando fijamente con los ojos llenos de cariño y ternura. Sí, estaba claro que había cambiado su forma de actuar con ella. Ahora se había vuelto más… humano. Alguien que ella creía fielmente que podía devolverle el amor que le profesaba.

—Lo estoy terminando —le informó—. Están los huecos de las otras dos ofertas. En cuanto las reciba, añadiré la información.

Gabe asintió con aprobación.

—Haremos la selección esta semana. Es posible que necesite volver a París cuando estemos más cerca de las Navidades. ¿Te gustaría venir?

Esa era otra de las cosas que habían cambiado. Antes, nunca le habría preguntado qué quería hacer o si quería viajar con él a algún lado. Siempre le decía dónde esperaba que estuviera; y ella no tenía ni voz ni voto en la decisión.

¿Ahora? Ahora nunca se lo ordenaba. Aunque podía distinguir con bastante frecuencia qué respuesta era la que él quería oír, ya nunca decidía por ella.

—Me encantaría ir a París en Navidad —dijo con una nota de emoción reflejada en la voz.

Él sonrió y dejó que el alivio se apoderara de sus ojos.

—Haré los arreglos pertinentes y además incluiré un día extra para que puedas ver todo lo que te perdiste la primera vez.

Si Mia se había sentido ridículamente mimada y consentida antes, ahora llegaba al punto de lo absurdo. Gabe era como un sueño. Estaba absolutamente atento a sus necesidades, completamente receptivo a cualquier cosa que sintiera que ella quería o necesitaba.

Era una experiencia que estaba disfrutando a conciencia.

Estaba saboreando cada caricia, cada mirada de preocupación, cada una de las atenciones que le dedicaba por todo lo que ella necesitaba o quería.

El teléfono de Gabe sonó, y él lo cogió. Mia se dio cuenta rápidamente de que era su madre. Todo su comportamiento cambiaba radicalmente cuando hablaba con ella.

Y se iba a tirar un buen rato. Él y su madre habían estado hablando cada vez más estos últimos días mientras la mujer navegaba por las peligrosas aguas de su reconciliación con el padre de Gabe. Su madre confiaba muchísimo en Gabe para que le diera apoyo moral.

Mia entonces miró su reloj. Había pasado ya la hora del almuerzo, y Gabe había estado ocupado toda la mañana. Dudaba que fuera a tomarse siquiera un descanso para comer, seguramente se quedaría trabajando hasta que tuviera que marcharse a la reunión de la tarde.

Tomando una decisión, Mia se puso en pie y cogió el bolso. Gabe alzó la mirada y arqueó las cejas a modo de interrogación mientras ella se encaminaba hacia la puerta.

—Almuerzo —le articuló con la boca—. Te traeré algo.

Él asintió con la cabeza y luego se apartó el móvil de la barbilla para tener la boca libre.

—Ponte un jersey, Mia. Hace frío fuera y hay riesgo de nieve, así que ten cuidado con la acera.

Ella sonrió y se animó de inmediato al escuchar su preocupación. Entonces volvió a su mesa, se puso el suéter que dejaba allí solo para emergencias y le mandó un beso con la mano que hizo que los ojos de Gabe se iluminaran.

Cuando puso un pie fuera del edificio, una excitante felicidad se apoderó de todas sus terminaciones nerviosas. Casi podía oler la nieve en el aire. Hacía un frío intenso y había bastante humedad, y el cielo estaba nublado y gris. El tiempo perfecto para las festividades que se aproximaban.

Mia bajó la calle prácticamente bailando hasta llegar al restaurante *delicatessen* donde ella y Gabe pedían el almuerzo con bastante frecuencia. Le encantaba esta época del año. Le encantaba el cambio de las estaciones, y siempre se moría por que llegaran las Navidades.

Apenas a una semana del Día de Acción de Gracias, muchas

tiendas ya estaban decorando sus escaparates con las luces de Navidad y con exposiciones.

Se abrazó a sí misma cuando una ráfaga de viento sopló justo encima de ella. Consiguió meterse dentro del restaurante y pidió la comida para llevar.

Cinco minutos después, recogió sus bolsas de plástico y se abrió paso a través de la multitud que llenaba el restaurante para volver a salir a la calle. Una gota de lluvia le cayó entonces en la nariz, así que apretó el ritmo cuando vio que empezaba a chispear. No había caído en traer paraguas ya que solo tenía pensado estar fuera durante unos pocos minutos.

En fin, tenía que empezar a llover ahora. ¿No se podía haber esperado cinco minutos más para que le hubiera dado tiempo a volver al complejo de oficinas?

Iba con la cabeza agachada al doblar la esquina que daba a la entrada del edificio de Gabe cuando de repente tropezó con otra persona. Se le cayó una de las bolsas al suelo, así que se agachó para recogerla al tiempo que se disculpaba. Con suerte, la comida aún seguiría intacta. Cuando se enderezó, la persona contra la que había chocado seguía estando ahí de pie.

Las náuseas comenzaron a apoderarse de su estómago cuando consiguió distinguir bien a esa persona. Charles. El hombre que la había asaltado sexualmente en París, en la suite de Gabe. No podía ser coincidencia que hubiera chocado con él justo en la puerta de las oficinas.

Mia retrocedió, cautelosa, pero él la agarró del brazo y la empujó hacia la pared del edificio para alejarla de la atención de los peatones. Todavía se encontraba a unos pasos de la entrada. Su mirada automáticamente se desplazó hasta los alrededores para ver cuál sería la mejor manera de escapar de su agarre.

—No me toques —le soltó con mordacidad—. Gabe te hará pagar por esto.

El rostro de Charles se transformó en un gruñido.

—Gracias a tu exageración, Gabe montó en cólera. Está intentando dejarme fuera del acuerdo por completo. No va a hacer negocios conmigo, y eso dañará mi imagen para hacer negocios con otros. Necesito este acuerdo, y tú me lo has jodido.

—¿Que yo te lo he jodido? —gritó Mia—. Imbécil, ¡tú abusaste de mí! ¿Y yo te lo he jodido? ¡Eres un cerdo!

—¡Cierra la puta boca! —siseó al mismo tiempo que se acercaba más a ella y la agarraba de los brazos con más fuerza.

—Suéltame —le advirtió—. Aléjate de mí.

Su agarre era cruel y fuerte, y Mia supo que le dejaría marcas. Ella solo quería alejarse de ese gilipollas y volver con Gabe, donde estaría a salvo. Donde él nunca dejaría que le pasara nada.

La lluvia caía con fuerza y se deslizaba por su rostro, así que Mia tuvo que parpadear para aclarar la visión. Hacía frío y le estaba entrando mucho más al filtrarse el agua por su ropa y su pelo.

—Tú y yo tenemos algo que discutir —le soltó—. Quiero información confidencial sobre las ofertas. Sé que tienes acceso a ellas. Mi única oportunidad es ser capaz de dar un precio sustancialmente más bajo que el de mis competidores para que HCM no tenga más remedio que elegirme a mí. Puede que pierda dinero con este acuerdo, pero me posicionaría muy bien en el futuro. Necesito conseguir el acuerdo, Mia, y tú lo vas a hacer por mí.

—¡Estás loco! No te voy a decir ni una mierda; Gabe me mataría y también mi hermano. No traicionaré a ninguno de los dos, y menos por un gilipollas como tú. Ahora, suéltame o empezaré a gritar hasta que se me escuche en toda la manzana.

—Yo no lo haría si fuera tú —le advirtió en voz baja.

Charles le puso el móvil en la cara, la pantalla estaba delante de sus narices antes de que ella pudiera siquiera enfocar la vista. Entonces ahogó un grito, horrorizada por lo que mostraba la pantalla. Esto no estaba pasando. ¡No podía estar pasando!

—Oh, Dios —susurró.

Las náuseas le habían formado un nudo en la boca del estómago. Estaba completamente asqueada por lo que acababa de ver. Era ella. Atada y de rodillas con la polla de Gabe metida en la boca. Las mejillas las tenía abultadas mientras se tragaba toda su extensión.

Charles presionó un botón y la siguiente imagen que vio era también de ella, atada en la mesa pequeña, con los ojos y los labios cerrados con fuerza mientras Charles se encontraba de pie, con una mano enredada en su pelo y la otra agarrándose la verga en un intento de metérsela en la boca. Lo que significaba que uno de los otros había hecho las fotos. ¿Qué clase de enfermo cabrón hacía esa clase de cosas?

Necesitó cada resquicio de fuerza que le quedaba para no dar una arcada y vomitar ahí mismo en la calle.

—¡Cabrón enfermo! —siseó.

No había necesidad ninguna de preguntarle cómo había conseguido las fotos. Las habían hecho en la suite de París. La idea de que alguien tuviera esas fotos, de que las miraran, la aterrorizaba.

—Este es el trato, Mia —dijo Charles. La mano que tenía agarrado su brazo la apretó con más fuerza como si supiera lo mucho que Mia quería alejarse de él—. Vas a darme esa información que quiero o haré públicas las fotos. ¿Crees que a tu hermano le gustará ver fotos de su hermanita pequeña colgadas por Internet? Serás famosa, pero no de la forma que a todos vosotros os gustaría.

El frío le caló tanto los huesos que su cuerpo parecía un cubito de hielo. Ella se le quedó mirando, ausente, mientras un inmenso pesar se apoderaba de ella.

Ese maldito bastardo sería capaz de hacerlo. Podía ver la resolución y la desesperación reflejadas en sus ojos.

—¡Hijo de puta! —le dijo con voz rota—. ¡Tú me hiciste esto! ¿Y ahora me vas a amenazar con fotos en las que estás abusando de mí?

—Piénsalo —le dijo con seriedad—. Esperaré tu llamada antes del fin de semana. Si no me das la información, me aseguraré de que todo el mundo vea estas fotos.

Le soltó entonces el brazo y se alejó para desaparecer entre la marea de paraguas y peatones que se precipitaban para poder cobijarse de la lluvia.

Mia se quedó ahí parada durante un buen rato, todavía conmocionada por las ilícitas fotos que él había hecho. La lluvia seguía empapándole el rostro y la ropa, pero ella no sentía ya nada. Estaba completamente absorta por lo que acababa de sucederle y porque estaba en una posición insostenible.

Si traicionaba a Gabe, lo perdería para siempre. La alejaría de su vida sin pensárselo dos veces y sin ningún remordimiento. Si no lo traicionaba, esas fotos saldrían a la luz. Jace las vería. El mundo entero las vería. No solo la amistad de Jace con

Gabe terminaría, sino que también podría significar el final de su relación en los negocios. Y la reputación de Gabe volvería, una vez más, a sufrir las acusaciones de que había abusado de otra mujer. Una vez podría no ser muy grave, ¿pero dos? La gente haría una montaña de un grano de arena.

Mia se pegó las bolsas empapadas al pecho y se fue tambaleando hasta la entrada del edificio de oficinas. El pánico la hacía moverse con torpeza. El corazón le estaba latiendo a tanta velocidad que hasta le dolía, e incluso se veía incapaz de procesar ningún pensamiento.

Subió entonces en el ascensor con el miedo aumentándole cada vez que respiraba. ¿Qué era lo que se suponía que tenía que hacer?

Sí, tenía acceso a las ofertas. Sería simple cuestión de pasarle la información a Charles. Aunque eso no facilitaría las cosas tampoco, porque, incluso aunque este diera un precio más bajo que el de sus competidores, Gabe nunca optaría por él. Y entonces, aunque hubiera hecho lo que Charles le había pedido, estaría enfadado y se vengaría publicando las fotos de todas formas.

¿Qué debería hacer?

Cuando llegó a la oficina de Gabe, él ya había colgado el teléfono. Nada más entrar por la puerta, este se puso de pie y la miró con una expresión preocupada dibujada en el rostro.

—Mia, ¿qué diablos ha pasado? ¡Estás empapada! ¿No has cogido el paraguas?

Gabe se precipitó hacia ella, y cuando tocó la ropa mojada que llevaba puesta soltó un taco. Le quitó las bolsas de las manos y las dejó caer al suelo sin prestarles atención.

—¿Estás bien? ¿Qué ha pasado? Parece como si hubieras visto un fantasma.

—S-solo t-tengo f-frío —tartamudeó—. Me pilló la lluvia. No es para tanto, Gabe. De verdad.

—Estás congelada —murmuró—. Vamos, te llevaré a casa para que te pongas ropa seca. Vas a coger un resfriado.

Ella sacudió la cabeza y retrocedió; su resistencia era tan insistente que él pareció sorprenderse.

—Tienes una reunión que no te puedes perder —le dijo—. No hay necesidad de que vengas conmigo.

—Que le den a la reunión —soltó con brusquedad—. Tú eres más importante.

Ella volvió a sacudir la cabeza.

—Haz que el chófer me lleve a casa. Me daré una ducha caliente y me pondré ropa seca. Te lo prometo. Puedo volver en una hora y media.

Ahora era el turno de Gabe para sacudir la cabeza.

—No. No quiero que vuelvas. Vete a casa y entra en calor. Espérame allí. Iré en cuanto salga de la reunión.

Ella asintió con el frío calándole los huesos. Ahora que estaba a salvo de la lluvia y calentita en su oficina fue cuando empezó a temblar de forma descontrolada. Tenía que controlarse o si no él notaría que algo iba terriblemente mal.

Entonces sonrió abiertamente y le señaló las bolsas.

—La comida aún está bien. Necesitas comer, Gabe. No has pegado bocado en todo el día.

Él le rozó la mejilla y le acarició el rostro con una mano antes de echar la cabeza hacia delante para darle un beso en los labios, que tenía congelados.

—No te preocupes por mí. Llévate la comida a casa y tómate con calma el resto del día. Estaré allí para cuidar de ti en un ratito.

Sus palabras hicieron que el corazón le diera un vuelco, pero no eran suficientes para llevarse el miedo por la dimensión de la situación a la que se enfrentaba. Necesitaba tiempo para pensar.

El inicio de un dolor de cabeza había tardado poco en aparecer. Las ligeras pulsaciones en la sien junto al enorme catarro que había pillado estaban empezando a apoderarse de ella por completo.

Él fue hasta su mesa y cogió su abrigo, luego se lo puso a Mia por los hombros y le frotó los brazos con las manos.

—Vamos —le dijo con seriedad—. Te acompañaré abajo y te ayudaré a entrar en el coche. Llámame si necesitas algo, lo que sea, ¿de acuerdo?

La sonrisa que le regaló ella fue débil, forzada.

—Estaré bien, Gabe.

Cómo odiaba tener que mentirle.

Capítulo treinta y cuatro

*G*abe se adentró en el apartamento y frunció el ceño cuando vio que no había ninguna luz encendida. ¿Había malinterpretado Mia su conversación y se había ido a su propio apartamento?

Desde que habían vuelto de París, ella había pasado todas las noches con él, excepto esa vez cuando Jace la llevó a cenar y luego la acercó hasta su piso. Solo esa noche que no estuvo con ella lo puso inquieto y de mal humor, e incluso fue al trabajo a la mañana siguiente con el mismo humor de perros.

Entró en el salón y la tensión cedió de inmediato cuando la vio acurrucada en el sofá, profundamente dormida. La chimenea estaba encendida y ella tapada de la cabeza a los pies con varias mantas.

Frunció el ceño. ¿Habría cogido algún virus? Si lo pensaba bien, había estado perfectamente bien antes de salir a por el almuerzo. Alegre, feliz y sonriente. Animada. Tan guapa como siempre. Lo asustaba a más no poder saber lo dependiente que se había vuelto de su presencia en la oficina, y saber que ella ahora ocupaba una parte fundamental de su día a día. La mayoría de la gente necesitaba café por las mañanas, él simplemente necesitaba a Mia.

Cuando se inclinó hacia delante con intención de tocarle la frente para ver si tenía fiebre, se percató de que los ojos los tenía enrojecidos e hinchados. Como si hubiera estado… llorando. ¿Qué demonios ocurría?

¿Qué podría haber pasado? ¿Qué era lo que no le estaba contando? Estuvo muy tentado de despertarla y exigirle saber qué narices le pasaba, pero no la quiso molestar. Se la veía cansada. Además de que tenía unas ojeras muy marcadas. ¿Había estado así de cansada la noche anterior? ¿Había sido demasiado duro con ella? ¿Demasiado exigente? ¿Era él la razón por la que estaba enferma?

El miedo se le aposentó en la boca del estómago. ¿Estaba siendo su relación demasiado absobernte para ella? Gabe no podía prometerle ir más despacio o darle más espacio. En vez de ir distanciándose conforme el tiempo pasaba, por cada día que pasaba, Mia se iba convirtiendo en una necesidad más abrumadora dentro de sí. El tiempo solo iba a conseguir que su desesperación por ella se intensificara y no se aliviara. Sería estúpido volver a pensar que permitir que otro hombre la tocara iba a demostrar, de alguna manera, que no era emocionalmente dependiente de ella. Que no le molestaba.

Él aún quería suplicarle que lo perdonara cada vez que su mente volvía a aquella noche en París. Ella ya lo había perdonado, pero, solo con recordar el momento, no podía evitar caerse de rodillas al suelo.

No la merecía. Y eso Gabe lo sabía muy bien. Pero no tenía la fuerza suficiente para hacer lo correcto y alejarla de él. Eso solo lo destrozaría.

Volvió otra vez a fruncir el ceño cuando bajó la mirada hacia el reloj. Había vuelto a casa más tarde de lo que había pretendido en un principio. Ya casi era la hora de cenar y Gabe se preguntó si ella siquiera se habría tomado algo para comer. Se dirigió entonces a la cocina y encontró la respuesta en la encimera. La bolsa estaba intacta, y la caja de comida sin abrir. Gabe maldijo para sus adentros. Necesitaba comer.

Rebuscó entre los armarios de la cocina hasta encontrar una lata de sopa. Su ama de llaves le dejaba siempre las provisiones esenciales a mano, y él le daba todos los viernes una lista de la compra por si tenía pensado cocinar algo durante el fin de semana. Pero él no estaba tan a menudo en casa como para tener la despensa siempre llena.

Tras decidir que no tenía nada adecuado, cogió el teléfono y llamó al conserje para decirle lo que necesitaba. Tras haberle asegurado que se encargaría de ello de inmediato, Gabe colgó y buscó en el mueble de medicinas un termómetro y la pertinente medicación.

El único problema era que no estaba seguro de qué le podría pasar. Ni siquiera sabía si tenía fiebre. Podría ser un simple resfriado. Podría ser un virus estomacal. ¿Cómo iba a saberlo hasta que no le preguntara?

Decidió que podía esperar hasta que se despertara —Gabe quería que ella descansara todo lo que necesitara— y volvió silenciosamente al salón. La manta se había movido y le había destapado la parte superior del cuerpo, así que él se la subió hasta la barbilla y luego volvió a arroparla. A continuación, la besó en la frente para ver si tenía fiebre.

Estaba caliente, pero no demasiado. Y la respiración parecía estar normal.

Se encaminó hasta la chimenea, avivó las llamas y luego se fue al dormitorio para cambiarse y ponerse una ropa más cómoda mientras esperaba a que la sopa de Mia llegara.

Tenía mucho trabajo por hacer —Gabe se había marchado justo al acabar la reunión y aún tenía varios informes financieros que mirar para preparar su reunión con Jace y Ash donde discutirían las ofertas de construcción—, pero, en vez de ponerse con ello, cogió su tableta y se acomodó en el sofá que había frente al que estaba Mia.

Ella lo hacía sentir cómodo. Le hacía pensar en más cosas además del trabajo y la empresa. Le gustaba estar simplemente en su compañía haciendo algo que disfrutara hacer, como leer un libro en silencio.

Mia se había emocionado muchísimo cuando le regaló un lector nuevo —la última versión— además de una colección entera digital de sus libros favoritos ya metidos en el lector. Le rodeó el cuello con los brazos, lo abrazó y lo besó tan efusivamente que él no pudo evitar reírse. Aunque, bueno, en realidad siempre se reía mucho cuando estaba con ella.

Tenía algo un tanto irresistible. Su encanto era contagioso. Ella era su… luz. Gabe se avergonzó de sí mismo por lo cursi que había sonado. Estaba actuando y pensando como un adolescente melodramático. Gracias a Dios que nadie podía leer sus pensamientos, nunca podría volver a ser capaz de mantener la cabeza en alto en ninguna reunión de negocios.

Los hombres como él se suponía que tenían que ser intimidantes. Fríos. Distantes. Temidos, incluso. Si alguien tuviera la menor idea de que una morena menuda con una sonrisa de oro era su total y absoluta kriptonita, sería el hazme-rreír de toda la ciudad.

Su móvil pitó, así que Gabe hundió la mano en el bolsillo, lo cogió y vio que el portero le había mandado un mensaje para avisarle de que iba a subir de inmediato con lo que había pedido. Gabe se levantó del sofá para recibir al hombre en las puertas del ascensor. Estas se abrieron justo cuando él llegó al recibidor, luego le dio las gracias y se llevó la bolsa a la cocina.

La sopa aún humeaba de lo caliente que estaba, así que Gabe no la calentó más en el microondas. Luego la vertió en un tazón, tostó dos rebanadas de pan y cogió de la nevera el refresco preferido de Mia: el de cereza, producto que le había dicho a su ama de llaves que comprara a menudo porque Mia era adicta a él.

Había muchas cosas que compraba ahora con frecuencia según sus preferencias. Se las había aprendido de memoria y ahora se estaba asegurando de tener todo lo que a ella le gustaba. Gabe no quería darle ninguna razón por la que no quisiera quedarse con él.

Puso la sopa, las tostadas y la bebida en una bandeja y luego se la llevó al salón y la dejó encima de la mesita que tenía frente a ella. Aún no le hacía demasiada gracia despertarla, pero necesitaba comer y él necesitaba saber cómo se encontraba. Si era necesario, llamaría a su médico personal y le diría que viniera para que la examinara en su apartamento.

—Mia —le dijo en voz baja—, Mia, despierta, cariño. Te he traído algo para comer.

Ella se movió y, adormilada, soltó un gemido de protesta. Luego giró la cabeza hacia el otro lado, parpadeó y volvió a cerrar los ojos otra vez.

Gabe se rio entre dientes. A Mia nunca le había gustado que la molestaran cuando dormía.

Le tocó la mejilla y la acarició hasta llegar al mentón mientras disfrutaba del tacto suave y sedoso de su piel bajo sus dedos.

—Mia. Despierta, nena. Vamos. Abre esos ojitos tan bonitos por mí.

Ella los abrió y su mirada borrosa se encontró con la de Gabe. Para su sorpresa, pudo observar el miedo reflejado en ella, y algo más que no pudo terminar de identificar. ¿Preocupación? ¿Ansiedad?

¿Qué narices estaba pasando?

Mia bostezó y se restregó los ojos con las manos mientras se sentaba para así poder evitar su mirada. Luego se pegó las mantas contra sí como si su vida dependiera de ello.

Gabe se tuvo que morder la lengua para no pedirle respuestas en esos precisos momentos. Sabía que ahora mismo se encontraba en un estado de infinita fragilidad, estado en el que no la había visto desde que pasara aquella noche en París. Las entrañas se le encogieron de solo pensar en ello.

—Hola, dormilona —le dijo con voz suave—. Te he traído algo de sopa. He visto que no te has comido el almuerzo.

Ella hizo un mohín con los labios.

—Tenía frío y lo único que quería era entrar en calor. No tenía ganas de comer.

—¿Te sientes bien? ¿Estás enferma? Puedo decirle a mi médico que venga a verte.

Ella se relamió los labios y negó con la cabeza.

—Estoy bien, de verdad. En el momento en que entré en calor tenía tanto sueño que no me pude quedar despierta. Pero me siento bien, te lo prometo.

Gabe no la terminó de creer y no estuvo seguro de por qué. Había algo distinto en ella aunque no estuviera enferma. Y también estaba el hecho de que parecía como si hubiera estado llorando. Quizás estaba exagerando. A lo mejor se había refregado los ojos justo antes de quedarse dormida.

—¿Ahora tienes hambre? —la animó.

Ella desvió la mirada hasta la bandeja que estaba en la mesita y luego asintió.

—Me muero de hambre.

Cuando empezó a levantarse y a moverse hacia delante, Gabe le tendió la mano para ayudarla. Mia entrelazó los dedos con los de él y se quedó sentada en el borde del sofá.

—Gracias —le dijo con voz ronca—. Eres muy bueno conmigo, Gabe.

No era la primera vez que le había dicho tal cosa, pero cada vez que lo hacía, la culpa lo invadía. Si hubiera sido bueno con ella como debería haber sido, nunca habría permitido que otro hombre abusara de ella.

Gabe la observó mientras comía, la necesidad de tocarla y

de protegerla de lo que fuera que la hubiera molestado crecía en su interior a cada segundo que pasaba. Era una urgencia insaciable de la que no tenía ningún control. Su fuerza de atracción hacia ella desafiaba toda lógica. Pero bueno, en lo que a ella se refería, estaba más que claro que Gabe no hacía más que perder la razón. Y la cordura. No era capaz de mantener ninguna distancia entre ellos.

Cuando terminó de comer, se volvió a tapar con la manta que tenía sobre las piernas y, para sorpresa —y deleite— de Gabe, se acurrucó en el sofá con él y lo rodeó con todo su cuerpo.

Él la rodeó con un brazo y luego alargó la mano para coger la manta que se había quedado por el suelo. La colocó de forma que los tapara a ambos y luego movió a Mia para que lo tapara a él con su suave y cálido cuerpo.

Escondió el rostro en su pelo, contento de poder tenerla acurrucada y pegada contra él tanto como fuera posible.

—Gracias por la cena —le dijo—. Ahora mismo solo quiero que me abraces. Eso es lo único que necesito para sentirme mejor.

Sus palabras le llegaron directas al corazón. Estaban dichas con completa honestidad. Qué fácil hacía que sonara. Mia nunca le había pedido nada a él, era muy poco exigente. No le importaba una mierda el dinero que tuviera o lo que pudiera comprarle. Las únicas cosas que le había pedido habían sido muy simples: abrazarla, tocarla, reconfortarla.

La idea de tener tanto poder sobre ella debería contentarlo. Era lo que quería, ¿no? Un control absoluto, que se doblegara a su voluntad. Pero, en cambio, solo hacía que fuese realmente consciente del hecho de que también tenía el poder para destruirla.

—¿Quieres quedarte aquí frente al fuego o quieres que te lleve a la cama? —le preguntó mientras le acariciaba el pelo.

—Mmmm… —musitó con una voz adormilada y contenta—. Aquí durante un rato, creo. Se está bien frente al fuego. Me pregunto si ya está nevando.

Él se rio entre dientes.

—Si lo está, me imagino que no será mucho. Nunca tenemos demasiada nieve en esta época del año.

—Me duele la cabeza —murmuró Mia mientras se pegaba más contra el hueco de su hombro.

Gabe frunció el ceño.

—¿Por qué no lo has dicho antes? ¿Te duele mucho?

Ella se encogió de hombros.

—Lo suficiente. Me tomé un ibuprofeno cuando llegué. Tenía esperanzas de que cuando me levantara ya se me hubiera pasado.

Gabe la apartó suavemente a un lado y luego se separó de ella y de la manta antes de levantarse del sofá. Se encaminó hacia la cocina, cogió uno de los botes con calmantes y regreso de nuevo a su lado.

Ella frunció el ceño.

—Esas pastillas me desorientan.

—Es mejor que el dolor —le dijo con paciencia—. Tómatela y yo cuidaré de ti. Nos sentaremos en el sofá hasta que te entre sueño y luego nos iremos a la cama. Si no te sientes mejor por la mañana, te quedarás en casa.

—Sí, señor —le dijo mientras sonreía y un hoyuelo se le formaba en la mejilla.

Él le dio la pastilla y luego le tendió la botella medio vacía del refresco de cereza y la observó mientras se tragaba la medicina. Después se echó hacia atrás en el sofá e inmediatamente la volvió a estrechar entre sus brazos. Le puso la manta por encima y la rodeó con los dos brazos para mantenerla en su abrazo de forma segura.

Mia soltó un suspiro de satisfacción a la vez que escondía el rostro contra su cuello.

—Me alegro de estar contigo, Gabe. No me arrepiento de esa decisión ni por un instante.

Mia pronunció las palabras tan flojitas que él no pudo casi escucharlas. Pero cuando se dio cuenta de lo que había dicho, la satisfacción lo golpeó de lleno con tanta fuerza que no pudo responderle de inmediato. Sin embargo, había algo raro en su afirmación. Casi como si fuera un adiós anticipado. Él ya no consideraba esa posibilidad, Gabe haría todo lo que fuera para asegurarse de que ella no se fuera a ninguna parte y se quedara con él, a su lado.

—Yo también me alegro de que estés aquí, Mia —le contestó con suavidad.

Capítulo treinta y cinco

$\mathcal{M}$ia se puso la chaqueta encima de la camisa mientras se preparaba para salir del apartamento de Gabe. Este no se iba a poner muy contento cuando la viera entrar en la oficina. Se había ido esa mañana y le había dejado claras instrucciones de que se quedara en casa, en la cama, y descansara.

Gabe pensaba que se estaba enfermando, que el día anterior solo había sido el preludio de un resfriado o de un virus estomacal.

Mia se había pasado la mayor parte del día atontada por el miedo y la impresión. Se había asustado tanto que no había podido siquiera pensar en cuál sería la mejor decisión, y el tiempo seguía corriendo. Era viernes y Charles esperaba que le soplara la información para el fin de semana.

Tenía el estómago hecho un nudo. Estaba de los nervios mientras bajaba para montarse en el coche que la llevaría a la oficina de Gabe. Su oficina.

Había sopesado todas sus opciones y la única que le servía era ir hasta Gabe, decirle toda la verdad, y esperar a que él se pudiera ocupar del asunto. Traicionarlo no era una opción. No tenía ni idea del futuro que ambos tenían juntos, pero ya iba siendo hora de que se encargaran ellos mismos de la situación y se lo contaran a Jace. De esa forma Charles perdería todo el poder que tuviera.

La noche anterior se había dejado la parte superior del pijama puesta incluso tras meterse en la cama con Gabe con la excusa de que tenía frío. En realidad, no había querido que Gabe viera los moratones que tenía en el brazo de cuando Charles la había agarrado. Gabe se habría percatado de ello con toda seguridad, y ella habría tenido que darle una explicación antes de haber tenido tiempo para organizar su propia cabeza y de haber tomado finalmente una decisión.

Mia se acarició el brazo por encima de la chaqueta de cuero, y se mordió el labio de forma pensativa mientras el coche se desplazaba entre el tráfico de mediodía.

Aún hacía un frío intenso, pero no había nevado. Ni siquiera aguanieve. Pero hacía frío, el cielo estaba gris y repleto de nubes y además parecía estar preparado para comenzar a llover en cualquier momento.

Cuando el chófer se paró frente al edificio, Mia se bajó y se apresuró a llegar a la puerta de la entrada para no empaparse de nuevo. Entró en el ascensor, y a cada planta que iba subiendo la ansiedad parecía apoderarse de ella con más intensidad.

Eleanor pareció sorprenderse cuando Mia entró en el área de recepción.

—Mia, el señor Hamilton me informó de que estabas enferma esta mañana. ¿Te sientes mejor?

Mia sonrió lánguidamente.

—Un poco, sí. ¿Está Gabe en la oficina?

Eleanor asintió.

—Procura que nadie nos moleste hasta que él te avise —dijo Mia con voz queda—. Tenemos un asunto importante que discutir.

—Por supuesto —contestó Eleanor—. Decidme si necesitáis que os pida el almuerzo y me ocuparé de ello.

Mia ignoró eso último y se encaminó hacia la oficina de Gabe con el miedo intensificándosele a cada paso que daba. La enfermaba tener que decirle las imágenes que había visto. El material con el que Charles la había amenazado. Mia no quería tener que discutir de nuevo lo que ocurrió en París. Ella y Gabe ya habían pasado página.

Cuando abrió la puerta del despacho, él levantó la mirada y frunció el ceño. Cuando vio que era ella, se levantó de inmediato de la mesa e hizo una mueca con los labios.

—¿Mia? ¿Qué demonios estás haciendo aquí? ¿Estás bien? Deberías estar en casa en la cama.

Él le puso las manos en los hombros y la estrechó contra su pecho, luego bajó la mirada hasta su rostro para examinarla y buscarle algún signo de enfermedad en las facciones.

—Hay algo que tengo que decirte, Gabe —le dijo, vacilante—. Es sobre ayer… y lo que pasó de verdad.

Gabe se separó de Mia para poder mirarla a la cara y ver su expresión, el pulso se le aceleró cuando vio el miedo y el temor en sus ojos. Se la veía… mal. Y ella nunca estaba mal. Sin embargo, esta mañana su apariencia era como si no hubiera dormido nada la noche anterior. La había visto cansada y frágil.

Se acordó de que el día anterior había pensado que parecía como si Mia hubiera estado llorando. Y ahora estaba aquí sugiriéndole que no le había dicho algo —algo gordo— de lo que había pasado ayer.

—Ven y siéntate —le dijo con un nudo en la garganta.

Mientras la intentó guiar con gentileza hacia el sofá que se encontraba en la otra punta de la habitación, ella negó con la cabeza y se soltó de su agarre.

—No me puedo sentar, Gabe. Estoy demasiado nerviosa. Solo necesito contarte esto y rezar para que no estés enfadado… conmigo.

Ahora sí que se estaba empezando a preocupar. Por el amor de Dios, no podía encajar todas las piezas. El día anterior todo había transcurrido con aparente normalidad. Hasta el almuerzo, cuando se fue a por algo para comer. Cuando regresó, estaba empapada hasta los huesos y casi como en estado de conmoción.

Frunció el ceño más aún mientras ella le devolvía una mirada que rebosaba vulnerabilidad. Estaba asustada. Lo ponía enfermo que estuviera tan claramente asustada de él, o al menos de la reacción que pudiera tener a lo que iba a decirle.

En un esfuerzo para aliviar su tangible miedo y nerviosismo, Gabe deslizó las manos por las mangas de su chaqueta y le dio un suave apretón. Ella se encogió de dolor y de inmediato apartó el brazo para llevarse la otra mano justo al lugar donde la había agarrado.

¿Qué narices estaba pasando aquí?

—Quítate la chaqueta, Mia —le dijo con un tono de voz firme.

Ella vaciló mientras la respiración seguía saliendo a través de sus labios. Las lágrimas se le comenzaron a formar en los ojos, y eso lo dejó atónito.

Sin querer esperar ni un minuto más, Gabe le bajó la chaqueta de los hombros y le sostuvo los brazos para poder deslizarle la prenda. Ella no quería cruzar la mirada con la de él durante todo el proceso. Tan pronto como le había quitado la chaqueta, Gabe examinó el antebrazo por el que se había encogido de dolor cuando la había tocado.

El aire salió de sus pulmones con una gran exhalación cuando vio los moratones que cubrían la parte superior de su brazo. Gabe fue a mover los dedos para tocarle aquella zona, pero se contuvo ya que no quería hacerle daño.

La cogió de la otra mano y la condujo hasta la ventana, donde la luz era mejor y podía ver las marcas con más claridad.

—¿Qué narices ha pasado aquí, Mia? —le exigió.

Le recorrió la piel amoratada con las puntas de los dedos, y entonces la vena de la sien le comenzó a latir con fuerza cuando vio que los cardenales se asimilaban bastante a la forma de los dedos. Como si alguien la hubiera agarrado con brusquedad y no la hubiera soltado. Y eran manos y dedos grandes. Las manos de un hombre.

Una lágrima descendió por su mejilla y Mia intentó rápidamente secársela con la mano que tenía libre. El miedo lo atenazó. ¿Qué le había pasado? Un nudo se le formó en la boca del estómago y el pánico le atravesó las entrañas.

—¿Quién te ha hecho esto?

Su tono de voz era bajo y amenazador. Gabe parecía agarrarse al último ápice de control que le quedaba. Quería encontrar al hijo de puta que le había puesto las manos encima a Mia y matar al cabrón.

—Charles Willis —dijo Mia apenas en un susurro.

—¿Qué?

Ella se encogió al oír la explosión de su voz. Entonces levantó la mano y la puso sobre su pecho. Estaba vibrando de la furia y ella lo sabía. Su mirada lacrimosa se encontró con la de él y solo consiguió ver súplica en sus ojos.

—Ayer cuando fui a por el almuerzo, me asaltó en la calle. Cuando ya volvía, y no lejos de la entrada del edificio. Dijo que quería que le diera información sobre las ofertas de construcción que recibiste para el hotel en París. Dijo que su única oportunidad era superar a sus competidores por la cantidad suficiente para que no tuvieras más remedio que irte con él a pesar de los recelos que pudieras tenerle.

Un mal presentimiento comenzó a apoderarse de Gabe.

—¿Le diste esa información? —le preguntó. ¿Era por esa razón por la que estaba tan molesta y convencida de que se iba a enfadar con ella?

—¡No! —contestó Mia, la vehemencia con la que lo hizo no dio lugar a dudas. Se la veía devastada por que le hubiera preguntado tal cosa.

—¿Esa es la razón por la que te ha dejado marcada con todos esos moratones? —exigió Gabe—. Lo voy a matar por esto.

—Hay más —siguió Mia casi sin respiración.

La joven se dio la vuelta y comenzó a sacudir los hombros mientras se rodeaba de forma protectora el cuerpo con los brazos.

—Oh, Dios, Gabe. Me amenazó. Me enseñó… unas fotografías.

—¿Fotografías de qué?

Mia volvió a girarse, su rostro era una máscara de angustia.

—De nosotros —soltó de forma estrangulada—. De esa noche. Fotografías donde estaba atada y arrodillada contigo… en mi boca.

Ella se sacudió de los pies a la cabeza. Las manos le temblaban tanto que parecía que iba a darle un colapso.

—Y luego había otra foto donde estaba en la mesa con él mientras estaba intentando meterse dentro de mi boca.

—¡Maldito hijo de la gran puta!

Su respuesta fue explosiva y llena de ira. Mia se encogió y retrocedió, y se volvió a abrazar así misma.

—Dijo que si no le daba la información que quería, las haría públicas. Que se lo contaría todo a Jace. Que te arruinaría —soltó entre balbuceos.

Gabe se había quedado estupefacto. No podía siquiera articular palabra, aunque un montón de ellas se le estaban amontonando en la punta de la lengua. Estaba tan enfadado que no podía siquiera pensar con lógica. Levantó una mano y se la llevó al pelo y luego a la cara mientras intentaba procesar la amenaza.

Mia se acercó entonces con una expresión en el rostro llena de súplica y seriedad.

—Te lo tenía que decir, Gabe. Tenía que venir a ti para esto. No podía, ni quiero traicionarte. Pero tiene fotografías muy comprometedoras… Dios, ¡y vaya fotos! Está enfadado y desesperado. Me dio hasta finales de esta semana para llamarlo y darle lo que quería.

Gabe dejó caer la mano mientras la miraba con completa perplejidad. No lo había traicionado. Había venido a él con ojos suplicantes para que él lo arreglara. Dios, Mia confiaba en él, incluso tras lo que le había hecho en París. Él era el culpable aquí. Por su maldita culpa ese cabrón tenía fotografías hirientes e ilícitas de ella en una posición en la que Gabe nunca debería haberla puesto.

El corazón estaba a punto de salírsele del pecho. Cualquier otra persona no se lo habría pensado dos veces y lo habría traicionado. Incluso él mismo no podría haberla culpado si le hubiera revelado la información en un intento de protegerse a sí misma. Pero no lo había hecho. Había acudido a él y se lo había contado todo aunque eso le conllevara un enorme riesgo.

Gabe no podía terminar de asimilarlo todo. Se quedó ahí, mirándola, sin poder respirar, sin ser capaz de procesar la enormidad de su decisión.

Mia lo había elegido a él por encima del deshonor y de la humillación. Lo había elegido a él por encima de Jace, de su hermano.

Dios, había perdonado lo imperdonable, y, en vez de estar herida y enfadada cuando se enfrentó a las fotografías que mostraban, al detalle, lo que Gabe había permitido que le pasara, había elegido no traicionarlo. Había acudido a él, había confiado en él para que se hiciera cargo del asunto. ¡Para que la protegiera!

Tal confianza en él lo dejó desconcertado. Gabe estaba acostumbrado a que la gente lo traicionara. Él era el que esperaba eso de la gran mayoría. Y no podría haberla culpado si hubiera hecho todo lo necesario para protegerse a sí misma.

Pero Mia no había hecho ninguna de las cosas que se podría haber imaginado, y, en cambio, había acudido a él. Estando herida, asustada y confusa, había acudido a él, cuando Gabe no se merecía ni una pizca de esa confianza.

Sin poder mantenerle esa mirada llena de inseguridad y

miedo ni un segundo más, Gabe la estrechó contra él con brusquedad y la abrazó con tanta fuerza que dudaba de que ella pudiera siquiera respirar. Escondió el rostro en su cabello y cerró los ojos mientras inhalaba su aroma y absorbía la sensación de tenerla pegada contra la piel.

Mia estaba tatuada en cada centímetro de su cuerpo. Y más aún, en su corazón. En su alma. Era una marca permanente de la que nunca se desharía.

—Mia. Mi dulce y encantadora Mia —le susurró—. Te he defraudado por completo y, aun así, has seguido teniendo la suficiente confianza como para venir a mí para esto.

Ella se separó de él y puso una odiosa distancia entre ambos. Sus ojos estaban inundados de miedo y dolor. No le extrañaba que hubiera estado conmocionada el día anterior. Ese cabrón no solo le había puesto las manos encima sino que la había aterrorizado y humillado.

—No podía traicionarte —dijo Mia con voz ahogada—. Dios, Gabe, estoy inmersa en una situación en la que pierdo, sí o sí. ¿Lo entiendes? Si le daba a Charles lo que quería, tú habrías cortado conmigo con la misma precisión con que un cirujano cortaría armado con un bisturí en la mano. Si no le doy lo que quiere, nos humillará a ambos. Jace se enterará, y eso no solo afectará a vuestra amistad, sino que podría arruinar también vuestra asociación en la empresa. Sin mencionar las cosas que se dirían de ti. De la forma en que se te ve en esas fotografías…

Mia ahogó las palabras cuando un sollozo amenazó con salir de su garganta. Entonces tragó saliva en un intento claro de serenarse.

—Parece como si me estuvieras forzando. Como si tú fueras el que estuviera haciendo eso tan horrible. Esas fotos son tan… incriminatorias.

Una reafirmada determinación le gritaba dentro de la cabeza y le gruñía como un tren de carga que había descarrilado. Pero Mia necesitaba calmarse. Necesitaba que él la tranquilizara. Lo necesitaba a él.

Mia había confiado en él más que cualquier otra persona. Había depositado en él una fe incondicional, por lo que por nada del mundo iba a defraudarla ahora.

—Me ocuparé de ello —le dijo en voz baja—. No quiero que te preocupes. Quiero que te lo saques de la cabeza.

El alivio se apoderó de sus ojos. Había esperanza en su mirada a pesar de tener surcos húmedos que le recorrían las mejillas. Gabe levantó una mano y, con cariño, le limpió parte de esa humedad. Luego la estrechó contra sí y estampó la boca en la de ella.

La besó e inhaló su dulce aroma, y luego lo saboreó en su lengua. Dejó un camino de besos por donde sus lágrimas habían caído primero, presionando los labios contra sus párpados, luego contra sus mejillas y finalmente contra sus labios otra vez.

Cuando Gabe se separó, un sollozo salió de su garganta. Era como si Mia no pudiera mantener la compostura ni un segundo más. Las lágrimas inundaron sus ojos, y los hombros se le hundieron. Le destrozó el corazón verla llorar como si el suyo se le estuviera haciendo pedacitos.

—Mia, cariño, te lo suplico, por favor, no llores, cielo —le dijo mientras alargaba las manos hacia ella.

Esta vez no le dio elección. Gabe se la llevó al sofá y la sentó en su regazo para abrazarla y que llorara contra su pecho.

Ella se agarró a él con fiereza. Le rodeó los hombros con los brazos y escondió el rostro en el hueco de su cuello.

—Estoy tan asustada, Gabe —le dijo con voz entrecortada—. No quiero que mis actos hagan sufrir a la gente por la que me preocupo. Tú, Jace. Los dos podéis salir muy mal parados.

—Shh, cariño. No es tu culpa. Maldita sea, es mi maldita culpa. Fui un estúpido y un descuidado y no te protegí como debería haberlo hecho. Nada de esto habría ocurrido si yo no hubiera sido un imbécil.

—¿Qué vas a hacer? —le preguntó Mia con dolor.

Tenía el rostro enrojecido y los ojos hinchados por las lágrimas. Se la veía pálida y parecía enferma. Cualquiera que la viera ahora pensaría que se había quedado seca de tanto llorar.

Él le pegó la cabeza contra el pecho y le acarició el pelo con suavidad.

—No quiero que te preocupes por eso —murmuró—. Me haré cargo de ello. Tienes mi palabra.

Deslizó una mano por su brazo y le pasó los dedos por encima de los moratones que ese cabrón le había provocado. La furia lo estaba volviendo loco. Con esta ya era la segunda vez que Charles la había asustado y había intentado hacerle daño. Iba a coger al hijo de puta ese y lo iba a arruinar para toda su vida.

Gabe le dio un beso en el pelo y, con cuidado, la puso derecha para que pudiera mirarla a los ojos.

—Escúchame, ¿de acuerdo? Refréscate en el baño. Tómate todo el tiempo que necesites. No quiero que nadie te vea así. Provocaría un montón de preguntas y no quiero que nadie te vea así de afectada. Cuando estés preparada, quiero que vuelvas a mi apartamento y te quedes allí hasta que yo llegue.

El miedo y la preocupación se reflejaron en sus ojos.

—¿Adónde vas a ir?

Él le puso un dedo sobre los labios, deleitándose en su tacto tan suave y aterciopelado. Delineó el arco de su boca y luego le dio un pequeño beso.

—Me voy a asegurar de que Charles Willis nunca te vuelva a amenazar.

Capítulo treinta y seis

Gabe se bajó del coche en la avenida Lexington frente a un pequeño complejo de oficinas que albergaba las de Charles Willis, y se encaminó hacia la entrada con los puños cerrados.

Había mandado a Mia a casa en coche una vez se hubo deshecho de toda evidencia de que había llorado y tras haberle pedido que describiera con pelos y señales las fotografías que Charles le había enseñado.

La oficina de Charles estaba en la primera planta, espacio que compartía con otra compañía porque él no estaba en Nueva York tan a menudo. Su constructora tenía oficinas por todo el mundo, pero Gabe no volvería a hacer negocios con él, nunca. Si no fuera por el hecho de que la compañía de Charles contrataba a un montón de gente —buenas personas que dependían de él para mantener a sus familias— Gabe le cerraría el chiringuito y lo sacaría de lleno del negocio.

Tal y como estaban las cosas, nunca volvería a tener ninguna relación personal o profesional con él.

Gabe dejó atrás a la sorprendida recepcionista y abrió la puerta de la oficina de Charles de un golpe. Charles levantó la mirada, sorprendido, y Gabe pudo ver un deje de miedo reflejarse en los ojos del otro hombre antes de que este se pusiera en pie y disimulara su expresión.

—Gabe —dijo con voz cordial—. ¿Qué puedo hacer por ti?

Gabe cerró la puerta de un portazo a su espalda y se lo quedó mirando fijamente mientras este avanzaba. No apartó la mirada en ningún momento de Charles, al que se veía claramente incómodo bajo su escrutinio.

—La has cagado pero bien esta vez, Charles —dijo Gabe con suavidad—. Has tocado lo que es mío. Le has puesto las manos encima, le has hecho daño y la has asustado. E incluso la has amenazado.

Charles luchó contra su evidente pánico y luego se encogió de hombros con arrogancia.

—Es solamente otra puta más. ¿Qué te importa?

Gabe se lanzó contra él con furia y levantó el puño por encima de la cabeza. Le golpeó en la boca, lo que provocó que saliera disparado hacia atrás y se estampara contra la estantería que había tras su mesa. La mano de Charles viajó hasta donde había recibido el golpe y cuando la separó vio que estaba manchada de sangre.

—¡Haré que te arresten por agresión! —gritó Charles encolerizado—. ¡No puedes entrar aquí y pegarme un puñetazo!

—Cabrón, maldito hijo de puta. Tienes suerte de que no te mate con mis propias manos —soltó Gabe echando humo—. Si vuelves siquiera a respirar el mismo aire que Mia, te arruinaré. Y cuando acabe contigo, no tendrás nada. Ni credibilidad, ni respaldo, ni contratos. Nada.

El miedo barrió todo color del rostro de Charles.

—¡Haré públicas las fotografías! —lo amenazó. Las palabras le salieron como si fuera un borracho incoherente.

Gabe se quedó quieto y los orificios nasales se le ensancharon.

—Hazlo, Charles. Hazlas públicas. Haré que te acusen por violación. Es precisamente lo que intentaste hacer con ella, y esas fotos lo prueban. No me importa una mierda lo que me pueda perjudicar a mí o a mi reputación. Pero no permitiré que tú, o quien sea, humille o le haga daño a Mia. Iré a por ti y te pasarás los próximos años en prisión siendo el juguetito sexual de tu compañero de celda. Si no me crees, solo ponme a prueba, y verás.

Su voz estaba llena de amenaza. Y de convicción. Si Charles no lo tomaba en serio entonces era tonto. Gabe nunca había ido más en serio en toda su vida.

Charles empalideció y se dio cuenta de la gravedad del asunto. Gabe iba completamente en serio, y Charles lo sabía.

—Gastaré cada céntimo que tenga para asegurarme de que pierdas todo lo que tienes —continuó—. Y tengo muchos contactos. Me deben muchos favores y estoy más que dispuesto a cobrármelos ahora.

Charles parecía como si fuera desmayarse. Intentó moverse de la estantería donde había aterrizado antes, pero solo consiguió bambolearse y no pudo lograr reincorporarse.

—Lo siento —soltó de sopetón—. Estaba desesperado. Sabía que no me ibas a considerar siquiera después de lo que pasó. Necesito ese contrato, Gabe. Tengo que tenerlo.

Gabe le tendió una mano para ayudarlo a ponerse en pie. Charles lo miró, precavido, pero al final se la aceptó.

Tan pronto como Charles estuvo de pie otra vez, Gabe lo derribó de nuevo con otro puñetazo. Simplemente le rompió la nariz. La sangre le salpicó por todo el rostro mientras yacía, aturdido, encima de la estantería.

—Eso es por ponerle las manos encima a Mia. Por dejarle esos moratones en la piel. Si alguna vez vuelves a acercarte a ella, no habrá lugar en este planeta en el que puedas esconderte. Te buscaré, y te destrozaré. Puedo hacerte desaparecer, Willis. Nadie nunca encontraría tu cuerpo.

Sabiendo que ya le había dejado claro su punto de vista, Gabe se dio media vuelta y abandonó la oficina. Charles, aunque estúpido, era lo suficientemente listo como para saber que iba completamente en serio. Si seguía adelante con cualquier amenaza que le hubiera hecho a Mia, lo destrozaría.

Gabe se metió en su coche y se dirigió a su apartamento. Estaba ansioso por volver con ella para así poder tranquilizarla y asegurarle que ya se había ocupado de todo.

Lo desconcertaba y lo conmovía el saber que no lo había traicionado. Que su primer instinto había sido acudir a él y pedirle su ayuda. Confiar en él para que solucionara el problema cuando ella misma se jugaba muchísimo.

Qué gran regalo tenía con Mia.

Todos sus pensamientos estaban dirigidos a ella mientras iba en el coche a través de la ciudad. Había muchas cosas que quería tratar con ella, cosas a las que no sabía cómo podría reaccionar.

Esta situación le había hecho darse cuenta de lo fácilmente que podrían ser descubiertos. ¿Merecía la pena mantener el engaño sabiendo cuáles podrían ser las posibles consecuencias?

Anteriormente, había coincidido totalmente con Mia sobre lo de mantenerlo en secreto, que Jace no supiera nada. Tenía sentido porque él sabía que, fuera cual fuese la relación que tendrían, no iba a durar mucho. Si Jace nunca se enteraba, no habría incomodidades ni momentos raros. No habría rabia. Podrían seguir como siempre habían estado, haciendo como que todo el tiempo que había pasado con Mia nunca había ocurrido.

Pero ahora…

Ahora Gabe se mostraba reacio a pensar que el acuerdo que tenían pudiera terminar. No estaba seguro de cuándo había empezado a verla con otros ojos y otra luz, como si fuera alguien de la que no tenía ninguna intención de alejarse. Al menos no tan pronto.

Tenían que contárselo a Jace y luego Gabe y Mia lidiarían con lo que sea que se les viniera encima. Se le estaba volviendo muchísimo más difícil mantener las distancias en la oficina, pretender que Mia era una simple empleada, o simplemente la hermana pequeña de Jace, alguien a quien miraba con afecto.

No estaba seguro de cómo se sentiría Mia sobre lo de ir a contarle a Jace la verdad, o al menos una versión más simple de la verdad. Nadie tendría conocimiento nunca de su contrato. Era algo de lo que ahora se avergonzaba, el hecho de haber dependido de un maldito contrato y de vivir según los acuerdos estipulados antes de entrar en ninguna relación. ¿Pero ahora? Le parecía ridículo e inútil. Un producto de una reacción exagerada ante su pasado.

Más importante que eso, ahora mismo, era asegurarse de que tranquilizaba a Mia, y de que calmaba todos los miedos o preocupaciones que tuviera con respecto a las amenazas que Charles le había soltado.

Sus manos se morían por tocarla. Gabe quería tenerla pegada a él, que respirara el mismo aire que él. Quería saborearla y sentir su piel.

En silencio, le urgió a su chófer que condujera más deprisa. Había estado alejado de Mia durante demasiado tiempo. Ella era su adicción, y ya estaba sufriendo de abstinencia.

Y

Mia se preocupó e inquietó mientras esperaba que Gabe volviera a casa. Desvió la mirada hacia el reloj incontables veces; los minutos pasaban con una lentitud insoportable.

¿Qué es lo que había hecho? ¿Cómo podría siquiera pensar que podía hacerse cargo del asunto? ¿Había hecho lo correcto al decírselo?

Estaba cansada y le dolía muchísimo la cabeza. Ya había acudido al botiquín de Gabe para coger ibuprofeno, pero nada parecía aliviar el dolor que palpitaba en sus sienes y en la base de su cuello.

Entonces oyó pasos en la entrada, y ella se incorporó corriendo del sofá y se encontró con Gabe justo cuando este entraba en el salón.

Se lanzó a sus brazos y él la abrazó y pegó a su pecho mientras ella no hacía más que acurrucarse contra él. La impulsó hacia arriba y ella enrolló las piernas alrededor de su cintura y se agarró con fuerza a sus hombros.

Gabe le colocó las manos en el trasero para mantenerla bien arriba y la miró fijamente a los ojos.

—¿Estás bien? —le preguntó en voz baja.

Ella asintió.

—Ahora que estás en casa, sí. He estado muy preocupada, Gabe.

Él la llevó hasta el sofá y se sentó con ella aún a horcajadas encima de él. Le dio un beso y luego le apartó el pelo que tenía en la frente.

—Todo está bien. Quiero que confíes en que será así. Charles no volverá a ser un problema para nosotros. Te lo prometo.

La preocupación se reflejó en sus ojos y ella frunció los labios.

—¿Qué has hecho?

—Él y yo solamente hemos llegado a un entendimiento mutuo —dijo Gabe con bastante calma—. Se acabó, Mia. No te volverá a molestar.

Fue entonces cuando ella bajó la mirada hacia su mano, hacia el rasguño que tenía en los nudillos y la piel ligeramente enrojecida, como si se hubiera limpiado la sangre pero no lo hubiera hecho por completo.

Mia volvió a mirarlo a los ojos con el ceño fruncido.

—¿Qué has hecho, Gabe?

—Te puso las manos encima —dijo, cortante—. Con esa ya es la segunda vez que lo ha hecho con la intención de hacerte daño.

—Si presenta cargos contra ti, te arrestarán —le dijo con tristeza—. Y entonces todo saldrá a la luz. No merece la pena que te metan en la cárcel por él.

Un pequeño gruñido se hizo eco en su garganta.

—Por ti todo merece la pena. Moriría por ti. Y por supuesto que iría a la cárcel para evitar que un gilipollas te haga daño.

Impresionada como estaba por sus vehementes palabras, Mia solo pudo quedársele mirando con total confusión. La esperanza que se apoderó de ella fue intensa y abrumadora, le llegó directamente al corazón e inundó sus venas de una calidez completamente reconfortante. Las lágrimas emborronaron su visión y amenazaron con caer por sus mejillas.

Levantó la mano herida de Gabe y depositó un beso en sus nudillos.

Él suavizó su mirada, le rodeó la mejilla con la mano y la acarició suavemente por encima del mentón.

—Hay algo más que quiero tratar contigo, Mia.

Ella podía sentir el cambio en su voz. Estaba un poco más inseguro, y, aun así, las palabras sonaron igualmente firmes y llenas de determinación.

—¿Qué?

—Creo que deberíamos contarle a Jace lo nuestro.

Mia abrió los ojos como platos por la impresión.

—No tiene por qué saber detalles exactos. Pero corremos el riesgo de que nos descubran todo el tiempo. Estoy cansado de pretender que no significas nada para mí. Tú vives asustada porque llegue a descubrirlo y por lo que pueda pasar con nuestra amistad o con tu relación con él. Si quitamos ese miedo de en medio, entonces ya no tendrá poder sobre nosotros. Jace podrá enfadarse al principio, pero lo superará.

Mia soltó el aire que había cogido de forma irregular. Esto era… bueno, era algo enorme. ¿Gabe quería hacer pública su relación? No se atrevía siquiera a pensar en lo que eso significaba. No se podía permitir leer nada entre líneas, asumir que era algo más que simplemente eliminar una fuente considerable de preocupación mientras buscaban mantener su relación en secreto.

—¿Mia? ¿Estás de acuerdo?

Ella parpadeó y volvió a enfocar la visión en Gabe. Vio la determinación grabada en su rostro, así que, lentamente, asintió.

—¿Cuándo? —le susurró.

—Cuando vuelva a la ciudad. Se supone que debe estar de vuelta el lunes o el martes. Le diré que tengo algo importante que discutir con él.

—De acuerdo —aceptó mientras el pulso se le aceleraba.

—Ahora, tras habernos quitado todo eso de encima, y con el asunto de Charles ya solucionado… —dijo Gabe.

Le tocó el rostro y luego hundió la mano en su pelo para acariciarla con dulzura.

—Quiero que pasemos el fin de semana juntos sin preocuparnos por nada más que lo que nos plazca. Pediré la cena, y tendremos una bonita velada junto al fuego y veremos la lluvia volverse nieve o aguanieve.

Mia suspiró y se inclinó hacia delante para rodearle el cuello con los brazos.

—Eso suena genial, Gabe. Es el fin de semana perfecto.

Capítulo treinta y siete

*G*abe mantuvo a Mia vigilada durante todo el fin de semana. Aún mostraba signos de preocupación y ansiedad, así que hizo todo lo que pudo para distraerla cuando era obvio que no paraba de darle vueltas al asunto de Charles. Él no tenía ninguna duda de que le había dejado más que claro al hombre lo que pasaría y de que este no iba a volver a ser ninguna amenaza para ella.

Aun así, Gabe nunca daba nada por supuesto, y por eso mismo había hecho varias llamadas a escondidas para que controlaran los movimientos y actividades de Charles. Pero ese detalle se lo había ocultado a Mia, ya que no quería darle ninguna razón para que dudara de su palabra cuando le había dicho que ya no volvería a ser una amenaza para ellos.

El domingo la llevó a comer fuera algo más tarde, lo que vendría a ser una cena bastante temprana, y se sentaron en un restaurante que ya estaba decorado para Navidad incluso antes de que hubiera llegado el Día de Acción de Gracias, que era dentro de unos días. Gabe sabía que a Mia le encantaba la Navidad y todo lo que tenía que ver con ello. El rostro se le iluminó cuando se adentraron en el decorado e iluminado interior del restaurante.

No estaba completamente seguro de lo que hacer aún para el Día de Acción de Gracias. Mucho dependería de la reacción que tuviera Jace cuando le contaran esta semana lo de su relación. Sus padres lo habían invitado a pasar las fiestas con ellos, y estaba encantado de que estuvieran yendo por el camino adecuado para solucionar las cosas, pero aún se sentía un poco incómodo cuando estaba con ellos. Además, no quería pasar la festividad alejado de Mia. Y no quería dejarla sola si Jace no tenía planeado estar en la ciudad para entonces.

Cuando salieron del restaurante, la oscuridad ya se había instalado en la ciudad, y las aceras mojadas brillaban bajo la luz de las calles y del tráfico. Mia volvió la cabeza y se rio de felicidad cuando un copo de nieve cayó del cielo y le dio en la nariz.

Se la veía totalmente encantadora con ese gorro de punto y el abrigo tan largo. Ella se giró, con las palmas de las manos hacia arriba, cuando otros copos comenzaron a danzar y caer como en espiral.

Gabe se sentía completamente cautivado por ella.

Antes de que pudiera perderse ese momento, cogió su teléfono y le sacó una fotografía, que quería añadir a aquella otra que miraba con frecuencia. Ella no se dio cuenta de lo absorta que estaba en intentar coger copos de nieve desperdigados.

—¡Hace un frío que pela! —exclamó Mia.

Se acercó corriendo y se acurrucó dentro del abrigo de Gabe, luego le rodeó la cintura con los brazos mientras le entraba un escalofrío que la sacudió de la cabeza a los pies. Él la apretó contra sí y sonrió entusiasmado.

—En ese caso, vamos a hacer que entres en calor —le dijo mientras la guiaba hacia el coche.

Se subieron a la parte trasera del vehículo donde los aclimatadores ya habían calentado la piel de los asientos. Mia se hundió en el suyo y suspiró de puro placer.

—Me encantan las ventajas que traen estas cosas modernas —dijo.

Él se rio entre dientes.

—Yo estoy más que feliz de mantenerte caliente.

—Mmmm. Cuando volvamos al apartamento estaré más que feliz de dejar que lo hagas.

Deslizó la mano por una de sus piernas hasta llegar al muslo y luego la volvió a bajar hasta la curva de su rodilla.

—Tengo planes para ti cuando volvamos, te lo aseguro.

Ella levantó una ceja llena de interés y un fuego repentino se reflejó en sus ojos.

—Oh, ¿cuáles?

Gabe sonrió.

—Los sabrás cuando lleguemos.

Mia hizo una mueca con los labios para hacerle un puchero y entrecerró los ojos. Él simplemente sonrió.

Oh, sí. Tenía planes. Gabe estaba nervioso debido a los planes que tenía, pero era importante para él reemplazar el último recuerdo de *bondage* que ella tenía con algo sensual, pasional y ardiente. Con algo agradable en vez de repugnante.

Sabía que si se tomaba su tiempo podría hacer que la experiencia fuera increíble para ella, pero no la forzaría a hacer nada que no quisiera. La observaría con atención, y, si se asustaba o la sentía nerviosa, pararía inmediatamente. Ya la había fastidiado con ella bastante, no tenía ningún deseo de volver a darle ninguna razón para que volviera a dudar de él.

Cuando llegaron a su apartamento, la ayudó a salir del coche y la cogió de la mano mientras subían en el ascensor. Una vez dentro, él le quitó el abrigo, la bufanda y el gorro, y ella se frotó los brazos con las manos mientras se daba la vuelta para encaminarse hacia el salón.

Gabe había dejado la chimenea encendida mientras estaban fuera, así que la sala estaba bastante calentita cuando volvieron.

Tras quitarse su abrigo, siguió a Mia hasta el salón y la vio de pie frente al fuego.

—Quédate ahí y desvístete —le dijo con una voz ronca llena de necesidad.

Mia levantó la mirada y Gabe buscó algún signo de duda, pero lo único que pudo ver fue confianza reflejada en sus ojos.

—Tengo que coger unas cuantas cosas del dormitorio. Quédate junto al fuego, calentita. Vuelvo enseguida.

Él se dirigió a su dormitorio y sacó una cuerda, el dildo anal y un vibrador del armario. Cuando volvió, pudo ver la silueta de Mia en el fuego; las llamas hacían que la piel le brillara.

Era tan hermosa que lo dejaba sin respiración.

Cuando su mirada se posó sobre los juguetitos que traía en la mano, abrió los ojos como platos y lo miró con una clara vacilación dibujada en el rostro.

Nunca antes se habría parado a explicarse frente a otra mujer. Él esperaba que obedecieran, sin rechistar. Accedían a todo lo que él pudiera desear hacer cuando firmaban el contrato.

Pero Mia era diferente. Él quería hacerla entender. Quería que supiera lo que estaba pensando. Lo último que deseaba era asustarla o hacer que se alejara.

—Quiero mostrarte lo placentero que puede llegar a ser —le dijo en voz baja—. Lo que ocurrió en París lo hice por motivos equivocados; no era por ti, sin importar lo que yo hubiera dicho entonces. Era por mí y por mis razones… mis estúpidas razones. Dame una oportunidad, Mia. Quiero enseñarte lo hermosa que puede llegar a ser una mujer con el *bondage*. Y lo placentera que puede ser la experiencia para ti. Confía en mí para hacerla perfecta para ti.

Sus ojos se suavizaron.

—Confío en ti, Gabe. Solo en ti. En nadie más. Yo nunca puse ninguna objeción contigo. Era a los otros hombres. Mientras solo seas tú el que me toque, no tengo miedo.

Dios, era tan dulce. Nunca nadie había puesto tanta fe en él. Ni siquiera su exmujer. Ni cualquier otra mujer con la que hubiera estado. Ellas nunca habían mirado más allá de las cosas materiales que les daba. Nunca habían mirado más allá de su riqueza y su estatus, ni se habían preocupado en conocer al hombre que estaba detrás de todo eso. Y nunca lo habían acogido.

Mia, sí. Ella lo había aceptado. Lo había deseado tanto como él la había deseado a ella. Y no le afectaba ni su dinero, ni su poder. Ella conocía al verdadero Gabe Hamilton y quería a ese hombre, con todo lo que significaba.

Poco a poco estaba aprendiendo a darse cuenta de que bajar las barreras con ella y dejar que viera esa parte de él que nadie veía no era algo malo. De la misma forma que ella confiaba en él, Gabe también confiaba en Mia con su bien más protegido.

Su corazón.

La llevó hasta la enorme otomana de piel y la colocó a cuatro patas. Entonces, comenzó a enrollar la cuerda meticulosamente alrededor de su cuerpo, bajo sus pechos y por encima de ellos para atraer la atención hasta esos deliciosos montículos. Seguidamente la rodeó hasta estar situado junto a su espalda y le aseguró las muñecas contra el coxis mientras le indicaba que pegara la cara contra la suave piel del sofá.

Una vez amarradas las manos, estiró la cuerda hasta la parte inferior de su cuerpo y le abrió los muslos antes de rodear también los tobillos con la misma. No paró hasta que esta estuvo tensa entre los pies y las muñecas.

Se encontraba completamente indefensa y vulnerable ante lo que sea que él quisiera hacerle. Y eran muchas cosas…

Su verga estaba dura como una piedra y tirante dentro de sus pantalones, pero Gabe estaba decidido a tomarse las cosas con calma. Quería que ella siguiera el ritmo durante todo el tiempo. Quería que esto fuera para ella, y su placer, ya que antes no había sido así.

Deslizó la mano sobre la curva de su trasero hasta llegar a los húmedos y sedosos labios vaginales. Jugó con la entrada de su cuerpo moviendo los dedos en círculos, y seguidamente introdujo uno en su interior. Gabe sentía cómo sus paredes calientes y resbaladizas lo envolvían y lo succionaban.

Retiró la mano y luego dio un paso al lado para colocarse frente a su cabeza. Le ofreció el dedo a ella para que lo chupara.

—Saboréalo —murmuró—. Saborea lo dulce que eres, Mia. E imagínate que es mi polla lo que estás chupando.

Vacilante, abrió la boca y él introdujo el dedo en su humedad, justo por encima de la rugosidad de su lengua. Mia cerró los labios a su alrededor y lo succionó suavemente mientras él lo iba sacando de su interior.

Cuando separó la mano de su boca, se agachó a coger el *plug* y el vibrador. Mia abrió los ojos como platos cuando vio ambos objetos, pero él solo pudo sonreír.

Aplicó lubricante tanto al dildo como a la entrada de su ano y luego usó los dedos para expandir el gel por toda la zona exterior e interior. Seguidamente se llevó el aparatito a la arrugada apertura y comenzó a hacer presión contra su cuerpo sin ninguna prisa, dejando que se adaptara lentamente a la extraña sensación.

Verla ensancharse para que él le colocara el *plug* lo fascinó, e incluso gimió cuando se imaginó que era su polla la que estaba introduciéndose y abriéndose paso a través de su ano. El pecho le subía y le bajaba del esfuerzo, y ella jadeaba mientras él seguía ensanchándola más y más. A continuación, lo metió por completo y Mia soltó un enorme suspiro al tiempo que su cuerpo se hundía en la otomana.

—Esto es solo el principio —le dijo con una sonrisa.

—Puede que no sobreviva —le respondió ella apenas sin aliento.

Gabe cogió ahora el vibrador y lo encendió a máxima potencia. Tan pronto como le tocó la punta del clítoris, ella pegó un bote y el cuerpo entero se sacudió en reacción a su contacto. Atada como estaba, no tenía más remedio que recibir y aceptar las sensaciones tan intensas y placenteras que la invadieron cuando volvió a presionar la punta del juguetito contra ella, esta vez deslizándolo sobre su carne sensible hasta llegar a su abertura.

Lo introdujo apenas un par de centímetros y luego imitó el movimiento de sus caderas al embestirla con otros más superficiales.

Mia gimió con suavidad. La tensión se le reflejaba en las líneas del rostro.

Gabe deslizó el vibrador más en su interior, lo que hizo que ella ahogara un grito ante la profundidad de la penetración. Estaba llena por completo, tanto por delante como por detrás, con el *plug* y ahora el enorme vibrador.

Comenzó a sacudirse de pies a cabeza y movió el trasero hacia arriba con cada envite. Se retorció hasta que Gabe pensó que se iba a deshacer ahí encima de la otomana.

—Gabe, por favor —le suplicó.

—¿Te quieres correr?

Ella soltó un quejido.

—Sabes que sí.

Gabe se rio ligeramente entre dientes y luego sacó el vibrador de su interior antes de arrodillarse detrás de ella para pasarle la lengua desde el clítoris hasta la apertura de su sexo.

—¡Oh, Dios! —exclamó Mia.

Siguió presionando el rostro contra su tierna carne y succionó el clítoris delicadamente con la boca. Cuando la sintió tensarse de nuevo, y sintió su repentina humedad contra la lengua mientras le lamía entre las piernas, supo que estaba muy cerca del clímax.

Gabe se enderezó, se desabrochó los pantalones y se sacó el pene erecto. Se colocó justo detrás de ella, guio su miembro hasta la entrada de su sexo y arremetió bien profundo.

Ella gritó. Su nombre se le escapó de los labios en un siseo fuerte y duradero.

Se agarró a las manos atadas para usarlas como soporte y comenzó a poseerla con lentos y duros embistes.

Mia se derritió a su alrededor, un éxtasis tan ardiente y dulce que lo empapaba desde la punta hasta la base de su verga. Usó todo el autocontrol que tuvo, y más, para no saciar su deseo del tirón y correrse en su interior. Le había jurado que esto era para ella, así que esperaría. Gabe tenía toda la intención de darle placer muchas más veces antes de que la noche terminara.

Su cuerpo se sacudió, cada músculo de su cuerpo se tensó y se puso completamente rígida. Soltó un grito estrangulado y luego se quedó laxa mientras él se enterraba en ella otra vez.

Gabe se quedó quieto, esperando a que ella se recuperara del intenso orgasmo. Luego, con cuidado, se retiró y se metió la polla de nuevo en los pantalones.

Mientras le daba tiempo para que recuperara el aliento, sacó una de las fustas que tenía en el armario. Cuando volvió, Mia tenía los ojos cerrados mientras descansaba la mejilla contra la otomana.

Acercó la fusta a su trasero y le recorrió los cachetes sin dejarse ni un trocito de piel. Ella abrió los ojos al instante y cogió aire, ansiosa por lo que vendría.

—¿Te gusta que te azote, Mia?

—Sí —susurró.

—¿Es buena la sensación? ¿Todo ese dolor intenso y agudo que roza la fina línea del placer?

—¡Sí! —gritó ella más alto.

—Hoy no te voy a azotar como castigo. Voy a señalar ese precioso culo tuyo por nada más y nada menos que el enorme placer que nos dará a ambos. Y cuando termine y te deje el trasero tan rojo como un tomate, voy a follártelo.

Ella gimió, sonido que consiguió encender todos sus sentidos. Sonido que indicaba el agradecimiento de toda mujer, jadeante y adorable.

Gabe se inclinó hacia delante para quitarle con cuidado el dildo anal, que hizo que se encogiera y soltara otro sonido de placer al mismo tiempo que lo liberaba de su cuerpo. Una vez fuera, volvió a pasarle la fusta por encima de los glúteos antes de darle, por fin, el primer latigazo.

Fue suave a propósito; contuvo su fuerza para no golpearla con demasiada dureza. Quería ir poco a poco hasta dejarle esas preciosas marcas rojas que decorarían su trasero. Si empezaba golpeándola demasiado fuerte, solo conseguiría que Mia llegara rápidamente a su límite, y él quería que le suplicara que quería más; no que quería que parara.

Estaba preciosa atada de pies y manos, abierta frente a él y con el pelo cayéndole en cascada sobre el cuerpo y el sofá como si se tratara del cielo nocturno más oscuro jamás visto.

El enrojecimiento en la piel aparecía con cada golpe, quedándosele marcado en el trasero durante un largo rato antes de comenzar a desvanecerse, y luego vuelta a empezar cuando le administraba un nuevo azote.

Mia se retorció sin descanso y luchó contra el amarre que la tenía atada mientras arqueaba el trasero hacia arriba como si buscara y quisiera más.

Cuando llegó al decimoquinto golpe, Gabe incrementó la fuerza de los azotes, lo que provocó que el enrojecimiento de la piel durara más, hasta que todo su culo brillaba con un color rosado.

Solo unos pocos más y se hundiría en su apretado conducto. Se perdería en la belleza de su sumisión.

Cuando sonó el chasquido del siguiente golpe, otro sonido bien diferente prorrumpió en la habitación.

—¿Qué narices estás haciendo? —gritó Jace.

Gabe giró la cabeza y se le desvaneció por completo el abotargamiento que lo consumía cuando vio a Jace y a Ash de pie en la entrada y las puertas del ascensor cerrándose detrás de ellos. Había estado tan inmerso en la escena con Mia que no había escuchado siquiera llegar al ascensor. No se enteró de que Jace y Ash estaban ahí.

Ver el miedo que se reflejó en el rostro de Mia fue como recibir un puñetazo en las entrañas.

—Dios, Gabe. ¿Qué has hecho?

La voz horrorizada de Ash llegó hasta los oídos de Gabe en el mismo momento en que Jace se le echaba encima y le pegaba un puñetazo en la mandíbula.

Capítulo treinta y ocho

Gabe salió disparado hacia atrás a la vez que Mia pegaba un grito. Se cayó al suelo con Jace encima de él. Su expresión era homicida y la furia inundaba sus ojos. Y entonces volvió a darle otro puñetazo.

El dolor comenzó a palpitarle en la nariz. Sintió cómo rodaba por el suelo, pero no luchó contra Jace. No podía.

Ash se inclinó sobre Mia con preocupación e intentó desatarla frenéticamente. Gabe habría ido hacia ella, la habría ayudado para que ambos pudieran explicárselo, pero Jace se lanzó sobre Gabe y lo agarró de la camisa. Lo levantó del suelo mientras él se acercaba a su rostro.

—¿Cómo has podido? —gritó Jace—. ¡Lo sabía! Maldito cabronazo hijo de puta. No me puedo creer que le hayas hecho esto a ella.

—Jace, por el amor de Dios —soltó Gabe—. Déjame que te lo explique.

—Cállate. ¡Solo cállate! ¿Qué narices quieres explicar? ¡Por Dios! ¿Cómo has podido hacer esto, Gabe? ¿Así es como quieres que piense que funcionan las relaciones? ¿Quieres que piense que todos tus deseos retorcidos son normales? ¿Y qué pasa cuando te canses de ella tal y como te cansas de todas las mujeres? ¿Entonces qué, eh? ¿Que se vaya con otro tío en busca de algo como esto y deje que el cabrón abuse de ella?

La culpa se apoderó de Gabe hasta tal punto que no pudo ni devolverle la mirada. Cada palabra, cada acusación, era como sentirse apuñalado en el alma. La fatiga lo asaltó porque gran parte de lo que había dicho Jace era verdad. Se había aprovechado de Mia. La había presionado. Se había adueñado de su vida y había permitido que soportara un dolor y una humillación inimaginables. Sin mencionar el estrés emocional de mantener en secreto algo tan grande como esto de su única familia.

Dios, no la merecía. No se merecía su dulzura. No merecía bañarse en su luz, ni que le iluminara el mundo entero con su preciosa sonrisa.

Desde el principio lo había hecho mal con ella. El maldito contrato. Los secretos. La forma en que la había tratado. Y ahora era responsable del enorme distanciamiento que se había formado entre Jace y ella, y también entre Jace y él. Un distanciamiento del que podrían no recuperarse nunca.

¿Era alguna sorpresa que Jace se hubiera puesto hecho un basilisco? Gabe se puso en la piel de Jace y Ash durante un breve instante y se imaginó en la cabeza la escena en la que habían irrumpido. Se imaginó lo que debería parecer para ellos. La hermanita pequeña de Jace, atada y amarrada, indefensa mientras Gabe usaba una fusta contra su trasero. Había líneas y marcas rojas por todo su culo.

Se encogió porque sabía que no había forma de que ellos entendieran lo que de verdad estaba pasando. Reconoció que estaba ya crucificado ante sus ojos. Y no los podía culpar. Se sentía avergonzado por haber puesto a Mia en una posición en la que podía parecer que estaba abusando de ella y tratándola mal.

Mia se merecía mucho más. Se merecía a alguien que la tratara como una princesa, como el gran tesoro que era. No a un cabrón retorcido y ensimismado como él.

—¿Cómo has podido aprovecharte de ella de esa forma? —soltó Jace encolerizado—. ¿Cómo has podido ofrecerle un trabajo y ponerla en la situación en la que se piense que tiene que hacer todo lo que quieras porque tienes más poder que ella? Te mataré por esto. Ya no tienes respeto por ella, ni por nuestra amistad. No eres el hombre que pensé que conocía, Gabe.

Gabe cerró los ojos, se sentía enfermo hasta decir «basta». Jace estaba metiendo el dedo en la llaga, cada palabra que había soltado lo había golpeado en las entrañas. Sabía que Jace tenía razón. No tenía nada con lo que defenderse. Nada.

Gabe sabía que no la había tratado bien. No le había mostrado el respeto que se merecía. Dios, ¿y si se había sentido

como si tuviera que aceptarlo todo porque simplemente trabajaba para él? ¿Porque su obsesión con ella era tan fuerte e intensa que no le dejaba elegir por sí misma? Se había adueñado
de su vida, y de su cuerpo. La había consumido hasta que no
había quedado nada.

Lo que más había temido —coger tanto de ella que un día
terminara por no haber nada, o cambiarla por entero solo para
complacerle— estaba ocurriendo.

Ella había estado totalmente disgustada y traumatizada por
lo que había pasado en París. Y todo había sido por su culpa.
Mia en un principio había accedido a todo ello en vez de negarse porque había firmado ese maldito contrato y le había cedido todos sus derechos.

Se había sentido obligada a ello. Como si no tuviera elección.
Sí, le había dicho que podría decirle «no», ¿pero a coste de qué?

¿A qué más cosas la iba a tener que forzar?

—Te juro por Dios que nunca te voy a perdonar por esto
—le dijo Jace con voz ronca—. Me la voy a llevar de aquí y tú
te vas a mantener bien alejado de ella. Ni se te ocurra volver a
intentar contactar con ella. Olvídala. Olvida que existe siquiera.

Ash terminó de desatar a Mia y luego la estrechó entre sus
brazos antes de que ella pudiera hacer o decir algo. Se la llevó
al dormitorio y allí la rodeó con una de las sábanas de la cama.

Se precipitó hacia el cuarto de baño para coger, finalmente,
una bata y la tapó con ella, para luego atarle el cinturón con un
doble nudo.

—Por todos los santos, Mia. ¿Estás bien? —le exigió Ash.

No, no estaba bien. Era una pregunta estúpida. Se sentía
apaleada y humillada porque Ash y su hermano habían irrumpido sin aviso alguno en el apartamento de Gabe, y la habían
visto desnuda y atada. Era algo que había salido de sus peores
pesadillas. Y para empeorar más la cosa, Jace le estaba pegando
una paliza a Gabe y este no estaba haciendo nada para defenderse. Absolutamente nada.

Ella se obligó a quedarse sentada allí y a respirar profundamente para recuperar la compostura cuando lo único que quería
hacer era correr hacia Gabe y entonces explicarle a Jace la verdad. Tal y como habían planeado hacer una vez volvieran a casa
de su viaje de negocios. Solo habrían necesitado un día más.

Estaba conmocionada por completo. Tanto que no podía ni procesar la cosa más simple. Lo único que sabía era que tenía que llegar hasta Gabe. Tenía que poner fin a esto. ¡Tenía que arreglarlo! Dios, tenía que hacer que todo fuera bien. Todos sus miedos se habían hecho realidad y ahora los dos hombres que habían sido mejores amigos durante casi tantos años como su misma edad estaban inmersos en una pelea terrible.

Las lágrimas se le acumularon en los ojos, pero las contuvo. Estaba decidida a mantenerse calmada. El problema era que no dejaba de sacudirse con violencia. Lo último que quería era que Ash y Jace la vieran mal y pensaran que era por lo que fuera que Gabe le hubiera hecho.

—Ash, estoy bien —dijo Mia con voz temblorosa—. Preferiría que fueras a asegurarte de que no se están matando el uno al otro.

La expresión en el rostro de Ash era sombría.

—No voy a detener a Jace porque quiera pegarle una paliza a Gabe. El cabrón se lo merece por lo que nos hemos encontrado. Dios, Mia, ¿estás llorando? ¿Te ha hecho daño? ¿Te ha forzado? ¿Estás bien? ¿Necesitas ir al hospital?

Mia se limpió apresuradamente las lágrimas, estaba horrorizada por la dirección que Ash estaba tomando con sus preguntas. ¿De verdad pensaban él y Jace que lo que estaba pasando no era consensuado? Supuso que podría haber parecido tal cosa, pero seguro que estaban lo suficientemente familiarizados con las preferencias de Gabe como para saber que practicaba y se deleitaba con esas cosas.

O quizás era porque ella era su hermanita pequeña y todos la habían visto desnuda, atada a una otomana y siendo flagelada. Se encogió de dolor ante la imagen que debía de haber mostrado. Podía entender por qué Jace se había vuelto loco. ¿Quién no lo hubiera hecho si hubiera irrumpido en la escena que ellos habían presenciado?

Pero tenía que hacerles entender que había sido consensuado.

Se puso de pie, decidida a volver al salón, pero entonces Jace entró de golpe en el dormitorio con los ojos echando humo. Se acercó a ella de inmediato y la estrechó entre sus brazos.

—¿Estás bien? —exigió.

Había un deje en su voz que le dijo lo enfadado y agitado que estaba. Esto se estaba yendo de las manos a una velocidad vertiginosa y ella no tenía ni idea de qué hacer para que parara. De cómo hacerles entender la situación. Ambos estaban alterados, no había forma alguna de que ninguno de los dos entrara en razón.

—Jace, estoy bien —le dijo, forzándose a mantener el nivel de voz para no empeorar la situación—. ¿Qué le has hecho a Gabe?

—Nada que no se mereciera —dijo este con seriedad—. Vámonos. Te voy a sacar de aquí de una vez.

Jace la cogió de la mano y la arrastró hasta la puerta del dormitorio. Ella no tuvo más remedio que seguirlo. Y no le importó, porque ella solo quería ir con Gabe.

Tan pronto como entró en el salón, Mia lo vio sentado en el borde del sofá con la cabeza escondida entre las manos. La preocupación se apoderó de ella, así que comenzó a ir hacia él, pero Jace la ató en corto.

—Nos vamos, Mia —soltó con mordacidad.

Ella frunció el ceño y se soltó de su agarre.

—Yo no me voy a ninguna parte.

Gabe alzó la cabeza entonces, aunque sus ojos estaban distantes y ausentes, revestidos de hielo mientras le devolvía la mirada.

Mia se precipitó hacia él y se arrodilló frente al sofá donde él estaba sentado. Alargó una mano y lo tocó con vacilación, pero él se encogió y se la apartó.

—¿Estás bien? —le preguntó Mia con suavidad. El miedo inundaba su pecho y su corazón de tal manera que hasta le costaba respirar.

—Estoy bien —le dijo con un tono formal y firme.

—Habla con ellos —le susurró—. Explícales lo que hay entre nosotros. No te voy a dejar, Gabe. Tenemos que hacerles entender todo esto. No puedes dejar que piensen lo que están pensando. Arréglalo. Se lo íbamos a decir igualmente. Haz que lo comprenda.

Le estaba suplicando, ¿pero qué más podía hacer? El miedo la estaba desesperando. La estaba volviendo irracional. Y por Gabe merecería la pena perder el orgullo. Merecería la pena todo.

Gabe se puso de pie con rigidez y puso distancia entre él y Mia. Ella se puso en pie, confusa por su comportamiento y estado de humor. El temor estaba hecho un nudo en su garganta. No le gustaba la forma en que la estaba mirando, la resignación de su rostro. La aceptación. ¿La aceptación de qué? ¿De lo que Jace le había dicho? ¿Qué le había dicho él a Jace?

Y entonces, cuando habló, la sangre se le heló en las venas. Se quedó paralizada, demasiado impresionada como para hacer más que quedarse con la boca abierta de la sorpresa.

—Deberías irte —dijo con brusquedad—. Es mejor así. Estabas empezando a mezclar demasiados sentimientos. No quiero hacerte daño. Y será más difícil si esperamos. Cortar por lo sano ahora es más fácil, y menos… problemático… para luego.

—¿Qué narices estás diciendo? —exigió Mia. Su pregunta, llena de sorpresa, irrumpió y acalló el silencio tan forzado que había en la habitación.

—Mia, vámonos, cariño —le dijo Ash amablemente.

Ella pudo escuchar la compasión en su voz. Sabía que sentía pena por ella y que pensaba que estaba haciendo el ridículo. Estaban viendo a otra mujer en la vida de Gabe ser rechazada, y despachada. Abandonada para que él pudiera pasar página.

A la mierda con ello. No se iba a ir sin una explicación. Sin intentar llegar al hombre que había tras esa máscara tan fría e imponente. Ella conocía al verdadero Gabe. Había sentido su cariño y su ternura. Sabía que se preocupaba por ella sin importar lo mal que estuviera la situación en la que se hallaran inmersos en esos momentos.

Mia sacudió la cabeza, su negativa era firme.

—No me voy a ir a ninguna parte hasta que Gabe me diga qué es esa gilipollez que acaba de soltar.

Este la miró directamente a los ojos, la expresión de su rostro y su mirada eran completamente indiferentes. Fríos y distantes. Mia estaba segura de que era una mirada que muchas mujeres habían recibido por su parte cuando llegaba la hora de partir por diferentes caminos. Era una mirada que decía «Ya no te quiero conmigo. No hagas el ridículo».

A la mierda. Ella ya había sacrificado el poco orgullo que le quedaba por este hombre. No había nada más humillante que tu propio hermano entrara en la habitación mientras estabas practicando sexo *bondage*. Ya no había nada mucho peor con lo que humillarse ni hacer el ridículo.

—¿Gabe? —susurró. La voz le sonó más forzada conforme el nudo en la garganta aumentaba.

Odiaba ese deje suplicante en su voz. Odiaba que no pudiera salvar su orgullo siempre que este hombre estuviera involucrado. Estaba a punto de ponerse directamente a suplicar, y no le importaba lo más mínimo.

—Se acabó, Mia. Sabías que era solo cuestión de tiempo. Te dije al principio que no te enamoraras de mí. Que no quería hacerte daño. Tendría que haberlo terminado antes. Estás mezclando sentimientos y eso solo lo hace peor a la larga. Vete con Jace y olvídame. Te mereces algo mejor.

—Tonterías —soltó Mia, sorprendiendo a los tres hombres con la vehemencia de su reproche—. Eres un puto cobarde, Gabe. Tú eras el que te estabas pillando hasta las trancas, y eres un maldito cobarde como intentes negarlo.

—Mia —dijo Jace con suavidad.

Ella lo ignoró y centró toda su rabia en Gabe.

—Lo arriesgué todo por ti. Todo. Es una pena que tú no estés dispuesto a hacer lo mismo por mí. Un día te levantarás y te darás cuenta de que yo he sido lo mejor que te ha pasado nunca y de que has cometido el error más grande de tu vida. Y adivina qué, Gabe. Entonces será demasiado tarde. Yo ya no estaré ahí.

El brazo de Jace la rodeó por la cintura, abrazándola y pegándola contra su cuerpo mientras la alejaba de allí apresuradamente. Mia apenas podía ver por culpa de las lágrimas. Estaba tan enfadada y molesta que hasta temblaba. Jace le murmuró algo en el oído y entonces Ash apareció al otro lado al mismo tiempo que ambos la guiaban hacia el ascensor.

A mitad de camino se giró para mirar a Gabe, que la estaba observando con esa expresión distante y ausente en el rostro, y solo consiguió enfadarse mucho más.

Se limpió las lágrimas que le caían por las mejillas y luego levantó la barbilla, decidida a no derramar ni una lágrima más por él. Había creído que merecía la pena. Su orgullo. Todo. Pero estaba equivocada.

—Si algún día despiertas y ves la luz y decides que me quieres recuperar, vas a tener que arrastrarte y venir de rodillas.

Esta vez se giró y se soltó de los brazos de Jace y Ash. Se fue por su propio pie y se metió en el ascensor sin siquiera mirar cómo las puertas se cerraban a su espalda.

Bajó la mirada y, horrorizada, vio que solo llevaba puesta la bata con la que Ash la había tapado.

—No te preocupes, Mia —dijo Jace con voz tranquilizadora—. Haré que el coche se acerque hasta la misma entrada. Ash y yo te rodearemos y saldremos rápido hasta el coche. Te llevaré a mi casa.

Ella sacudió la cabeza.

—Quiero irme a casa. A mi apartamento.

Ash y Jace intercambiaron una corta y preocupada mirada.

Cuando el ascensor se abrió, Jace se bajó y dejó que Ash y ella lo siguieran a un ritmo más lento. Para cuando llegaron a la salida, Jace ya estaba de vuelta, y, como prometió, la taparon tan bien que era complicado ver quién era o lo que llevaba puesto.

La rodearon mientras ella se metía en el coche, y, luego, la siguieron con rapidez antes de cerrar la puerta a sus espaldas.

Para gran alivio de Mia, Jace le facilitó su dirección al conductor para que la llevara a su apartamento.

—¿Cuánto tiempo habéis estado juntos? —le exigió Jace.

—No es de tu incumbencia —contestó Mia fríamente.

La expresión en el rostro de Jace se volvió tempestuosa.

—Y una mierda. Ese hijo de puta ha abusado y se ha aprovechado de ti.

—Oh, por favor. No lo hizo. Era una relación completamente consensuada, Jace. Deja ya ese papel de puritano por un segundo. Gabe no me ha hecho nada que yo no quisiera. Me dejó muy claro a lo que estaba accediendo cuando empezamos esta relación. Todo lo que has soltado por esa boca han sido gilipolleces. Soy una mujer adulta, lo quieras tú o no. Una mujer adulta que sabe exactamente lo que quiere, y yo quiero a Gabe.

—No me puedo creer que te hiciera esto. No me puedo creer que te hiciera pensar que esto era normal. ¿Qué pasará cuando te quieras ir con otra persona y empieces a buscar la misma mierda? ¿Qué pasará si te lías con un cabrón que te trata mal y que abusa de ti?

Mia puso los ojos en blanco; la furia se estaba adueñando de ella.

—Vosotros dos no sois más que unos malditos hipócritas.

Ash parpadeó, sorprendido al verse incluido en el insulto.

—¿Vosotros queréis que las mujeres piensen que es normal que se la tiren dos tíos, o que vosotros dos siempre queráis compartir la misma tía? ¿Y qué pasa con sus expectativas? ¿Qué pasa cuando ellas quieran empezar otra relación? ¿Se supone que tienen que pensar que está bien que dos hombres se la quieran follar al mismo tiempo?

—Por qué dices eso, Mia. ¿Dónde has escuchado todo eso? —le exigió Ash.

Ella se encogió de hombros.

—Es de dominio público en la oficina. Y tras esa cena que tuvimos juntos una noche cuando la morena esa sacó esas garras suyas, ya me quedó más que confirmado.

—No estamos hablando de Ash y de mí —gruñó Jace—. Estamos hablando de ti y de Gabe. Te saca catorce años, Mia. Hace firmar un maldito contrato a todas las mujeres con las que se acuesta. ¿Esa es la clase de relación que quieres? ¿No crees que te mereces algo mejor?

—Sí que me merezco algo mejor —dijo con suavidad, la traición y el dolor se le estaban agolpando tanto en la garganta que la estaban hasta asfixiando. Cada respiración dolía. Cada respiración la sentía como si se fuera a morir. Y lo estaba haciendo, al menos por dentro. Nunca había sentido un dolor como este. Era devastador. Podía sentir cómo se rompía en pedacitos.

Se aferró a la bata con más fuerza mientras sus labios temblaban y miraba a los ojos a su hermano y a Ash.

—Me merezco un hombre que no se amilane y que luche por mí, un hombre que siempre me defienda. Gabe no ha hecho ninguna de esas cosas. Estábamos planeando contarte lo nuestro cuando volvieras esta semana. Irónico, ¿verdad? Me pregunto lo diferentes que serían las cosas si hubiéramos podido decírtelo bajo nuestros términos en vez de que irrumpieras en su apartamento así. Supongo que ya nunca lo sabremos.

A Ash se lo veía inquieto, y luego hizo una mueca con los labios. Jace simplemente estaba enfadado.

Ella se rio con amargura.

—Supongo que tendré que buscarme un nuevo trabajo también. Qué pena, porque de verdad que me gustaba el que tenía.

—Puedes trabajar para mí —dijo Jace con severidad—. Es lo que deberías haber hecho desde el primer momento.

Ella sacudió la cabeza con vehemencia.

—Oh, no. No voy a volver a poner un pie en HCM. No me voy a torturar diariamente al tener que ver a Gabe.

—¿Qué vas a hacer entonces? —le preguntó Ash con amabilidad.

Ella quitó toda expresión de sus labios y el rencor se le arremolinó en el pecho.

—No lo sé ahora mismo. Supongo que tengo tiempo de sobra para pensarlo.

Capítulo treinta y nueve

Cuando Mia entró en su apartamento vestida solamente con una bata, y con Ash y Jace escoltándola a ambos lados de forma protectora, Caroline se precipitó hacia ella con una expresión llena de preocupación en el rostro.

—¿Mia? ¿Qué ha pasado? ¿Estás bien?

Mia abrazó a su amiga y, para su horror, se deshizo en lágrimas. Ya no podía seguir manteniendo la compostura.

Caroline la abrazó con fuerza y luego estalló contra Ash y Jace, exigiéndoles saber qué es lo que le habían hecho.

—Solo haz que se vayan, Caro —dijo Mia entrecortadamente—. Ahora que estoy contigo, ya estoy bien.

Caroline la llevó hasta el sofá, la ayudó a sentarse y luego se quedó de pie para mirar fríamente a Jace y a Ash.

—Ya la habéis oído. Fuera. Yo me encargo de la situación.

Jace gruñó y luego se acercó al sofá donde Mia estaba sentada. Se la quedó mirando durante un buen rato y luego suspiró al tiempo que la estrechaba entre sus brazos.

—Lo siento, peque. Sé que esto te ha hecho daño. Te juro por Dios que no teníamos ninguna intención de que pasara. No teníamos ni idea de que tú y Gabe estabais juntos. Él me mandó un mensaje al móvil y me dijo que tenía algo importante que discutir conmigo cuando volviera. Esa es la razón por la que fui a su apartamento y entré sin más. Ash y yo tenemos copias de la llave que lleva a su planta. Joder, asumí que serían negocios. Parecía urgente, así que fuimos tan pronto como llegamos a la ciudad.

Mia se aferró a su hermano mayor y dejó que le cayeran las lágrimas, tal y como había hecho tantas otras veces mientras crecía.

—No estoy enfadada contigo —susurró—. Estoy furiosa con él. Si no tiene los huevos para enfrentarse a ti o a Ash por mí, entonces no lo quiero. Me merezco a alguien mejor.

Jace le acarició el pelo con la mano.

—Sí que te mereces a alguien mejor, peque. Gabe es (o era) mi amigo, pero no lo estoy excusando. Él hace lo que le da la gana en lo que se refiere a mujeres, y o todo va a su manera, o a la mierda.

—¿Y tú eres diferente? —le dijo de forma acusadora mientras se separaba.

Jace suspiró y desvió la mirada hacia Ash, que parecía estar igual de incómodo.

—No quiero discutir esto contigo —dijo Jace con suavidad—. No tiene ninguna relevancia en lo que ha pasado esta noche.

Mia puso los ojos en blanco. Típico de los tíos dejar de lado las cosas. Si hubiera sido otra mujer a la que hubieran visto con Gabe al entrar en el apartamento, ambos se hubieran ido en silencio, o, quién sabe, a lo mejor se hubieran quedado a mirar. No le habrían dedicado ni un solo pensamiento a la mujer y casi seguro que le habrían dado una palmadita a Gabe en la espalda.

Pero ella no era cualquier mujer. Era Mia. La hermana de Jace y, en la práctica, de Ash también. Lo que significaba que las reglas cambiaban.

—Idos los dos —le dijo en voz baja—. Caro está aquí, así que estaré bien.

Jace paseó la mirada entre las dos mujeres.

—No quiero que estés sola, Mia.

—No está sola —dijo Caroline con exasperación—. ¿De verdad crees que la podría dejar sola ahora mismo?

—Pero tienes que trabajar —añadió Ash frunciendo el ceño.

Mia sacudió la cabeza.

—Por el amor de Dios. ¿Pensáis que me voy a cortar las venas o algo? Estoy enfadada y molesta, pero no soy estúpida ni una suicida.

—Vendré a ver cómo estás mañana —sentenció Jace—. Y vas a pasar el Día de Acción de Gracias conmigo y con Ash. ¿Entendido? No vas a estar como un alma en pena alrededor de Gabe.

Mia suspiró.

—Como tú digas. Solo vete. Quiero llorar sola y no con vosotros dos agobiándome. La situación ya es lo suficientemente humillante. He sentido suficiente humillación esta noche como para que me dure para el resto de mis días.

Ash se sintió avergonzado.

—Estoy de acuerdo.

Reacio, Jace se levantó del sofá y se encaminó hacia la puerta. Pero luego se paró y se dio la vuelta.

—Vendré mañana y cenaremos. Ash y yo planearemos algo para el Día de Acción de Gracias y ya te informaremos con lo que sea.

Mia asintió, cansada. Ella solo quería que se fueran para poder estar a solas con Caroline y contarle todas sus penas.

Nada más salieron por la puerta, Caroline se sentó junto a Mia en el sofá y la estrechó entre sus brazos.

Mierda, se iba a poner a llorar otra vez.

—¿Qué ha pasado? —le preguntó Caroline mientras mecía a Mia una y otra vez—. ¿Llamo a las chicas para que vengan?

Mia aspiró y se secó la nariz mientras se apartaba. Dios, aún estaba desnuda bajo la bata —la bata de Gabe—; y, de repente, no le entraron más ganas que de quitársela del cuerpo.

—Deja que vaya a ducharme —le dijo—. Y entonces te lo contaré todo. Necesito ponerme algo de ropa encima, y preferiblemente que no sea de Gabe.

—Prepararé chocolate caliente —añadió Caroline con el rostro lleno de pena y preocupación.

—Eso suena genial —comentó Mia con una lánguida sonrisa dibujada en el rostro—. Gracias, Caro. Eres la mejor.

Mia se fue, agotada, hasta el cuarto de baño y se quitó la bata. Tras un momento de vacilación, la metió en su armario en vez de tirarla a la basura. Probablemente haría algo tan patético como llevarla puesta por su apartamento ya que era de Gabe. No tenía el valor suficiente como para deshacerse de ella. Al menos, no todavía.

Después de la ducha de agua caliente con la que casi se abrasa, se puso un pijama y se lio una toalla en el pelo sin importar si este se le enredaba o no.

Caroline la estaba esperando en el salón con dos tazas de

chocolate caliente, así que Mia se dejó caer en el sofá junto a ella. Caroline le tendió una de las tazas y ella, agradecida, la agarró con las dos manos, envolviéndolas alrededor del recipiente.

—¿Cómo van las cosas entre tú y Brandon? —le preguntó.

Se sentía horriblemente culpable porque últimamente había pasado todo el tiempo con Gabe. Cada minuto. Cada hora. No había hablado siquiera con Caroline en una semana.

Ella sonrió.

—Bien. Aún nos estamos viendo. Es difícil debido a nuestros horarios de trabajo, pero estamos intentando que funcione.

—Me alegro —dijo Mia.

—¿Qué ha pasado, Mia? —preguntó Caroline con suavidad—. Es obvio que te ha hecho mucho daño. ¿Cómo narices han terminado Jace y Ash envueltos en la situación y por qué demonios has vuelto a casa con solo una bata puesta?

Mia soltó la respiración.

—Es una larga historia. No fui totalmente sincera contigo sobre mi relación con Gabe. Es mucho más complicado que eso.

Caroline frunció el ceño.

—Te escucho.

Entonces le contó toda la historia, sin dejarse nada. Cuando llegó a lo que había pasado esa noche, los ojos de Caroline estaban abiertos como platos, aunque luego los entrecerró, disgustada.

—No me puedo creer que te dejara sola de esa manera. Ya estabais planeando contárselo todo a Jace.

Ella asintió lentamente.

—Se quedó ahí, de pie, y me mintió, Caro. Yo sé que siente cosas por mí. Y se quedó ahí y me soltó todo ese rollo de que estaba mezclando demasiado los sentimientos y bla, bla, bla. Quería estrangularlo.

—Qué gallina —soltó Caroline con rudeza—. Tú te mereces a alguien mejor que él, Mia. Te mereces a alguien que te apoye y que lo arriesgue todo tal y como tú lo has hecho.

—Estoy de acuerdo —acordó Mia—. Le dije que, si algún día despertaba y se daba cuenta del error que había cometido, tendría que arrastrarse y venir de rodillas si quería recuperarme.

Caroline se rio.

—Esa es mi chica. Y debería tener que arrastrarse.

Mia levantó la taza como en un brindis.

—Exactamente.

Entonces la expresión en el rostro de Caroline se ensombreció.

—¿Y qué crees que va a pasar entre Jace y Gabe? Son socios además de ser mejores amigos. Jace parecía estar verdaderamente enfadado.

—No lo sé —confesó Mia con honestidad—. Por eso no quería que Jace se enterara. Quizás estaba siendo muy tonta, o a lo mejor no esperaba que las cosas entre yo y Gabe fueran tan en serio. Yo pensé que sería fácil ocultárselo a Jace. Supongo que pensé que Gabe me querría un par de veces a la semana y el resto del tiempo seguiríamos como si no pasara nada. Esa también es parte de la razón por la que queríamos contarle a Jace lo nuestro, para no tener que esconderlo durante más tiempo.

Una nueva oleada de rabia la embargó y le corrió por las venas hasta que las mejillas se le colorearon de rojo.

—Maldita sea. ¿Es que has visto qué mala pata? Lo único que necesitábamos era un solo día más. Si Jace hubiera llamado a Gabe para avisarle de que ya había vuelto a la ciudad, se lo habríamos dicho juntos y todo habría ido bien. Gabe se estaba enamorando de mí, Caro. Se estaba enamorando y eso lo asustaba muchísimo. Y entonces Jace irrumpió en el apartamento y le dijo todas esas cosas horribles. Podía ver la culpa reflejada en su cara. Especialmente después de lo que pasó en París.

Caroline arrugó su rostro con compasión.

—Lo siento, Mia. Es una putada. Pero te mereces a alguien mejor que Gabe Hamilton.

—Sí —dijo en voz baja—. No hay duda. Pero yo lo quería a él… Lo amo, Caro. Y no hay nada que pueda hacer para cambiar eso.

Capítulo cuarenta

$\mathcal{M}$ia salió de La Pâtisserie con el corazón oprimido mientras la tristeza se colaba hasta el último rincón de su alma. Debería estar feliz. Había vuelto a conseguir su antiguo trabajo. Louisa y Greg habían estado más que encantados de verla y le habían ofrecido el mismo horario flexible de antes. La verdad era que quería trabajar tanto como fuera posible para no tener tiempo para pensar. Así no se pasaría cada minuto del día reviviendo cada momento que había pasado con Gabe.

Y La Pâtisserie era solo temporal esta vez. Le había dejado claro a Louisa y Greg que estaba buscando otros trabajos. Trabajaría en la cafetería mientras exploraba otras posibilidades y luego daría ese paso. Dejaría de esconderse y afrontaría el futuro. Un futuro sin Gabe Hamilton.

Le entró un escalofrío debido al frío tan húmedo que hacía. El día estaba gris, nublado y deprimente, así que encajaba perfectamente con su estado de ánimo. No había dormido nada la noche anterior. ¿Cómo podía? Caroline se había quedado despierta con ella hasta que empezó a bostezar y Mia la mandó a la cama. Luego ella se tumbó en la suya y se quedó mirando fijamente al techo, recordando cada minuto de la relación que había tenido con Gabe.

Miró el reloj y se dio cuenta de que tendría que coger un taxi en vez de ir a pie, como había tenido intención de hacer. Jace llegaría pronto a su apartamento y no quería que empezara a perder los papeles por su culpa otra vez.

Se pegó el abrigo más a ella y atravesó la marabunta de gente y la acera mojada para llegar a la esquina y poder parar un taxi.

Lo que más le costaba ahora mismo era volver a la rutina que una vez había considerado cómoda y reconfortante. Antes no había salido de su burbuja. No se había arriesgado.

Estar con Gabe claramente la había sacado de esos límites, y había comenzado a vivir de verdad. Había empezado a experimentar el mundo que la rodeaba. A aceptar nuevos retos.

No, en realidad lo que más le costaba ahora no era reajustarse a su antigua rutina, sino estar sin Gabe.

Se había acostumbrado a saborear cada momento que había tenido con él. Y habían tenido muy buenos momentos. Gabe era un maldito mentiroso si pensaba que no estaba mezclando tantos sentimientos como ella. Lo conocía demasiado como para tragarse ese rollo. Sabía que estaba sintiendo cosas por ella. Y quizás ese era el mayor delito que Mia había cometido.

Hacer que se enamorara de ella.

Si él no hubiera comenzado a mezclar emociones probablemente ahora aún seguirían juntos.

Después de que le pasaran tres taxis por delante, el cuarto por fin se paró y Mia entró. Se sentía agradecida de poder al fin resguardarse del frío. Una vez le hubo facilitado al taxista la dirección de su apartamento, se echó contra el respaldo de su asiento y se quedó mirando por la ventana cómo la ciudad iba pasando a su alrededor.

¿Qué estaría haciendo Gabe ahora? ¿Habría ido a trabajar? ¿Estaría pasando página como si ella nunca hubiera ocupado una parte de su vida? ¿O estaría tan deprimido como ella?

Esperaba con todas sus fuerzas que sí. Si había justicia en este mundo, Gabe debería estar sufriendo tanto como ella.

Cuando llegó a su apartamento, vio el coche de Jace aparcado en la entrada del edificio. Ash estaba de pie con la puerta abierta, y, cuando vio a Mia bajarse del taxi, le hizo un gesto con la mano para que se acercara.

—Jace acaba de subir a buscarte —dijo Ash—. Deja que lo llame para decirle que estás aquí.

Mientras sacaba el móvil, le indicó que se subiera al asiento trasero y luego cerró la puerta una vez estuvo acomodada. Un momento más tarde, se sentó en el asiento del copiloto.

—¿Estás bien, cariño? —le preguntó Ash.

—Estoy bien —mintió.

Jace tomó asiento al volante y le dirigió una mirada a Mia a través del retrovisor.

—¿Dónde has estado, peque?

—Buscándome un trabajo.

Jace y Ash fruncieron el ceño.

—No creo que sea una buena idea que vuelvas a trabajar tan pronto —dijo Jace—. Deberías tomarte un descanso. Ya sabes que yo te ayudaré.

—No empiezo hasta después del Día de Acción de Gracias —comentó ella.

Ash se giró en el asiento mientras Jace se adentraba en el tráfico de la carretera.

—¿Dónde vas a trabajar?

—He conseguido mi antiguo trabajo en La Pâtisserie. Louisa y Greg son buenos conmigo y yo disfruto trabajando para ellos.

Jace suspiró.

—Estás hecha para hacer más cosas que trabajar en una confitería, Mia.

—Ten cuidado, Jace —dijo ella—. Esa clase de pensamiento fue el que me hizo ir a trabajar para Gabe, ¿recuerdas?

Ash hizo una mueca con los labios y Jace soltó un taco por lo bajo.

—Además, esto es solo temporal —continuó suavemente—. Voy a ir a por otras oportunidades de trabajo. Pero por ahora necesito trabajar. Necesito tener algo que hacer. Greg y Louisa saben que, cuando encuentre un trabajo diferente, me voy. Y están de acuerdo.

Tenía en la punta de la lengua preguntarles sobre Gabe, pero se la mordió. Se negaba a ceder ante la tentación. No quería parecer una imbécil dependiente y desesperada, incluso aunque fuera así como se sentía de verdad.

Casi como si le leyera la mente, Ash se volvió a girar hacia atrás.

—Si te hace sentir mejor, Gabe no tenía muy buen aspecto esta mañana. No parecía ni estaba mucho mejor que tú.

Era difícil no reaccionar a las palabras de Ash. Necesitó toda la fuerza que tenía, y más, actuar impávida, como si no le importara. Quería gritarle a alguien —quien fuera— y decirle que no tenía por qué ser de esta manera. Lo único que Gabe tenía que haber hecho era hablar. Si le hubiera dado alguna señal de que la quería con él, ella nunca lo habría dejado. Estaría con él incluso ahora si le hubiera dado alguna indicación de que eso era lo que él quería.

Pero en vez de eso, había soltado todo ese rollo de que era mejor así. ¿Mejor para quién? Estaba más claro que el agua que para ella no. Y tampoco parecía ser un camino de rosas para él.

—No quiero hablar de él —dijo en voz baja—. No quiero escuchar su nombre.

Jace asintió, de mutuo acuerdo, y le lanzó a Ash una mirada de reproche. Este último se encogió de hombros.

—Solo pensé que querrías saberlo.

Y quería. Por supuesto que quería. Pero nunca lo admitiría. Ella tenía orgullo también, incluso aunque lo hubiera sacrificado todo por Gabe.

—Vamos a hacernos un viajecito para Acción de Gracias —le informó Jace mientras alzaba la mirada hacia el espejo retrovisor otra vez—. Nos vamos el miércoles y volvemos el domingo.

Mia arqueó una ceja.

—¿Adónde vamos?

—Al Caribe. Algún lugar cálido y agradable. Con mucho sol y playas. Te animará.

Ella lo dudaba, pero no iba a ser una aguafiestas. Los ojos de Jace estaban llenos de esperanza. Estaba intentando con todas sus fuerzas ayudarla a recoger los trozos en los que el corazón se le había partido. Nunca había podido soportar verla disgustada por nada, y siempre hacía todo lo que estaba en su mano para hacerla sentir mejor.

—Eh, y conseguirás verme en bañador —dijo Ash con una sonrisa traviesa en el rostro—. Eso ya debe alegrarte el año entero.

Mia puso los ojos en blanco, aunque una sonrisa se entreveía en las comisuras de sus labios. Pero luego suspiró porque Ash no iba a pasar el Día de Acción de Gracias con su familia. Nunca lo hacía. Siempre pasaba las festividades solo, o con ella y Jace, o con Gabe. Le dolía en el alma porque, además de Jace,

Gabe o ella misma, Ash no tenía a nadie, y ella conocía bien esa sensación ahora. Era una mierda.

—Eso está mejor —dijo Jace con los ojos llenos de alivio y aprobación—. Quiero verte sonreír otra vez, peque.

La sonrisa la sentía forzada. Era bastante complicado sonreír cuando su corazón yacía apuñalado y roto en pedazos. A lo mejor sonaba melodramático, pero era apropiado.

—¿Necesitas ir de compras para el viaje? —preguntó Ash con voz persuasiva—. Jace y yo tenemos el resto de la semana libre. Podríamos llevarte mañana por si necesitas cosas para la playa.

Ambos estaban intentando animarla tanto que ella no quería ponérselo más difícil. Así que sonrió y asintió.

—Tiene pinta de ser divertido.

El alivio que vio en los ojos de Jace le indicó que había hecho lo correcto. Lo último que quería era preocuparlo… y él ya estaba preocupado.

Tanto él como Ash la mantendrían ocupada durante Acción de Gracias, y el lunes volvería a su antigua vida. A trabajar en La Pâtisserie, a vivir con Caroline en su apartamento, a intentar olvidar que por un corto plazo de tiempo ella había significado el mundo entero para Gabe Hamilton, o que él aún lo seguía significando para ella.

Capítulo cuarenta y uno

*G*abe estaba sentado en su oficina, pensativo, con la cabeza que le iba a explotar, y el corazón más lleno de dolor todavía. Era temprano —él era el único en la oficina tras las fiestas—, pero no había podido dormir desde que Mia había abandonado su apartamento. Había habido demasiado dolor y traición reflejados en sus ojos.

Se quedó mirando fijamente las dos fotografías que tenía de ella en su móvil, aunque una de ellas la había impreso y enmarcado. La tenía guardada en el cajón de su mesa, y, a menudo, lo abría solo para verla sonreír.

La Mia que veía en esas fotos era la Mia a la que él había hecho todo lo posible por destruir. Le había sorbido la vida y la alegría de sus ojos, y seguramente también le había borrado la sonrisa.

Pasó los dedos por encima de la imagen donde se encontraba en la nieve, con las manos en alto y llena de felicidad mientras intentaba coger copos de nieve. Estaba tan hermosa que hasta le quitaba el aliento.

Había pasado el Día de Acción de Gracias con sus padres; su creciente felicidad y alegría fue casi demasiado para él, no lo soportaba. Era difícil estar feliz porque ambos estaban en el camino correcto para reconciliarse cuando su propia vida estaba hecha un desastre.

Y él era el único culpable.

Tras dejar la casa de sus padres, había vuelto a su apartamento, que estaba vacío y sin vida. Y entonces había hecho algo que ya raramente hacía. Se había emborrachado y había intentado ahogar sus penas en una botella… o tres.

Se había anestesiado durante todo el fin de semana. Se sentía inquieto e impaciente porque sabía que Jace y Ash se habían llevado a Mia de vacaciones al Caribe. Estaba fuera de su alcance, no solo físicamente, sino emocionalmente también.

Le había hecho daño cuando le había jurado que nunca más volvería a hacerlo. Había traicionado su confianza. Le había dado la espalda porque se había sentido abrumado por la culpa y el odio que se profesaba él mismo por cómo la había tratado. Como si fuera un pequeño y sucio secreto del que se sentía avergonzado.

A la mierda. Quería que todo el mundo supiera que era suya. No le importaba nada lo que Jace pensara. Y mucho menos si le daba su aprobación o no. Lo único que le importaba era hacerla feliz. Hacerla sonreír y brillar del modo que lo hacía cuando estaba con él.

Pero se había empeñado en extinguir esa luz cuando le había dicho que se había terminado. Como si de verdad se hubiera cansado de ella y estuviera listo para pasar página.

Él nunca conseguiría olvidarla. Eso lo sabía sin lugar a dudas.

La amaba.

Tanto como era posible amar a otra persona. Y Dios, la quería en su vida todos los días. Que formara parte de él tal y como él lo sería de ella.

Sin reglas ni condiciones. Que le dieran al maldito contrato.

¿De cuántas maneras podía un hombre arruinar lo mejor que le había pasado en la vida?

Mia tenía mucha razón. Lo había sabido entonces, cuando sus palabras le llegaron directamente a las entrañas. Ella era lo mejor que le había pasado. No necesitaba tiempo ni espacio para darse cuenta de eso.

No debería haberla dejado salir de su apartamento esa noche con Jace y Ash. Cuando se había arrodillado frente a él y le había suplicado que le explicara todo a Jace, era cuando debería haber hablado. Ella tenía razón. Gabe no había luchado por ella. Había estado tan paralizado, tan consumido por la culpa, que había dejado que eso pasara.

El miedo se le arremolinó en el pecho. Era una sensación extraña, nueva y abrumadora. ¿Y si Mia no lo quería perdonar? ¿Y si no quería volver con él?

Le tenía que hacer entender que no era una aventura informal y únicamente sexual.

Él quería que durara para siempre.

¿Y qué tenía él para ofrecerle? Ya había fracasado en un matrimonio. Además, era considerablemente mayor que ella. Mia, a su edad, debería estar divirtiéndose, comiéndose el mundo, no atada a un hombre controlador y exigente como él.

Había docenas de razones por las que debería dejarla en paz y permitir que pasara página. Pero no era tan buena persona como para dejarla escapar. Ella era la única mujer que podía hacerlo feliz. Por completo. Y no iba a dejar que se fuera de su vida. No sin pelear por ella.

Bajó la mirada a su reloj y deseó que el tiempo pasara más deprisa. Justo entonces el interfono sonó y la suave voz de Eleanor llenó la oficina.

—Señor Hamilton, el señor Crestwell acaba de llegar.

Gabe no respondió. Le había dicho a Eleanor que le avisara en el momento en que Jace llegara a la oficina. No habían hablado desde aquella noche. Se habían evitado el uno al otro al día siguiente, y ninguno de los dos había estado en la oficina durante el fin de semana de Acción de Gracias. Gabe no había querido tener esa confrontación tan pronto tras esa noche en su apartamento. Las emociones se habían desbordado.

Pero ya no podía esperar ni un minuto más. Él y Jace tenían que solucionar esto, y Gabe tenía que dejarle claro a Jace que no iba a abandonar. Ya tuviera la bendición y la aprobación de Jace como si no, no iba a dejar marchar a Mia. Y si eso significaba el final de su amistad y de su relación empresaria, que así fuera.

Mia merecía la pena.

Salió al pasillo sabiendo que tendría un aspecto horrible. No le importaba. Se tenía que sacar esa espinita del pecho.

Abrió la puerta de la oficina de Jace sin llamar siquiera. Este levantó la mirada y de repente la expresión de su cara se volvió glacial. Los ojos se le endurecieron mientras se lo quedaba mirando.

—Tenemos que hablar —dijo Gabe con brusquedad.

—No tengo nada de lo que hablar contigo —le soltó Jace.

Gabe cerró la puerta a su espalda y echó el pestillo.

—Pues es una pena, porque yo sí que tengo mucho de lo que hablar contigo.

Puso las palmas de las manos encima de la mesa de Jace y se inclinó hacia delante para nivelar la mirada con la de su amigo.

—Estoy enamorado de Mia —le dijo abruptamente.

La sorpresa se reflejó en los ojos de Jace, que se recostó en la silla y miró a Gabe con mucha más intensidad.

—Pues tienes una manera un poco extraña de demostrarlo —le dijo con disgusto.

—La cagué. Pero no la voy a dejar escapar. Tú y yo necesitamos llegar a un acuerdo porque no quiero que ella sufra más de lo que ya lo hace debido a esta situación. Quiero que sea feliz y no puede serlo si estamos lanzándonos el hacha de guerra cada vez que nos vemos.

—No tuviste en mucha consideración nuestra amistad cuando te metiste en la cama con mi hermana —le dijo Jace con frialdad—. Tú sabías que me enfadaría. Maldita sea, te lo advertí ese primer día, Gabe, y me mentiste en las narices.

—Mia no quería que te enteraras —continuó Gabe—. No quería hacerte daño, y no quería que te volvieras loco. Yo acepté solo porque la deseaba y no me importaba una mierda lo que tuviera que hacer para tenerla.

—¿Qué es ella para ti, Gabe? ¿Un entretenimiento? ¿Un reto porque es intocable? Está a un nivel muy diferente del tuyo, y tú lo sabes perfectamente bien.

Gabe dio un golpe en la mesa con el puño y miró muy seriamente a Jace.

—Quiero casarme con ella, joder.

Jace arqueó una ceja.

—Juraste que nunca más te volverías a casar después de Lisa.

Gabe se retiró de la mesa, se dio la vuelta y comenzó a pasearse frente a Jace con una pose tensa.

—Dije un montón de cosas. Y ninguna otra mujer jamás ha conseguido que dude de mis decisiones. Pero Mia… ella es diferente. No puedo vivir sin ella, Jace. Con o sin tu bendición, voy a ir tras ella. No puedo ser feliz si no está a mi lado. Nunca seré feliz si no está conmigo. La quiero en mi vida. En cada maldito día de mi vida. Quiero cuidar de ella y asegurarme de que nunca se tenga que preocupar por nada de lo que yo le dé. Mierda, si hasta estoy pensando en niños. A mi edad. Lo único en lo que puedo pensar es en hijas que sean igualitas a ella. Me la imagino embarazada de mi hijo y es la sensación más alucinante del mundo. Todo lo que había jurado sobre mi vida ella lo ha cambiado. Por ella. Ella lo es todo. Nunca me he sentido así con otra mujer. Y nunca lo haré.

—Bua —soltó Jace en voz baja—. Siéntate. Me estás poniendo de los nervios al verte dar vueltas así por la oficina.

Gabe se paró y luego, finalmente, se sentó en la silla que había frente a la mesa de Jace. Aun así, pensaba que se iba a volver loco de atar al estar confinado en ese pequeño espacio. Él no quería estar aquí. Quería estar con Mia. Quería ir hacia ella y lanzarse a los tiburones. Le había dicho que tendría que arrastrarse e ir de rodillas. Pues, claro que lo haría.

—Vas en serio —le dijo Jace aún con la desconfianza patente en su voz—. Estás enamorado de ella. No es un pasatiempo para entretenerte hasta que luego te canses de ella.

—Ahora me estás enfadando —gruñó Gabe.

Jace sacudió la cabeza.

—Nunca pensé que viviría lo suficiente para ver este día. ¿Cómo ha podido pasar? ¿He sido un completo imbécil por no verlo?

—Es mejor que no entremos en temas que solo van a cabrearte —sentenció Gabe—. No importa cuánto tiempo. Lo que importa es que la amo, y espero por Dios que ella me siga queriendo y que pueda perdonarme.

Jace hizo una mueca con los labios.

—No lo sé, tío. Está bastante enfadada. Le has hecho mucho daño. Tú nunca has tenido que currártelo para conseguir a una mujer. Siempre se te echan encima. Pero Mia… es diferente. Ella tiene metido en la cabeza que se merece a un hombre que la defienda y que luche por ella. Tú no hiciste ninguna de las dos cosas, y ella no va a olvidar eso con facilidad.

—¿No crees que ya lo sé? —le contestó Gabe con frustración—. Maldita sea, no la podría culpar si nunca quisiera volver a dirigirme la palabra. Pero tengo que intentarlo. No puedo dejar que simplemente se aleje de mí.

Jace se llevó una mano al cuello.

—Dios, tío, tú nunca puedes hacer las cosas simples, ¿no? Soy un completo idiota por no darte una paliza y echarte de mi despacho ahora mismo. No me puedo creer que hasta esté sintiendo pena por ti en estos momentos.

Parte de la tensión que tenía Gabe arremolinada en el pecho se le suavizó, y entonces cruzó la mirada con la de Jace.

—Lo siento, tío. Lo he hecho todo mal. Debes saber que nunca haría nada de forma intencionada para comprometer nuestra amistad. Y está claro que nunca haría nada que le hiciera daño a Mia. Ni ahora ni nunca. Ya le he hecho daño demasiadas veces. Si me perdona, me pasaré el resto de mis días asegurándome de que nunca tenga ninguna razón para volver a llorar.

—Eso es lo que quiero para ella —dijo Jace con suavidad—. Quiero que sea feliz. Si tú puedes hacer eso, entonces sin problemas, ni malos rollos.

—Yo lo voy a intentar al máximo —le contestó Gabe, la determinación lo estaba agarrando por el cuello.

—Buena suerte —le animó Jace—. Algo me dice que la vas a necesitar.

Capítulo cuarenta y dos

$\mathcal{M}$ia se ciñó más el abrigo mientras recorría la última manzana que quedaba hasta llegar a su apartamento. Había sido duro volver al trabajo con todo ese frío tras haber pasado los últimos días en una playa del Caribe.

Jace y Ash habían intentado con todas sus fuerzas animarla y asegurarse de que disfrutara del viaje, y tenía que admitir que sí que se lo había pasado muy bien. Ya había transcurrido bastante tiempo desde que ella y Jace se hubieran ido de vacaciones juntos, y con Ash allí las cosas habían sido divertidas y alegres.

Eso no quería decir que no se hubiera pasado otro tanto pensando en Gabe, pero se las había arreglado para disfrutar del viaje. Si alguien le hubiera dicho que podía divertirse estando tan reciente la ruptura entre ella y Gabe, no se lo habría creído.

Aun así, ir a La Pâtisserie en vez de a HCM esta mañana había sido duro. Había sido como recibir una bofetada en la cara y recordar otra vez la traición de Gabe. A ella le gustaba su trabajo con Gabe. Sí, había sido un trabajo sin valor con la sola función de esconder su *affaire*, pero conforme el tiempo había pasado, había tomado más responsabilidades y se había adueñado del trabajo. Había demostrado que podía aceptar un reto y superarlo con creces.

Ahora había vuelto a vender pasteles y a servir tazas de café. Y aunque antes nunca le había molestado, ahora se sentía incómoda y quería más. Más retos. Ya era hora de que dejara de estar asustada y de que saliera a la calle a labrarse un futuro. Nadie lo iba a hacer por ella. Ya estaba buscando ofertas de trabajo de su profesión, trabajos que se midieran con el nivel de su formación y experiencia, aunque no es que tuviera mucha.

Quizá debería hablar con Jace. No para trabajar con él; ni mucho menos iba a volver a HCM y tener que enfrentarse a Gabe día sí y día también. O, peor aún, a cualquier mujer con la que la hubiera reemplazado. Eso ya era pedirle demasiado.

Pero sí que podría tener ideas o incluso conocer a más gente con la que pudiera ponerse en contacto. Ellos tenían más de una docena de hoteles solo en Estados Unidos, sin mencionar los *resorts* de fuera del país. Podría trabajar para cualquiera de ellos y no tener que preocuparse nunca por volver a ver a Gabe.

Eso requeriría mudarse. ¿Estaba lista para eso?

Mia estaba acostumbrada a vivir en Nueva York. A estar cerca de Jace. Pero no habría sobrevivido si hubiera estado sola. Jace la había apoyado económicamente. Le había comprado el apartamento. ¿Acaso había llegado a independizarse?

Quizá ya era hora de irse por su cuenta y tomar las riendas de su vida. Que lo consiguiera o no ya era otro asunto, pero lo haría por sus propios méritos.

Por muy satisfactoria que la idea fuera en teoría, sí que la entristecía abandonarlo todo. A Caroline. A Jace. A Ash. Su apartamento. Su vida.

Mierda, no. No iba a dejar que Gabe la echara de la ciudad. Encontraría un trabajo mejor aquí, pasaría página y se olvidaría de su cara.

Eso también sonaba muy bien teóricamente, pero no iba a ninguna parte en la realidad.

Cuando llegó al portal de su edificio, vio en el reflejo de la puerta a Gabe bajarse de un coche que estaba aparcado cerca. Y estaba yendo hacia ella.

Oh, no. Ni soñarlo.

Sin mirar atrás —por muy tentador que fuera embeberse en él— se metió en el portal y se dirigió al ascensor. Mientras las puertas se abrían, se subió y pulsó el botón de «cerrar». Cuando levantó la mirada, vio a Gabe pasar junto al portero, que estaba protestando, y apresurarse para llegar al ascensor. Su rostro estaba lleno de determinación.

«Ciérrate, ciérrate, ciérrate», suplicó Mia en silencio.

Las puertas se empezaron a cerrar y Gabe se lanzó hacia delante, pero llegó tarde. Gracias a Dios. ¿Qué narices estaba haciendo allí?

Se bajó del ascensor y abrió la puerta de su apartamento. Dentro estaba todo en silencio, así que dejó el bolso junto a la puerta. Caroline no volvería a casa hasta dentro de un rato y luego se marcharía seguramente al club Vibe a ver a Brandon.

Pegó un bote cuando un golpe sonó en la puerta. Luego suspiró. Había visto la mirada en los ojos de Gabe y sabía que no iba a irse porque le hubiera dado largas en el ascensor. ¿Qué quería?

Mia se acercó a la puerta, le quitó el seguro y la abrió de un golpe; Gabe estaba allí en el pasillo. El alivio se reflejó en sus ojos y este comenzó a avanzar, pero ella lo bloqueó con la puerta.

—¿Qué quieres? —le dijo con brusquedad.

—Necesito hablar contigo, Mia —le contestó.

Ella sacudió la cabeza.

—No tenemos nada de lo que hablar.

—Te equivocas, maldita sea. Déjame entrar.

Mia sacó la cabeza por la puerta para que él pudiera verla y que supiera que iba completamente en serio.

—Deja que me explique mejor, entonces. Yo no tengo nada que decirte a ti —le dijo en voz baja—. Nada de nada. Ya dije todo lo que tenía que decir en tu apartamento. Fue tu decisión dejarme ir… qué digo, me echaste de allí. Yo me merezco algo mejor que eso, Gabe, y estoy más que segura de que no me voy a conformar con menos.

Ella cerró la puerta de un portazo y la volvió a asegurar con el cerrojo. Como no quería escuchar si volvía a golpear la puerta, se fue hasta su dormitorio y cerró la puerta. Estaba cansada y lo único que quería era darse un baño de agua caliente para que le diera calor desde dentro.

Pero lo que temía era que nada podría volver a aliviar ese frío que le causaba la ausencia de Gabe. Nada excepto él.

Al día siguiente, Mia le estaba sirviendo a un cliente habitual su café favorito cuando Gabe entró y se sentó en la misma mesa que había ocupado aquellas semanas atrás. No se lo podía creer. ¿Cómo se suponía que iba a trabajar cuando él estaba ahí invadiendo su espacio?

Ella tensó la mandíbula, se acercó a él y lo miró fríamente.

—¿Qué estás haciendo aquí?

Él la miró de arriba abajo, y, al ver la expresión de su rostro, suavizó la suya en sus ojos. ¿Veía lo cansada que estaba? ¿Lo deprimida que se encontraba? ¿Tenía alguna señal de neón en la frente que gritara a los cuatro vientos lo infeliz que se sentía sin él?

—Yo tampoco puedo dormir, Mia —le dijo con suavidad—. Cometí un error. La fastidié. Dame una oportunidad para poder hacer las cosas bien.

Ella cerró los ojos y apretó los puños a cada lado de su cuerpo.

—No me vengas con esto, Gabe. Por favor. Tengo que mantener este trabajo. Hasta que decida lo que quiero hacer, tengo que trabajar, y no puedo tenerte aquí, distrayéndome.

Él alargó la mano para cogerle uno de esos puños, y le aflojó los dedos. Entonces se llevó la mano a los labios y le dio un beso en la palma.

—Tú ya tienes un trabajo, Mia. Te está esperando. No se ha ido a ninguna parte.

Ella se soltó como si le hubiera quemado.

—Solo vete, Gabe. Por favor. No puedo hacer esto. Vas a conseguir que me despidan. Si quieres hacer las cosas bien, entonces desaparece y no vuelvas.

Mia se encontraba peligrosamente cerca de venirse abajo. Sus emociones eran muy inestables. ¿Por qué no podía ser fuerte? ¿Por qué tenía que dejarle ver lo mal que estaba?

Se dio media vuelta y no le importó que pudiera parecer grosera o borde su forma de tratar a un cliente. Tenía otros a los que atender.

Pero él siguió allí, observándola, con la mirada fija en ella mientras atendía a otra gente en la tienda. Los clientes iban y venían y él seguía ahí, sentado, hasta que ella se sintió acechada. Acosada.

Al final se fue a la trastienda y le pidió a Louisa un descanso. Ayudó a Greg con los pedidos mientras Louisa se encargaba de los clientes. Una hora después, cuando se aventuró a salir nuevamente, Gabe ya se había ido.

Mia no sabía si se sentía aliviada o decepcionada. Lo único

que sabía era que había un agujero en su corazón que no tenía esperanza alguna de volver a cerrar.

Cuando volvió a casa caminando esa noche, se encontró un gran ramo de flores en la puerta. Suspirando, cogió la tarjeta y leyó la nota garabateada de Gabe.

LO SIENTO. POR FAVOR, DAME UNA OPORTUNIDAD PARA EXPLICARME.
GABE.

Tuvo que reprimir las ganas infantiles de tirar el ramo de flores a la basura. Eran preciosas, y seguro que Caroline y ella disfrutarían de ellas en el apartamento. Solo tendría que fingir que había sido otra persona la que se las había regalado.

Las puso sobre el aparador y se preguntó por qué Gabe siquiera se esforzaba. ¿Por qué estaba haciendo esto? Él había sido el que había dicho que cortar por lo sano era mejor. ¿Por qué prolongarlo si no tenía intención de hacer que la relación fuera permanente? ¿Se pensaba que quería volver a pasar por esto una vez se cansara de ella?

Hablar con Jace y Ash abiertamente sobre Gabe y sus relaciones le había abierto los ojos. Ella ya se había imaginado, o tenía una muy buena idea, cómo iba con ellas. Pero durante sus vacaciones en el Caribe, los dos se habían explayado y le habían dado detalles que antes no conocía.

Gabe siempre firmaba un contrato con todas las mujeres con las que estaba. Eso lo sabía. Lo que no sabía era la frecuencia, ni lo cortas que eran sus relaciones con él.

Y eso le había hecho darse cuenta de que siempre había sido algo temporal.

Estaba tumbada boca abajo en la cama cuando Caroline entró en el dormitorio.

—Eh, Mia. ¿De quién son esas flores?

—De Gabe —murmuró.

Caroline se sentó en la cama con una expresión en el rostro entre «no me fastidies» e irritación.

—¿Por qué te manda flores, maldita sea?

Mia se giró y se puso boca arriba.

—Oh, y eso no es todo. Estuvo aquí anoche. Y hoy se ha presentado en La Pâtisserie.

—¿Qué narices…? ¿Por qué?

—No tengo ni idea —le dijo cansada—. ¿Para volverme loca? Quién sabe. Le cerré la puerta en la cara anoche. Y hoy simplemente lo ignoré.

—Bien por ti —le dijo Caroline con un tono de voz violento—. ¿Quieres que le dé su merecido?

Mia se rio y luego se inclinó para abrazar a su amiga.

—Te quiero, Caro. Me alegro mucho de tenerte.

Caroline la achuchó igual.

—Para eso están las amigas. Y, oye, si decides matarlo, ya sabes que te ayudo a esconder el cuerpo.

Mia soltó una carcajada otra vez; el corazón lo sentía más ligero que un momento antes.

—Oye, ¿qué quieres comer esta noche? Estaba pensando en pedir algo, pero si quieres podemos salir al pub de al lado y pasar el rato.

Caroline estudió a Mia atentamente.

—¿Estás segura? No me importa cocinar si te quieres quedar aquí.

Mia sacudió la cabeza.

—No, salgamos. No me puedo quedar aquí y deprimirme para siempre por culpa de Gabe.

Mientras se levantaba de la cama, Caroline se calló por un momento y luego la volvió a mirar completamente seria.

—Quizá quiere recuperarte, Mia. ¿Lo has considerado? ¿No deberías al menos escucharle?

Los labios de Mia se torcieron con desdén.

—Le dije que, si quería volver a recuperarme, tendría que arrastrarse y venir de rodillas. Aún no está de rodillas, pero es que no le voy a poner las cosas nada fáciles.

Capítulo cuarenta y tres

Cuando llegó el fin de semana, Mia no tenía ni idea de qué hacer con Gabe. Iba a La Pâtisserie todos los días a pedir café y un cruasán y nunca volvía a la misma hora, así que era imposible irse a la trastienda para evitarlo.

Era una presencia constante que le estaba crispando los nervios y deshaciendo su resistencia.

Y si eso aún no era suficiente, la bombardeaba constantemente con flores y regalos. Ya fuera en el trabajo o en casa.

Precisamente, el día anterior una persona vino a hacer entrega de un grandísimo centro de flores a La Pâtisserie y la avergonzó delante de todo el mundo al leer la nota que traía en voz alta.

PERDÓNAME. NO PUEDO VIVIR SIN TI.

GABE

Hoy, otra persona le había hecho entrega de una caja con un par de guantes de una piel muy cálida y una nota en la que se leía:

PARA QUE NO SE TE CONGELEN LAS MANOS DE CAMINO A CASA.

GABE

A Louisa y Greg pareció divertirlos —menos mal que no se enfadaron—, y ya se había convertido en una broma entre los clientes regulares de La Pâtisserie, que intentaban adivinar qué sería lo siguiente.

El tiempo había mejorado, pero seguía haciendo frío. El cielo estaba azul, despejado y sin una nube a la vista, y el viento soplaba en rachas. La sensación era como si un cuchillo la atravesara. Agradeció tener los guantes mientras se abría camino entre las calles de vuelta a su apartamento. La noche estaba cayendo sobre la ciudad, los días eran cada vez más cortos.

Cuando giró la esquina para recorrer la última manzana antes de llegar a su piso, un cartel eléctrico en lo alto de un hotel le llamó la atención. ¿Cómo no?

En unas letras grandes, de neón, se podía leer lo siguiente:

TE AMO, MIA. VUELVE A CASA.
GABE

Los ojos se le llenaron de lágrimas. ¿Qué era lo que se suponía que tenía que hacer? Él nunca le había dicho que la amaba. ¿Estaba intentando manipularla emocionalmente al airear al mundo sus sentimientos? ¿Y al ponerlo en esa pantalla, junto a su apartamento, donde era imposible que malinterpretara el mensaje? «Vuelve a casa.» No a su apartamento, si no a él.

La estaba volviendo loca. Él la estaba volviendo loca. Y aun así, no había intentado encararla directamente otra vez. No desde la última vez cuando le había dicho que la dejara en paz. Pero seguía ahí. Delante de ella. Siempre recordándole su presencia.

Esta faceta de Gabe la tenía desconcertada. Era una faceta que nunca le había dejado que viera, ni a ella, ni a nadie.

Mia volvió a su apartamento, exhausta y deprimida. Estaba convencida de que se iba a poner mala, pero no estaba segura de que fuera un catarro de verdad o meramente un producto de todas las noches que había pasado en vela y del desborde emocional tan grande que tenía.

A la mañana siguiente ya no podía negar que estaba enferma de verdad. Había ido andando al trabajo, moviéndose casi como por inercia. Al mediodía, tanto Louisa como Greg ya la miraban con preocupación, y, cuando Mia dejó caer al suelo un bote entero de café, Louisa la llamó desde la trastienda.

La cogió por el brazo y le puso la mano en la frente.

—Dios mío, Mia, estás ardiendo. ¿Por qué no has dicho nada? No puedes trabajar así. Vete a casa y acuéstate.

Mia no puso ningún tipo de objeción. Gracias a Dios que

era viernes y no tenía que trabajar el fin de semana. Pasarlo entero en la cama sonaba casi como el paraíso, y así no tendría que estar presente ni ver lo que fuera que Gabe mandara ese día. Se podría esconder tanto de él como del mundo e intentar solucionar este gran desastre.

Ya no podía más. Era un peso gigantesco que tenía sobre los hombros.

Tenía toda la intención de coger un taxi para volver a casa ya que no podría aguantar, en su estado, toda la caminata hasta allí. Pero al mirar el reloj, no pudo evitar soltar un quejido. Coger un taxi a esta hora era más bien imposible. Todos estaban de descanso.

Suspirando con resignación, comenzó a emprender el largo camino hasta su casa, andando. El frío se le estaba instalando en los huesos; temblaba, los dientes le castañeteaban y la visión se le había nublado.

Tardó casi el doble de lo que normalmente tardaba en llegar, y, cuando giró por la manzana y vio el maldito cartel, suspiró de alivio porque ya estaba cerca.

Alguien chocó con ella y le hizo perder el equilibrio. Cuando volvió casi a enderezarse, volvieron a chocar contra ella desde el otro lado, lo que provocó que cayera de rodillas y que los ojos se le llenaran de lágrimas. Ya no tenía siquiera fuerzas para levantarse, y estaba tan cerca de su apartamento...

Escondió el rostro entre las manos y dejó que las lágrimas cayeran por sus mejillas.

—¿Mia? ¿Qué demonios te pasa? ¿Estás bien?

Gabe. Dios, era Gabe. Su brazo la rodeó por la cintura y la instó a ponerse en pie.

—Dios, nena. ¿Qué te pasa? —le exigió—. ¿Por qué lloras? ¿Alguien te ha hecho daño?

—Estoy enferma —consiguió articular entre otra marea de lágrimas.

La cabeza le dolía, la garganta le ardía, tenía tanto frío y estaba tan cansada que no podía siquiera pensar en dar otro paso más.

Gabe soltó una maldición y luego la cogió en brazos para llevarla rápidamente hasta su apartamento.

—No quiero escuchar ni una palabra, ¿lo entiendes? Estás enferma y necesitas a alguien que cuide de ti. Dios, Mia. ¿Qué hubiera pasado si no hubiera estado ahí? ¿Y si te hubieras desplomado en medio de la maldita acera y nadie hubiera estado ahí para ayudarte?

Ella no dijo nada, pero sí escondió el rostro en su hombro e inhaló su olor. La calidez de su cuerpo la invadió y le mitigó todos los dolores. Dios, había pasado tanto tiempo. No había sentido calor desde que la había abandonado. O ella lo había abandonado a él. No importaba, porque el resultado final era que estaba sola.

Gabe la llevó hasta su apartamento y luego hasta su habitación. Hurgó entre sus cajones y sacó un pijama de franela.

—Toma —le dijo—. Cámbiate y ponte cómoda. Voy a prepararte una sopa bien caliente y a darte algún medicamento. Estás ardiendo de fiebre.

Mia tuvo que hacer uso de toda su fuerza para realizar la simple tarea de desvestirse y luego ponerse el pijama. Seguidamente se hundió en un lateral de la cama, agotada y queriendo solamente acurrucarse bajo las mantas.

Un momento más tarde, Gabe volvió e inmediatamente hizo justo eso, la metió bajo las sábanas y la tapó hasta la barbilla. Le dio un beso en la frente y ella cerró los ojos, saboreando ese pequeño contacto. Pero no duró mucho. Le puso las almohadas bien de manera que pudiera sentarse para comer, y luego desapareció de nuevo.

Cuando volvió esta vez, traía un tazón de sopa y dos botes con medicamentos. Tras dejar la sopa en la mesita de noche, sacó unas pastillas y luego le echó la dosis correcta de la otra medicina en el medidor.

Una vez que hubo conseguido que se tragara el líquido y las pastillas, le tendió el tazón y se lo puso entre las manos.

—¿Desde cuándo has estado enferma? —le preguntó Gabe, muy serio.

Y entonces lo miró por primera vez. Pero de verdad. Y se quedó sorprendida al ver lo que vio. Gabe estaba tan mal como ella; tenía unas ojeras bastante notables bajo los ojos y arrugas por toda la frente y la sien. Se le veía... cansado. Exhausto. Emocionalmente agotado.

¿Se lo había provocado ella?

—Desde ayer —contestó con voz ronca—. No sé lo que me pasa. Estoy muy cansada. Toda la semana, en general, ha sido demasiado dura.

Su rostro se ensombreció y la culpa se reflejó en sus ojos.

—Bébete la sopa. La medicina habrá hecho efecto para entonces y luego necesitas descansar.

—No te vayas —le susurró al mismo tiempo que Gabe se levantaba de la cama—. Por favor. Esta noche no. No te vayas.

Él se giró. El arrepentimiento era evidente en sus ojos.

—No te voy a dejar, Mia. Esta vez no.

Después de terminarse la sopa, Gabe le cogió el cuenco de las manos y volvió a la cocina. Mia se tapó con las mantas cuando un escalofrío la atravesó. Incluso la sopa no había podido hacerla entrar en calor.

—Descansa, Mia —murmuró Gabe—. Estaré aquí por si necesitas algo. Yo solo quiero que te mejores.

Olvidándose de todo lo demás excepto del hecho de que estaba otra vez entre sus brazos, se pegó a él tanto como pudo y luego se relajó mientras dejaba que su calor le llegara hasta las venas.

Para el gripazo que tenía, él era mejor que cualquier remedio o medicamento.

Con un suspiro, cerró los ojos y se dejó llevar por la dulce tentación que él le ofrecía.

A la mañana siguiente, cuando Mia se despertó, la cama estaba vacía, y ella se preguntó si la noche anterior había sido algún sueño extraño que le había provocado la fiebre. A lo mejor se lo había imaginado todo. Pero cuando se giró para ponerse de costado y apoyar la mejilla en la almohada sobre la que Gabe había dormido, vio una nota que sobresalía del colchón justo frente a la almohada.

TÓMATE LAS MEDICINAS. JACE VENDRÁ PARA VER CÓMO ESTÁS UN POCO MÁS TARDE. DESCANSA EL FIN DE SEMANA Y QUE TE MEJORES.

CON AMOR,

GABE

Junto a la nota había varias pastillas de ibuprofeno, y, encima de la mesita de noche, el jarabe antigripal ya estaba preparado en el dosificador.

Ella se sentó y frunció el ceño. Nunca se hubiera imaginado que se fuera a ir. Había sido tan… persistente.

Un escalofrío la sacudió y Mia alargó la mano para coger los medicamentos. Enseguida se los tomó junto al agua que le había dejado. Luego se echó hacia atrás y se acomodó sobre la almohada que Gabe había usado.

Cerró los ojos. Aún podía olerlo. Aún podía sentir su calor a su alrededor. Dios, cómo lo echaba de menos…

¿Merecía la pena que ambos lo pasaran mal por culpa de su orgullo? ¿De verdad la amaba y quería otra oportunidad?

Todo indicaba que sí, pero tenía miedo de confiar en él. Tenía miedo de regalarle otra vez su confianza, y más cuando le había hecho tanto daño al no haber luchado por ella desde el principio.

Gabe llamó a Jace por el telefonillo del bloque donde vivía y esperó a que su amigo respondiera. Un momento más tarde, Jace respondió, pero Gabe no le dio tiempo a que dijera nada.

—Jace, soy yo, Gabe. Tengo que hablar contigo. Es sobre Mia.

Unos segundos más tarde, Gabe subió en el ascensor hasta el apartamento de Jace, que era el ático. Cuando salió del ascensor, Jace ya se encontraba ahí para recibirlo con el ceño fruncido.

—¿Qué pasa? —le preguntó.

Gabe entró y no se molestó siquiera en quitarse el abrigo. No se iba a quedar mucho. Tenía que hacer muchísimas cosas antes de que el fin de semana terminara.

—Mia está enferma —le dijo con brusquedad—. Me la encontré ayer en la calle mientras regresaba del trabajo a su casa. Estaba ardiendo de fiebre y algún imbécil la empujó y la tiró al suelo. No tenía siquiera fuerzas para volver a su apartamento.

—¿Qué demonios le pasa? ¿Está bien?

Gabe levantó una mano.

—Me quedé con ella anoche. Se tomó unos medicamentos y esta mañana antes de irme se los volví a dejar preparados. Le dejé una nota diciéndole que irías más tarde para ver cómo estaba.

Jace arrugó más el entrecejo.

—¿Y no te quedaste con ella? Joder, Gabe. Has estado persiguiéndola sin parar, y, ahora que por fin consigues una oportunidad donde no te está dando largas, ¿vas y la dejas sola, enferma, en su apartamento?

Gabe suspiró.

—La he presionado demasiado. Yo soy parte de la razón por la que está así de decaída y enferma. No quiero hundirla más. Esa no es la forma en que quiero que venga a mí o para que estemos juntos. Tengo que darle espacio y tiempo para que se mejore, y quiero que tú muevas ese culo tuyo hasta allí y cuides de ella este fin de semana. Necesito que esté bien para el lunes por la noche, porque entonces es cuando voy a ponerme de rodillas a lo grande.

Jace alzó una ceja, sorprendido.

—¿Qué dices?

Gabe se pasó una mano por el pelo.

—Tengo que comprar un anillo este fin de semana, y hacer otros tantos arreglos. Tú lo único que tienes que hacer es llevarla al Rockefeller Center el lunes por la noche junto al árbol de Navidad. No la fastidies, Jace. No me importa si la tienes que llevar en brazos, pero asegúrate de que esté allí.

Capítulo cuarenta y cuatro

Mia pasó el fin de semana con Jace. O, mejor dicho, él lo pasó con ella. Ash iba y venía, trayéndoles comida y por norma general preocupándose por tonterías. Los dos hombres trajeron películas y se quedaron tumbados en el sofá viendo la tele hasta que Mia se quedaba dormida por culpa de la fiebre.

El lunes por la mañana, ya se sentía mejor, pero no lo bastante como para volver al trabajo. Así que llamó a Louise y Greg para hacerles saber que no iría.

Jace y Ash se dirigieron hacia la oficina, pero le dijeron que volverían porque tenían algo especial planeado para la noche.

Durante todo su gripazo, no había escuchado ni una sola palabra de Gabe. Ni había recibido flores ni regalos. Solo silencio. La ponía de los nervios y hacía que se cuestionara cada decisión que tomaba con respecto a él.

Mia no tenía corazón para decirle a Jace que no estaba para lo que sea que tuvieran planeado él y Ash. Ambos habían sido muy buenos con ella durante todo el fin de semana, la habían mimado a más no poder y habían intentado todo lo posible por animarla.

Sea lo que fuere que tuvieran planeado, ella estaría preparada y lo recibiría con una sonrisa en la cara. Jace le había dicho que se vistiera con ropa de abrigo, así que se podía imaginar que el sitio a donde iban era al aire libre.

Gracias a dios que ya no tenía fiebre, o si no el mero pensamiento de salir a la calle, al frío, la hubiera puesto de los nervios.

MAYA BANKS

Se duchó por la tarde e intentó con todas sus fuerzas hacer algo decente con su pelo y su maquillaje para no parecer resacosa o que un camión le hubiera pasado por encima. Pero incluso el maquillaje tenía sus limitaciones…

A las seis, Jace y Ash llegaron con ojos traviesos. Ella soltó un quejido para sus adentros porque obviamente lo que tenían planeado no era nada bueno, y, teniendo en cuenta que iba a estar involucrada, seguro que sería víctima de lo que sea que tuvieran entre manos.

Jace tenía chófer esta noche, un hecho extraño, ya que él tendía a conducir su coche por la ciudad cuando se trataba solo de ellos. Aun así, la metieron en el coche tras asegurarse de que se había tomado los medicamentos por si acaso la fiebre le volvía a subir.

—¿Adónde vamos? —preguntó con exasperación.

—Eso solo lo sabemos nosotros, y pronto lo averiguarás —le dijo Jace con suficiencia.

Tanto él como Ash parecían niños en Navidad; los ojos les brillaban de felicidad de una forma excesiva.

Mia se relajó en el asiento y se dijo a sí misma que disfrutaría fuera lo que fuese aunque el corazón aún le doliera por ese vacío que sentía. Gabe había desaparecido tras esa noche del viernes cuando se quedó con ella en el apartamento. No había oído nada de él, ni una palabra. ¿Se habría rendido?

Cuando se pararon frente a Saks en la Quinta Avenida, junto al Rockefeller Center, Mia ahogó un grito de alegría al ver el árbol tan gigantesco que se alzaba por encima de la pista de patinaje. Era muy bonito, y la hacía ponerse nostálgica por los recuerdos que tenía de Jace trayéndola aquí cuando ella era una niña. Nunca se habían perdido, ni una sola vez, la primera iluminación del árbol. Hasta este año, de hecho.

—Oh, Jace —susurró mientras se bajaba del coche—. Tan bonito como siempre.

Jace le sonrió con indulgencia, y luego tanto él como Ash se pusieron cada uno a un lado de ella y la guiaron hasta la multitud que había reunida alrededor del árbol.

Este se alzaba sobre ellos brillando con miles y miles de lucecitas de colores. La música navideña llenaba el ambiente, y luego empezó a oír una melodía cuando un hombre comenzó a cantar *The Christmas Song*.

—¿Hay un concierto? —preguntó Mia con emoción y girándose hacia Jace.

Él sonrió y asintió y luego la instó a irse a las filas de delante. Sorprendentemente, nadie protestó al intentar abrirse paso entre los demás, y, de hecho, un grupo de personas hasta les hizo un hueco justo en primera fila donde se encontraba la barandilla que daba al escenario.

—¡Oh, es perfecto! —exclamó Mia.

Ash y Jace se rieron entre dientes, pero luego ella fijó su atención en el cantante que estaba interpretando los villancicos navideños.

Le traía muchísimos buenos recuerdos de Jace y ella. Mia alargó la mano para coger la de Jace y le dio un apretón; el corazón latía de amor por su hermano. Él había sido su punto de apoyo durante mucho tiempo, y aún lo seguía siendo. Nunca habría sobrevivido a la ruptura con Gabe si no hubiera sido tanto por Jace como por Ash.

—Gracias —le susurró cerca del oído—. Te quiero.

Jace sonrió.

—Yo también te quiero, peque. Quiero que esta noche sea especial para ti.

Durante un breve instante, Mia pudo ver tristeza en sus ojos, pero, antes de que pudiera preguntarle sobre esas palabras tan crípticas, la canción terminó y el cantante comenzó a dirigirse a la muchedumbre. Le llevó un momento antes de darse cuenta de que había dicho su nombre.

Ella parpadeó por la sorpresa y luego un foco de luz la buscó y la iluminó entre la multitud. Miró a Jace con desconcierto, pero este retrocedió junto con Ash y la dejaron sola bajo el foco de luz, que parecía no moverse.

—Una muy feliz Navidad y estupendas felices fiestas para la señorita Mia Crestwell —dijo el hombre—. Gabe Hamilton quiere que sepas lo mucho que te quiere y desea que pases estas Navidades con él. Pero no hagas caso de mis palabras, aquí está él mismo para decírtelo en persona.

La boca se le quedó abierta cuando vio aparecer a Gabe al

fondo, tras las vallas y junto a las escaleras que daban al escenario donde el hombre había estado actuando. Su mirada estaba fija en la de ella, y tenía entre las manos una cajita envuelta en papel de regalo y con un enorme lazo en la parte superior.

La multitud a su alrededor aplaudió cuando Gabe se acercó a ella y luego se arrodilló con la cajita aún en la mano.

—Feliz Navidad, Mia —le dijo con voz ronca—. Siento haber sido tan imbécil. Nunca debería haber dejado que te alejaras de mí. Tienes razón. Te mereces a alguien que siempre luche por ti y yo quiero ser ese hombre si quisieras darme otra oportunidad.

Mia no tenía ni idea de qué decir, o cómo responder. Las lágrimas se le habían amontonado en los ojos y amenazaban con caer por sus mejillas.

—Te amo —le confesó con intensidad—. Te amo tanto que me duele cuando no estoy contigo. No quiero estar alejado de ti nunca más. Te quiero en mi vida para siempre. ¿Entiendes eso, cariño? Quiero que te cases conmigo. Quiero estar contigo para siempre.

Él le tendió la cajita y ella la cogió con dedos temblorosos. Los pasó erráticamente por encima del lazo mientras intentaba abrir la tapa. Dentro había una cajita aterciopelada de una joyería, que casi se le cayó al suelo mientras la sacaba.

Entonces los *flashes* a su alrededor comenzaron a dispararse y la gente con teléfonos móviles empezó a grabar el momento. Hubo gritos de ánimo y de júbilo, pero ella lo ignoró todo y se centró únicamente en el hombre que tenía enfrente. Nada más importaba.

Abrió la caja y vio un precioso anillo de diamantes. Brillaba bajo la luz, pero no lo pudo admirar bien debido a las lágrimas que le estaban nublando la visión. Entonces bajó la mirada hasta el hombre que se encontraba de rodillas frente a ella y que la miraba con ojos suplicantes.

Dios, se estaba arrastrando y, efectivamente, viniendo de rodillas.

—Oh, Gabe.

Ella se arrodilló frente a él para poder estar a la misma altura de sus ojos y le rodeó los hombros con los brazos, aún con la caja y el anillo en la mano.

—Te amo —dijo en voz baja—. Te amo muchísimo. No puedo estar sin ti.

Él la agarró por los hombros y la separó de él con ojos llenos de amor y posesividad. Luego se metió la mano dentro del abrigo y sacó un documento grueso. Oh, Dios. Era su contrato.

Y entonces, lenta y metódicamente, lo rompió en dos sin dejar de mirarla a los ojos.

—De ahora en adelante nuestra relación no tiene reglas —declaró con voz ronca—. Serán solo las que tú y yo decidamos. Las que queramos que sean. Sin restricciones de ningún tipo, excepto amor. La única firma que quiero de ti es la del certificado de matrimonio.

Gabe cogió la caja de su mano y sacó el anillo de diamantes. Entonces le levantó la mano izquierda y se lo puso en el tercer dedo.

La muchedumbre explotó en vítores a su alrededor. Finalmente, Gabe la estrechó entre sus brazos y la besó con fuerza. Mia se aferró a él con el mismo ímpetu, absorbiendo el momento y grabándoselo bien en la memoria. Era uno de esos instantes que no se le olvidaría nunca en la vida.

Cuando ambos fueran viejos y tuvieran canas, Mia recordaría esta noche y la reviviría una y otra vez. Una historia para contar a sus hijos e hijas.

Entonces cayó en la cuenta de que no tenía ni idea de si él quería tener hijos siquiera.

—Quiero tener hijos —le soltó ella de repente.

Cuando se dio cuenta de lo alta que le había salido la voz, se ruborizó descontroladamente. Escuchó a alguien reírse a su alrededor y luego una voz decir:

—¡Dáselos, hombre!

Gabe sonrió; la expresión de su rostro denotaba tanta ternura que le derritió el corazón y le llegó tanto al alma que no sentía siquiera el frío.

—Yo también quiero hijos —contestó con voz ronca—. Niñas tan preciosas como tú.

Ella sonrió tanto que pensó que los labios seguramente se le iban a partir.

—Te amo, Mia —le dijo, ahora con la voz áspera y llena de

inseguridad. Se le veía muy vulnerable ahí de rodillas frente a ella—. Te voy a amar siempre. Espero ser lo bastante bueno para ti. He hecho las cosas muy mal desde que entraste en mi vida, pero te juro que me voy a pasar el resto de mis días compensándote por ello. Nadie te va a querer más que yo.

Las lágrimas le cayeron por las mejillas mientras le devolvía la mirada a ese hombre que humildemente se había sincerado delante de ella y de media Nueva York.

—Yo también te amo, Gabe. Siempre lo he hecho —le contestó con suavidad—. Te he estado esperando toda mi vida.

Gabe lentamente se puso de pie y luego le tendió la mano para ayudarla a ella también. A continuación, la estrechó entre sus brazos y la abrazó con fuerza mientras la música comenzaba a sonar a su alrededor.

—Yo he esperado tanto como tú, Mia. Quizá no sabía lo que me estaba perdiendo, pero eras tú. Siempre has sido tú.

Entonces se giró junto a ella para encarar a Jace y a Ash. Mia se había olvidado de ellos por completo, aunque luego cayó en la cuenta de que también estaban metidos en todo ese lío. Y de lo mucho que eso significaba.

La alegría se instaló en su corazón, y, sin poder evitarlo, se lanzó hacia Jace y casi lo tiró al suelo de la fuerza con la que lo abrazó.

—Gracias —le susurró al oído—. Gracias por entenderlo y por aceptarlo, Jace. No sabes lo mucho que significa para mí.

Él le devolvió el abrazo; la emoción también estaba patente en su propia voz.

—Te quiero, peque, y yo solo quiero que seas feliz. Gabe me ha convencido de que él es la persona idónea para lograrlo. Un hermano mayor no puede pedir más.

Mia se giró y se lanzó a los brazos de Ash para darle un beso en la mejilla.

—A ti también te quiero, tontorrón. Y gracias por ayudarme estas últimas semanas.

Ash sonrió de oreja a oreja y la besó en la mejilla también antes de devolvérsela a Gabe. Luego la despeinó con cariño.

—Por ti, lo que sea, pequeñaja. Solo queremos que seas feliz. Y bueno, yo quiero ser el padrino del bebé.

Jace gruñó.

—Oh, no. Imposible. Ese soy yo, para eso soy el tío.

Mia puso los ojos en blanco y se pegó a Gabe mientras Ash y Jace empezaban a discutir. Gabe se rio entre dientes y luego afianzó el brazo que tenía colocado alrededor de su cintura. Le sonrió lleno de alegría; el amor se veía tan claramente en sus ojos que estos brillaban incluso más que la estrella que había en la copa del árbol de Navidad del Rockefeller Center.

—¿Qué me dices si nos vamos a casa y nos ponemos manos a la obra para darles un bebé por el que pelearse de verdad?

Maya Banks

Maya Banks ha aparecido en las listas de ... del
New York Times y USA Today ... ...
libros que mezclan géneros con ... ... romántica
romántica, romántica contemporánea, y ... ...
exitosas. Vive en Texas con su ... ...
sus hijos, entre los que se cuentan ... ...
niño que ha creado ... diseñar ... ...
no. Es una gran lectora de ... ...
libros con sus hijos. Cualquiera ... ...
animándolos mientras juegan ... ...
fútbol y leer un artículo negativo ...

Maya Banks

Maya Banks ha aparecido en las listas de *best sellers* de *The New York Times* y *USA Today* en más de una ocasión con libros que incluyen géneros como romántica erótica, suspense romántico, romántica contemporánea y romántica histórica escocesa. Vive en Texas con su marido, sus tres hijos y otros de sus bebés, entre los que se encuentran dos gatos bengalíes y un tricolor que ha estado con ella desde que tuvo a su hijo pequeño. Es una ávida lectora de romántica y le encanta comentar libros con sus fans, o cualquiera que escuche. Maya disfruta muchísimo interactuando con sus lectores en Facebook, Twitter y hasta en su grupo Yahoo!.